O pássaro do bom senhor

JAMES McBRIDE

O pássaro do bom senhor

Tradução
Roberto Muggiati

BERTRAND BRASIL

Rio de Janeiro | 2015

Copyright © 2013 by James McBride

Título original: *The Good Lord Bird*

Capa: Carolina Vaz

Editoração: FA Studio

Texto revisado segundo o novo
Acordo Ortográfico da Língua Portuguesa

2015
Impresso no Brasil
Printed in Brazil

Cip-Brasil. Catalogação na publicação.
Sindicato Nacional dos Editores de Livros, RJ.

M429p	McBride, James, 1957- O pássaro do bom senhor / James McBride; tradução Roberto Muggiati. — 1. ed. — Rio de Janeiro: Bertrand Brasil, 2015. 378 p.; 23 cm. Tradução de: The good lord bird ISBN 978-85-286-2040-5 1. Ficção americana. I. Muggiati, Roberto. II. Título.
15-24710	CDD: 813 CDU: 821.111(73)-3

Todos os direitos reservados pela:
EDITORA BERTRAND BRASIL LTDA.
Rua Argentina, 171 — 2º andar — São Cristóvão
20921-380 — Rio de Janeiro — RJ
Tel.: (0xx21) 2585-2076 — Fax: (0xx21) 2585-2084

Não é permitida a reprodução total ou parcial desta obra, por
quaisquer meios, sem a prévia autorização por escrito da Editora.

Atendimento e venda direta ao leitor:
mdireto@record.com.br ou (0xx21) 2585-2002

PARA MA E JADE,
QUE AMAVAM UMA BOA LOROTA

Sumário

PRÓLOGO		**9**
PARTE 1: ESCRITURAS LIBERTÁRIAS *(Kansas)*		
1	Conheça o Senhor	15
2	O Pássaro do Bom Senhor	27
3	O exército do Velho	39
4	Massacre	46
5	Crioulo Bob	57
6	Prisioneiro outra vez	67
7	Black Jack	76
8	Um mau presságio	93
9	Um sinal de Deus	103
PARTE 2: ESCRITURAS ESCRAVISTAS *(Missouri)*		
10	Um pistoleiro de verdade	113
11	Pie	123
12	Sibonia	138
13	Insurreição	146
14	Uma descoberta terrível	157
15	Acuado	165
16	Dando o fora	176

PARTE 3: LENDA *(Virgínia)*

17	Entrando para a História	187
18	Conhecendo um grande homem	202
19	Cheirando a urso	212
20	Insuflando o enxame	224
21	O plano	234
22	O espião	251
23	A palavra	266
24	O Ferroviário	274
25	Annie	283
26	As coisas que o Céu mandou	297
27	Fuga	304
28	Ataque	317
29	Uma bacia de confusão	324
30	Dispersando as abelhas	338
31	Resistência final	350
32	Caindo fora	358

Prólogo

Documentos Negros Raros Encontrados
por A. J. Watson

Wilmington, Delaware (AP) 14 de junho de 1966 — *Um incêndio que destruiu a mais antiga igreja negra da cidade levou à descoberta de um fantástico relato da escravatura, que lança nova luz sobre um período pouco conhecido da história americana.*

A Primeira Igreja Batista Unida Negra da Abissínia, nas ruas 4 e Bainbridge, foi destruída pelo fogo na noite passada. Segundo os bombeiros, as chamas foram provocadas por um aquecedor a gás defeituoso. Ninguém se feriu no incêndio. Mas, entre os destroços queimados, foram encontrados diversos cadernos chamuscados pertencentes a um falecido diácono da igreja que despertaram o interesse acadêmico nacional.

Charles D. Higgins, membro da congregação desde 1921, morreu no último mês de maio. Higgins trabalhava como cozinheiro, mas era também um historiador amador que aparentemente registrou o relato de outro membro ancião da congregação Batista Unida, Henry "Cebola" Shackleford, que afirmava ser o único negro a sobreviver ao ataque do fora da lei americano John Brown a Harpers Ferry, na Virgínia, em 1859. Abolicionista branco, Brown tentou se apoderar do maior arsenal do país para iniciar uma guerra contra a escravidão. A incursão fracassada provocou pânico nacional e desencadeou o início da Guerra Civil americana, além de causar o enforcamento de Brown, bem como a morte de dezenove de seus cúmplices, incluindo quatro negros.

10 JAMES McBRIDE

Até hoje, nenhum relato completo sobre Brown ou seus homens fora encontrado ou tivera sua existência conhecida.

O relato estava dentro de uma caixa de metal à prova de fogo escondida sob as tábuas do piso em que ficava a poltrona do diácono, atrás do púlpito, onde Higgins pregara fielmente todo domingo por mais de quarenta e três anos. Na caixa também foi encontrado um envelope contendo doze dólares confederados, uma pena rara de pica-pau-bico-de-marfim, uma espécie de pássaro quase extinta, e um bilhete da falecida esposa do Sr. Higgins, que dizia: "Se eu te vir mais uma vez, vou chutar seu rabo porta afora."

O Sr. Higgins não teve filhos. Trabalhou como cozinheiro para a Sra. Arlene Ellis, de Chadds Ford, Pensilvânia, por vinte e nove anos. Era o membro mais velho da Primeira Igreja Batista Unida, onde era chamado carinhosamente pelos membros da congregação como "Sr. Lorota" e "Diácono Cintura-de-mola". Sua idade precisa no momento de morte era desconhecida, mas os membros da congregação a estimam em torno dos cem anos. De certa forma, ele também era uma espécie de atração nas reuniões do conselho municipal local, onde frequentemente comparecia às sessões vestido em uniformes da Guerra Civil e peticionava o conselho para rebatizar a Rodovia Dupont com o nome de "Estrada John Brown".

Suas anotações bem encadernadas afirmam que ele reuniu informações sobre a vida do Sr. Shackleford numa série de entrevistas conduzidas em 1942. Segundo o Sr. Higgins, ele tomou conhecimento do Sr. Shackleford quando ambos trabalhavam como professores da escola dominical na Primeira Igreja Batista Unificada no início dos anos 1940, até Shackleford ser expulso da igreja em 1947 pelo que Higgins descreveu como "seduzir e bolinar em lugares inusitados uma coisinha chamada Peaches...".

Aparentemente, segundo os documentos do Sr. Higgins, os membros da igreja acreditavam que o Sr. Shackleford fosse uma mulher antes de tal incidente. Ele era aparentemente um homem pequeno, segundo o Sr. Higgins, "com traços femininos, cabelos encaracolados... e um coração cheio de safadeza".

O Sr. Higgins afirma que o Sr. Shackleford tinha cento e três anos quando o relato foi registrado, embora destaque: "Poderia ter mais. Cebola era, pelo menos, uns trinta anos mais velho que eu."

Embora o Sr. Shackleford esteja presente no registro da igreja datado de 1942, que sobreviveu ao incêndio, ninguém da congregação atual tem idade suficiente para se lembrar dele.

O PÁSSARO DO BOM SENHOR

A congregação anunciou sua intenção de encaminhar o relato do Sr. Shackleford a um especialista em história negra, para que seja examinado, e seus planos de vender os cadernos para posterior publicação, cujos fundos serão destinados à compra de uma nova van para a igreja.

PARTE 1
ESCRITURAS LIBERTÁRIAS
(*Kansas*)

1

Conheça o Senhor

Nasci um homem de cor, não esqueçam isso. Mas vivi como uma mulher de cor por dezessete anos.

Meu Pai tinha sangue totalmente negro e vinha de Osawatomie, no território do Kansas, ao norte de Fort Scott, próximo a Lawrence. O Pai era barbeiro de ofício, mas isso não lhe dava satisfação completa. Pregar o Evangelho era a sua principal atividade. O Pai não tinha uma igreja normal, do tipo onde se veem partidas de bingo nas noites de quarta-feira e mulheres sentadas recortando bonecas de papel. Ele salvava uma alma atrás da outra, cortando cabelos na Taverna de Henry, o Holandês, escondida num cruzamento da Trilha da Califórnia que corre junto ao rio Kaw, no sul do território do Kansas.

O Pai pregava principalmente pra vagabundos, valentões, senhores de escravos e bêbados que atravessavam a Trilha do Kansas. Ele não era grande em tamanho, mas se vestia em grande estilo. Usava uma cartola, calça pescando siri, camisa de colarinho alto e botas de salto. Muito do seu vestuário era encontrado no lixo, ou então eram peças roubadas dos brancos mortos nas pradarias, vítimas de hidropisia ou liquidados por causa de alguma discussão. Sua camisa tinha buracos de bala do tamanho de uma moeda. O chapéu era duas medidas menor que a cabeça. A calça era feita de duas peças de cores diferentes, costuradas juntas bem no meio, onde as nádegas se encontravam. O cabelo era tão duro que servia pra riscar fósforos. A maioria das mulheres não chegaria perto do Pai, incluindo a minha mãe, que fechou os olhos e morreu ao me trazer à vida. Diziam que era uma mulher dócil, de pele mais clara.

— Sua mãe era a única mulher no mundo homem o bastante pra ouvir as minhas ideias santas — gabava-se o Pai —, pois sou um homem de muitas partes.

Fossem como fossem essas partes, elas não somavam muito, pois, mesmo todo arrumado e emperiquitado, com as botas e a cartola, o Pai media cerca de um metro e meio, e boa parte dessa altura era formada de ar.

Mas o que lhe faltava em tamanho era compensado em voz. Com ela, o Pai podia gritar mais alto que qualquer homem branco que já caminhou sobre esse mundão verde de Deus, sem dever nada a ninguém. Tinha uma voz alta e fina. Quando falava, parecia ter um berimbau de boca enfiado na garganta, soltando estalos, estouros e que tais, o que fazia de uma conversa com ele uma oferta leve-dois-e-pague-um, pois ele limpava o rosto da pessoa e lavava ele com saliva ao mesmo tempo — ou até mesmo três-por-um, se a gente pensar no seu hálito. Aquele hálito cheirava a entranhas de porco e serragem, pois o Pai trabalhara num matadouro por muitos anos, e isso levava a maioria das pessoas de cor em geral a evitar o homem.

Mas os brancos gostavam dele. Muitas noites, vi o Pai se encher de elixir da felicidade e pular no balcão do bar do Holandês, cortando o ar com suas tesouras e berrando em meio à fumaça e ao gim: "O Senhor tá vindo! Ele tá vindo pra arrancar seus cabelos e fazer seus dentes rangerem!" Ele então se lançava no meio de um grupo com os piores e mais safados bêbados rebeldes que o Missouri já vira. E por mais que o espancassem no chão e arrancassem seus dentes a chutes, aqueles brancos não culpavam o meu Pai por se jogar em cima deles em nome do Espírito Santo mais do que culpariam se um tornado viesse junto e o jogasse pelas paredes, já que o Espírito do Redentor que Derramou seu Sangue era algo sério nas pradarias daqueles dias, e a maioria dos pioneiros brancos não era estranha à ideia de esperança. A maioria tinha deixado tal artigo de lado, depois de vir para o Oeste seguindo planos que não saíram como o esperado; então, qualquer coisa que os ajudasse a levantar pela manhã pra matar índios e a não morrerem de malária ou de picadas de cascavel era uma mudança bem-vinda. Também contribuía o fato de ele preparar o melhor destilado caseiro no Território do Kansas — ainda que fosse pastor, ele não fazia qualquer objeção a um gole ou três — e provavelmente os mesmos pistoleiros que arrancavam os

O PÁSSARO DO BOM SENHOR

seus cabelos e o nocauteavam logo em seguida o erguiam e diziam, "Vamos encher a cara", quando então o grupo inteiro saía e uivava pra a lua, bebendo a poção vertiginosa do Pai. Ele exibia enorme orgulho por sua amizade com a raça branca, algo que afirmava ter aprendido com a Bíblia.

— Filho — dizia —, lembre-se sempre do livro de Ezequias, capítulo doze, versículo dezessete: "Estenda a taça ao seu vizinho sedento, Capitão Ahab, e deixe que ele beba a sua cota."

Eu já era homem formado quando soube que não tinha livro de Ezequias nenhum na Bíblia. Também não existia nenhum Capitão Ahab. A verdade é que o Pai não sabia ler uma só palavra e citava só os versos da Bíblia que os brancos diziam pra ele.

Sim, é verdade que houve uma movimentação na cidade pra enforcar o Pai, acusado de se embebedar do Espírito Santo e de se jogar na enxurrada de pioneiros que, a caminho do Oeste, paravam pra se reabastecer na taverna de Henry — especuladores, caçadores, crianças, comerciantes, mórmons e até mulheres brancas. Esses pobres colonos tinham o bastante com que se preocupar, fossem cascavéis se esgueirando dos vãos do piso, pistoleiros que disparavam a troco de nada ou chaminés malconstruídas, que os sufocavam até a morte, pra terem que se afligir com um negro que se jogava em cima deles em nome do Grande Redentor Que Vestia a Coroa. Na verdade, quando eu estava com dez anos, em 1856, falava-se abertamente pela cidade em estourar o cérebro do Pai.

E é o que eles iam fazer, acredito, se não tivesse surgido um visitante naquela primavera e dado conta do trabalho pra eles.

A taverna de Henry, o Holandês, ficava bem na fronteira do Missouri. Funcionava como agência postal, tribunal, fábrica de boatos e bar para os rebeldes do Missouri que atravessavam a fronteira do Kansas pra beber, jogar cartas, contar mentiras, contratar prostitutas e gritar pra a lua sobre os negros dominando o mundo e os direitos constitucionais do homem branco sendo jogados no lixo pelos ianques e assim por diante. Eu não prestava atenção naquela conversa mole, pois a minha preocupação na época era engraxar sapatos enquanto o meu pai cortava cabelos e empurrava bolinhos de milho e cerveja pra dentro do meu estômago, mas, na primavera, a conversa no Henry girava em torno de um certo homem branco. Tratava-se de um calhorda assassino conhecido como o Velho John Brown, ianque do Leste que viera ao território do Kansas pra causar confusão com a sua gangue de filhos, chamada Rifles de Pottawatomie. Segundo diziam, o Velho John Brown e seus filhos carniceiros planejavam matar cada homem, mulher e criança nas pradarias. O Velho John Brown roubava cavalos. O Velho John Brown botava fogo nas casas. O Velho John Brown estuprava mulheres e cortava cabeças. O Velho John Brown fazia isso, o Velho John Brown fazia aquilo e, por Deus, quando acabaram de falar dele, o Velho John Brown parecia ser o filho da puta mais vil, sanguinário e despudorado que você podia encontrar. Decidi que, se algum dia cruzasse seu caminho, por Deus, eu mesmo acabaria com a raça dele, só pelo que ele fizera ou viria a fazer com todas as pessoas brancas que eu conhecia.

Bem, não muito depois que tomei essas decisões, um irlandês velho e trôpego entrou cambaleando no Henry e sentou na poltrona de barbeiro do Pai. Não tinha nada de especial nele. Havia uma centena de vagabundos cheios de esperança perambulando pelo território do Kansas naqueles tempos, à espera de uma carona para o oeste ou de um trabalho roubando gado. Esse sujeito não tinha nada de especial. Era um cidadão corcunda e magrelo, recém-chegado dos prados, cheirando a estrume de búfalo, com um tique nervoso na mandíbula e o queixo cheio de pelos desajustados. O rosto tinha tantas linhas e rugas entre a boca e os olhos que, se você as juntasse, dava pra fazer um canal. Os lábios finos formavam uma carranca permanente. Cada canto do seu casaco, colete, calça e gravata parecia ter sido carcomido por ratos, e as botas estavam completamente desgastadas. Os dedos ficavam bem à mostra nas pontas dos calçados. Era uma visão digna de pena, até mesmo pelos padrões da pradaria, mas era branco, e assim, quando sentou na poltrona do Pai pra cortar o cabelo e fazer a barba, o Pai vestiu um avental nele e começou a trabalhar. Como de hábito, o Pai trabalhava em cima e eu embaixo, engraxando suas botas, que nesse caso eram formadas mais por dedos que por couro.

Passados alguns minutos, o irlandês olhou ao redor e, vendo que não havia ninguém muito perto, perguntou em voz baixa ao Pai:

— Você é um homem da Bíblia?

Ora, o Pai era fanático por Deus, e aquilo logo o deixou animado.

— Ora, patrão — disse ele —, é claro que sou. Conheço todos os tipos de versículos da Bíblia.

O velho apatetado sorriu. Não posso dizer que era um sorriso de verdade, pois o seu rosto era tão sisudo que era incapaz de sorrir. Mas os seus

O PÁSSARO DO BOM SENHOR

lábios meio que se alargaram. A menção do Senhor claramente o agradou, bem como deveria, pois estando ele dependendo da graça do Senhor justo naquele instante, já que era o próprio facínora a quem chamavam de Velho John Brown, a praga que assolava o território do Kansas, bem ali na Taverna do Henry, com uma recompensa de mil e quinhentos dólares por sua cabeça e metade da população do território do Kansas tentando capturá-lo.

— Fantástico — disse ele. — Me conte. Quais livros da Bíblia são mais do seu agrado?

— Ah, eu gosto de todos eles — respondeu o Pai. — Mas os que mais agradam eu são Ezequias, Ahab, Trotter, e Pontífice, o Imperador.

O velho franziu as sobrancelhas.

— Não me lembro de ter lido esses — disse ele —, e olha que li a Bíblia de cabo a rabo.

— Não sei exatamente como eles são — disse o Pai. — Mas seja lá como forem os versículos que você conhece, estranho, se quiser dividir comigo, eu vou ficar feliz em ouvir eles.

— Ah, isso me deixaria muito contente, irmão — disse o estranho. — Esse é um deles: "Aquele que fecha os ouvidos ao pranto do Senhor há também de chorar."

— Que belezura, taí um versículo pra lembrar! — disse o Pai, saltando e batendo as botas no ar. — Diga mais um.

— "O Senhor estende a mão e toca todo o mal e o mata."

— Isso reconforta a minha alma! — disse o Pai, saltando e batendo palmas. — Quero mais!

O velho pateta estava a toda agora.

— "Coloque um cristão na presença de um pecado e ele saltará em sua garganta!" — disse ele.

— Vamos lá, estranho!

— "Libertem os escravos da tirania do pecado!" — quase gritou o velho pateta.

— Pregue!

— "E que os pecadores sejam ceifados como a colheita para que os escravos *fiquem livres para sempre!*"

— *Sim, senhor!*

Os dois agora estavam bem no centro da Taverna do Henry e seguiam em frente. Devia haver uma dezena de pessoas circulando num raio de um metro e meio deles, incluindo comerciantes, mórmons, indígenas, prostitutas — até mesmo o próprio Velho John Brown —, que poderiam ter se aproximado do ouvido do Pai e cochichado uma palavra ou outra que salvaria a sua vida, uma vez que o tema da escravidão tinha colocado o território do Kansas em guerra. Lawrence fora demitido. O governador fugira. Não havia lei alguma, por assim dizer. Os voluntários da cavalaria de Missouri vinham chutando o traseiro de cada colono ianque, de Palmyra a Kansas City. Mas o Pai não sabia de nada daquilo. Nunca tinha ido além de um quilômetro da Taverna do Holandês. Mas ninguém disse uma só palavra. E o Pai, fanático que era pelo Senhor, pulava pra cima e pra baixo, abrindo e fechando a tesoura e gargalhando.

— O Espírito Santo tá a caminho! O sangue de Cristo! Siiiim, senhor. Ceifem a colheita! Ceifem! Estou sentindo a presença do Senhor!

Toda a taverna à sua volta estava em silêncio.

Foi então que Henry, o Holandês, entrou no salão.

Henry "o Holandês" Sherman era um sujeito alemão, de estatura alta, medindo quase dois metros sem as botas. Suas mãos eram do tamanho de uma faca de açougueiro, os lábios, da cor de carne de vitelo, e o homem tinha uma voz estrondosa. Era dono de mim, do meu Pai, da minha tia, do meu tio e de várias índias, que usava pra seu privilégio. Não seria de se estranhar se o Holandês também usasse um homem branco pra tal fim, caso pudesse comprar seus artigos de tal forma. O Pai foi o primeiro escravo do Holandês e, por isso, tinha privilégios. Podia ir e vir à vontade. Mas o Holandês aparecia todo meio-dia pra recolher o seu dinheiro, que o Pai guardava sempre numa caixa de charuto atrás da poltrona de barbeiro. E, quis a sorte que assim fosse, era meio-dia.

O Holandês apareceu, colocou a mão atrás da poltrona de barbeiro do Pai pra pegar a caixa, retirou o dinheiro, e estava pra ir embora quando bateu os olhos no velho sentado na cadeira e viu algo que não o agradou.

— Você me parece familiar — disse ele. — Como se chama?

— Shubel Morgan — disse o Velho.

— O que faz por essas bandas?

— Estou à procura de trabalho.

Henry parou por um instante, examinando o Velho. Sentiu algo de estranho no ar.

O PÁSSARO DO BOM SENHOR

— Tenho um pouco de lenha lá nos fundos pra ser cortada — disse ele.
— Posso dar a você cinquenta centavos pra cortar lenha por metade de um dia.

— Não, obrigado — disse o Velho.

— Setenta e cinco centavos.

— Nah.

— Que tal um dólar, então? — perguntou o Holandês. — Um dólar é bastante dinheiro.

— Não posso — resmungou o Velho. — Estou esperando o barco pra descer o Kaw.

— Esse barco não vai aparecer por duas semanas — disse o Holandês.

O Velho fez uma carranca.

— Estou aqui compartilhando a Palavra Sagrada com um irmão cristão, se não se importa — disse ele. — Por que não vai cuidar da sua vida, amigo, e serrar você mesmo a sua lenha pra que o Senhor não o veja como um porco gordo e preguiçoso?

O Holandês andava com um revólver naquela época. Uma bela de uma armazinha. Tinha quatro canos. Feia de se ver de perto. Ficava no bolso da frente pra ser sacada rapidamente. Não num coldre. Bem no bolso da frente. Ele tateou o bolso e sacou o revólver, segurando-o com o cano pra baixo — todos os quatro apontados para o chão — enquanto falava com o Velho, agora com uma arma na mão.

— Só um ianque covarde e medroso falaria assim — disse ele.

Vários homens se levantaram e foram embora. Mas o Velho ficou ali, tranquilo e inabalável.

— Senhor — disse ele ao Holandês —, isso é um insulto.

Devo confessar que o Holandês tinha toda minha simpatia. Não era mau sujeito. A verdade é que cuidava bem de mim, do Pai, da tia e do tio, e das índias que usava pra fins de nheco-nheco. Ele tinha dois irmãos mais jovens, William e Drury, e os sustentava, além de mandar dinheiro pra a mãe na Alemanha, vestir e alimentar todas as índias e diferentes meretrizes que o irmão William arrastava de Mosquite Creek e arredores, o que era algo considerável, uma vez que William não valia porra nenhuma e era amigo de todos no território do Kansas, exceto da mulher e dos filhos. Isso pra não dizer que tinha um estábulo, inúmeras vacas e galinhas, duas mulas, dois cavalos, um matadouro e uma taverna. O Holandês era dono de muita coisa. Não dormia mais do que duas ou três horas por noite. A verdade é que, pensando agora, ele próprio era uma espécie de escravo.

O Holandês deu um passo atrás pra se afastar do Velho, ainda segurando a arma apontada para o chão, e disse:

— Saia já dessa cadeira.

A poltrona de barbeiro ficava sobre uma armação de madeira. O Velho se levantou lentamente. O Holandês se virou para o *bartender* e disse:

— Me passa uma Bíblia — o que o *bartender* fez. Ele se aproximou do Velho, com o Livro numa mão e a arma na outra.

— Vou fazer você jurar por essa Bíblia que é a favor da escravidão e da Constituição Americana — disse ele. — Se fizer isso, velhote, pode sair daqui sem um arranhão. Mas se estiver mentindo, seu abolicionista desgraçado, vou bater tanto na sua cabeça com essa pistola que os seus miolos vão escorrer pelos ouvidos. Coloca a mão aqui em cima.

Vejam bem, eu viria a conhecer um pouco do Velho John Brown nos anos seguintes. E ele era capaz de coisas sanguinárias e terríveis. Mas se tinha algo que o Velho não sabia fazer era mentir — especialmente com a mão sobre a Bíblia. Estava sem saída. Colocou a mão na Bíblia e, pela primeira vez, se mostrou tenso de verdade.

— Como se chama?

— Shubel Isaac.

— Pensei que tivesse dito Shubel Morgan.

— Isaac é o meu nome do meio.

— Quantos nomes você tem?

— De quantos preciso?

A conversa mexeu com um velho bêbado chamado Dirk, que dormia numa mesa de canto não muito longe. Dirk se ajeitou na cadeira, examinou o salão com os olhos apertados e soltou:

— Ei, Holandês, esse sujeito aí se parece com o Velho John Brown.

Quando disse isso, os irmãos do Holandês, William e Drury, e um rapazinho chamado James Doyle — todos os três dariam seus últimos suspiros num outro dia — levantaram-se da mesa perto da porta e sacaram seus Colts, apontando para o Velho e fechando o cerco.

— Isso é verdade?

— O que é verdade? — perguntou o Velho.

— Que você é o Velho Brown?

O PÁSSARO DO BOM SENHOR

— Eu disse que era?

— Então não é — disse o Holandês. Parecia aliviado. — Quem é você, então?

— Sou o filho do Criador.

— É velho demais pra ser filho de alguém. Você é o Velho John Brown ou não?

— Sou quem o Senhor quiser que eu seja.

O Holandês jogou a Bíblia no chão, encostou o revólver bem no pescoço do Velho e puxou o cão.

— Para com essa merda agora, seu maldito idiota! É o Velho John Brown ou não é?

Vejam vocês, durante os anos todos que passei com ele, o Velho John Brown nunca se deixou levar pela emoção, nem diante da morte — a dele ou a de outra pessoa —, a não ser que o nome do Senhor fosse citado. Ver o Holandês arremessar a Bíblia no chão e profanar o nome do Senhor mexeu com a cabeça dele. O Velho simplesmente não conseguiu tolerar. Seu rosto ficou tenso. Quando voltou a abrir a boca, não soava mais como irlandês. Falava com a sua verdadeira voz. Alta. Fina. Tensa como arame esticado.

— Morda a língua quando falar do nosso Criador — disse, controlado — se não quiser que, pela força de Sua Divina Graça, eu seja comandada a redimir Seu nome. E, nesse caso, essa sua pistola não valerá mais que um centavo. O Senhor há de tirá-la da sua mão.

— Deixa de conversa e me diga logo o seu nome, maldito seja Deus.

— Não profane o nome de Deus outra vez, senhor.

— Caralho! Vou profanar a porra do Seu nome na porra da hora que eu quiser! Vou enfiar Seu nome no cu de um porco morto e depois enfiar ele na sua garganta ianque cheia de merda, seu maldito negro virado do avesso!

Aquilo atiçou o Velho e, num piscar de olhos, ele se livrou do avental de barbeiro e deixou transparecer a empunhadura de uma carabina Sharps debaixo do casaco. Moveu-se com a rapidez de uma cascavel, mas o Holandês já estava com o cano da pistola na garganta do Velho e não precisava fazer mais nada, a não ser puxar o gatilho.

O que ele fez.

Agora vejam, aquele revólver era uma arma temperamental. Não é confiável como um Colt ou um repetidor regular. É uma arma de espoleta.

Tinha que estar seca, e toda aquela discussão e agitação deve ter feito as mãos grandes do Holandês suarem, pois, quando ele puxou o gatilho, a arma soltou um "Ploc" e falhou. Um dos canos explodiu e entortou para o lado. O Holandês soltou a arma e caiu no chão, urrando como um bezerro, quase sem a mão.

Os três outros sujeitos que apontavam seus Colts para o Velho Brown tinham se afastado momentaneamente pra proteger o rosto dos miolos do Velho, os quais esperavam ver espalhados pelo salão a qualquer instante, e agora os três se viam de frente para o cano de uma carabina Sharps, que o velhote retirara com tranquilidade debaixo do casaco.

— Eu falei que o Senhor ia tirar a arma da sua mão — disse ele —, pois o Rei dos Reis elimina os importunos. — Ele encostou a Sharps no pescoço do Holandês e puxou o cão até o fim. Olhou, então, para os outros três sujeitos e disse: — Joguem as pistolas no chão ou eu disparo.

Fizeram como lhes foi ordenado. O Velho se virou pra taverna, ainda segurando a carabina, e gritou:

— Meu nome é John Brown. Capitão dos Rifles de Pottawatomie. Venho com a bênção do Senhor libertar todos os homens de cor nesse território. Aqueles que se opuserem a mim vão comer óleo e pólvora.

Vejam, devia ter meia dúzia de pistoleiros armados naquele salão, e ninguém se mexeu pra sacar, vendo que o Velho se mostrava inabalável e falava sério. Ele percorreu o ambiente com os olhos e disse, tranquilo:

— Todos os negros que estiverem aqui, todos os que estiverem se escondendo, saiam. Vocês agora são livres. Me sigam. Não tenham medo, crianças.

Pois bem, havia diversos homens de cor no salão, alguns a serviço de seus mestres, a maioria debaixo das mesas, tremendo e esperando que começasse o tiroteio, e, quando ele disse aquelas palavras, vejam só, eles apareceram e deram no pé, todos eles. Escaparam porta afora. Não se via nada além da parte de trás de suas cabeças enquanto arrastavam seus traseiros pra casa.

O Velho os viu dispersar.

— Eles ainda não estão salvos aos olhos do Senhor — resmungou. Mas ainda não tinha terminado com a libertação e se aproximou do Pai, que ficou ali parado e trêmulo, repetindo:

— Ó Sinhô, ó Sinhô...

O Velho entendeu aquilo como uma espécie de voluntariado, já que o Pai falara em "Sinhô" e *ele* citara o "Senhor", o que acredito que fosse parecido o bastante, próximo o suficiente. Deu um tapinha nas costas do Pai, completamente satisfeito.

— Amigo — disse ele —, você tomou uma decisão sábia. Você e a coitada de sua filha oitavona aqui são abençoados por aceitar o plano do nosso Redentor sagrado pra viverem livres e soltos, sem passar o resto da vida nesse antro de iniquidade em meio a esses selvagens pecadores. Vocês agora são livres. Saiam pela porta dos fundos enquanto aponto a minha carabina pra esses pagãos, e guiarei vocês rumo à liberdade, em nome do Rei de Sião!

Vejam, eu não sei o que pensou o Pai, mas, em meio a toda aquela conversa de reis e pagãos e Sião e assim por diante, tudo isso enquanto ele apontava a carabina pra todos os lados, de alguma forma fiquei intrigado com a parte do discurso em que ele falava de "filha". É verdade que eu me vestia com uma saca de batatas, assim como fazia a maioria dos meninos de cor da época, e a minha pele clara e os cabelos encaracolados, pra piorar, me tornavam o alvo de zombaria dos garotos da cidade, ainda que eu usasse os punhos pra acertar as contas contra aqueles que podia. Mas todos na taverna do Holandês, até os índios, sabiam que eu era um garoto. Eu nem gostava das garotas naquela idade, tendo sido criado numa taverna onde a maioria das mulheres fumava charuto, tomava molho de tripa e fedia como os homens. Mas até mesmo as figuras mais desprezíveis, tão embriagadas de licor caseiro que não conseguiriam distinguir um besouro de um chumaço de algodão ou um homem de cor de outro, sabiam a diferença entre mim e uma garota. Abri a boca pra corrigir o Velho, mas, naquele instante, uma onda de lamúrias agudas pareceu tomar o ambiente e não consegui me fazer ouvir. Só depois de um certo tempo, eu percebi que todo aquele choro e os berros vinham da minha própria garganta. Aqui devo confessar que me mijei todo.

O Pai entrou em pânico. Estava ali parado, tremendo como um sabugo de milho.

— Mas sinhô, meu Henry tá...

— Não temos tempo pra racionalizar as suas ideias de dependência moral, meu senhor! — vociferou o Velho, interrompendo o Pai, ainda apontando a carabina pra todo lado. — Temos que seguir em frente. Meu bravo amigo, vou colocar você e a sua Henrietta em segurança.

Vejam só, meu nome verdadeiro é Henry Shackleford. Mas o Velho ouviu o Pai dizer "Henry tá" e entendeu "Henrietta", que é como funcionava seu raciocínio. Acreditava no que queria, e isso bastava. Não importava pra ele se era verdade ou não. Simplesmente mudava a verdade como lhe convinha. Era mesmo um homem branco.

— Mas meu f...

— Coragem, amigo — disse ele ao Pai —, temos um cordeiro nas moitas. Lembre-se de Joel, primeiro capítulo, versículo quatro: "O que a traça deixou, foi comido pelo gafanhoto. E o que o gafanhoto deixou, foi comido pela mariposa. E o que deixou a mariposa, foi comido pela lagarta."

— O que quer dizer isso?

— Que vão ser comidos vivos se ficarem aqui.

— Mas a minha criança aqui não é...

— Shhh! — disse o Velho. — Não podemos perder tempo. Podemos conversar mais tarde sobre como vamos criar ela segundo a Palavra Sagrada.

Ele me tomou a mão e, ainda segurando a Sharps com firmeza, avançou rumo à porta dos fundos. Ouvi cavalos descendo pelo beco. Quando chegou à porta, ele soltou a minha mão por um instante pra abri-la e, ao fazer isso, o Pai o atacou.

Na mesma hora, o Holandês esticou o braço na direção de um dos Colts jogados ao chão, alcançou, apontou o cano para o Velho e disparou.

A bala errou o alvo e acertou o batente da porta, fazendo saltar de lado uma lasca de madeira de uns vinte centímetros de comprimento. A lasca saiu da lateral da porta como uma faca, bem na horizontal, na altura do peito — e o Pai correu bem ao seu encontro. Ela se enfiou bem no meio do seu peito.

Ele cambaleou pra trás, desabou no chão e bateu as botas ali mesmo.

Àquela altura, o som dos cascos dos cavalos descendo o beco a toda velocidade estava bem próximo de nós e o Velho abriu a porta com um chute.

O Holandês, ainda no chão, berrou:

— Seu ladrão de crioulos! Está me devendo mil e duzentos dólares!

— Vá cobrar do Senhor, pagão — respondeu o Velho. E, então, segurou a minha mão, colocou os pés no beco e lá fomos nós.

2

O Pássaro do Bom Senhor

Partimos da cidade a toda, deixando a castigada Trilha da Califórnia e adentrando direto pelas planícies do Kansas. Tinha três deles, o Velho e dois jovens cavaleiros. Os dois iam à nossa frente em cavalos da raça pinto, e o Velho e eu saltávamos atrás deles num pangaré com um olho azul e outro castanho. O animal pertencia ao Holandês, e isso fazia do Velho também um ladrão de cavalos.

Cavalgamos sem parar por umas duas horas. Os algodoeiros apareciam à distância, e o vento quente batia no meu rosto enquanto viajávamos. Aos olhos o território do Kansas parece plano, com campos abertos e de terra quente, mas, quando você está a toda velocidade em cima de um cavalo, o trajeto é duro. Meu traseiro foi bastante castigado batucando no lombo daquele cavalo, eu nunca tendo cavalgado antes. Ficou inchado, do tamanho de uma rosquinha, e, quando achei que não aguentaria mais, chegamos ao topo de uma colina e paramos num acampamento improvisado. Era uma clareira com uma barraca triangular apoiada em gravetos, encostada a um muro de pedras com o que sobrara de uma fogueira. O Velho desceu do cavalo e me ajudou a desmontar.

— É hora de dar água aos cavalos e descansar, minha criança — disse. — Não podemos perder tempo. Os outros estão logo vindo. — Ele me olhou por um instante, e seu rosto enrugado se contorceu. Acho que se sentia culpado por me sequestrar e causar a morte do Pai, pois seus olhos estavam um pouco estranhos, e ele ficou me encarando por um bom tempo. Finalmente, começou a revirar o bolso do seu casaco esfarrapado. Remexeu até encontrar o que parecia ser uma bola coberta de penas. Tirou a poeira e disse:

— Acredito que você não se sente bem com o que acabou de suceder por lá, mas, em nome da liberdade, somos soldados da cruz e, assim, inimigos da escravidão. Você deve pensar agora que não tem família ou que nunca mais vai ver os parentes que tem. Mas a verdade é que você tá na família humana e é tão querida nela quanto em qualquer outra. Queria que pegasse isso, minha criança, como um símbolo da liberdade e da família que acabou de encontrar, juntando-se a nós como guerreiros da liberdade, por mais que seja uma menina e a gente tenha que se livrar de você o mais rápido possível.

Estendeu aquela coisa para mim. Eu não queria, mesmo sem saber o que era, mas, como ele era branco e gritava e gaguejava tanto sobre o tal negócio, resolvi que tinha que aceitar. Era uma cebola. Seca, empoeirada, coberta de penas, teias, fibra de algodão e do resto do lixo que ele guardava no bolso. Aquilo parecia pior que merda seca de burro. O Velho tinha alta tolerância a porcarias e, nos anos seguintes, eu veria sair de seus bolsos miudezas o bastante para encher um barril de cinco galões. Mas, como a visita ao Holandês tinha sido uma incursão de patrulhamento, ele carregava pouca coisa.

Peguei o troço e fiquei segurando, assustado e com medo, e, sem saber o que ele queria, achei que ia me fazer comer. Eu não queria, é claro. Mas estava faminto depois daquela longa viagem e também era, afinal das contas, seu prisioneiro, então dei uma mordida. Aquilo tinha um gosto nojento pra diacho. Atravessou a minha garganta como uma pedra, mas acabei o serviço em segundos.

Os olhos do Velho se alargaram e, pela primeira vez, vi um olhar de puro pânico percorrer seu rosto castigado. Pensei que fosse de desaprovação, mas, nos anos que viriam, descobri que um olhar dele podia significar qualquer coisa que você quisesse imaginar.

— Foi o meu amuleto da sorte que você acabou de engolir — resmungou. — Guardei esse troço por quatorze meses e faca nenhuma me arranhou nem bala nenhuma tocou a minha carne. Acho que esse deve ser um sinal do Senhor para que eu deixe isso de lado. A Bíblia diz: "Não mantenha objeto inútil algum entre ti e Mim." Mas até mesmo um homem temente a Deus como eu tem um quinhão de pecados que flagela entre a minha mente; e entre as minhas coxas também, verdade seja dita, já que tenho

O PÁSSARO DO BOM SENHOR

vinte e dois filhos, doze vivos, Cebolinha. Minha sorte agora está entre as suas orelhas. Você mandou pra dentro do estômago a minha redenção e o meu pecado, mastigou meu pecado como Jesus Cristo mastigou os pecados do mundo pra que você e eu pudéssemos viver. Que isso me sirva de lição, velho que sou, por permitir que objetos sacrílegos ficassem entre mim e o grande Rei dos Reis.

Não entendi patavinas do que ele disse, mas eu ainda descobriria que o Velho John Brown conseguia encaixar o Senhor em praticamente todos os aspectos de suas idas e vindas na vida, inclusive quando usava a latrina. Esse é um dos motivos pelos quais eu não era crente, tendo sido criado pelo Pai, que era crente e lunático, e essas duas coisas pareciam andar juntas. Mas não era meu papel discutir com um branco, especialmente um que tinha me sequestrado, então fiquei de boca calada.

— Já que você me mostrou o caminho do Criador e agora é o meu amuleto da sorte, Cebolinha, eu também vou te dar sorte e, de agora em diante, hei de me libertar de todas essas trapaçarias e tranqueiras supersticiosas que são obra do diabo.

Ele, então, revirou os bolsos e sacou um dedal, uma raiz, duas latas vazias, três pontas de flechas indígenas, um descascador de maçãs, um besouro seco e um canivete retorcido. Jogou tudo num saco e me deu.

— Leva essas coisas, e que elas tragam sorte até chegar a hora de você encontrar a alma e que vai mostrar o caminho do Criador, Cebola. Pois o profeta pode surgir na forma de homem, garoto ou de uma menina-mulher, que é o seu caso, e cada um deve receber a sabedoria do Poderoso quando encontra o seu próprio profeta criador da palavra que carrega a placa sempre em prontidão, e isso, Cebolinha, inclui você. — E, então, acrescentou: — Que você encontre outra Cebolinha em suas andanças para que *ela* seja o seu amuleto da sorte e liberte você dessas tranqueiras pra ser livre de verdade, como eu.

Nesse ponto ele tirou o último objeto do bolso, uma pena longa, preta e branca, e jogou na minha cabeça, empurrando-a bem no meu cabelo encaracolado, e então parou por um instante, refletindo, estudando a pena no meu cabelo.

— A pena de um Pássaro do Bom Senhor. Taí algo especial. Não me sinto mal por isso, por te dar a minha coisinha especial. A Bíblia diz: "Tire o que há de especial de sua própria mão e dê aos necessitados, assim você seguirá o caminho do Senhor." É esse o segredo, Cebolinha. Mas só pra que saiba, não se deve acreditar muito nas coisas pagãs. E não alargue muito a palavra do Grande Imperador. Você alarga um pouquinho aqui, outro pouquinho ali e, antes que saiba, tá entregue ao diabo. Como guerreiros de Sua justa Palavra Sagrada, nós podemos nos permitir algumas indulgências, como talismãs e coisa e tal. Mas não podemos tirar muita vantagem. Entendido?

Eu não sabia que diabos ele estava falando, mas, como era maluco, fiz que sim com a cabeça.

Ele pareceu satisfeito. Levantou a cabeça para o céu e disse:

— Ensine às crianças os caminhos do nosso Rei dos Reis, e elas não haverão de se desviar deles. Eu te ouço, ó grande Tratador do Feno, e agradeço ao Senhor por nos abençoar a cada minuto de cada dia.

Eu não sei, mas aquele Deus disse a ele qualquer coisa de peso, pois, depois daquilo, o Velho parecia satisfeito com tudo e esqueceu de mim no mesmo instante. Virou-se e sacou um enorme mapa de lona de seu alforje. Trotou até a barraca de lona com suas botas desgastadas, desabou debaixo dela e enfiou a cabeça no mapa sem dizer mais nem uma palavra. Fazendo um adendo, gesticulou para que eu me sentasse no chão ao lado dele, o que fiz.

Àquela altura, os outros dois cavaleiros já haviam desmontado e se aproximaram. Pela aparência eram filhos do Velho, pois eram quase tão feios quanto ele. O primeiro era um jovem enorme e robusto, de uns vinte anos. Era maior que o Holandês, um metro e noventa e três sem as botas. Levava mais armas do que eu já vira qualquer um carregar: duas pistolas pesadas de sete tiros amarradas às coxas com tiras de couro; foi a primeira vez que vi algo do gênero. E ainda uma espada, uma arma de pequeno porte, uma espingarda de caça, uma faca e uma carabina Sharps. Quando andava, chacoalhava como uma loja de ferramentas. Era uma visão de dar medo. Seu nome, viria a descobrir depois, era Frederick. O outro era mais baixo, mais atarracado, de cabelos ruivos e um braço aleijado, um tanto mais velho. Chamava-se Owen. Nenhum dos dois disse nada; esperaram o Velho abrir a boca.

— Deem água aos cavalos e acendam uma fogueira — disse ele.

As palavras do Velho fizeram eles se ocuparem, enquanto eu sentava na barraca ao lado dele. Eu estava com uma fome do cão, apesar de ter sido

O PÁSSARO DO BOM SENHOR

sequestrado, e devo dizer que as minhas primeiras horas de liberdade aos cuidados de John Brown foram como as minhas últimas horas de liberdade aos seus cuidados: sentia mais fome do que jamais sentira como escravo.

O Velho apoiou as costas na parede debaixo da lona e continuou com a cara no mapa. O acampamento, mesmo vazio, tinha sido bastante utilizado. Várias armas e projéteis estavam espalhados. O lugar tinha um cheiro horrível, completamente podre, e o odor atraía os mosquitos, que voavam em nuvens negras e espessas. Uma dessas nuvens parou perto de mim, e os mosquitos logo investiram, ferozes. Enquanto eu batia neles, vários ratinhos surgiram de uma fenda na parede de pedras atrás do Velho, bem na altura dos ombros. Um dos ratos despencou da pedra bem em cima do mapa do Velho. Ele estudou o bicho por um momento e o *bicho* o estudou. O Velho tinha jeito com todos os animais criados por Deus. Eu depois veria como ele conseguia levar um filhote de carneiro para ser abatido com bondade e afeto, domar um cavalo simplesmente sacudindo e conversando docemente com ele, tirar a mula mais teimosa de um poço onde estivesse com lama até o pescoço como se não fosse nada. Ele pegou o ratinho com cuidado e calmamente o colocou de volta na fenda com o resto de seus irmãos, que ficaram ali, quietos como filhotes, espiando sobre os ombros do Velho enquanto ele examinava o mapa. Percebi que eram como eu. Eles queriam saber onde estavam, então perguntei.

— Middle Creek — resmungou ele. Não parecia ter muita vontade de falar. Gritou pra seus garotos: — Deem comida a essa criança.

O grandalhão, Frederick, contornou a fogueira e veio até mim. Tinha tantas armas que parecia uma banda marcial. Olhou pra baixo, amigavelmente, e perguntou:

— Como se chama?

Ora, aquilo era um problema, já que eu não tinha tempo pra pensar num nome de menina.

— Henrietta — interrompeu o Velho de trás do mapa. — Escrava, mas agora livre — disse, orgulhoso. — Eu agora chamo ela de Cebolinha por motivos pessoais — e piscou pra mim. — O pai dessa pobre menina foi morto bem na frente dela por aquele rufião, Henry, o Holandês. Sendo o bandido que é, eu teria atravessado uma bala nele, mas estava com pressa.

Percebi que o Velho não disse uma palavra sobre o risco que sua própria vida correu, mas a lembrança do Pai sendo atravessado por aquela lasca de madeira me deixou choroso. Assoei o nariz e caí no berreiro.

— Calma, calma, Cebolinha — disse o Velho. — Vamos dar um jeito em você logo, logo. — Ele se inclinou e vasculhou seu alforje outra vez, remexendo tudo até encontrar outro presente: dessa vez, era um vestido todo amarrotado e carcomido e um gorro. — Era para o aniversário da minha filha Ellen — disse ele. — Foi comprado na loja. Mas acho que ela ficaria feliz em ceder o vestido pra uma menininha linda como você, pra comemorar a sua liberdade.

Eu estava pronto pra deixar de lado toda aquela farsa, pois, apesar de não ter ficado muito empolgado pra comer a cebola velha que morava em seu bolso, não havia nada no reino de Deus que me fizesse colocar aquele vestido e aquele gorro. De maneira alguma eu faria aquilo. Mas o meu traseiro estava na reta e, por mais que seja um traseiro pequeno, ele cobre as minhas costas e, assim, tenho grande simpatia por ele. Além do mais, o Velho era um fora da lei e eu era seu prisioneiro. Estava diante de um dilema, e as minhas lágrimas começaram a jorrar outra vez, o que funcionou perfeitamente, colocando todos a meu favor, e vi naquele momento que chorar e berrar fazia parte do jogo de ser menina.

— Está tudo bem — disse o Velho —, você só tem a agradecer ao nosso Bom Senhor por Sua bondade. Não deve nada a mim.

Peguei o vestido, pedi licença e entrei na floresta pra colocar aquela maluquice. Não consegui amarrar o gorro direito no alto da cabeça, mas consegui enfiar de algum jeito. O vestido chegava até meus pés, já que todos os filhos do Velho eram gigantes corpulentos. Mesmo a filha mais baixa media quase um metro e oitenta sem os sapatos, e esse que vos fala batia em seu ombro, tendo puxado o Pai no que dizia respeito à altura. Mas consegui dar um jeito em tudo da melhor maneira possível e então saí de trás da árvore e disse:

— Obrigada, mestre.

— Não sou seu mestre, Cebolinha — disse ele. — Você é tão livre quanto os pássaros que voam. — Ele se virou para Frederick e disse: — Fred, pega o meu cavalo e ensina a Cebolinha aqui a cavalgar. Logo o inimigo estará perto de nós. Estamos numa guerra. Não podemos perder tempo.

Foi a primeira vez que ouvi a palavra *guerra*. A primeira de todas, mas, naquele momento, minha cabeça estava voltada pra minha própria liberdade. Estava pensando num modo de voltar pra taverna do Holandês.

Fred me levou até o velho cavalo do Holandês, aquele em que eu e o Velho viajamos, me colocou em cima dele e começou a guiar o bicho pelas rédeas, mantendo o curso e cavalgando em seu próprio cavalo. Enquanto a gente cavalgava, Fred falava. Era uma matraca. Tinha o dobro da minha idade, mas logo percebi que tinha metade do tutano, se entendem o que eu digo; seu raciocínio não era dos mais rápidos. Tinha uma bolha na cabeça. Falava sobre nada, pois não conseguia manter o pensamento numa só coisa por mais de um minuto. Trotamos daquele jeito por um tempo, com ele tagarelando e eu quieto, até que perguntou:

— Você gosta de faisão?

— Sim, mestre.

— Não sou seu mestre, Cebola.

— Sim, sinhô — disse eu, por hábito.

— Não me chama de sinhô.

— Sim, sinhô.

— Então vou te chamar de sinhazinha.

— Tudo bem, sinhô.

— Se continuar a me chamar de sinhô, vou continuar te chamando de sinhazinha — disse ele.

E assim foi por alguns minutos, com um chamando o outro de sinhô e sinhazinha, até eu ficar tão irritado que tive vontade de bater na sua cabeça com uma pedra. Mas ele era branco, e eu não, então abri o berreiro outra vez.

Minhas lágrimas mexeram com Fred. Ele parou o cavalo e disse:

— Desculpa, Henrietta. Retiro tudo que disse.

Parei de gritar e seguimos em frente, num passo lento. Percorremos quase um quilômetro rio abaixo, até onde os bosques de algodoeiros paravam. A clareira fazia limite com a mata perto de um grupo de rochedos e árvores largas. Desmontamos, e Fred olhou ao redor.

— Podemos deixar os cavalos aqui — disse ele.

Vi a oportunidade de me mandar. Minha mente só pensava em fugir, então disse:

— Tenho que usar o banheiro, mas as meninas precisam de um pouco de privacidade. — Quase engasguei chamando a mim mesmo de um membro de outra natureza, mas mentir era algo natural pra mim naqueles tempos. A verdade é que mentir era algo natural pra todos os negros durante a escravidão, já que nenhum homem ou mulher aprisionado podia prosperar dizendo o que pensava ao patrão. Grande parte da vida de uma pessoa de cor era uma encenação, e os negros que cortavam lenha e não abriam a boca viviam mais tempo. Eu não iria, então, dizer que era um menino. Mas todos nesse mundo de Deus, homem ou mulher, branco ou de cor, precisam usar o banheiro, e eu tinha mesmo que responder ao chamado da mãe natureza. Uma vez que o raciocínio de Fred era lento como um cágado, vi ali uma oportunidade pra escapar.

— Claro que as meninas precisam de privacidade, Cebolinha — disse. Ele amarrou os cavalos no galho de uma árvore baixa.

— Espero que seja cavalheiro — disse eu, depois de ter visto mulheres brancas da Nova Inglaterra falarem dessa forma quando suas carruagens paravam na taverna do Holandês e elas tinham que usar o lavabo externo. Depois, saíam chutando a porta e tossindo, com os cabelos enrolados como torresmo frito, já que o odor daquele lugar era capaz de coalhar queijo.

— Certamente — disse ele, afastando-se um pouco enquanto eu ia pra trás de uma árvore pra fazer as minhas necessidades. Cavalheiro que era, ele se afastou por uns bons trinta metros, de costas pra mim, olhando fixamente pra mata, sorrindo, pois nunca foi nada além de um sujeito agradável por todo o tempo que o conheci.

Me abaixei no mato, fiz o que tinha que fazer e saí correndo de trás daquela árvore. Saí voando. Pulei em cima da pangaré vesga do Holandês e dei-lhe uma pancada, pois ela saberia o caminho de volta pra casa.

O problema é que o bicho não sabia quem eu era. Fred a guiara pelas rédeas, mas quando eu estava em cima da égua entendeu que eu não sabia cavalgar. Ela se levantou e se lançou com toda a força, me mandando pelos ares. Voei até cair de cabeça numa pedra e apagar.

Quando recuperei os sentidos, Fred estava de pé sobre mim e não mais sorria. A queda jogou o vestido sobre a minha cabeça e o gorro estava virado pra trás. Devo mencionar nesse instante que nunca usei roupa de baixo quando criança, tendo sido criado numa taverna cheia de canalhas, beberrões e valentões. Minhas partes baixas estavam bem à vista. Joguei o vestido rapidamente até os tornozelos e sentei.

Fred parecia confuso. Ele não era lá um sujeito muito esperto, graças a Deus. Sua cabeça era um tanto limitada. O tico não conversava com o teco.

— Você é um frutinha? — perguntou.

— Ora, mas que pergunta — respondi. — Eu não sei.

Fred piscou e disse lentamente:

— O pai sempre diz que eu não tenho a mente mais brilhante do mundo, e um monte de coisas me deixa confuso.

— Eu também — disse.

— Quando a gente voltar, podemos perguntar para o pai.

— Perguntar o quê?

— Sobre ser frutinha.

— Eu não faria isso — rebati rapidamente. — Ele tem muitas preocupações com essa guerra e tudo o mais.

Fred ficou pensando.

— Tem razão. Além disso, o Pai não tem muita paciência pra burrice. O que a Bíblia diz sobre os frutinhas?

— Nem imagino. Eu não sei ler — respondi. Aquilo o animou.

— Nem eu! — disse, contente. — Sou o único dos meus irmãos e irmãs que não sabe fazer isso.

Parecia feliz por eu ser tão burro quanto ele.

— Me siga — disse. — Vou te mostrar uma coisa.

Deixamos os cavalos e eu o segui pela mata cerrada. Depois de abrir caminho, ele fez sinal com o dedo pra eu não fazer barulho, e seguimos rastejando em silêncio. Atravessamos em meio aos arbustos densos até chegar numa clareira, onde ele parou. Ficou imóvel, só ouvindo. Escutei um barulho de marteladas. Seguimos em frente até Fred encontrar o que buscava e apontar.

No alto de um tronco grosso, um pica-pau investia com tudo. Era uma ave de tamanho razoável. Preto e branco, com um pouco de vermelho ao redor.

— Já viu um desses? — perguntou.

— Não sei diferenciar os pássaros.

Fred olhou para o alto, fitando a ave.

— Chamam ele de Pássaro do Bom Senhor — disse. — É tão bonito que as pessoas dizem "Bom Senhor" quando veem um.

Ele ficou olhando. Aquele pássaro idiota quase o hipnotizou, e pensei em escapulir, mas ele estava muito perto.

— Eu consigo pegar ou fazer armadilhas pra qualquer tipo de pássaro — disse ele. — Mas aquele ali... é um anjo. Dizem que a pena de um Pássaro do Bom Senhor te dá sabedoria pra toda a vida. É sabedoria que me falta, Cebola. Memórias e coisas.

— Por que não pega ele, então?

Fred me ignorou, olhando em meio à mata densa enquanto o pássaro continuava a martelar.

— Não consigo. Esses bichos são tímidos. Além do mais, o Pai diz que a gente não deve acreditar em quinquilharias e troços pagãos.

O que acham disso? Enfiado no meu bolso estava o próprio saco que o pai dele me dera com suas bugigangas e amuletos, incluindo uma pena que parecia ter saído bem daquela criatura ali que a gente estava olhando.

Eu continuava pensando em escapar e, como Fred era devagar, achei um jeito de confundi-lo e distraí-lo para não perceber que eu era um garoto, além de me conceder uma oportunidade melhor de dar no pé. Remexi no meu saquinho de pano, tirei a pena que seu pai me dera e ofereci pra ele. Aquilo o deixou confuso.

— Onde conseguiu isso?

— Não posso dizer. Mas é sua.

Ele ficou surpreso. A verdade é que eu não sabia se aquela coisa vinha de um Pássaro do Bom Senhor ou não. O pai dele *disse* que vinha, mas eu não sabia se o Velho tinha dito a verdade ou não, já que se tratava de um sequestrador. Além do mais, os brancos eram cheios de artimanhas naqueles tempos e eu também contava minhas mentiras. Um mentiroso não confia no outro. Mas era bem parecida. Era preta e tinha um pouco de vermelho e branco. Mas, pra mim, podia ter vindo de uma águia ou mesmo de um beija-flor. Fosse o que fosse, deixou Fred bem alegre e ele quis retribuir o favor.

— Agora vou mostrar procê uma coisa especial — disse. — Me siga.

Segui ele de volta até os cavalos, onde jogou suas pistolas, a espada, o cinto e as espingardas no chão. Tirou uma coberta do alforje, um punhado de milho seco e um ramo de carvalho.

— A gente não pode atirar aqui porque o inimigo pode ouvir. — disse ele. — Mas vou te ensinar a pegar um faisão sem precisar disparar.

Ele me levou até um toco de árvore oco. Fez uma trilha com o milho em linha reta levando até ele. Jogou alguns grãos lá dentro e então escolheu um lugar não muito distante pra sentar. Com a faca, fez dois buraquinhos na coberta — um pra ele e o outro pra mim — e depois a jogou em cima de nós.

— Todos os pássaros do mundo têm medo do homem — sussurrou. — Mas, com uma coberta por cima, você não é mais um homem.

Tive vontade de dizer que eu não me sentia como homem de qualquer jeito, mas continuei quieto. Ficamos sentados daquele jeito, debaixo da coberta, observando, e, depois de um tempo, me cansei e me apoiei nele, pegando no sono.

Acordei com Fred todo agitado. Espiei pelo meu buraquinho e, como esperado, um faisão tinha aparecido pra se servir do milho de Fred. Ele seguiu a trilha de milho seco todo despreocupado até entrar no toco da árvore. Quando colocou a cabeça pra dentro, Fred estalou o ramo de carvalho que estava segurando. O faisão parou ao ouvir aquele som e, tão rápido quanto estou descrevendo, Fred jogou a coberta em cima dele, agarrou o bicho e quebrou seu pescoço.

Pegamos mais dois faisões dessa maneira e voltamos para o acampamento. Quando chegamos, Owen e o Velho estavam discutindo sobre o mapa e mandaram a gente preparar nossa caça para o jantar. Enquanto preparávamos as aves na fogueira, fiquei com medo de Fred dar com a língua nos dentes sobre o que tinha visto e disse:

— Fred, lembra do nosso combinado?

— Que combinado?

— Nenhum — respondi. — Mas é melhor você não falar pra ninguém sobre o que eu te dei — murmurei.

Fez que sim com a cabeça.

— O seu presente já tá me dando mais sabedoria bem nesse instante, Cebola. Fico agradecido a você, e não vou contar pra alma viva.

Me senti mal por ele, tendo o raciocínio lento daquele jeito e confiando em mim, sem saber que eu era um menino e planejava fugir. Seu pai já tinha me dado aquela pena e dito pra não contar pra ninguém. E eu dei a pena ao seu filho e disse para *ele* não contar a ninguém. Eles não sabiam no que acreditar, é o que eu acho. Naqueles dias, os brancos contavam aos negros mais do que contavam um para o outro, pois sabiam que os negros não podiam fazer nada além de dizer "Ã-hã" ou "Hummm", e continuar com suas incumbências. Na minha mente, aquilo deixava os brancos sujeitos a serem enganados. As pessoas de cor sempre estavam dois passos à frente dos brancos nesse departamento, tendo matutado sobre todas as possibilidades de como se misturar sem ser visto e tendo cuidado pra que suas mentiras combinassem com o que os brancos queriam. O homem branco comum era um boboca, pensava eu, e era assim que eu via Fred.

Mas eu estava errado, pois Fred não era um completo boboca. Nem seu pai. O maior panaca acabou se mostrando ser este que vos fala, por pensar que eles eram bobocas. É assim que as coisas acontecem quando você coloca outro homem sob julgamento. Isso te leva direto pra perdição, e mais adiante isso viria a me custar.

3

O Exército do Velho

Não fazia muito que a gente tinha assado os faisões quando o resto dos homens do Velho apareceu. O temível exército do Velho John Brown, do qual tanto ouvi falar, nada mais era que uma ralé formada por quinze dos sujeitos mais esqueléticos, beberrões e deploráveis que alguém já viu. Eram jovens e finos como pelo de cavalo num copo de leite. Tinha um judeu estrangeiro, um índio e mais alguns imprestáveis. Eram feios de dar dó, coitados. Voltavam de uma espécie de incursão, chegando numa carroça que tinia como uma loja de utensílios domésticos, com panelas, xícaras, pires, móveis, mesas de carteado, fusos, correias de couro e bugigangas penduradas às laterais.

Tavam trazendo tudo menos comida, e o aroma das aves atraiu todos eles direto pra fogueira. Formaram um círculo em volta dela. Um deles, o judeu chamado Weiner, um sujeito magro, tenso e esguio, vestindo suspensórios, trazia um jornal, que deu pra Owen.

— Guarde até depois da janta — disse ele, olhando fixamente pra fogueira. — Senão o Capitão vai querer partir na mesma hora.

Mas o Velho chegou e viu, arrancando o jornal da mão dele.

— Sr. Weiner, sem dúvida, as notícias que vêm de Lawrence são urgentes — disse. — Mas não se preocupe, pois tive uma visão sobre elas já. — Ele se virou para os outros e disse: — Homens, antes de encherem a pança, vamos agradecer ao nosso Provedor Sagrado por essas vitualhas, já que, no fim, estamos disseminando a liberdade no nome Dele.

De cabeça abaixada, os homens formaram um círculo enquanto o Velho ficou parado no centro, com o chapéu na mão, baixando o rosto enrugado sobre as aves assadas e a fogueira.

Trinta minutos depois, o fogo tinha se apagado, a janta estava gelada como um iglu e ele continuava a tagarelar. Eu gostaria de dar uma amostra completa das orações do Velho John Brown, mas acho que elas não fariam muito sentido para o caro leitor que, sem dúvida, está acomodado no porão aquecido de uma igreja a cem anos dos dias de hoje, lendo essas palavras usando seus sapatos Stacy Adams e um casaco de peles postiço, sem ter que dar mais de dois passos até a parede e apertar um botão para aquecer o traseiro e esquentar o café. Na verdade, as orações do Velho envolviam mais a visão do que a audição, mais sentimento que sensibilidade. Era preciso estar lá: o aroma dos faisões queimados tomando o ar, a enorme pradaria do Kansas ao redor, o cheiro de estrume de búfalo, os mosquitos e o vento a te atacar de um lado e ele falando para o vento do outro. O Velho era simplesmente um terror no que se referia a pregar. Sempre que parecia ter concluído um pensamento, outro logo surgia e atropelava o primeiro, e então vinha outro que passava por cima desse e, depois de um tempo, todos se chocavam e passavam por cima um do outro e se misturavam, até você não saber o que era o quê e por que ele estava pregando, já que todos os temas se juntavam como os tornados que varriam as planícies, levantando artemísias, besouros e casas, arremessando tudo como se fosse pó. O esforço fazia escorrer seu suor, que caía do pescoço parecido com couro e escorria pela camisa, enquanto ele jorrava palavras sobre ofertas queimadas e o sangue do candeeiro de Jesus e assim por diante; durante todo aquele tempo, quase enlouqueci com o vestido a me pinicar e os mosquitos que atacavam minhas entranhas, me devorando vivo. Até que Owen murmurou:

— Pai! Temos que seguir pela trilha. Um pelotão vem vindo a cavalo!

Aquilo trousse o Velho de volta pro mundo. Ele tossiu, falou mais alguns ave-marias e Obrigado, Senhor, e encerrou o assunto.

— Prefiro fazer uma oração completa pra vós — resmungou — a simplesmente dizer algumas palavras soltas para o nosso Grande Redentor que pagou com sangue e para Cujo serviço nos dedicamos. — Ele costumava alternar "tu" e "vós" em suas pregações.

O PÁSSARO DO BOM SENHOR   41

Os homens desabaram e se acocoraram pra comer, enquanto o Velho lia o jornal. Ao fazer isso, seu rosto foi se fechando e, em poucos instantes, ele amassou o jornal com seu punho grande e firme e gritou:

— Ora, atacaram nosso homem!

— E quem é esse? — perguntou Owen.

— Nosso homem no Congresso! — Ele desamassou o jornal e leu em voz alta pra todos. Pelo que entendi, dois sujeitos se envolveram numa discussão no prédio do governo em Washington, D.C., e um nocauteou o outro. Parece que um camarada de Massachusetts chamado Sumner levou a pior, já que o sujeito da Carolina do Sul quebrou a bengala na cabeça dele e recebeu um monte de bengalas pelo correio de gente que apoiava o seu lado da história.

O Velho jogou o jornal no chão.

— Preparem os cavalos e desmontem a barraca. Temos que revidar essa noite. Depressa, homens, temos um trabalho a fazer!

Mas vejam, os homens não tinham a menor pressa pra partir, pois tinham acabado de chegar e estavam enchendo a barriga.

— Que diferença faz? — perguntou um camarada. — Isso pode esperar mais um dia.

— Os negros todos esperaram duzentos anos — disse o Velho.

O sujeito bufou.

— Deixa eles esperar. Não tem comida o bastante nesse acampamento. — Estava todo esfarrapado como os outros, mas era um homem apinhado, que carregava um revólver de seis tiros e usava calça de cavalgar de verdade. Tinha um pescoço atarracado e enrugado como o de um urubu, e sua boca continuava a trabalhar no faisão enquanto falava.

— Nós não estamos aqui pra comer, Reverendo Martin — disse o Velho.

— Só porque dois bobalhões brigaram no Congresso não quer dizer nada — disse ele. — Nós temos as nossas próprias brigas por aqui.

— Reverendo Martin, você tá do lado errado da razão — disse o Capitão.

O Reverendo continuou a mastigar e disse:

— Eu pretendo melhorar a minha leitura para não ter que escutar a sua interpretação das coisas, Capitão, na qual eu não confio mais. Toda vez que eu parto e volto para o seu acampamento, encontro um rosto novo circulando, mais um para comer. Já falta comida para os homens que temos aqui. — Ele apontou com a cabeça pra mim. — Quem é essa?

Eu estava enchendo a boca de carne o mais rápido que conseguia, pois continuava planejando fugir.

— Reverendo Martin, essa é a Cebola — anunciou orgulhosamente Frederick.

— De onde ela veio? — perguntou.

— Foi roubada da taverna de Henry, o Holandês.

O Reverendo arregalou os olhos e virou para o Velho.

— De todos os encrenqueiros desse país, por que procurar briga logo com ele?

— Não procurei briga nenhuma — disse o Velho. — Fui fazer um reconhecimento do território.

— Bem, você encontrou encrenca no seu reconhecimento. Eu não arranjaria briga com o Holandês nem por uma caixa de biscoitos. Não vim para esse lugar para trocar tiro com ele.

— Ninguém tá atirando em ninguém — disse o Velho. — Estamos cavalgando a caminho da redenção, e a Bíblia diz: "Coloque a verdade diante de seus próprios olhos, e o Senhor proverá."

— Não vem com essa de Bíblia para cima de mim — rebateu o Reverendo. — Conheço ela mais do que qualquer um aqui.

Mas ele disse aquilo pra pessoa errada, pois, em meus 111 anos nesse mundo verde de Deus, jamais conheci alguém que pudesse citar a Bíblia melhor que o Velho John Brown. O Velho se ajeitou e se afastou, e então proferiu meia dúzia de versículos da Bíblia bem na cara do Reverendo. Quando o Reverendo tentou rebater com alguns de seus próprios versículos, o Velho o sufocou com outra meia dúzia que era ainda melhor que a primeira. Aquilo acabou com a discussão. O Reverendo ficou desarmado.

— Basta com isso — estourou ele. — Mas você está buscando problema. Tem um monte de camisas-vermelhas de Missouri que frequentam o Holandês. Você deu a ele um motivo para atiçar todos. Vão vir com tudo para cima de nós.

— Deixa que venham — disse o Velho. — Cebola faz parte da família e pretendo manter ela livre.

— Da minha ela não faz parte — disse o Reverendo. Sugou um osso de faisão e jogou no chão com calma, lambendo os dedos. — Estou lutando para libertar o Kansas, não para roubar crioulas de cabelo sebento como essa aí.

O Velho respondeu com frieza:

— Pensei que fosse a favor do Estado Livre, Reverendo.

— Eu *sou* a favor do Estado Livre. Mas isso não tem nada a ver com ser morto por roubar a crioula de alguém.

— Você não devia ter se juntado à nossa companhia, se pretendia chiar e resmungar por causa da liberdade das pessoas de cor — disse o Velho John Brown.

— Me juntei a vocês por nossos interesses comuns.

— Veja, o meu interesse é libertar as pessoas de cor desse território. Sou abolicionista até o último fio de cabelo.

Enquanto os dois discutiam, a maioria dos homens já tinha terminado de comer e estava acocorada, observando.

— É a crioula do Holandês. Ele comprou e pagou por ela!

— Ele logo vai esquecer.

— Ele não vai esquecer esse tipo de coisa.

— Então eu vou tirar isso da memória dele quando vier.

O índio, Ottawa Jones, foi até o Capitão e disse:

— O Holandês não é má pessoa, Capitão. Fez alguns serviços pra mim antes de abrir a taverna. Na época, ele não apoiava a escravidão. Devemos dar a ele uma chance de mudar de opinião.

— Só tá defendendo ele porque você mesmo já teve um ou dois escravos — chiou outro homem.

— Seu mentiroso — disse Jones.

Aquilo agitou mais ainda as coisas, com alguns defendendo esse lado, outros aquele, uns a favor do Velho, outros do Reverendo. O Velho ouviu em silêncio até finalmente gesticular pra que se calassem.

— Pretendo atacar os escravistas. Nós sabemos o que eles fizeram. Mataram Charles Dow. Mandaram Joe Hamilton pra perto do Criador bem em frente da mulher. Estupraram Willamena Tompkin. São estupradores. Ladrões. Pecadores, todos eles. Estão destruindo toda essa área. O Bom Livro diz: "Coloque o inimigo diante de seu próprio fogo." Henry, o Holandês, é um inimigo. Mas, se não cruzar o meu caminho, ele não sofrerá nenhum dano causado por mim.

— Não vou enfrentar o Holandês — disse o Reverendo Martin. — Não tenho nada contra ele.

— Nem eu — disse outro homem. — O Holandês me deu um cavalo a crédito. Além do mais, esse pelotão aqui tem muitas esquisitices. Não saí de Connecticut para andar ao lado de judeus.

O judeu Weiner, parado ao lado de Jones, avançou com os punhos cerrados na direção do homem.

— Peabody, se abrir a boca para falar assim outra vez, vou te arrebentar até não conseguir mais andar.

— Agora chega — disse o Velho. — Amanhã partimos para Osawatomie. É lá que estão os escravistas. Quem quiser vir junto, seja bem-vindo. Quem não quiser, pode ir pra casa. Mas tem que ir pelo norte, passando por Lawrence. Não quero ninguém indo ao sul para avisar o Holandês.

— Se quiser enfrentar o Holandês, vá em frente — disse o Reverendo. — Não vou ficar no seu caminho. Mas ninguém me diz por onde viajar, especialmente não por causa de uma crioula faminta de cabelo duro como essa aí. — Colocou a mão no revólver, acomodado do lado esquerdo. Peabody e outros dois se juntaram a ele, e, de repente, simples assim, o exército se dividiu ao meio, com um lado apoiando o Velho e o outro se alinhando ao Reverendo.

Ouviu-se um murmúrio vindo do grupo atrás do Velho, e os olhos do Reverendo cresceram o tamanho de duas mexericas ao verem Fred vindo em sua direção, espumando e sacando as armas enquanto se aproximava. Segurava as pistolas como se fossem gravetos. Em pouco tempo, ele estava em cima do Reverendo e encostava as duas pistolas no peito do homem. Ouvi quando puxou o cão das duas armas.

— Se disser mais uma palavra sobre a minha amiga Cebola aqui, vou dar um tiro no seu peito — disse ele.

O som da voz do Velho o interrompeu:

— Frederick!

Fred parou, com as pistolas em riste.

— Deixa ele.

Frederick se afastou. O Reverendo resmungou e o encarou com raiva, mas não sacou sua arma. Foi esperto de sua parte, pois Owen tinha se distanciado do grupo, assim como outros dois dos filhos de Brown. Eram uma turma da pesada, aqueles Browns. Eram santos, como é Jesus pra um homem. Não xingavam e nem bebiam. Não falavam palavrão. Mas que Deus ajudasse quem cruzasse o caminho deles, pois não perdoavam ninguém. Quando decidiam algo, era o fim.

O Reverendo recolheu a espingarda e suas coisas, subiu no cavalo e partiu sem dizer nada. Peabody e os outros dois foram atrás. Cavalgaram ao norte do acampamento, como mandou o Capitão.

O Velho, o índio Ottawa Jones e o judeu Weiner ficaram juntos e viram o Reverendo Martin e seus homens irem embora.

— É melhor você atirar nesse Reverendo pelas costas enquanto pode — disse Weiner. — Não dou cinco minutos depois que sumir de vista para ele se voltar para o sul e partir na direção da encruzilhada do Holandês. Vai contar tudo pra ele em alto e bom som.

— Que conte — disse o Velho. — Quero que todos saibam o que pretendo fazer.

Mas ele cometeu um erro deixando o Reverendo ir embora aquele dia, e aquilo viria a lhe custar caro mais à frente.

4

Massacre

O plano do Velho para atacar Osawatomie foi adiado, como a maioria das coisas que ele fazia, e passamos os dias seguintes vagando pelo condado, roubando dos escravistas pra comer. O Velho estava sempre duro e atrasado pra tudo. Uma coisa era verdade, ele tinha um monte de homens pra alimentar: doze no total. É bastante. Às vezes, acho que o Velho John Brown não teria começado a fazer arruaça nenhuma se não tivesse que alimentar tanta gente o tempo todo. Até em casa ele tinha doze filhos, sem contar a mulher e vários vizinhos que viviam à sua custa, pelo que me contaram. É muita barriga pra encher. Isso deixa qualquer um com raiva de tudo. Weiner nos deu de comer em seu armazém em Kinniwick. Mas, depois de dois dias, sua mulher se encheu da luta contra a escravidão e botou todo mundo pra fora.

— Nós todos é que seremos escravos quando tudo isso acabar — resmungou ela.

Aqueles primeiros dias vagando pela área me deu tempo de ter uma leitura melhor das coisas. Segundo o Velho, novas atrocidades vinham ocorrendo pra cima e pra baixo do território do Kansas, e a briga no Congresso foi a última gota. Do seu ponto de vista, os colonos ianques vinham sendo roubados regularmente pelos Kickapoo Rangers, pelos Ranting Rockheads, pelos Border Ruffians, os Pistoleiros do Capitão Pate e por uma série de bandos sanguinários e maldosos, formados por bêbados e demônios que saíam por aí matando os abolicionistas ou qualquer pessoa suspeita de ser

O PÁSSARO DO BOM SENHOR

um. Muitas destas figuras faziam parte dos meus favoritos, verdade seja dita, tendo eu crescido na taverna do Holandês e conhecido muitos rebeldes. Pra eles, os ianques do Velho nada mais eram que um amontoado de posseiros, ambulantes e exploradores pretensiosos, que chegaram ao oeste roubando propriedades sem a menor ideia de como eram as coisas. Além disso, os ianques não combatiam de maneira justa, já que recebiam armas e mantimentos vindos do leste, e usavam isso contra os pobres habitantes das planícies. Ninguém perguntava para os negros o que eles achavam de tudo aquilo, a propósito, e nem para os índios, agora que penso nisso, já que a opinião de nenhum deles importava, por mais que a maior parte da discussão dissesse respeito a eles, pois no fim tudo girava em torno de terras e dinheiro, coisas com as quais aqueles que debatiam jamais pareciam estar satisfeitos.

Eu não pensava isso naquela época, é claro. Queria voltar pra taverna do Holandês. Tinha meu tio e minha tia por lá, e, ainda que nós não fôssemos muito próximos, qualquer coisa parecia melhor que passar fome. Taí o problema de trabalhar para o Velho John Brown, e, se eu estiver dizendo mentira, espero cair duro assim que terminar: eu passava fome na companhia dele. Nunca passei fome quando era escravo. Só quando fiquei livre que me vi procurando comida no lixo. Além do mais, ser menina dava muito trabalho. Eu passava os dias pra cima e pra baixo, buscando coisas para aqueles jovens pães-duros, lavando suas roupas, penteando o cabelo deles. A maioria não sabia fazer nada e gostava de ter uma garotinha pra fazer isso ou aquilo pra eles. Era sempre "Vá buscar água, Cebola" e "Pega aquele saco de pano e leva ali" e "Lava essa camisa no riacho pra mim, Cebola" e "Esquenta a água, queridinha". Ser livre não valia porra nenhuma. De todos eles, só o Velho não exigia que eu me ocupasse de tarefas femininas, e isso porque estava ocupado demais rezando na maior parte do tempo.

Eu estava de saco cheio daquela merda e quase me senti aliviado quando ele anunciou, após alguns dias:

— Nós vamos atacar hoje à noite.

— Não vai dizer pra gente onde vai ser? — resmungou Owen.

— Apenas afiem suas espadas.

Vejam, esse tipo de conversa funciona bem quando você dá ordens para um negro. Mas aqueles sujeitos eram brancos e deu pra ouvir algumas reclamações por não saberem exatamente onde eles deviam atacar, e assim por diante. O exército do Velho era novinho em folha, descobri. Nunca tinham lutado numa guerra, nenhum deles, nem mesmo o Velho. A algazarra que fizeram era mais roubando comida e mantimentos. Agora o jogo tinha ficado sério, e mesmo assim ele não queria contar onde eles iam lutar. Ignorava quando eles perguntavam. Nunca contou seus planos pra ninguém durante todos os anos que passei com ele. Mas também, por outro lado, relembrando agora, talvez nem mesmo ele soubesse, já que costumava parar, montado no cavalo, no meio da tarde, levar a mão ao ouvido e dizer:

— Shhh. Estou recebendo mensagens de nosso Grande Redentor, que parou o tempo pra nós.

Ficava ali por minutos, montado no cavalo, de olhos fechados, meditando antes de seguir em frente.

Depois de anunciado o ataque pra aquela noite, os homens passaram o dia afinando suas espadas em pedras e se preparando. Passei o dia procurando uma chance de escapar, mas Fred estava em cima de mim. Me fazia cuidar da fogueira, aprender a afiar espadas e limpar carabinas. Não me deixava sozinho nem por um minuto e estava sempre do meu lado. Fred ensinava bem aquelas coisas, mas era um pé no saco. Tinha me adotado e ficava feliz ao ver sua garotinha aprender tão rápido a montar um cavalo, ignorar os mosquitos e ser quase tão adaptável, disse ele, "quanto um menino". O vestido pinicava pra chuchu, mas conforme os dias iam se transformando em noites frias, ele passava a me dar calor e conforto. E, devo dizer — sem nenhum tipo de orgulho —, também me mantinha longe do combate. Alguém ia terminar com um buraco na cabeça, e eu não tinha interesse algum naquilo.

A tarde foi caindo, e o Velho anunciou:

— A hora tá chegando, homens.

Mal disse aquilo, um a um, os homens começaram a desertar e inventar desculpas pra ir embora. Um tinha que cuidar do gado. O outro tinha que tratar da colheita. Aquele lá tinha um filho doente em casa, outro precisava correr em casa pra pegar sua arma, e assim por diante. Até mesmo Ottawa Jones se mandou no último segundo, prometendo nos alcançar depois.

O Velho deu de ombros.

— Prefiro ter cinco soldados dedicados e treinados a um exército de patetas medrosos — escarneceu. — Vejam a Cebolinha aqui. Apesar de negra e menina, cuida de suas incumbências como um homem. Isso sim — disse com orgulho pra Fred e Owen — é dedicação.

À noite, o grupo de doze tinha diminuído pra oito, sem contar esse que vos fala, e o vigor daqueles que ficaram tinha ido embora. Tudo estava com um novo tom agora, pois ficava cada vez mais sério, e a fome começava a bater outra vez. O Velho quase nunca comia, então sua necessidade de alimento não era grande. Mas os outros estavam morrendo de fome, assim como eu. Parecia que, quanto mais se aproximava a hora do ataque, mais faminto ficava, até passar da meia-noite e a fome se transformar em medo, quando esqueci completamente que estava faminto.

Já era madrugada adentro quando o Velho reuniu o que sobrara dos Rifles de Pottawatomie ao seu redor pra rezar — calculo que rezasse, em média, duas vezes por hora, sem contar as refeições e incluindo as vezes em que usava o lavabo, quando fazia uma oração curta antes mesmo de se agachar na mata e expurgar as impurezas de seu corpo. Fizeram um círculo ao seu redor, e o velho começou. Não recordo de tudo o que ele disse — a barbárie abominável que viria em seguida ficou na minha mente por muito mais tempo —, mas lembro de estar ali parado, de pés descalços, enquanto o Velho evocava o espírito de Jesus com uma longa citação do Antigo e do Novo Testamento, berrando sobre o Evangelho segundo João, e assim por diante. Ele urrou, pregou e uivou pra Deus por uns bons quarenta e cinco minutos, até que Owen interrompeu:

— Pai, temos que ir. Vai estar claro em três horas.

Aquilo atiçou o Velho, que saiu do transe, resmungando:

— Claro que você tinha que interromper a minha apreciação ao nosso caro Salvador sobre Cujo sangue nossas vidas se baseiam, mas acredito que Ele compreenda a impaciência das crianças e tolere sua juventude e indiferença. Em frente, homens.

Eles se juntaram numa carroça com cavalos amarrados para segui-la, e subi a bordo. Ali dentro restavam agora oito dos Rifles de Pottawatomie originais, e só na carroça, durante a viagem, foi que descobri que cinco deles eram filhos do Velho: Owen e Fred, é claro, além de Salmon, Jason e John Jr., mais um cunhado, Henry Thompson. Os outros dois eram James Townsley e Theo Weiner, o judeu.

Evitamos a Trilha da Califórnia, principal trilha a atravessar o Kansas, e viajamos por uma velha estrada de lenhadores por cerca de uma hora, pra então tomarmos um caminho que levava a um grupo de casas. Nenhum dos homens ficou nervoso ou se mostrou hesitante enquanto a gente avançava, mas ouvi eles conversando inquietos sobre onde morava o Holandês e concluindo que o Velho pretendia atacá-lo. Houve uma certa confusão sobre onde era, pois estava escuro e não tinha muita lua, e novos assentamentos brotavam ao longo da Trilha da Califórnia todos os dias, mudando a aparência das coisas. É claro que eu sabia onde o Holandês morava e conhecia tudo a um raio de um quilômetro dali, mas também não tinha muita certeza de onde a gente estava. Sabia que não estávamos na área dele ainda. Fosse onde fosse ali, não era na Trilha da Califórnia, claramente do outro lado de Mosquite Creek. Acho que a gente terminaria em Nebraska se dependesse do Velho, pois ele também não tinha ideia de onde estava.

Eu não disse nada enquanto eles iam de um lado para o outro, tentando descobrir onde estavam e, depois de um tempo, quando olhei para o Velho Capitão pra ouvir o que tinha a dizer, vi que estava ferrado no sono dentro da carroça. Acho que os outros não queriam acordar ele. Ficou ali roncando enquanto os homens faziam a gente viajar em círculos por cerca de uma hora. Eu estava feliz por ele ter dormido, e pensei que não acordaria mais e acabaria esquecendo aquilo tudo, mas descobriria mais tarde que o Velho John Brown podia ficar acordado por dias sem comer uma só migalha, depois fechar os olhos e dormir por cinco minutos antes de acordar pra executar qualquer missão nessa terra de Deus, incluindo matar homens ou animais.

Ele logo acordou, é claro, e então se sentou e grunhiu:

— Parem perto daquela cabana ali na clareira. Nosso trabalho é aqui.

O Velho estava tão perdido quanto nós e não sabia como sair daquele pedaço de mata em particular, daquela cabana, pelo menos não mais do que um pássaro sabe como sair de um lavabo com a porta fechada. Mas ele era o líder e tinha encontrado o que procurava.

Ficou olhando pra a cabana em meio à luz tênue da lua. Não era a casa do Holandês, mas ninguém, nem mesmo Owen ou Frederick, disse qualquer coisa, pois não queriam bater boca com ele. Verdade seja dita, o Sítio de Brown, fazenda onde ele e seus rapazes se alojavam, ficava a menos de quinze quilômetros da casa do Holandês, e alguns deles deviam saber que a gente estava no lugar errado, mas ninguém disse uma só palavra. Tinham medo de enfrentar o pai. A maioria preferia falar mal do próprio Jesus Cristo antes de encarar o Velho, a não ser Owen, que era o menos religioso dos meninos e o mais confiante. Mas mesmo ele também parecia incerto naquele momento. Afinal, toda aquela ideia de atacar e combater no meio da noite vinha de seu pai, não dele, e ele seguia o Pai como os outros, até o fim.

O Velho estava certo de si e falava com a força de quem sabia o que dizia.

— Pela causa — murmurou. — Desmontem e amarrem os dois cavalos de sobra.

Os homens obedeceram.

Estava escuro, mas dava pra enxergar. O Velho saltou da parte de trás da carroça e nos guiou pelo matagal, espreitando a cabana.

— Acredito que a gente vai pegar ele de surpresa — disse.

— Tem certeza que é a casa do Holandês? — perguntou Owen.

O Velho não deu ouvidos.

— Posso sentir o cheiro de escravidão ali dentro — declarou. — Nosso ataque deve ser rápido, infligindo a vingança do Senhor. Vamos usar só as espadas. Nada de armas de fogo.

Virou-se pra mim e disse:

— Cebolinha, você é uma criança corajosa. Sei que você também quer combater pela liberdade, mas esse não é o momento certo. Fica aqui. A gente vai voltar logo.

Ele não precisou dizer duas vezes. Eu não ia a lugar nenhum. Fiquei do lado da carroça e vi eles partirem.

A lua espiava de trás das nuvens, e a luz era o bastante pra eu enxergar os homens se aproximarem das cabanas, dispostos em fila. Vários pegaram suas armas, apesar do que tinha dito o Velho, enquanto caminhavam na direção da porta da frente.

Quando estavam quase diante da porta, a uns bons trinta metros de mim, virei as costas e dei no pé.

Não dei mais que cinco passos e me vi de cara com dois vira-latas que pularam em mim. Um deles me derrubou, e o outro latia sem parar e teria me estraçalhado se algo não tivesse caído em cima dele, fazendo com que desabasse. O outro cão saiu correndo pra a mata.

Olhei para o alto e vi Fred diante do cachorro dilacerado, e o Velho e os outros sobre mim. O Velho parecia irritado, e a visão daqueles olhos cinzentos cerrados na minha direção me fez desejar encolher ao tamanho de um amendoim. Pensei que fosse me castigar, mas em vez disso ele se virou e fitou os outros.

— Sorte que a Cebola aqui teve a ideia de sair à procura de cães de guarda às nossas costas, o que não passou pela cabeça de nenhum de vocês. Acho que não dá pra evitar que alguém lute por sua liberdade. Por isso, venha com a gente, Cebolinha. Sei que você quer vir. Fica atrás de nós e aja em silêncio e com rapidez.

Ele havia me botado na pior, mas obedeci. Trotaram na direção da cabana. Segui a uma distância segura.

Owen e Fred foram até a porta da frente, com as armas em punho, e bateram educadamente, enquanto o Velho observava de trás.

Uma voz veio lá de dentro:

— Quem é?

— Estamos tentando achar a taverna do Holandês — gritou o Velho. — Estamos perdidos.

A porta abriu, e Owen e Fred chutaram o homem pra dentro da casa e se colocaram atrás dele. Os outros entraram aos tropeços.

Fui pra uma janela lateral e fiquei olhando. A cabana tinha um só cômodo, iluminado apenas por uma tênue vela. O Velho e seus rapazes se encontravam diante de ninguém menos que James Doyle, que estivera na taverna e apontara seu Colt .45 para o Velho, além dos três filhos de Doyle e sua mulher. O pai e os garotos foram colocados de cara pra parede, enquanto os filhos do Velho encostavam suas espingardas e lâminas nos pescoços deles. O Velho estava bem próximo, mudando o apoio de um pé pro outro, com o rosto contorcido, revirando o bolso em busca de algo.

Acho que ele não sabia direito como agir, pois nunca tinha feito prisioneiros antes. Ficou remexendo no bolso por uns bons cinco minutos até finalmente tirar um pedaço de papel amarelado e amassado e ler, em sua voz alta e fina:

O PÁSSARO DO BOM SENHOR   53

— Sou o Capitão Brown, do Exército do Norte. Viemos aqui a partir do leste pra livrar os escravos desse território sob as leis de nosso Redentor, o Senhor Jesus Cristo Que derramou Seu sangue por mim e por vocês. — Em seguida, fez uma bola com o papel, enfiou no bolso e disse a Doyle: — Qual de vocês é Henry, o Holandês?

Doyle estava pálido.

— Ele não mora aqui.

— Sei disso — disse o Velho, embora não soubesse. Tinha acabado de descobrir. — Vocês são parentes dele?

— Nenhum de nós aqui é.

— Vocês são a favor da escravidão ou contra?

— Eu não tenho nenhum escravo.

— Não perguntei isso. Não te vi na taverna do Holandês?

— Eu estava só passando — disse Doyle. — Ele mora um pouco mais adiante, não se lembra?

— Não recordo de cada passo que dou em minhas incumbências, pois o Todo-Poderoso me dá a direção — disse o Velho —, pois eu me mesclo a Seu espírito a quase todo instante. Mas lembro que você era um dos rufiões que queria atirar em mim lá.

— Mas não sou o Holandês — disse Doyle. — A taverna do Holandês fica três quilômetros a leste.

— E é um verdadeiro paraíso pagão — disse o Velho.

— Mas eu não atirei em você — insistiu Doyle. — Podia, mas não atirei.

— Bem, deveria. Você é parente do Holandês, por acaso?

— Definitivamente não.

— Bom, vou perguntar de novo. Você é a favor da escravidão ou não?

— Não vai encontrar um só escravo aqui — disse Doyle. — Não tenho nenhum.

— Que pena. Esse seu terreno é grande — disse o Velho Brown. — Deve dar trabalho pra manter.

— Nem me diga — respondeu Doyle. — Tenho mais terra pra arar do que eu e meus meninos conseguimos cuidar. Até que cairia bem um par de crioulos aqui. Não dá pra trabalhar no território do Kansas sem ajuda. Veja você, ontem mesmo...

E então ele parou, pois sabia que tinha cometido um erro. O rosto do Velho Brown mudou. Os anos caíram por terra e uma juventude tomou conta. Ele se endireitou e inclinou a mandíbula pra frente.

— Venho pra fazer a justiça do Redentor pra libertar Seu povo. E pra reivindicar a vingança do Senhor sobre o assassinato e o sequestro de negros por escravistas e gente como você, que pilha e rouba em nome daquela instituição infernal. E tudo que ela envolve e todos que estão envolvidos, todos que tomaram parte em suas rapinas e frivolidades. Não tem exceção.

— Isso quer dizer que você não gosta de mim? — perguntou Doyle.

— Vá pra fora — disse o Velho.

Doyle ficou branco como uma vela e insistiu em sua defesa.

— Eu não quis te fazer mal na taverna — disse ele. — Sou só um fazendeiro tentando fazer o dinheiro mudar de bolso. — Ele então girou a cabeça de repente e olhou pela janela, onde meu rosto estava grudado, bem diante dele, e me viu espiando de vestido e boina. Um olhar intrigado brotou em seu rosto, antes tomado pelo medo. — Já não te vi em algum lugar? — perguntou.

— Guarde suas saudações pra outra ocasião. Sou eu quem estou falando aqui — disse Brown. — Vou perguntar a última vez. Você é a favor do Estado Livre ou do Estado Escravo?

— O que você quiser — disse Doyle.

— Decida-se.

— Não consigo pensar com uma espingarda no queixo!

O Velho hesitou, e Doyle estava quase se safando, quando sua mulher gritou:

— Eu te disse, Doyle! É isso que dá ficar andando com aqueles malditos rebeldes.

— Silêncio, Mãe — disse ele.

Tarde demais. O segredo estava exposto. Brown acenou para os rapazes, que colocaram Doyle e os dois filhos mais velhos pra fora. Quando foram pegar o último, o caçula, a mãe se jogou em cima do Velho Brown.

— Ele só tem dezesseis anos — implorou a senhora. — Ele não tem nada a ver com esse pessoal da lei. É só um menino.

Ela insistia com o Velho sem parar, mas ele não dava ouvidos. Estava perdido. Parecia ter ido pra um lugar diferente dentro da sua cabeça. Olhava

O PÁSSARO DO BOM SENHOR

através da mulher, pra além dela, como se olhasse pro paraíso ou algo distante. Ele ficava todo religioso na hora de matar.

— "Pegue sua própria mão e corte um machado com ela" — disse ele. — Isso é Euclesiastas doze sete ou algo assim.

— O que isso quer dizer? — perguntou ela.

— Que esse aqui também vem comigo.

Ela desabou de joelhos e urrou, implorou e o arranhou um pouco mais, tanto que conseguiu tirar o Velho de seu estupor assassino por um minuto.

— Tudo bem — disse ele. — A gente não vai levar ele. Mas vou deixar um homem com o cano da arma apontado pra essa porta. Se você ou qualquer um botar a cabeça pra fora, vai comer chumbo.

Ele deixou um homem tomando conta da porta e dividiu os outros. Metade levou Doyle pra uma parte do matagal e a outra metade caminhou alguns metros com seus dois filhos. Segui Fred, Owen e o Velho, que fez Doyle dar alguns passos mata adentro, parou e colocou ele de costas pra uma grande árvore. Doyle, de pés descalços, tremia como uma galinha de pernas tortas e começou a choramingar feito bebê.

O Velho ignorou tudo aquilo.

— Vou te fazer essa pergunta pela última vez. Você é a favor da escravidão ou do Estado Livre? — disse Brown.

— Era só conversa fiada — disse Doyle. — Eu não estava falando sério.

Ele começou a tremelicar, chorar e implorar por sua vida. Os filhos, a muitos metros dali, não viam, mas ouviam ele berrando como um bezerro desmamado e também começaram a choramingar e a urrar.

O Velho não disse nada. Parecia hipnotizado. Parecia não ver Doyle. Eu não conseguia assistir, então saí do matagal, mas não rápido o bastante, e Doyle me viu ao brilho do luar e subitamente me reconheceu.

— Ei — disse ele, de repente. — Diz pra eles que eu sou do bem! Você me conhece! Diz pra eles. Eu nunca te fiz mal.

— Silêncio — disse Brown. — Vou perguntar pela última vez. É a favor da escravidão ou não?

— Não me machuque, Capitão — disse Doyle. — Sou só um homem que tenta ganhar a vida plantando trigo e cultivando feijão.

Era como se falasse para as paredes.

— Não disse isso pra Lew Shavers e aquelas duas mulheres ianques que você saqueou em Lawrence — disse o Velho.

— Não fui eu — murmurou Doyle em voz baixa. — Era gente que eu conhecia.

— E você não estava lá?

— Estava. Mas foi... um erro. Não fui eu que fiz aquilo.

— Então vou rezar ao Senhor pelo seu perdão — disse Brown. Virou pra Fred e Owen e disse: — Terminem com isso rápido.

Juro por Deus, os dois levantaram as espadas e enfiaram bem na cabeça do pobre homem, que desabou. Doyle queria tanto viver que caiu e se levantou num mesmo movimento, com a espada de Fred ainda plantada no crânio, lutando pela sobrevivência. Owen acertou ele outra vez e quase arrancou sua cabeça. Dessa vez, ele caiu e ficou, ainda se contorcendo, deitado de lado, sacudindo as pernas. Mesmo com a cabeça rachada, Doyle guinchou como um porco por tempo o bastante para que os filhos, no matagal a não mais de dez metros dali, conseguissem ouvir. O som do pai sendo assassinado, urrando, deixou eles assustados a ponto de uivarem como coiotes, até que o golpe das espadas atingindo suas cabeças ecoou pela mata e eles ficaram em silêncio. Estava acabado.

Continuaram na mata, todos eles, arfando exaustos por um minuto, até que uma gritaria horrenda teve início. Fiquei todo arrepiado, achando que vinha dos próprios mortos, até ver uma alma correndo pela floresta e perceber que era de um dos filhos de Brown, John. Ele correu na direção da clareira onde ficava a cabana, berrando feito doido.

— John! — gritou o Velho, saindo em seu encalço com os outros atrás.

Eu não teria outra chance. Virei em meio ao matagal, na direção onde a carroça e os dois cavalos estavam amarrados. Um deles, o velho pangaré do Holandês, tinha sido cavalgado por um dos homens do Velho. Pulei em cima, virei ele na direção da taverna do Holandês e fiz com que corresse o mais rápido que podia. Só depois de sair da mata foi que olhei pra trás pra ver se estava livre, e estava. Tinha deixado eles todos pra trás. Consegui dar no pé.

5

Crioulo Bob

Cheguei na Trilha da Califórnia o mais rápido que aguentou o cavalo, mas depois de um tempo o bicho cansou e começou a trotar, então resolvi deixar ele pra trás, já que estava amanhecendo e minha visão montado nele ia chamar a atenção. Um crioulo não podia viajar sozinho naqueles tempos sem ter documentos. Deixei o animal ali mesmo e ele foi em frente, enquanto eu seguia a pé, evitando a estrada. Estava a um quilômetro e meio da taverna do Holandês quando ouvi uma carroça se aproximando. Pulei no mato e esperei.

A estrada fazia uma curva e descia antes de chegar a um campo aberto no bosque, perto de onde eu estava. Antes da curva e do declive via-se uma carroça aberta conduzida por um negro. Decidi me arriscar e acenar pra ele. Estava prestes a pular na sua frente quando, fazendo a curva logo atrás, surgiu um grupo de dezesseis camisas-vermelhas montados e agrupados em duas colunas. Vinham do Missouri e viajavam como um bando.

A luz do sol se espalhava pela planície. Fiquei parado no matagal, agachado atrás de uma fileira de arbustos espinhentos e árvores grossas, esperando que passassem. Em vez disso, pararam na clareira a apenas alguns metros de mim.

Na parte de trás da carroça tinha um prisioneiro. Um ancião branco de barba, vestido com uma camisa branca suja e suspensórios. As mãos estavam livres, mas os pés, amarrados num gancho circular de metal preso ao chão da carroça. Estava sentado perto da portinhola de trás, enquanto os outros passavam uma garrafa de elixir da felicidade entre eles, olhando para o pobre coitado.

Um homem cavalgou até eles. Era um sujeito de aparência azeda, com o rosto todo marcado, parecido com pão bolorento. Acho que era o líder. Ele desceu do cavalo, oscilou, trôpego, e subitamente se virou e cambaleou bem na minha direção. Entrou na mata e parou a menos de meio metro de onde eu estava escondido. Chegou tão perto do meu esconderijo que vi o interior do seu ouvido, que mais parecia um pepino cortado ao meio. Mas não me viu, pois estava completamente embriagado. Apoiou-se no outro lado da árvore onde eu me escondia e esvaziou a bexiga, depois voltou tropeçando até a clareira. Tirou do bolso um pedaço de papel amarrotado e caminhou até o prisioneiro.

— Vamos lá, Pardee — disse ele. — Nós vamos julgar você aqui mesmo.

— Kelly, eu já falei que não sou ianque — disse o velho.

— É o que vamos ver — balbuciou Kelly. Ergueu o pedaço de papel amassado pra luz do sol. — Tem um monte de determinação aqui dizendo que os homens que apoiam o Estado Livre são todos mentirosos e ladrões fora da lei — disse ele. — Lê você em voz alta. Depois assina elas todas.

Pardee pegou o papel. Levou pra bem perto dos olhos, depois o afastou, esticando o braço, e então trouxe pra perto outra vez, fazendo esforço pra enxergar. Jogou, então, o papel em cima de Kelly. — Meus olhos não são mais o que eram antes — disse ele. — Vai em frente e lê você.

— Não precisa seguir à risca — grunhiu Kelly. — Só assina isso e fim de papo.

— Não vou rabiscar meu nome em lugar nenhum até saber do que se trata — chiou Pardee.

— Para de dificultar as coisas, seu imbecil. Estou facilitando pra você.

Pardee olhou de novo para o papel e começou a ler.

Não teve pressa. Cinco minutos se passaram. Dez. O sol começou a brilhar forte lá no alto, e a garrafa que os homens passavam terminou e foi jogada fora. Outra garrafa apareceu. Também passaram aquela entre si. Vinte minutos se foram. Ele ainda estava lendo.

Vários dos homens continuaram a encher a cara, enquanto Kelly esperava sentado no chão, mexendo no cinto que carregava sua arma, bêbado como um gambá. Até que finalmente olhou pra Pardee.

— Tá esperando o quê? O barco passar? — estourou. — Assina isso logo. São só algumas determinações.

— Não consigo ler tudo de uma vez — disse Pardee.

Foi então que me veio em mente que Pardee provavelmente nem sabia ler. Mas se comportava como se soubesse. Os homens começaram a xingar ele. Xingaram por uns bons dez minutos. Ele continuou lendo. Um sujeito foi até Pardee e soltou a fumaça do charuto na cara dele. Outro se aproximou e gritou em seu ouvido. Um terceiro apareceu, pigarreou e escarrou bem no seu rosto. Isso fez ele abaixar o papel.

— Hatch, vou te acertar bem na fuça quando terminar aqui — rosnou Pardee.

— Termina logo! — disse Kelly.

— Não posso ler com seu primo atazanando meus pensamentos. Agora tenho que começar tudo de novo.

Levou o papel pra perto do rosto outra vez. Os homens iam ficando cada vez mais furiosos. Ameaçaram humilhá-lo com alcatrão e penas. Prometeram fazer um leilão e deixar o cocheiro negro vendê-lo. Ainda assim, Pardee continuava a ler. Até que Kelly finalmente se levantou.

— Vou te dar uma última chance — disse ele. Parecia falar sério agora.

— Tudo bem — rebateu Pardee. Jogou o papel na direção de Kelly. — Pra mim, chega. Não posso assinar. É ilegal.

— Mas foi assinado por um juiz autorizado!

— Não me interessa se foi assinado por Jesus S. Cristo. Não vou botar meu nome em nada que não sei o que é. Não entendi nada do que está escrito.

Nesse momento, Kelly ficou irritado pra valer.

— Estou tendo paciência com você, seu abolicionista covarde e bunda mole. Assina!

— Que maneira de tratar um sujeito que transportou gado com você por dois anos.

— É só por isso que você ainda tá respirando.

— Você tá mentindo, seu inseto de pernas bambas. Só tá querendo roubar o terreno que reivindiquei!

Aquilo atiçou os homens. De repente, as coisas se voltaram na direção oposta. Posseiros de terra no Kansas, ou seja, gente que ocupava o terreno reivindicado por outro, eram quase piores que ladrões de cavalos e crioulos.

— É isso mesmo, Kelly? — perguntou um dos homens. — Está tentando roubar a terra dele?

— Claro que não — disse Kelly, furibundo.

— Ele tá de olho nas minhas terras desde que a gente chegou aqui — exclamou Pardee. — É por isso que tá me chamando de ianque, seu verme!

— Você que é um mentiroso, ladrão de casas e abolicionista! — vociferou Kelly. Tomou o papel de Pardee e deu para o cocheiro da carroça, um negro.

— Crioulo Bob, leia em voz alta — disse ele. Virou-se para Pardee. — Seja o que o crioulo ler, se você não concordar e assinar bem aqui, vou meter uma bala no seu pescoço e acabar com isso de uma vez.

Então se virou para o negro.

— Vá em frente e leia, Crioulo Bob.

O crioulo Bob era um negro corajoso, alto e em plena forma, com não mais de vinte e cinco anos, sentado no banco do cocheiro da carroça. Pegou o papel com as mãos tremendo e os olhos do tamanho de mexericas. O crioulo entrou em pânico.

— Não sei ler, mestre — gaguejou.

— Apenas leia.

— Mas não sei o que tá escrito.

— Vá em frente e leia.

As mãos do negro tremiam enquanto fitava o papel. Até que, tomado pelo nervosismo, abriu a boca:

— Uni. Duni. Tê. Um-dois-três.

Muitos dos homens começaram a gargalhar, mas Kelly estava furioso, assim como vários dos outros, que tinham perdido a paciência.

— Kelly, vamos enforcar Pardee e seguir em frente — disse um deles.

— Vamos jogar alcatrão nele e fazer rolar nas penas.

— Por que perder tempo, Kelly? Vamos em frente.

Kelly gesticulou pra que ficassem em silêncio e então estrebuchou, pigarreando e gaguejando. Não sabia o que fazer. Estar com a cabeça cheia de cana também não ajudava muito.

— Vamos fazer uma votação — disse ele. — Quem for a favor de enforcar Pardee por ser um ianque abolicionista protetor de crioulos e um agente da Sociedade dos Emigrantes Amarelões da Nova Inglaterra, levante a mão.

Oito mãos se levantaram.

— E os que são a favor de não enforcar?

Outras oito mãos se levantaram.

O PÁSSARO DO BOM SENHOR

Contei dezesseis homens. Estava empatado.

Kelly ficou ali parado, cambaleante e bêbado, diante de um dilema. Foi tropeçando até o Crioulo Bob, que estava sentado no banco do cocheiro, tremendo.

— Já que o Pardee aqui é um abolicionista, vamos deixar o Crioulo Bob decidir. Qual o seu voto, Crioulo Bob? Enforcamos Pardee ou não?

Pardee, que estava acomodado nos fundos da carroça, deu um pulo repentino, irritado.

— Então me enforquem! — protestou. — Prefiro ser enforcado a depender do voto de um crioulo! — gritou. Tentou, então, pular pra fora da carroça e caiu de cara no chão, pois tinha os pés amarrados.

Os homens gritaram ainda mais.

— Seu abolicionista idiota e nojento — disse Kelly, gargalhando ao mesmo tempo que ajudava Pardee a se levantar. — Devia ter lido como mandei.

— Eu não sei ler! — disse Pardee.

Aquilo deixou Kelly boquiaberto e ele tirou as mãos de Pardee como se sofresse uma descarga elétrica. — O quê? Você disse que sabia!

— Eu estava mentindo.

— E quanto àquele título de propriedade em Big Springs? Você disse que era...

— Não sei o que era. Você queria tanto aquilo lá!

— Seu cabeça dura!

Agora era Kelly o foco das atenções e alvo das risadas dos homens!

— Devia ter dito algo, seu maldito imbecil — resmungou. — De quem é a terra então?

— Não sei — bufou Pardee. — Mas eu te avisei. Vamos, leia essas resoluções pra mim e eu assino. — Jogou o papel pra Kelly.

O outro pigarreou e gaguejou. Tossiu. Assoou o nariz. Andou de um lado para o outro.

— Não sou muito bom de leitura — balbuciou. Tirou o papel de Pardee e se virou para o grupo. — Quem aqui sabe ler?

Nenhum dos homens se pronunciou. Até que finalmente um camarada lá dos fundos disse:

— Não vou ficar aqui assistindo você discutir com esse pateta nem mais um minuto, Kelly. O Velho Brown está escondido em algum lugar por aí e pretendo encontrar ele.

Dito aquilo, saiu galopando e os homens foram atrás. Kelly correu pra segui-los, cambaleando até sua montaria. Quando virou o cavalo, Pardee lhe pediu:

— Pelo menos, devolve a minha arma, seu idiota.

— Vendi ela em Palmyra, seu abolicionista burro. Devia arrancar seus dentes por arruinar aquele título de propriedade — disse Kelly. E foi embora com o resto.

Pardee e o Crioulo Bob viram ele partir.

Quando sumiu de vista, o Crioulo Bob saiu do banco do cocheiro, foi até os fundos e desamarrou os tornozelos de Pardee sem abrir a boca.

— Me leva pra casa — disse Pardee, espumando. Disse isso sem se virar, esfregando os tornozelos e se ajeitando nos fundos da carroça.

O Crioulo Bob pulou no banco do cocheiro, mas não se moveu. Ficou sentado no alto da carroça, olhando pra frente.

— Não vou levar o sinhô pra lugar nenhum — disse.

Aquilo fez o meu queixo cair. Nunca tinha ouvido um negro falar com um branco daquele jeito em toda a minha vida.

Pardee piscou, atordoado.

— O que disse?

— O sinhô ouviu. Essa carroça pertence ao Sinhô Settles e eu vou devolver pra ele.

— Mas você tem que passar por Palmyra! Bem onde eu moro!

— Não vou pra lugar nenhum com o sinhô, Seu Pardee. O sinhô pode ir pra onde quiser, como quiser. Mas essa carroça aqui é de Marse Jack Settles. E ele não me deu permissão pra carregar ninguém dentro dela. Fiz o que o Sinhô Kelly mandou porque tinha que fazer. Mas agora não tenho mais.

— Desça já desse banco e venha aqui.

Bob ignorou ele. Continuou sentado no banco do cocheiro, com o olhar fixo e distante.

Pardee esticou o braço pra pegar seu berro, mas encontrou o coldre vazio. Ele se levantou e encarou o Crioulo Bob como se pudesse lhe dar uma surra, mas o crioulo era maior, e acho então que ele pensou duas vezes. Em vez disso, desceu da carroça, saiu batendo o pé por um pedaço da estrada, pegou um pedregulho, voltou até a carroça e começou a martelar o contrapino de madeira de uma das rodas. O pino segurava a roda. Bob ficou parado enquanto ele batia. Não moveu um dedo.

O PÁSSARO DO BOM SENHOR

Quando Pardee terminou, jogou o pino no matagal.

— Se eu tiver que caminhar pra casa, você também vai, seu preto cretino — disse, batendo o pé estrada abaixo.

Bob ficou observando até ele desaparecer de vista e então desceu da carroça e olhou pra roda. Esperei por longos minutos antes de finalmente sair do matagal.

— Posso te ajudar a consertar essa roda se você me levar por um pedaço da estrada — disse eu.

Ele ficou me encarando, assustado.

— O que faz aqui, menininha? — perguntou.

Aquilo me deixou confuso, pois tinha esquecido como estava vestido. Rapidamente tentei desamarrar o gorro. Mas o nó estava bem apertado. Tentei, então, o vestido, que estava amarrado na parte de trás.

— Deus do Céu, criança — disse Bob. — Você não precisa fazer isso para o Crioulo Bob te dar uma carona.

— Não é o que parece — respondi. — Na verdade, se puder fazer a gentileza de me ajudar a tirar essa coisa...

— Estou indo embora — disse ele, se afastando.

Mas aquela era a minha chance e eu não estava disposto a perdê-la.

— Um minuto. Me ajuda. Se não se importa, só desamarra...

Nossa Senhora. Ele pulou em cima da carroça, correu para o banco do cocheiro, fez o cavalo andar e estava indo embora, com ou sem pino. Avançou uns dez metros até que aquela roda de trás começou a oscilar — estava quase se soltando — e ele teve que parar. Desceu, pegou um galho no matagal, colocou no buraco do pino e começou a enfiá-lo à base de pancadas. Corri até ele.

— Estou ocupado, criança — disse ele, batendo sem parar na roda. Nem olhou pra mim.

— Eu não sou menina.

— Eu não sei o que acha que é, docinho, mas não acho certo você ficar desamarrando esse vestido na frente do velho Crioulo Bob, um homem casado. — Ele parou por um minuto, olhou ao redor e então acrescentou: — A não ser que queira, é claro.

— Você é muito abusado em falar essas coisas — disse eu.

— É você que tá pedindo um favor.

— Estou tentando chegar na Taverna do Holandês.

— Pra quê?

— Eu moro lá. Sou filho de Gus Shackleford.

— Mentira. O velho Gus está morto. E ele não tinha filha nenhuma. Tinha um menino. Também não valia porra nenhuma, aquela criança.

— Bela coisa pra se dizer de alguém que você nem conhece.

— Eu não te conheço, menina. Você é uma coisinha bem petulante. Quantos anos você tem?

— Não importa. Me leva até o Holandês. Ele vai te dar uns trocados por mim.

— Eu não iria até o Holandês nem por vinte dólares. Eles matam os crioulos naquele lugar.

— Ele não vai te importunar. É do Velho John Brown que ele tá atrás.

Ao ouvir aquele nome, Bob olhou ao redor, examinando a estrada de cima a baixo pra se certificar que ninguém vinha na nossa direção. O caminho estava vazio.

— O John Brown? — sussurrou. — Está mesmo por essas bandas?

— Claro. Ele me sequestrou. Me fez usar o vestido e o gorro. Mas eu fugi daquele cretino sanguinário.

— Por quê?

— Veja só como fez eu me vestir.

Bob olhou bem pra mim, depois suspirou e então deu um assobio.

— Tá cheio de assassino por todo lado dessas planícies — disse lentamente. — Pergunta pros índios. As pessoas dizem qualquer coisa pra sobreviver. O que John Brown poderia querer com você? Precisava de mais uma menina pra trabalhar na cozinha?

— Se eu estiver mentindo, espero cair morto quando acabar de falar. Não sou menina! — consegui tirar o gorro da cabeça.

Aquilo mexeu um pouco com ele. Me examinou mais de perto, depois enfiou a cara bem na minha e então lhe veio uma luz. Arregalou bem os olhos.

— Que diabo te deu na cabeça? — perguntou.

— Quer que eu te mostre as minhas partes íntimas?

— Me poupe, criança. Acredito na sua palavra. Não tenho interesse em ver suas partes íntimas, assim como não quero botar o pé na taverna do Holandês Henry. O que tá fazendo andando por aí assim? John Brown queria te levar para o Norte?

— Não sei. Ele acabou de matar três sujeitos a uns oito quilômetros daqui. Vi com os meus próprios olhos.

— Brancos?

— Se tem a pele branca e cheiro de branco, pode apostar que não é um urubu.

— Tem certeza?

— James Doyle e os filhos — disse eu. — Mortos com golpes de espada. Soltou um assobio.

— Glória, Deus — murmurou.

— Vai me levar até o Holandês, então?

Ele não parecia me escutar. Parecia estar perdido em seus pensamentos.

— Ouvi que John Brown tá por essas bandas. Ele não brinca. Devia agradecer, criança. Encontrou ele e tudo o mais?

— Se encontrei ele? Por que acha que estou vestido que nem um frutinha? Ele...

— Porra! Se o Velho John Brown me escolhesse e me libertasse, eu me vestiria de garota todo dia por dez anos. Ia ser uma menina por completo até não aguentar mais. Seria menina pelo resto da vida. Qualquer coisa é melhor que a escravidão. O melhor que você pode fazer é voltar pra ele.

— É um assassino!

— E o Holandês não é? Está atrás de Brown agora. Tem um bando inteiro atrás deles. Todos os camisas-vermelhas num raio de cento e cinquenta quilômetros estão vasculhando as planícies em seu encalço. Não pode voltar para o Holandês nem sonhando.

— Por que não?

— O Holandês num é burro. Ele vai te vender e ganhar dinheiro enquanto pode. Qualquer crioulo que tenha entrado em contato com a liberdade não vale nada para um homem branco. Um menino de pele mais clara como você daria um bom dinheiro em Nova Orleans.

— O Holandês não ia me vender.

— Quer apostar?

Aquilo me fez matutar. O Holandês não era mesmo muito sentimental.

— Sabe onde posso ir?

— A melhor coisa é voltar para o Velho Brown. Se não estiver mentindo sobre andar com a gangue dele e tudo o mais. Dizem que são assustadores. É verdade que ele carrega dois revólveres de sete tiros?

— Um deles carrega.

— Isso me deixa todo arrepiado — disse ele.

— Prefiro dar um tiro na cabeça a andar por aí vestido de menina. Não consigo fazer isso.

— Economiza a bala e volta para o Holandês, então. Ele vai te mandar pra Nova Orleans e logo a morte vai bater na sua porta. Nunca ouvi de nenhum crioulo que tenha fugido de lá.

Fiquei arrasado. Não tinha considerado nada daquilo.

— Não sei onde tá o Velho agora — disse eu. — Não vou conseguir encontrar ele sozinho. Num conheço essas bandas.

— Se eu te ajudar — disse Bob lentamente —, acha que ele consegue me libertar também? Posso me vestir de garota.

Vejam, aquilo estava soando muito complicado. Mas eu precisava de uma carona.

— Não posso garantir nada, mas ele e os filhos têm um grande exército. E mais armas do que você já viu na vida. E ouvi ele dizer claramente, "Sou abolicionista dos pés à cabeça e meu objetivo é libertar todas as pessoas de cor desse território". Ouvi várias vezes. Então, acredito que ele vai levar você.

— E a minha mulher e os meus filhos?

— Não sei te dizer.

Bob matutou por mais uns instantes.

— Eu tenho um primo perto de Middle Creek que conhece tudo por essas bandas — disse ele. — Ele vai saber onde é o esconderijo do Velho. Mas se ficarmos perdendo tempo aqui, outro bando pode passar e eles podem não estar tão bêbados quanto o último. Me ajuda a prender essa roda de volta.

Me joguei no serviço. Colocamos um toco debaixo da carroça. Ele fez o cavalo andar de modo a levantar a carroça alto o bastante pra soltar a parte de baixo. Em seguida, amarrou a corda numa árvore e fez o cavalo andar de novo, criando uma espécie de guincho. Empilhamos tábuas e pedras embaixo da carroça pra que ela ficasse suspensa. Procurei no matagal até encontrar o contrapino e ajudei Bob a colocar a roda de volta e prender. Já era quase meio-dia quando terminamos, com calor e suados, mas conseguimos deixar a roda como nova. Sentei no banco do lado dele e partimos sem perder tempo.

6

Prisioneiro outra vez

A gente não tinha descido nem três quilômetros pela estrada quando esbarramos com patrulhas de todos os tipos. O território inteiro estava em estado de alerta. Bandos armados vasculhavam a rota de cima a baixo. Toda carroça carregava um passageiro sentado na frente com uma espingarda. Crianças ficavam de vigia em todos os lares, enquanto pais e mães sentavam em suas cadeiras de balanço na frente de casa, com uma carabina nas mãos. Passamos por uma série de carroças transportando ianques aterrorizados que viajavam na direção oposta, com seus bens amontoados, voltando para o Leste o mais rápido que seus burros conseguiam levá-los, deixando o território para sempre. Os assassinatos do Velho haviam deixado todo mundo com medo. Mas Bob tinha passagem livre, pois conduzia a carroça de seu mestre e tinha documentos pra provar.

Seguimos o rio Pottawatomie pela Trilha da Califórnia até chegar a Palmyra. Acompanhamos o rio Marais des Cygnes na direção de North Middle Creek. Depois de percorrermos um trecho curto, Bob parou a carroça, desceu e soltou o cavalo.

— Temos que caminhar a partir daqui — disse ele.

Descemos por uma estrada recém-aberta até chegar a uma bela casa, bem-construída, na parte de trás do rio. Um velho negro cuidava das flores junto ao portão, jogando terra na passagem enquanto a gente se aproximava. Bob cumprimentou o homem, que nos chamou.

— Boa tarde, primo Herbert — disse Bob.

— O que tem de bom nela?

— De bom tem o Capitão.

À menção da palavra "Capitão", Herbert olhou de relance pra mim, lançou um olhar nervoso pra casa do mestre e voltou a remexer a terra apoiado nas mãos e nos joelhos, concentrado na terra e olhando pra baixo.

— Não conheço Capitão nenhum, Bob.

— Deixa disso, Herbert.

O velhote continuou a olhar pra terra, remexendo, concentrado, cuidando das flores e falando baixo enquanto trabalhava.

— Sai já daqui. O Velho Brown é mais perigoso que cobra venenosa. O que tá fazendo mexendo com ele? E quem é essa menina de pernas tortas? É nova demais pra você.

— Cadê ele?

— Quem?

— Para de enrolar. Você sabe de quem estou falando.

Herbert lançou um olhar para cima, depois voltou pra as flores.

— Tem um monte de bandos daqui até Lawrence varrendo toda a área à procura dele. Dizem que tirou a última centelha de vida de dez camaradas perto de Osawatomie. Arrancou a cabeça deles a golpes de espada. O crioulo que disser o nome dele vai ser mandado pra fora desse território em pedaços. Então sai de perto de mim. E manda essa garota pra casa, volta pra sua mulher.

— Ela pertence ao Capitão.

Aquilo mudava as coisas, e as mãos de Herbert pararam por um momento enquanto ele pensava, ainda olhando pra terra, até começar a cavar outra vez.

— E o que eu tenho a ver com isso? — perguntou Herbert.

— Ela é propriedade do Capitão. Ele vai tirar ela dessa área, libertar da escravidão.

O velhote parou de trabalhar por um minuto, olhando pra mim. — Então ela pode chupar o dedo no funeral dele. Fora. Os dois.

— Bela maneira de tratar seu primo de terceiro grau.

— Quarto grau.

— Terceiro, Herbert.

— Como pode isso?

— Minha tia Stella e seu tio Beall tinham uma prima de segundo grau em comum chamada Melly, lembra? Ela era filha de Jamie, primo de segundo grau de Odgin. Já esse era sobrinho do tio Beall, do primeiro casamento com a irmã da sua mãe, Stella, que foi vendida no ano passado. Stella era prima de segundo grau da minha prima Melly. O que faz de Melly sua prima de terceiro grau e deixa seu tio Jim atrás dos meus tios Fergus, Cook e Doris, mas à frente de Lucas e Kurt, que era seu primo de primeiro grau. Isso quer dizer que o tio Beall e a tia Stella eram primos de primeiro grau e faz de mim e você primos de terceiro grau. É assim que você trata seu primo de terceiro grau?

— Não me interessa se você é Jesus Cristo e meu filho juntos — estourou Herbert. — Não sei nada de Capitão nenhum. Ainda mais falando na frente dela — disse, apontando pra mim com a cabeça.

— Por que tá se incomodando tanto com ela? É só uma menina.

— Exatamente — disse Herbert. — Não vou comer alcatrão e pena por causa de uma moreninha que nem conheço. Ela não parece nada com o Velho, seja lá como ele for.

— Eu não disse que eles eram da mesma família.

— Seja o que for, o lugar dela não é com você, um homem casado.

— Veja você mesmo, primo.

Herbert se virou pra mim.

— Senhorita, você é branca ou de cor, se não se incomoda de eu perguntar?

— Que diferença faz? — Bob perdeu a cabeça. — Temos que encontrar o Capitão. Essa garotinha tá com ele.

— Ela é de cor ou não?

— Claro que é de cor. Não dá pra ver?

O velhote parou de cavar pra ficar me encarando por um momento, depois voltou ao que estava fazendo e resmungou:

— Se eu não soubesse das coisas, diria que essa menina tem parentesco com o velho Gus Shackleford, que disseram ter morrido por conversar com John Brown na Taverna do Holandês quatro dias atrás, que Deus o tenha. Mas Gus tinha um filho, aquele inútil do Henry. O capetinha vivia dando preocupação pra ele. Fingindo ser branco e tudo o mais. Precisa de umas boas palmadas. Se um dia eu pegar aquele crioulinho perto do Holandês, vou esquentar tanto a bunda dele com a chibata que ele vai cantar como um galo. Acho que foram suas diabruras que mandaram o pai para o descanso eterno, pois aquele menino era preguiçoso como o diabo. Essas crianças de hoje são infernais, Bob. Não se pode dizer nada pra elas.

— Já acabou? — perguntou Bob.

— Acabei o quê?

— De contar vantagem e desperdiçar tempo — explodiu ele. — Onde tá o Capitão? Sabe ou não sabe?

— Olha, Bob. Uma jarra de pêssegos faria milagres com esse tempo.

— Não tenho pêssego nenhum, Herbert.

Herbert se ajeitou.

— Você sabe falar muito bem pra um sujeito que nunca deu um centavo sequer para o primo. Andando por aí nessa sua carroça elegante com seu amo poderoso. Meu amo é um homem pobre, como eu. Vai procurar outro otário.

Virou e continuou a cavar no canteiro.

— Se não me disser, primo — falou Bob —, vou entrar e perguntar para o seu amo. Ele é a favor do Estado Livre, não é?

O velhote olhou de novo pra a cabana.

— Não sei o que ele é — respondeu, seco. Quando chegou aqui era a favor, mas os rebeldes têm mudado a cabeça dos brancos rápido.

— Vou te dizer uma coisa, primo. Essa menina aqui pertence a John Brown. E ele tá procurando por ela. Se o Brown *achar* e ela disser que você estava colocando obstáculos no caminho, ele pode acabar vindo aqui e plantar uma espada nas suas costas. E se ele decidir partir pra esse caminho sangrento, nada vai lhe impedir. Quem vai te proteger nessa hora?

Aquilo funcionou. O velhote fez uma careta, espiou a floresta atrás da cabana e voltou a cuidar das flores. Começou a falar com a cara para o chão.

— Façam a volta na cabana e continuem reto pela floresta, passando pela segunda bétula depois do milharal — disse ele. — Vão encontrar uma velha garrafa de uísque enfiada entre dois galhos baixos naquela árvore. Sigam o gargalo da garrafa rumo ao norte por três quilômetros, bem na direção que aponta o gargalo. Mantenham o sol do lado esquerdo dos ombros. Vão

O PÁSSARO DO BOM SENHOR

71

chegar a um velho muro de pedras que alguém construiu e deixou pra trás. Sigam a muralha até o acampamento. Mas façam barulho antes de chegarem. O Velho tem vigias. Eles vão puxar o gatilho e mandar bala.

— Você é boa gente, primo.

— Sai já daqui antes que me faça perder a vida. O Velho Brown não tá de brincadeira. Dizem que assou o crânio de quem matou. Os Wilkersons, os Fords, os Doyles e muitos outros do lado do Missouri. Comeu os olhos deles como se fossem uvas. Fritou os miolos como tripa. Usou os escalpos pra fazer lampião. Ele é o capeta. Nunca vi os brancos com tanto medo — disse.

Isso era uma das coisas que acontecia com o Velho naqueles tempos. Se fizesse algo, tudo se transformava num amontoado de mentiras cinco minutos depois do café da manhã.

Herbert cobriu a boca e cachinou, passando a língua nos lábios. — Quero minha jarra de pêssegos, primo. Não esquece de mim.

— Vai ter seus pêssegos.

A gente se despediu dele e partiu na direção da floresta. Quando chegamos, Bob parou.

— Irmãozinho — disse ele —, a partir daqui você segue sozinho. Eu queria ir, mas estou ficando com medo. Sabendo que o Velho John Brown corta fora a cabeça e os olhos das pessoas, acho que não vou conseguir. Eu gosto da minha cabeça, ela cobre o resto do corpo. Além disso, eu tenho família e não posso deixar eles assim, a num ser que tenham passagem livre. Boa sorte, você vai precisar. Continua a ser menina e fica assim até o Velho morrer. Não se preocupa com o Crioulo Bob aqui. A gente se encontra mais pra frente.

Vejam, eu não tinha como dizer se o Velho ia cortar sua cabeça ou se ele seria morto, mas não tinha mais nada a fazer, senão me despedir. Segui as direções do Herbert, passando pelos pinheiros altos e pelo matagal. Pouco depois, reconheci uma parte da muralha de pedras; era o mesmo muro onde o Velho tinha se apoiado pra seguir o mapa quando me sequestrou, mas o acampamento estava vazio. Segui junto à parede até ver a fumaça de uma fogueira. Passei para o outro lado da muralha, na parte mais distante, com o intuito de passar pelo Velho e gritar pra ele e os homens pra que me reconhecessem. Fiz uma volta enorme, rastejando entre árvores e arbustos, e, quando tive certeza que estava às costas deles, me levantei, fui pra trás de um grande carvalho e sentei pra me recuperar. Não sabia que tipo de desculpa contaria pra eles e precisava de tempo pra pensar numa. Antes que notasse, caí no sono. Toda aquela caminhada e a correria na floresta haviam me deixado exausto.

Quando acordei, a primeira coisa que vi foi um par de botas velhas com vários dedos saindo delas. Eu conhecia aqueles dedos. Dois dias antes eu tinha visto Fred passar agulha e linha naqueles calçados, quando a gente estava perto da fogueira salgando amendoim. Do meu campo de visão, aquelas botas não pareciam muito amigáveis.

Olhei pra cima e dei de cara com os canos de dois revólveres, de sete tiros, e atrás de Fred estava Owen e outros do exército do Velho. Nenhum deles parecia muito feliz.

— Cadê o cavalo do pai? — perguntou Fred.

Pois bem, eles me levaram até o Velho, e foi como se eu não tivesse ido a lugar nenhum. O Velho me recebeu como se eu acabasse de voltar de uma ida à mercearia. Não falou nada do cavalo desaparecido, da minha fuga ou qualquer coisa assim. O Velho Brown nunca se importou muito com os detalhes do seu exército. Vi sujeitos irem embora num dia, ficarem afastados por um ano e depois voltarem para o acampamento e se sentarem junto à fogueira e comerem como se acabassem de voltar de uma caçada matinal, sem que o Velho dissesse uma palavra. Os abolicionistas dos seus Rifles de Pottawatomie eram tudo voluntários. Iam e vinham como bem entendiam. Na verdade, o Velho nunca dava ordens, a não ser em combate. Na maioria das vezes, dizia "Vou por esse caminho", os filhos respondiam "Eu também" e assim faziam. Mas no que dizia respeito a dar ordens, verificar presença e coisas assim, as portas do exército estavam sempre abertas.

Ele estava perto da fogueira de camisa aberta, assando um porco, quando cheguei. Olhou pra cima e me viu.

— Noite, Cebola — disse. — Tá com fome?

Respondi que sim e ele acenou com a cabeça, dizendo:

— Chega mais perto e vamos conversar enquanto asso esse porco. Depois, pode se juntar a mim nas orações ao nosso Redentor pra agradecer

O PÁSSARO DO BOM SENHOR

por nossa grande vitória na libertação da sua gente. — Depois, acrescentou: — Metade da sua gente, já que sua pele mais clara me faz acreditar que seja metade branca ou algo assim. O que por si só faz desse mundo um lugar ainda mais traiçoeiro pra você, minha querida Cebola, já que tem que lutar no seu interior e no exterior também, sendo você uma metade de pão clara e a outra escura. Não se preocupa. O Senhor não enxerga controvérsia alguma na sua condição. Lucas doze, versículo quinto, dizia: "Tome o seio não só de sua própria mãe em sua mão, mas de ambos os pais."

Eu não sabia do que ele estava falando, é claro, mas achei melhor explicar sobre o cavalo.

— Capitão — disse. — Fiquei com medo e fugi e acabei perdendo o cavalo.

— Você não é a única que foge. — Deu de ombros, girando o porco com maestria. — Muitos aqui ainda têm reservas em colocar a filosofia de Deus em prática. — Passou os olhos pelos homens, e muitos desviaram o olhar, constrangidos.

O exército do Velho agora estava maior. Tinha, pelo menos, uns vinte homens espalhados por ali. Pilhas de armas e espadas ficavam apoiadas nas árvores. A barraquinha de armar que havia visto da primeira vez tinha desaparecido. No seu lugar estava uma barraca de verdade que, assim como tudo ali, tinha sido roubada: na parte da frente havia uma placa pintada que dizia Loja de Pesca, Equipamento e Ferramentas de Mineração do Knox. Na beirada do acampamento contei quatorze cavalos, duas carroças, um canhão, três fornos a lenha, espadas pra pelo menos quinze homens e uma caixa onde se lia "Dedais". Os homens pareciam exaustos, mas o Velho estava tão cheio de vida quanto uma margarida. Uma barba branca de uma semana tinha crescido em seu queixo, descendo ao peito. As roupas estavam mais sujas e esfarrapadas do que nunca, e os dedos saíam tanto das botas que elas pareciam chinelas. Mas ele se movia lépido e fagueiro como um riacho primaveril.

— A morte de nossos inimigos foi ordenada — disse em voz alta, pra ninguém em particular. — Se os amigos aqui lessem o Bom Livro, não perderiam o ímpeto com tanta facilidade ao batalhar pela vontade do Senhor. O salmo setenta e dois, versículo quarto, diz: "Julgarás os oprimidos do povo, salvarás os filhos dos necessitados e quebrarás o opressor em pedaços." E isso, Cebolinha — falou, sério, tirando da fogueira o porco assado por completo e passando os olhos pelos homens que tinham desviado o olhar —, diz tudo o que você precisa saber. Homens, venham todos aqui por um momento enquanto faço uma oração. Depois, minha valente Cebolinha aqui vai me ajudar a servir esse exército esfarrapado.

Owen deu um passo à frente.

— Deixa eu fazer a oração, Pai — disse ele, vendo que os homens pareciam famintos. Acho que eles não aguentariam uma hora da exaltação do Capitão ao Todo-Poderoso. O Velho concordou, resmungando, e, depois de orarmos e comermos, ele se amontoou com os outros em volta do mapa, enquanto Fred e eu permanecíamos à distância e limpávamos tudo.

Fred, lento como só ele, estava animadíssimo em me ver. Mas parecia preocupado.

— A gente fez uma coisa ruim — disse.

— Eu sei — respondi.

— Meu irmão John fugiu e nunca mais encontramos. Meu irmão Jason também. Não achamos nenhum dos dois.

— Pra onde você acha que eles foram?

— Não importa pra onde foram — disse, sorumbático —, nós vamos encontrar.

— A gente precisa?

Lançou um olhar furtivo na direção do pai, depois suspirou e virou o rosto.

— Senti sua falta, Cebolinha. Pra onde você fugiu?

Eu estava prestes a contar quando um cavaleiro montado chegou ao acampamento. Ele acostou o Velho e falou com ele. Alguns instantes depois, o Capitão nos chamou e se manteve de pé no meio do acampamento enquanto os homens se reuniam.

— Boas notícias, homens. Meu velho inimigo, Capitão Pate, colocou um bando pra atacar as casas na Estrada de Santa Fé e planeja atacar Lawrence. Jason e John estão com ele. É provável que larguem os dois no Forte Leavenworth pra serem encarcerados. Vamos atrás deles.

— Qual o tamanho do bando dele? — perguntou Owen.

— Entre cento e cinquenta e duzentos, fiquei sabendo — disse o Velho Brown.

Olhei ao redor. Contei vinte e três entre nós, eu incluso.

— Só temos munição pra um dia de combate — disse Owen.

— Não importa.

— E a gente vai atacar com o quê quando ela acabar? Com insultos?

Mas o Velho já estava de partida, agarrando seus alforjes.

— O Senhor tá cavalgando lá no alto, homens! Lembrem do exército de Sião! Montem!

— Amanhã é domingo, Pai — disse Owen.

— E daí?

— E se esperarmos até segunda para capturar Pate? Ele provavelmente tá a caminho de Lawrence. Não vai atacar o lugar num domingo.

— Na verdade, é *exatamente* quando vai atacar — disse o Velho —, sabendo que sou um homem temente a Deus e que provavelmente passarei o dia do Senhor descansando. Vamos viajar passando por Prairie City e surpreender ele em Black Jack. Vamos orar, homens.

Bem, não tinha jeito de deter ele. Os homens fizeram um círculo em volta dele. O Velho se ajoelhou, ergueu as mãos com as palmas voltadas para o céu, parecendo Moisés, com sua barba emaranhada como um ninho de pássaros. Começou a rezar.

Trinta minutos depois, Fred estava no chão, roncando, Owen fitava o espaço, e os outros circulavam por perto, fumando, mexendo em seus alforjes e rabiscando cartas pra casa enquanto o Velho ia em frente, gritando de olhos fechados para o Iluminado, até que Owen finalmente interrompeu:

— Pai, temos que partir! Eles estão com Jason e John de prisioneiro e vão para o Forte Leavenworth, lembra?

Aquilo quebrou o transe. O velho, ainda de joelhos, abriu os olhos, irritado.

— Toda vez que consigo encontrar o equilíbrio das palavras pra agradecer ao meu Salvador, sou interrompido — chiou, levantando. — Mas espero que o Deus dos Deuses compreenda a impaciência dos jovens, que não prestam as devidas honras pra agradecer de maneira apropriada pelas bênçãos que Ele oferece tão espontaneamente.

Com isso, subimos nas selas e cavalgamos rumo ao Norte atrás do Capitão Pate e do seu bando. E tinha voltado de corpo e alma ao exército do Velho e ao papel de menina.

7

Black Jack

Como a maioria das coisas que o Velho planejava, o ataque contra os Pistoleiros do Capitão Pate não funcionou como ele tinha imaginado. Pra começar, o Velho sempre recebia informações erradas. Partimos pra combater o Capitão Pate num sábado de outubro. Até dezembro, não tínhamos encontrado ele... E em todo lugar que a gente ia contavam uma história diferente. A caminho de Palmyra, um colono pela trilha gritava, "Os rebeldes estão combatendo em Lawrence", e lá ia a gente pra Lawrence, até chegar e descobrir que a batalha tinha acontecido dois dias antes e que os rebeldes tinham ido embora. Uns dias depois, uma mulher berrava da varanda, "Vi o Capitão Pate perto do Forte Leavenworth", e o Velho dizia, "Agora a gente pega ele! Vamos, homens!", e lá íamos outra vez, cheios de coragem, só pra descobrir em seguida que não era verdade. Fomos prum lado e pro outro, até os homens ficarem completamente esgotados. Seguimos assim até fevereiro, com o Velho louco por uma batalha, mas sem achar nada.

Foi assim que recrutamos mais uma dúzia de abolicionistas, vagando pelo sul do Kansas próximo à fronteira com o Missouri, até chegar a cerca de trinta homens. A gente era temido mas a verdade é que os Rifles de Pottawatomie nada mais eram que um bando de garotos famintos com grandes planos, andando por aí em busca de tripa cozida e pão escuro pra encher a barriga ao fim de fevereiro. O inverno tinha chegado com tudo e estava frio demais pra combater. Neve cobria os campos e chegava a quase meio metro de altura. A água congelava na jarra durante a noite. Árvores enormes, cobertas de gelo, quebravam como esqueletos gigantes. Os homens do exército do Velho que conseguiam suportar continuaram no acampamento, amontoados na barraca. O restante, incluindo eu, o Velho e seus filhos, passou o inverno se aquecendo onde dava. Uma coisa é você dizer que é abolicionista, mas cavalgar por semanas durante o inverno, sem provisões, não é bem a melhor maneira de plantar as sementes da satisfação pra testar os princípios de uma pessoa. Alguns dos homens do Velho estavam inclinados a apoiar a escravidão no fim do inverno.

Mas, verdade seja dita, pra mim não era um grande sacrifício estar com o Velho. Preguiçoso como era, me acostumei a viver ao ar livre, viajando pelas planícies à procura de rufiões e roubando dos escravistas, sem ter uma incumbência específica, já que o Velho tinha mudado as regras para as garotas no seu exército depois de ver como me colocavam pra trabalhar o tempo todo.

— Daqui pra frente — ele anunciou —, todos os homens nessa companhia têm que cuidar de si mesmos. Lavar a própria camisa. Costurar a própria roupa. Fazer o próprio prato.

Ele deixou claro que todos estavam ali pra lutar contra a escravidão, não pra fazer a única garota do grupo, que por acaso era de cor, lavar suas roupas. Combater a escravidão é fácil quando não se tem esse peso pra carregar. A verdade é que tudo era bem fácil, a não ser que você fosse o escravo, é claro, já que, na maior parte do tempo, você cavalgava pela área e reclamava de como toda aquela história era errada, para então roubar dos escravistas e dar no pé. Você não tinha que acordar todo dia pra buscar a mesma água, cortar a mesma lenha, engraxar as mesmas botas e ouvir as mesmas histórias. Combater a escravidão fazia de você um herói, você se achava uma lenda, e depois de um tempo a ideia de voltar para o Holandês e ser vendido pra Nova Orleans, ou fazer barbas e engraxar sapatos com a pele ralando naquele saco de batata áspero, bem diferente do vestido macio e quentinho de lã que começava a me agradar, isso sem falar nas peles de búfalo que eu usava pra me cobrir, parecia cada vez menos atraente. Eu não queria ser menina, vejam bem. Mas tinha lá suas vantagens, como não ter que levantar nada pesado, não ter que carregar pistolas ou espingardas, os homens te admirarem por você ser forte como um menino e acharem que você tá cansado quando não tá, além da gentileza generalizada no jeito de te tratarem.

Claro que naquele tempo as meninas de cor trabalhavam mais pesado que as brancas, mas isso comparado aos padrões normais dos brancos. No acampamento do Velho Brown, *todos* em volta dele trabalhavam, branco ou de cor, e a verdade é que ele dava tanto pra gente fazer que, às vezes, a escravidão não parecia diferente da liberdade, já que existia um horário pra tudo: o Velho acordava todo mundo às quatro da manhã pra orar e tagarelar sobre a Bíblia por uma hora. Depois, fazia Owen me ensinar a ler. Em seguida, mandava Fred me ensinar os segredos de caminhar nas matas, e então era a vez novamente de Owen me mostrar como colocar munição numa arma de retrocarga e disparar. "Toda alma viva tem que aprender a defender a palavra de Deus", dizia o Velho. "E essas são todas as defesas. Letras, defesa, sobrevivência. Homem, mulher, menina, menino, branco ou de cor, índio, todos precisam saber essas coisas." Ele mesmo me ensinou a fazer cestos e cadeiras cerzidas. É simples: você pega carvalho-branco, parte ele e depois é tudo o jeito de dobrar. Passado um mês, eu podia fazer qualquer tipo de cesto que você quisesse: cesto para mosquete, cesto de roupa, de comida, de peixe; eu pegava bagres grandes e do comprimento de uma mão. Nas tardes longas em que a gente esperava o inimigo cruzar a trilha, Fred e eu fazíamos xarope de sorgo de bordo açucareiro. Não tinha nada demais. Você sangrava a árvore, colocava o líquido numa panela, esquentava no fogo, tirava a nata de cima com um graveto ou um garfo, e pronto. A maior parte do trabalho é separar o xarope da nata que fica em cima. Quando cozinha direito, você consegue o melhor açúcar que existe.

Acabei curtindo aquele primeiro inverno no exército do Velho, especialmente com Fred. Ele era o melhor amigo que um sujeito — ou uma menina que, na verdade, era um sujeito — podia querer. Era mais criança que homem, o que significava que a gente se dava bem junto. Nossas brincadeiras nunca terminavam. O exército do Velho roubava dos escravistas tudo o que uma criança podia desejar: violinos, saleiros, espelhos, canecas de lata, um cavalo de balanço de madeira. O que a gente não podia levar, usava pra praticar tiro. Não era uma vida ruim, e acabei me acostumando, esquecendo aquela história de fugir.

A primavera chegou, como chegava sempre, e, numa certa manhã, o Velho saiu sozinho numa incursão em busca dos Pistoleiros de Pate. Voltou conduzindo uma enorme carroça coberta. Eu estava perto da fogueira, fazendo um cesto de peixe, quando ele apareceu. Olhei pra carroça que passava e vi que uma das rodas de trás estava quebrada, e a trava de madeira, arrebentada. Eu disse "que conhecia aquela carroça", e, assim que acabei de falar, o Crioulo Bob e cinco negros saíram rolando dos fundos.

Ele logo me viu e, enquanto os outros corriam pra seguir o Velho até a fogueira pra comer, me acuou.

— Estou vendo que ainda tá encenando seu papel — disse ele.

Eu tinha mudado durante o inverno. Passado um tempinho em liberdade. Visto um pouco de coisas. Não era mais aquela coisinha submissa que ele tinha visto no outono.

— Achei que você tinha dito que não ia se juntar a esse exército — disse eu.

— Vim pra viver a vida, como você — respondeu, contente. Olhou ao redor, viu que não tinha ninguém por perto e então sussurrou. — Eles já sabem que você é...? — Fez uma curva com a mão.

— Eles não sabem de nada — disse eu.

— Não vou dizer nada — assegurou. Mas eu não gostava que soubesse aquilo de mim.

— Tá pensando em seguir com a gente? — perguntei.

— Difícil. O Capitão disse que tinha só umas coisas pra fazer e depois a gente ia ser livre.

— Ele vai atacar os Pistoleiros do Capitão Pate.

Bob ficou embasbacado.

— Puta merda. Quando?

— Assim que encontrar ele.

— Não contem comigo. O exército de Pate tem duzentos homens. Provavelmente mais. São tantos rebeldes querendo se juntar a Pate que você poderia achar que ele tá vendendo bolinhos. E olha que ele tá recusando novos recrutas. Achei que o Velho Brown estivesse ocupado com o trem da liberdade. Viajando para o norte. Não foi o que você disse no outono?

— Não sei o que eu disse antes. Não me lembro.

— Foi isso que disse. Que ele estava lutando pela liberdade. Deus do céu. Que outras surpresas vou encontrar por aqui? Qual o plano dele?

— Não sei. Ele num me conta. Por que não pergunta?

— Ele gosta de você. Acho que você deveria perguntar.

— Não vou perguntar essas coisas — falei.

— Você não tá na luta pela liberdade? O que tá fazendo por aqui então?

Eu não sabia. Antes, meus planos eram fugir de volta para o Holandês. Depois que eles mudaram, passei a viver um dia após o outro. Nunca fui de pensar muito além de enfiar carne com molho e biscoitos goela adentro. Bob, por outro lado, tinha uma família pra cuidar, acredito, e tinha a cabeça voltada pra a história da liberdade, que não era problema meu. Me acostumei ao Velho e seus filhos.

— Praticar com a espada e a pistola é o que eu venho aprendendo aqui, acho — disse eu. — E a ler a Bíblia. Também fazem isso bastante.

— Não vim aqui pra ler a Bíblia de ninguém e nem pra lutar contra a escravidão de ninguém — disse Bob. — Vim pra sair da escravidão. — Ele olhou pra mim e franziu as sobrancelhas. — Acho que você não precisa se preocupar com isso, do jeito que vem agindo, vestido de menina e coisa e tal.

— Foi você quem me disse pra fazer isso.

— Eu não te disse pra achar um jeito de me matar.

— Veio aqui por minha causa?

— Vim porque você disse a palavra "liberdade". Shh! — Ele estava furioso. — Minha mulher e meus filhos ainda são escravos. Como posso pensar em ganhar dinheiro pra comprar eles se o Velho tá de macaquice, enfrentando os missourianos?

— Não perguntou pra ele?

— Não tinha como perguntar nada — disse Bob. — Meu amo e eu estávamos indo pra cidade. Ouvi um barulho. Quando vejo, ele surge da floresta com uma espingarda apontada pra a cara do amo. Disse, "Vou levar sua carroça e libertar seu homem de cor." Não me perguntou se eu queria ser libertado. Claro que estou aqui porque tinha que vir. Mas achei que fosse me deixar no Norte. Ninguém disse nada de lutar contra ninguém.

Era aquela a questão. O Velho tinha feito o mesmo comigo. Ele achava que todas as pessoas de cor queriam lutar por sua liberdade. Nunca lhe passava pela cabeça que pudessem pensar de outra maneira.

Bob ficou ali parado, soltando fumaça pelas ventas. Estava de cabeça quente.

— Saí da frigideira direto para o fogo. Os rebeldes do Capitão Pate vão assar a gente!

O PÁSSARO DO BOM SENHOR

— Talvez o Capitão encontre outra pessoa pra combater. Ele não é o único abolicionista por essas bandas.

— É o único que conta. O primo Herbert disse que tem duas companhias de dragões americanos vasculhando a área em busca desse bando. É do exército americano que estou falando. Vindo lá do leste. Não é um pelotão qualquer. Quando pegarem ele, vão botar a culpa na gente por qualquer coisa que tiver feito, pode apostar.

— E o que a gente fez de errado?

— Estamos aqui, não estamos? Se pegam a gente, pode apostar que o que fizerem com ele vai ser feito em dobro com os crioulos. A gente vai estar numa encrenca braba. Nunca pensou nisso, pensou?

— Você não falou nisso quando me disse pra fugir com ele.

— Você não perguntou — disse Bob. Ele se levantou, olhando pra fogueira onde o cheiro da comida se insinuava. — Lutar pela liberdade — disse ele, fazendo um ruído de desprezo com a boca. — Silêncio.

Ele se virou e viu o grupo de cavalos roubados amarrados à cerca externa, onde ficavam vários vigias. Parecia haver, pelo menos, vinte cavalos ali e também umas duas carroças.

Olhou pra eles e depois pra mim.

— De quem são aqueles cavalos? — perguntou.

— Ele sempre mantém um monte de cavalos roubados à mão.

— Vou pegar um e cair fora. Pode vir comigo, se quiser.

— Pra onde?

— Vou atravessar o Missouri e depois encontrar Tabor, em Iowa. Dizem que tem um trem gospel lá. A Ferrovia Subterrânea.* Pode levar você até o Canadá. Um país distante.

— Não dá pra levar um cavalo assim tão longe.

— A gente leva dois, então. O Velho não vai se importar se faltarem um ou dois.

— Eu não roubaria um cavalo dele.

— Ele não vai viver muito, criança. É louco. Acha que o negro é igual ao homem branco. Mostrou isso no caminho pra cá. Chamava a gente de cor de "sinhô" e "senhorita", e assim por diante.

— E daí? Ele faz isso o tempo todo.

---

* Nome dado à rede de rotas de fuga secreta utilizada pelos escravos

— Vão matar ele por ser tão burro. Não tem a cabeça no lugar. Você não vê isso?

Ele tinha uma certa razão nesse ponto, pois o Velho não era normal. Pra dar um exemplo, ele raramente comia e parecia dormir a maior parte do tempo em cima do cavalo. Era velho em comparação a seus homens, todo enrugado e tenso, mas quase tão forte quanto todos, a não ser Fred. Marchava por horas sem parar, com os sapatos cheios de furos, e era impaciente e rígido de maneira geral. À noite, parecia amolecer um pouco. Quando passava por Frederick dormindo em seu colchão, ele se abaixava e ajeitava bem a coberta do gigante com a delicadeza de uma mulher. Não existia um só bicho criado por Deus, fosse vaca, boi, mula ou ovelha, que ele num conseguisse acalmar ou domar ao toque. Tinha apelidos pra tudo. Uma mesa era um "pregador de chão", andar era "intrujar". Bom era "rústico". E eu era "a Cebola". Ele salpicava a maior parte do que falava com a linguagem da Bíblia, usando um monte de "tu" e vós", e assim por diante. Desfigurava a Bíblia mais do que qualquer pessoa que já conheci, incluindo meu pai, só que era mais preciso, pois conhecia mais palavras. Só quando ficava furioso é que o Velho citava a Bíblia ao pé da letra, o que era um problema, pois aquilo queria dizer que alguém estava pra atravessar a porta de saída. Era um sujeito difícil de lidar, o Velho Brown.

— Talvez a gente devesse prevenir ele — disse eu.

— Prevenir sobre o quê? — perguntou Bob. — Sobre dar a vida pelos crioulos? Foi ele quem fez essa escolha. Eu que não vou me meter em encrenca com os rebeldes por causa da escravidão. No fim do dia, gente ainda vai ser pessoas de cor, não importa o que acontecer. Esses camaradas todos podem voltar a ser a favor da escravidão quando bem entenderem.

— Se vai roubar do Velho, não quero fazer parte — disse eu.

— Só fica de boca fechada — disse ele —, não vou dizer nada de você. — E com aquilo, ele se levantou e foi até a fogueira pra comer.

Decidi alertar o Velho sobre Bob no dia seguinte, mas, assim que resolvi fazer isso, ele marchou até o meio do acampamento e gritou:

— Encontramos aqueles rapazinhos! Encontramos Pate! Ele está por perto. Montem! Vamos para Black Jack!

O PÁSSARO DO BOM SENHOR

Os homens rolaram pra fora de seus colchões, pegaram as armas e cambalearam até os cavalos, tropeçando em panelas, frigideiras e bugigangas, todos se aprontando pra deixar o acampamento, mas o Velho interrompeu e disse:

— Esperem um minuto. Tenho que orar.

Foi rápido; vinte minutos, o que era pouco pra ele, pedindo a Deus por benevolência, aconselhamento, auxílio e assim por diante, enquanto os homens ouviam, pulando num pé só pra se manterem aquecidos, o que deu a Bob a oportunidade pra se esgueirar pelo acampamento e se abastecer de cada pedacinho de comida que tinha sobrado, que não eram muitos. Vi ele fora do círculo, sem ninguém o importunando, já que o acampamento do Velho era cheio de abolicionistas e gente de cor que precisavam de uma arma ou refeição quente. O Capitão não se importava nem um pouco, pois ainda que vivesse roubando espadas, armas, lanças e cavalos dos escravistas, ele não ligava se alguém no seu acampamento tomasse posse de uma coisa ou outra, desde que fosse em nome da boa causa dos abolicionistas. Ainda assim, ver Bob circulando junto a um monte de espingardas encostadas numa árvore enquanto todos os outros estavam à procura de comida chamou sua atenção, pois ele pensou que Bob quisesse se armar. Depois da oração, enquanto os homens desmontavam o acampamento e carregavam lanças, carabinas Sharps e espadas numa carroça, o Capitão foi até Bob e disse:

— Meu bom senhor, vejo que já está pronto pra combater pela sua liberdade!

Aquilo desconcertou Bob. Ele apontou para as espingardas e disse:

— Senhor, eu não tenho conhecimento pra operar essas coisas.

O Capitão empurrou uma espada na mão de Bob.

— Balançar isso aqui bem alto é todo o conhecimento de que precisa — grunhiu. — Vamos agora. Em frente. Liberdade!

Ele saltou na traseira de uma carroça de fundos abertos conduzida por Owen, e o pobre Bob teve que ir atrás. Parecia bastante perturbado e se ajeitou ali, quieto como um ratinho, enquanto viajávamos. Depois de alguns minutos, disse:

— Deus, como estou fraco. Jesus Cristo, me ajuda. Preciso do Senhor, é do que preciso. Preciso do sangue de Jesus!

O Velho entendeu isso como um sinal de amizade, segurando as mãos de Bob e dando início a uma oração intempestiva sobre o Todo-Poderoso no livro do Gênesis, soltando em seguida vários versículos do Velho Testamento e depois um pouquinho do Novo Testamento aqui e ali e assim foi por um bom tempo. Meia hora depois, Bob tinha pregado os olhos, e o Velho continuava a tagarelar.

— O sangue de Jesus nos une como irmãos! O Bom Livro diz: "Estende tua mão para o sangue de Cristo e verás o surgimento de tua própria intervenção". Avante, soldados cristãos! Gloriosa redenção!

Ele se enchia de alegria berrando sobre a Bíblia e, quanto mais perto a gente chegava do campo de batalha, mais redimido ele se sentia. Suas palavras faziam minhas entranhas palpitarem, pois tinha rezado daquela maneira em Osawatomie antes de arrancar a cabeça daqueles sujeitos. Eu não era a favor de lutar, e alguns de seus homens também. Quando a gente se aproximou de Black Jack, sua horda, que àquela altura chegava a quase cinquenta, se dissipou exatamente como em Osawatomie. Esse aqui tinha um filho doente, o outro tinha que cuidar da lavoura. Vários que estavam em cavalos deixaram suas montarias diminuir o trote até ficarem no final da fileira e depois deram as costas e fugiram. Quando chegamos a Black Jack, só tinha sobrado uns vinte. E aqueles vinte estavam exaustos da oração do Velho, que ele entoou com força total no caminho. Aquele era o tipo de ladainha que tinha o poder de fazer a pessoa dormir de pé, o que significava que o único acordado e aceso quando chegamos a nosso destino era o próprio Velho.

Black Jack era um atoleiro com uma ravina que atravessava o matagal dos dois lados. Quando chegamos, seguimos até um morro fora do vilarejo, que desviava da trilha e entrava pela floresta. O Velho acordou as tropas na carroça e mandou os que estavam a cavalo desmontarem.

— Sigam as minhas ordens, homens. E nada de conversa fiada.

Estava quente e bastante claro. Era o início da manhã. Nenhum ataque noturno, portanto. Prosseguimos a pé por cerca de dez minutos até chegar a uma clareira, quando ele então escalou à beira de um penhasco pra poder avistar do alto o vale de Black Jack lá embaixo e ver onde estavam os Pistoleiros do Capitão Pate. Quando voltou da cumeeira, disse:

— Nossa posição é boa, homens. Vejam.

Escalamos até a beira e vimos a cidade.

O PÁSSARO DO BOM SENHOR

Pelo bom Deus, tinha bem uns trezentos homens circulando do outro lado da ravina. Dúzias de atiradores estavam enfileiradas, posicionadas na cumeeira que protegia a cidade. A cumeeira dava pra uma enseada numa ravina com um pequeno rio. Atrás dela ficava a cidade. Como estavam embaixo, os atiradores de Pate ainda não tinham visto a gente escondido em meio à mata sobre eles. Mas estavam prontos, não havia dúvida.

Depois de fazer o reconhecimento do inimigo, voltamos para o lugar onde restavam amarrados os cavalos, quando então os filhos do Velho começaram a bater boca sobre o que fazer em seguida. Nada soava muito agradável. O Velho estava inclinado a descer por um dos morros e executar um ataque frontal, utilizando a proteção das pedras e dos barrancos de areia. Já seus meninos preferiam um ataque furtivo à noite.

Eu estava nervoso, então me afastei um pouco deles. Enquanto descia pela trilha, ouvi o som do trote de cavalos e me vi diante de outro pelotão abolicionista que passava por mim e entrava na clareira. Estavam em cerca de cinquenta, com uniformes limpos e engomados. O capitão apareceu, vestido em seu uniforme militar elegante, desceu do cavalo e se aproximou do Velho.

O Velho, que sempre ficava entocado na mata, longe dos cavalos e da carroça caso sofresse um ataque surpresa, saiu da floresta pra saudar os homens. Com seus cabelos desgrenhados, barba e roupas esfarrapadas, parecia um esfregão vestido com trapos em comparação a esse capitão, todo cintilante, dos botões às botas. Ele marchou até o Velho e disse:

— Sou o Capitão Shore. Como tenho cinquenta homens, vou assumir o comando. Podemos atacá-los de frente partindo da ravina.

O Velho não aceitava muito bem obedecer às ordens de ninguém.

— Não vai dar — disse ele. — Ficamos muito expostos dessa maneira. A ravina faz um círculo ao redor deles. Vamos nos deslocar pela lateral e acabar com a linha de suprimento deles.

— Eu vim aqui pra matar eles, não pra fazer passarem fome — disse o Capitão Shore. — Pode ir pela lateral, se quiser, mas eu não tenho o dia todo. — Depois dessas palavras, montou, virou para seus homens e disse: — Vamos para cima deles — e mandou seus cinquenta soldados montados ravina abaixo na direção do inimigo.

Não tinham dado cinco passos na ravina quando os Pistoleiros do Capitão Pate receberam eles com uma saraivada de balas. Derrubaram sem dificuldade uns cinco ou seis de suas montarias e cortaram, picotaram e fatiaram todos os outros que foram burros o bastante para seguir seu capitão na descida daquele morro. Aqueles que conseguiram saltar da montaria subiram o morro correndo, rápido, como o diabo, com o capitão logo atrás. Shore desabou ao chegar no alto e se escondeu, mas o restante dos homens que chegaram lá em cima continuou em frente, passou por seu capitão e tomou a estrada.

O Velho ficou observando, irritado.

— Eu sabia — disse. Depois ordenou que eu e Bob vigiássemos os cavalos, mandou alguns homens até um morro distante pra manter os cavalos do inimigo na mira e alguns outros até a extremidade da ravina pra bloquear a fuga inimiga. Para o restante, disse: — Me sigam.

Agora vejam, esse que vos escreve não ia seguir ele pra lugar nenhum. Eu estava feliz de vigiar os cavalos, mas alguns dos homens de Pate decidiram atirar nos bichos, o que levou eu e Bob de volta pro caldeirão. De repente, um tiroteio irrompeu por toda parte do morro onde a gente estava, e o exército do Velho se dissipou. Verdade seja dita, muitos dos zunidos de bala passando pelos meus ouvidos vinham tanto do nosso lado como do inimigo, já que nenhuma das partes sabia bem o que estava fazendo, carregando as armas e disparando o mais rápido que conseguiam, enquanto o diabo anotava o saldo. Naqueles tempos, as chances de morrer com o rosto estraçalhado pelo colega ao seu lado eram as mesmas de ser atingido pelo inimigo a cem metros de distância. Uma bala é sempre uma bala, e tantas delas estalavam e sibilavam por árvores e galhos que não havia lugar nenhum pra se esconder. Bob se encolheu debaixo dos cavalos, que estavam sob fogo pesado e levantavam as patas em pânico. Não me parecia seguro ficar ali com eles, então segui o Velho morro abaixo. Ele me parecia a aposta mais certa.

Estava na metade do caminho morro abaixo quando me dei conta de que aquilo era loucura, então me atirei no chão e me encolhi atrás de uma árvore. Mas não deu certo, pois tinha chumbo atingindo o tronco bem do lado da minha cara, então me vi correndo ladeira abaixo na direção da ravina logo atrás do Velho, que se jogou atrás de uma enorme tora que uma dezena de seus homens usava pra se proteger.

O Velho ficou animado ao me ver aterrissar atrás dele, dizendo aos outros:

— Vejam! "E uma criança há de guiá-los!". A Cebola está aqui. Vejam, homens. Uma menina entre nós! Louvado seja Deus por nos inspirar à glória, por nos trazer sorte e boa ventura.

O PÁSSARO DO BOM SENHOR

Os homens se viraram pra mim e, ainda que eu não saiba dizer se aquilo foi uma inspiração ou não, posso dizer o seguinte: quando olhei para aquela fileira de sujeitos, não havia um só representante da companhia do Capitão Shore por ali, exceto o próprio Capitão Shore. Ele, de alguma maneira, tinha criado coragem pra voltar. O uniforme limpo e os botões reluzentes agora estavam todos enlameados e o rosto tomado por um nervosismo absoluto. Sua confiança tinha arrefecido. Seus homens lhe tinham dado as costas sem pensar duas vezes. Agora sobravam só o Velho e seus soldados pra comandar o espetáculo.

O Velho olhou para os homens que continuavam disparando na ravina e berrou: — Parem. Pra baixo. — Fizeram como lhes foi dito. Ele então usou sua luneta pra inspecionar os soldados missourianos que disparavam do lado deles. Ordenou a seus homens que carregassem as armas, disse exatamente onde queria que apontassem e falou:

— Não atirem até eu mandar. — Ele então se levantou e foi pra trás e pra frente junto à tora, instruindo onde deveriam atirar enquanto as balas zuniam próximo à sua cabeça, falando com seus homens, que recarregavam e disparavam. Permaneceu frio como gelo dentro de um copo. — Levem o tempo que for preciso — disse. — Alinhem todos eles no campo de visão. Mirem pra baixo. Não desperdicem munição.

Os Pistoleiros de Pate não eram organizados e estavam assustados. Gastaram um monte de munição disparando pra onde apontava o nariz e, depois de alguns minutos, não tinham mais com o que atirar. Começaram a diminuir o contingente no morro que tinham ocupado. O Velho gritou: — Os missourianos estão partindo. Vamos fazer eles se renderem. — Deu ordem a Weiner e a um outro sujeito chamado Biondi pra descer pela lateral da ravina, de modo a abordar os flancos e atirar nos cavalos, o que foi feito. Isso provocou uma onda de xingamentos e mais disparos vindos do lado do Missouri, mas os homens do Velho estavam confiantes, acertando sempre o alvo e provocando baixas. Os homens de Pate foram atingidos impiedosamente e vários fugiram sem os cavalos pra evitar serem capturados.

Uma hora depois, o jogo tinha claramente virado. Os sujeitos do Velho eram organizados, já as forças de Pate, não. Quando o tiroteio acabou, tinha sobrado menos de cerca de trinta homens do Capitão Pate, mas a situação ainda era um beco sem saída. Ninguém conseguia atingir ninguém. Os dois lados estavam protegidos atrás dos morros, e ninguém dos dois lados era burro o bastante pra se levantar e levar um tiro nos bagos, de forma que isso não aconteceu. Depois de uns dez minutos assim, o Velho começou a ficar impaciente:

— Vou avançar uns vinte metros sozinho — disse ele, acocorado na ravina e destravando o revólver —, e, quando eu acenar com o chapéu, todos vocês seguem.

Colocou o pé na ravina para sair correndo, mas um grito repentino e alucinado o interrompeu.

Montado num cavalo, Frederick passou galopando por nós e desceu o morro, atravessando a base da ravina e então subindo do outro lado na direção dos missourianos, com a espada em riste, enquanto gritava:

— Rápido, Pai! Estão rendidos! Vamos lá, rapazes! A gente pegou eles!

Vejam, ele era meio lento das ideias e completamente tresloucado, mas a visão de Fred partindo pra cima deles, com seu porte imenso, gritando a plenos pulmões, carregando armas o bastante pra abastecer o Forte Leavenworth, era simplesmente demais, e os missourianos desistiram de vez. Uma bandeira branca foi erguida do lado de lá da ravina; eles se renderam. Saíram com as mãos levantadas.

Só depois de desarmados foi que descobriram nas mãos de quem tinham caído, pois até então não sabiam que estavam disparando contra o Velho. Quando ele se aproximou e rosnou, "Sou John Brown, de Osawatomie", muitos entraram em pânico e as lágrimas pareceram brotar, pois a visão do Velho era algo assustador. Depois de passar meses nas florestas frias, suas roupas estavam esfarrapadas e gastas, a ponto de se ver a pele por baixo. Nas botas, tinha mais pé que qualquer outra coisa. O cabelo e a barba estavam longos, desgrenhados e brancos, descendo quase até o peito. Parecia completamente biruta. Mas o Velho não era o monstro que eles imaginavam. Deu uma bronca em vários pelos palavrões e falou uma ou duas palavras sobre a Bíblia, o que a esgotou, e eles então se acalmaram. Alguns até brincaram com os homens do Velho.

Eu e Bob cuidamos dos feridos enquanto o Velho e seus rapazes desarmavam a tropa de Pate. Muitos deles rolavam pelo chão em agonia. Um sujeito foi atingido por uma bala na boca, que rasgou o lábio superior e despedaçou os dentes da frente. Outro, um jovenzinho com não mais que dezessete anos, gemia, caído na grama. Bob percebeu que ele usava esporas.

— Será que eu podia ficar com as suas esporas, já que não vai mais precisar delas? — perguntou Bob.

O garoto fez que sim com a cabeça e Bob se abaixou pra pegar, quando disse:

— Só tem uma espora aqui, senhor. Onde tá a outra?

— Ora, se um lado do cavalo vai pra frente, o outro também vai — disse o garoto. — Não precisa da outra.

Bob agradeceu pela gentileza, pegou a espora e o camarada deu seu último suspiro.

Lá no alto da ravina, o resto dos homens tinha juntado os prisioneiros, dezessete no total. Entre eles estava o próprio Capitão Pate e Pardee, que tinha discutido com Bob depois de ser confrontado por Kelly e seus homens perto da taverna do Holandês. Ele avistou Bob entre os homens do Capitão e não aguentou.

— Eu devia ter te dado uma surra antes, seu negro calhorda — resmungou.

— Silêncio agora — disse o Velho. — Não vou tolerar gente praguejando perto de mim. — Virou-se pra Pate. — Cadê os meus meninos, John e Jason?

— Não estou com eles — disse Pate. — Estão no Forte Leavenworth, com os dragões federais.

— Então a gente vai lá agora e eu vou trocar você por eles.

Partimos para o Forte Leavenworth com os prisioneiros, seus cavalos e os outros cavalos que os homens de Pate deixaram pra trás. A gente tinha tanto cavalo que dava pra montar uma fazenda. Estávamos com uns trinta no total, além das mulas e de todos os bens de Pate que conseguíamos carregar. Eu mesmo me apossei de uma calça, uma camisa, uma lata de tinta, um par de esporas e quatorze cachimbos feitos de sabugo de milho que eu esperava usar num escambo. O Velho e seus filhos não pegaram nada pra si, exceto Fred, que se apoderou de um par de Colts e uma espingarda Springfield.

A distância até o Forte Leavenworth era de trinta e dois quilômetros, e durante o percurso Pate e o Velho foram batendo papo.

— Eu teria me livrado de você — disse Pate — se soubesse que estava ali embaixo naquela ravina.

O Velho deu de ombros.

— Perdeu a chance — disse ele.

— Não vamos chegar ao forte — disse Pate. — O caminho tá cheio de rebeldes à sua procura, em busca da recompensa que ofereceram por você.

— Quando aparecerem, vou fazer questão de que o meu primeiro disparo seja na sua cara — disse o Velho, tranquilo.

Aquilo silenciou Pate.

Ele porém, estava certo, pois depois de uns quinze quilômetros pela estrada, perto de Prairie City, uma sentinela armada e uniformizada se aproximou. Cavalgou bem na nossa direção, gritando:

— Quem está vindo?

Fred estava à frente e berrou:

— Estado Livre!

A sentinela deu meia-volta com o cavalo, desceu a estrada correndo e reapareceu com um oficial e diversos dragões americanos, armados até os dentes. Eram agentes federais, militares, vestidos em uniformes de cores bem vivas.

O oficial abordou o Velho.

— Quem é você? — perguntou.

— John Brown, de Osawatomie.

— Então está preso.

— Por que motivo?

— Violar as leis do Território do Kansas.

— Não me submeto às leis de araque desse território — respondeu o Velho.

— Tudo bem, mas vai se submeter a isso — disse o oficial. Sacou o revólver e apontou para o Velho, que olhou pra arma com desdém.

— Não levo suas ameaças à minha vida para o lado pessoal — disse calmamente. — Você tem ordens a seguir. Entendo que esteja fazendo seu trabalho. Por isso, vá em frente e puxe o gatilho, se quiser. Vai se tornar um herói pra algumas pessoas aqui nesse território se fizer isso. Mas se meter bala em mim, sua vida não vai valer mais que um centavo furado. Vai virar comida de lobo assim que cair a noite, pois tenho uma incumbência a cumprir com meu Criador, Cuja morada espero que seja também a minha um dia. Não lhe provoquei mal nenhum e não o farei. Vou deixar que o Senhor se ocupe de você, e isso é algo muito pior do que o que você pode fazer com o que tem na mão. Comparado à vontade do nosso Criador, isso num vale um palito. Minha intenção é libertar os escravos desse território, não importa o que você faça.

— Com a autoridade de quem?

— A autoridade do nosso Criador, doravante e pra todo o sempre conhecido como o Rei dos Reis e Senhor dos Senhores.

Não sei o que era, mas toda vez que o Velho começava a falar sobre as coisas santas, a simples menção do nome do Criador deixava ele muito mais perigoso. Uma espécie de eletricidade se espalhava pelo corpo. A voz lembrava cascalho arranhando uma estrada de terra. Algo subia dentro dele. Sua figura velha e cansada desaparecia e dava lugar a um homem retesado como corda esticada. Era a coisa mais inquietante de se ver, e o oficial ficou desconcertado.

— Não estou aqui para debater com você — disse ele. — Diga aos seus homens para abaixarem as armas e não teremos problema nenhum.

— Eu não quero problema. Seu trabalho inclui receber prisioneiros e trocar eles? — perguntou o Velho.

— Sim, inclui.

— Tenho aqui dezessete prisioneiros vindos de Black Jack. Eu poderia ter matado todos, já que eles queriam acabar com a minha vida. Em vez disso, trouxe para o Forte Leavenworth e pra sua justiça. Devem valer alguma coisa. Quero os meus meninos que estão aqui e nada mais. Se quiser ficar com esses prisioneiros em troca deles, vou considerar um negócio justo e me entregar a você sem qualquer resistência ou má vontade. Mas se não quiser, vai virar comida de verme, senhor. Estou a serviço de uma Força Maior. E meus homens aqui vão mirar no seu coração e no de mais ninguém. E por mais que vocês tenham o dobro de contingente, sua morte será certa, pois vamos mirar só na sua direção e depois disso você vai sofrer uma morte de mil anos e terá que explicar ao seu Criador o apoio a uma causa que escravizou seus irmãos seres humanos e aprisionou sua alma de um modo que você desconhece. Fui escolhido pra executar o trabalho Dele e pretendo manter a minha incumbência. Você, por outro lado, não foi escolhido. Dito isso, não vou acompanhar você até o Forte Leavenworth e nem vou deixar esse território hoje até que os meus meninos sejam libertados.

— E quem são eles?

— Os Browns. Eles não tiveram nada a ver com as mortes nessa área. Vieram aqui pra trabalhar a terra e perderam tudo, incluindo as colheitas, que foram queimadas por esses mesmos rebeldes que você vê bem aqui à sua frente.

O oficial se virou para Pate.

— Isso é verdade? — perguntou ele.

Pate deu de ombros.

— A gente queimou mesmo as colheitas desses ladrões de crioulos. Duas vezes. E vamos queimar as casas deles, se tivermos oportunidade. São um bando de foras da lei e ladrões.

Aquilo fez o oficial mudar de ideia e ele disse:

— Isso não parece nada certo.

— Você é a favor da escravidão ou do Estado Livre? — perguntou Pate.

— Sou a favor do Estado Americano — rebateu o oficial. — Estou aqui para aplicar as leis territoriais do governo dos Estados Unidos, não do Missouri ou do Kansas. — Virou, então, a arma pra Pate e disse a Brown: — Se eu levar seus prisioneiros para Leavenworth, posso confiar que vai ficar aqui?

— Contanto que traga os meus filhos em troca.

— Não posso prometer isso, mas vou falar com o meu superior.

— E quem seria esse?

— O Capitão Jeb Stuart.

— Pois diga ao Capitão Stuart que o Velho John Brown, de Osawatomie, tá aqui em Prairie City à espera dos filhos. E que, se eles não estiverem aqui em troca desses prisioneiros em três dias, vai botar fogo nesse território.

— E se estiverem? Você se renderia?

O Velho cruzou as mãos atrás das costas.

— Me renderia — disse ele.

— Como posso saber que não está mentindo?

O Velho ergueu a mão direita.

— Prometo por Deus que eu, John Brown, não sairei daqui nos próximos três dias enquanto aguardo que traga os meus meninos de volta. E que vou me render à vontade do Deus Todo-Poderoso diante do retorno deles.

O oficial concordou e partiu.

O Velho estava mentindo, é claro. Ele não disse nada sobre se render ao governo americano. Sempre que dizia algo sobre a vontade de Deus, significava que não ia cooperar ou fazer algo além do que achasse apropriado. Ele não tinha a menor intenção de deixar o Território do Kansas, de se entregar ou dar ouvidos ao que lhe dizia um soldado branco. Era capaz de contar uma mentira por minuto a favor de sua causa. Era como todos na guerra. Acreditava que Deus estava do seu lado. Numa guerra, todos têm Deus do seu lado. O problema é que Deus num diz de que lado Ele não está.

8

Um mau presságio

O Velho disse que ia esperar três dias pra que os federais trouxessem seus filhos de volta. Não chegou a tanto. Logo na manhã seguinte, um camarada local, simpatizante com a nossa luta, veio a toda em seu cavalo, sem fôlego, e disse a ele:

— Uma coluna de missourianos está a caminho pra queimar a sua casa. — Falava do Sítio do Brown, onde o Velho e seus filhos tinham colocado cercas e construído casas, perto de Osawatomie.

O Velho refletiu.

— Não posso ir embora até os federais voltarem com John e Jason — disse ele. — Dei a minha palavra. Não posso voltar pra casa e olhar pras mulheres deles de mãos abanando.

Algumas das mulheres de seus filhos não gostavam muito do Velho por levar seus maridos pra guerra e quase fazer com que morressem — e, na verdade, antes que ela terminasse, alguns acabaram morrendo mesmo — pela causa da escravidão.

Virou-se para Owen e disse:

— Leva Fred, Weiner, Bob, Cebola e o resto para Osawatomie. Vê o que dá pra ver e volta com os homens pra relatar. Mas deixa a Cebola em Osawatomie com a sua cunhada, Martha, ou com os Adairs. Ela já viu matança demais. Seja rápido.

— Sim, Pai.

Virou-se pra mim e disse:

— Cebola, me desculpa por te tirar do combate. Sei o quanto você gosta de lutar pela sua liberdade, depois que te vi em ação em Black Jack.

Eu não tinha feito coisa nenhuma lá a não ser me abaixar e gritar naquela ravina quando a gente estava levando tiro, mas o Velho olhou pra lá e me viu ao lado de seus melhores homens. Acho que entendia aquilo como bravura. Aquele era o negócio com o Velho. Ele via o que queria ver, pois só eu sabia o quanto estava completamente apavorado. A não ser que gritar por arrego, me encolher como uma bola e lamber os dedos do pé possam ser vistos como sinais de valentia e coragem, não tinha nada de muito corajoso no que eu tinha feito lá embaixo. De qualquer jeito, ele foi em frente:

— Por mais valente que seja, todos nós envolvidos aqui somos homem, até mesmo Bob, então é melhor você ficar em Osawatomie com meus amigos, os Adairs, até as coisas se acalmarem. Depois pode pensar em seguir para o Norte, rumo à sua liberdade, um lugar mais seguro pra uma garota como você.

Podem acreditar quando digo que estava pronto pra cair fora cantando e assobiando naquele mesmo instante. Estava por aqui do cheiro de pólvora e sangue. Ele e seus homens podiam comprar briga e cavalgar no meio de tiroteios pelo resto da vida, no que me dizia respeito. Eu estava cheio. Mas tentei não demonstrar muita animação com a notícia.

— Sim, Capitão — disse —, vou honrar a sua vontade.

Osawatomie ficava a um dia a cavalo de Prairie City. Owen decidiu levar seus homens pela Trilha da Califórnia principal, onde o risco de encontros casuais com bandos escravistas era um pouco maior, mas ele queria voltar pro seu pai o mais rápido possível. Os Adairs, com quem eu deveria ficar, também viviam naquela trilha, na mesma direção de Osawatomie, e esse era mais um motivo pra pegar a estrada. De início foi tudo bem. Durante o percurso, pensei uma vez ou outra em onde poderia ir depois que Owen e os homens do Velho fossem embora. Eu tinha alguns itens de menino que recolhera em minhas viagens, além de outras coisinhas. Mas pra onde ir? Para o norte? O que era aquilo? Eu não conhecia o norte de nenhum modo, jeito ou maneira naqueles tempos. Tinha isso em mente enquanto cavalgava com Fred, que sempre fazia eu me sentir melhor quanto a mim mesmo, já que você não precisava mais de meio cérebro pra conversar com ele, que por sua vez só tinha meia cuca. Isso fazia dele um bom parceiro de conversa, já que eu podia pensar numa coisa e falar sobre outra, e ele normalmente concordava comigo.

Ficamos no fim da coluna, que Weiner e Owen conduziam lá da frente, com Bob no meio. Fred parecia triste.

— Ouvi Owen dizer que você agora conhece todas as letras — disse ele.

— Conheço — respondi. Estava orgulhoso.

— Não sei por que não consigo guardar uma só letra na cabeça — disse ele, aborrecido. — Eu aprendo uma de cada vez e esqueço logo em seguida. Todo mundo consegue guardar as letras na cabeça, menos eu. Até você.

— Aprender as letras não é tudo isso que parece — respondi. — Só li um livro por enquanto. Uma Bíblia ilustrada que o Velho me deu.

— Acha que podia ler ela pra mim?

— Ora bolas, vai ser um prazer — disse eu.

Quando paramos pra dar água aos cavalos e comer, peguei o livro e li algumas palavras pra Fred. Ou, pelo menos, a minha versão, pois, por mais que eu conhecesse as letras, eu não sabia mais que algumas poucas palavras, então inventei o que não sabia. Li pra Fred o livro de João, que conta para as pessoas sobre a vinda de Jesus e como ele era tão fabuloso que João não era digno nem de amarrar as sandálias dele. A história ficou do tamanho de um elefante da maneira que contei. Afinal, quando foi a última vez que você leu na Bíblia sobre um cavalo chamado Cliff, que entrava em Jerusalém puxando uma carroça e usando sandálias? Mas Fred não disse nenhuma palavra contrária ou de reprovação enquanto ouvia. Estava gostando.

— É a melhor leitura da Bíblia que já ouvi — declarou.

Montamos e seguimos pela estrada que cruzava até a margem norte do Rio Marais des Cygnes, que atravessa Osawatomie. A gente estava passando perto do sítio de Brown, mas ainda não tinha chegado lá, quando o cheiro de fumaça e gritos subitamente flutuaram com o vento. Owen seguiu em frente pra dar uma olhada e voltou em um galope apressado.

— Parece que os missourianos estão batendo boca com um bando de índios abolicionistas. Talvez seja melhor a gente voltar e pegar o Pai.

— Não. Vamos nos juntar aos índios e atacar os rebeldes — disse Weiner.

— Temos ordens do Pai — respondeu Owen.

Os dois ficaram discutindo, com Weiner a favor de se juntar aos índios e atacar os camisas-vermelhas, e Owen a favor de obedecer às ordens do Velho e seguir para Osawatomie, ou, pelo menos, voltar e pegar o pai.

— Na hora que a gente chegar em qualquer lugar, os camisas-vermelhas já vão ter queimado os índios e entrado em Osawatomie — disse Weiner.

— Minhas ordens são pra seguir — disse Owen.

Weiner estava enlouquecido, mas ficou em silêncio. Era um homem valente e teimoso, que adorava uma boa briga, e não dava pra dizer nada pra ele. A gente se aproximou e viu os índios abolicionistas e os missourianos andando entre os pinheiros finos da área arborizada na clareira. Não era uma grande briga, mas os índios que defendiam sua terra estavam em menor número, e, quando Weiner deu uma espiadela, não conseguiu se segurar. Partiu com o cavalo, correndo abaixado pelo mato. Os outros homens foram atrás.

Owen ficou olhando de cara feia. Virou o cavalo e disse:

— Fred, vai com a Cebola para Osawatomie e espera fora do terreno enquanto a gente manda esses missourianos pra longe. Volto em pouco tempo. — E, então, *ele* partiu.

Vejam só, Bob estava ali em sua montaria e ficou vendo eles irem embora. E ninguém disse nada a ele. E, então *ele* partiu em outra direção. Disse "Vou nessa" e deu no pé. Acho que, no total, aquele crioulo fugiu umas sete vezes de John Brown. Nunca conseguiu se livrar do Velho de vez. Teve que voltar a ser escravo, no território do Missouri, pra ser libertado. Mas vou chegar lá num minuto.

Aquilo deixava eu e Fred ali parados em nossos cavalos roubados. Ele também parecia doido pra entrar na briga. Era um Brown, e os Browns são chegados a um bom tiroteio. Mas nada nesse mundo de Deus me faria ir até lá combater os missourianos. Eu estava fora. Por isso, resolvi distraí-lo:

— Caramba, essa menininha aqui tá com fome.

Aquilo chamou a atenção dele de volta pra mim no mesmo instante.

— Oh, vou achar alguma coisa pra você comer, Cebolinha — disse. — Ninguém deixa minha Cebolinha passar fome. Você tá crescendo e precisa comer e descansar pra virar uma grande frutinha.

Ele não quis dizer nada com aquilo e não fiquei ofendido, já que nenhum dos dois sabia o que aquela palavra significava de verdade, por mais que, até onde soubesse, o tom não fosse dos mais lisonjeiros. Ainda assim, era a primeira vez que ele dizia a palavra *frutinha* desde que tinha descoberto meu segredo algum tempo antes. Aquilo me chamou a atenção e fiquei feliz por saber que me livraria dele antes que me entregasse.

Seguimos em frente por um trecho de mata densa cerca de um quilômetro e meio estrada acima, então desviamos pra pegar uma antiga trilha de exploração de madeira. Tudo ficou tranquilo e sossegado depois que a gente se afastou do tiroteio. Atravessamos um riacho, chegamos ao lugar onde a antiga trilha retomava na outra margem e lá amarramos os cavalos. Fred pegou seu equipamento, com a coberta e as coisas de caça: chumbo, milho e inhame seco. Levou um bom tempo pra desamarrar as armas, pois estava cheio delas. Quando conseguiu, me deu uma espingarda de caçar esquilo e pegou outra pra ele.

— Normalmente não uso isso — disse —, mas tem tiro pra todos os lados e não vamos chamar a atenção. Pelo menos não se a gente for rápido.

Ainda não estava escuro, mas a noite já caía. Caminhamos por mais ou menos um quilômetro junto à margem do rio, com Fred me mostrando as marcas e sinais de onde uma família de castores construía uma represa.

— Vou atravessar o rio e esperar do outro lado — disse. — Você vem por aqui e, quando ele te ouvir chegando, vai correr, e a gente vai se encontrar bem ali perto de onde o rio faz a curva pra pegar ele.

Rastejou até o outro lado e desapareceu no matagal, enquanto eu andava do lado oposto. Estava na metade do caminho até o ponto onde a gente deveria se encontrar, quando me virei e vi um homem branco a uns cinco metros de distância, com uma espingarda na mão.

— O que faz com essa espingarda, senhorita? — perguntou ele.

— Nada, sinhô — respondi.

— Larga ela, então.

Fiz o que mandou e ele se aproximou de mim, pegou a minha espingarda do chão e, ainda apontando a arma pra mim, disse:

— Cadê o seu amo?

— Ah, ele tá do outro lado do rio.

— A palavra senhor não sai da sua boca, crioula?

Eu tinha perdido o hábito, sabem? Fazia meses que não ficava perto de gente branca normal, que exige que você chame eles de senhor e coisas assim. O Velho não permitia nada daquilo. Mas me corrigi.

— Sim, sinhô.

— Qual o nome do seu amo?

Não consegui pensar em nada, então respondi:

— Fred.

— O quê?

— Só Fred.

— Você chama seu mestre de Fred ou só Fred ou Amo Fred ou Senhor Fred?

Aquilo me deixou de mãos atadas. Eu devia ter falado do Holandês, mas aquilo fazia tanto tempo e eu estava confuso.

— Vem comigo — disse ele.

Começou a andar pela mata, pra longe do rio, e fui atrás a pé. A gente não deu cinco passos quando ouvi Fred berrar.

— Onde vão?

O homem parou e se virou. Fred estava parado no meio do rio, com a espingarda apontada para o rosto do sujeito. Era uma bela visão, grande daquele jeito, assustador com seu olhar assassino, e não estava a mais de dez metros.

— Ela é propriedade sua? — disse o homem.

— Não é do seu interesse, senhor.

— Você é a favor da escravidão ou do Estado Livre?

— Se disser mais uma palavra, vou atirar bem aí onde você tá. Solta ela e mete o pé na estrada.

Fred podia ter acabado com ele, mas não fez isso. O camarada me soltou e foi embora, levando a minha espingarda.

Fred saiu da água e disse:

— Vamos sair de perto do rio e voltar pra onde os outros tá. Aqui é perigoso demais. Tem outro rio do lado de lá de onde eles partiram.

Voltamos para o lugar onde os cavalos estavam amarrados, montamos e cavalgamos por mais ou menos meia hora na direção norte, dessa vez até uma clareira perto de onde outro rio, maior, se alargava.

— A gente pode caçar um pato ou um faisão ou até mesmo um falcão — disse Fred. — Logo vai escurecer e eles vão atrás das últimas comidas do dia. Fica aqui, Cebolinha, e não faz barulho. — Ele desmontou e partiu, ainda com a espingarda na mão.

Fiquei parado perto do lugar onde ele me deixou e o observei se mover pela mata. Agia com naturalidade, silencioso como um cervo, sem fazer

O PÁSSARO DO BOM SENHOR

qualquer ruído. Não foi muito longe; talvez uns trinta metros. Dava pra ver a sua silhueta. Então ele avistou algo no alto de uma enorme bétula que subia na direção do céu. Levantou a espingarda e disparou, fazendo um pássaro enorme cair no chão.

Corremos até ele, e Fred perdeu a cor. Era uma ave bela e gorda, preta, com uma longa listra vermelha e branca nas costas e um bico comprido e estranho. Era um bom pássaro, cheio de carne, com cerca de meio metro. De asa a asa devia medir quase um metro. Não daria pra escolher um pássaro melhor pra comer.

— É um falcão e tanto — disse eu. — Vamos sair daqui caso tenham ouvido o tiro. — E fui em frente pra pegar o bicho.

— Não toca nele! — disse Fred. Estava branco como um fantasma. — Não é um falcão. É um Pássaro do Bom Senhor! Ó, Senhor!

Sentou no chão, todo chateado.

— Não tinha visto com clareza. Eu só tinha um tiro. Tá vendo? — E levantou a espingarda. — Maldita arma. Só dá um tiro. Não precisa de muito. O homem peca sem saber e os pecados chegam sem avisar, Cebola. É o que diz a Bíblia. "Aquele que peca não conhece o Senhor. Não conhece Ele." Acha que Jesus conhece bem meu coração?

Fiquei cansado de toda aquela lengalenga sobre o Senhor. Estava com fome. Eu devia estar saindo de combate e ali estava, diante de mais do mesmo. Fiquei irritado.

— Para de se preocupar. O Senhor conhece o seu coração.

— Tenho que orar — disse ele. — É o que o Pai faria.

Nada bom. Já estava quase escuro, e os outros ainda não tinham alcançado a gente. Fiquei com medo de que o tiro tivesse chamado a atenção de alguém. Mas não existe nada que possa fazer um homem branco, ou qualquer homem, mudar de ideia quando decide que vai rezar. Fred se colocou de joelhos e orou como fazia o Velho, tagarelando e choramingando pra que o Senhor viesse em sua ajuda, e isso e aquilo. Não era bom como o pai quando o assunto era rezar, uma vez que não conseguia ligar um pensamento a outro. As orações do Velho cresciam bem diante dos seus olhos; elas eram conectadas, como os degraus da escada de uma casa indo de um andar para o outro, ao passo que as orações de Fred eram mais como barris e baús de roupa espalhados numa bela sala de estar. As orações dele atiravam pra tudo que é lado, pra cima e pra baixo, e assim se passou uma hora. Mas era uma hora preciosa, e vou contar mais dela num minuto. Depois que acabou com o blá-blá-blá, pegou o pássaro com cuidado, me deu e disse:

— Guarda para o Pai. Ele vai rezar e pedir a Deus que resolva tudo isso de maneira justa.

Peguei o bicho e, logo em seguida, ouvimos cavalos correndo do outro lado do rio. Fred disse sem se virar:

— Se esconde, rápido!

Só tive tempo de pular no matagal, segurando a ave, quando vários cavalos entraram na água, atravessaram o rio e seguiram a toda pela mata até onde Fred estava. Foram direto a ele.

Não havia pra onde fugir, já que tínhamos amarrado os cavalos a uns quatrocentos metros e eles vieram bem daquela direção, o que significava que já tinham achado nossas montarias mesmo. Só tive tempo de me enfiar mais no mato antes que subissem pela margem e marchassem até Fred. Ele estava ali parado, sorrindo, carregando todo o seu equipamento, mas não tinha sacado os sete-cartuchos. A única arma que tinha na mão era aquela espingarda de caçar esquilo, que estava descarregada.

Subiram pela margem até ele sem perder tempo. Tinha uns oito deles, camisas-vermelhas, e galopando à frente estava o Reverendo Martin, o sujeito pra quem Fred tinha apontado a arma no acampamento do Velho.

Fred podia ser burro, mas não era um completo idiota. Sabia como sobreviver na selva, como fazer um monte de coisas ao ar livre. Mas não pensava muito rápido, pois, se pensasse, teria sacado o berro. Além disso, não reconheceu de cara o Reverendo. Aquilo lhe custaria caro.

O Reverendo cavalgava com um homem de cada lado, carregando revólveres de seis tiros. O restante, atrás deles, estava altamente armado. O próprio Reverendo carregava no cinto suas duas armas cintilantes, com cabo de madrepérola, que provavelmente tinha roubado de algum abolicionista morto, já que não tinha aquelas coisas antes.

Foi direto até Fred enquanto seus homens o cercavam, impedindo que fugisse.

Mas Fred ainda não tinha compreendido.

— Bom dia — disse, sorrindo. Era assim por natureza.

— Dia — respondeu o Reverendo.

O PÁSSARO DO BOM SENHOR

Então, a cabeça de Fred começou a funcionar. Dava pra ver ele inclinando a cabeça para o lado e algo zunindo ali dentro. Ficou encarando o Reverendo. Estava tentando lembrar se o conhecia.

— Eu te conheço... — disse ele, e no instante seguinte, sem abrir a boca, o Reverendo, montado no cavalo, sacou o revólver e disparou. Atirou bem no peito de Fred, encheu ele de chumbo e pólvora, e, louvado seja Deus, só o chão parou a sua queda. Fred se contorceu algumas vezes e soltou o seu último suspiro.

— Isso vai te ensinar a sacar quando me vir, seu canalha, cabeça de vento, ladrão de cavalos e protetor de crioulos — disse o Reverendo. Desceu do cavalo e recolheu todas as armas que Fred carregava. Virou para os outros. — Peguei um dos meninos de Brown — disse, orgulhoso. — O maior deles.

Em seguida, lançou o olhar pela floresta ao seu redor, onde eu estava escondido. Não me movi nem um centímetro. Ele sabia que eu estava por perto.

— Procurem pelo outro — grunhiu. — Tinha dois cavalos.

Foi então que outro camarada resolveu abrir o bico, um sujeito montado atrás do Reverendo.

— Não precisava atirar nele a sangue frio desse jeito — disse.

O Reverendo Martin virou na direção do homem. Era o sujeito que tinha me capturado na floresta um pouco antes. Ainda estava com a minha espingarda nas mãos e não parecia contente.

— Ele teria devolvido o favor — disse o Reverendo.

— A gente podia ter trocado ele por um dos nossos — argumentou o sujeito.

— Você quer ficar trocando prisioneiro ou combater?

— Ele podia ter acabado com a minha raça uma hora atrás, no rio, e não fez isso — disse o homem.

— Era a favor do Estado Livre!

— Não ligo a mínima se ele era George Washington. O homem não sacou a arma pra você e está mais morto que um nabo. Você disse que estava atrás de um larápio de gado e de ladrões de crioulos. Ele não é nenhum ladrão de gado. E a crioula que estava com ele não era crioula de ninguém que eu conheça. Que tipo de regra de guerra a gente está seguindo aqui?

Aquilo deu início a uma discussão entre eles, com alguns a favor do sujeito e outros defendendo o Reverendo. Vários minutos se passaram enquanto eles batiam boca, e, quando terminaram, já caía a noite. Até que o Reverendo Martin finalmente disse:

— Brown não vai demorar para chegar quando souber que seu menino está aqui, morto. Querem esperar por ele?

Aquilo acabou com a discussão. Todos ficaram em silêncio, pois sabiam que aquilo teria suas consequências. Partiram a cavalo sem dizer nem mais uma palavra.

Saí da clareira naquele fim de tarde e dei uma última olhada no meu velho amigo, em meio a uma escuridão cada vez maior. Seu rosto estava limpo. Ainda tinha um pequeno sorriso nos lábios. Não sei dizer se aquela sua superstição quanto ao Pássaro do Bom Senhor tinha lhe custado a vida, mas me senti impotente, parado ali, segurando aquela ave imbecil. Pensei em ir a algum lugar e buscar uma pá pra enterrar Fred e o pássaro juntos, já que tinha chamado o bicho de anjo e tudo mais, mas desisti da ideia e decidi fugir em vez disso. Aquela vida de liberdade e de combater a escravidão não oferecia nada, foi o que pensei. Fiquei tão chateado com tudo aquilo que nem consigo explicar. Não sabia o que fazer. A ideia de correr de volta pra casa do Holandês e tentar resolver tudo também me veio à cabeça, verdade seja dita, e me concentrei em fazer aquilo, já que o Holandês era a única pessoa que eu conhecia fora do mundo do Velho. Mas, pra ser sincero, eu estava arrasado pelo jeito que tudo tinha se desenrolado, o modo como vinha me vestindo de menina, sem saber o que fazer. Não conseguia pensar em nada naquele instante, e, como sempre, a coisa toda me cansou. Sentei, então, no chão perto de Fred, me encolhi como uma bola e caí no sono do lado dele, segurando aquele Pássaro do Bom Senhor. E foi desse jeito que o Velho me encontrou no dia seguinte.

9

Um sinal de Deus

Acordei com o som de tiros de canhão e o Velho parado bem na minha frente.

— O que aconteceu, Cebolinha?

Com cuidado, coloquei o pássaro sobre o peito de Fred e contei a ele quem tinha feito o serviço. Ficou ouvindo com o rosto fechado. Atrás dele, o som dos tiros das armas de fogo e dos canhões explodia e as metralhas zuniam em meio à floresta, passando em cima da sua cabeça. Eu e Fred tínhamos chegado perto de Osawatomie, e a batalha em que Weiner e os outros entraram tinha chegado lá como ele disse que ia acontecer. Agora, estava no auge. Os homens se encolhiam sobre os cavalos e ficavam abaixados enquanto as metralhas zuniam, mas nenhum deles saiu do cavalo enquanto o Velho continuava parado em cima de mim. Avistei John e Jason entre eles, mas ninguém tinha explicado como eles foram parar ali e por que o Velho não tinha ido pra cadeia. Estavam todos furiosos, olhando fixamente pra Fred, especialmente os irmãos. Ainda usava seu chapeuzinho, com o Pássaro do Bom Senhor agora acomodado no peito, bem onde coloquei.

— Vai atrás do reverendo? — perguntei.

— Nós não vamos precisar — disse o Velho. — Ele encontrou a gente. Fica com o Fred até a gente voltar. — Montou no cavalo e partiu na direção do barulho do combate. — Vamos!

Partiram a toda na direção de Osawatomie. A cidade não ficava muito distante, então dei alguns passos pela floresta até chegar a um morro alto, de onde vi o Velho e seus homens pegarem a estrada que fazia um círculo e levava até o rio e a cidade na outra margem. Eu não queria ficar ali com Fred e aquele pássaro morto e adormecido em sua morte, além de não ter nada pra dizer pra ele de modo nenhum.

De onde eu estava dava pra ver a cidade. A ponte que atravessava o rio Marais des Cygnes e levava a Osawatomie estava infestada de rebeldes, que levaram dois canhões até ela. A algumas centenas de metros estava o primeiro canhão, empoleirado na direção da corrente, junto a uma montanha coberta de grama, onde dava pra atravessar pela água. Tinha vários abolicionistas disparando do nosso lado, tentando cruzar o rio, mas os rebeldes do outro lado mantinham eles à distância, e, toda vez que um grupo de abolicionistas se aproximava, aquele canhão dava um jeito neles.

O Velho e seus meninos passaram direto por eles e continuaram morro abaixo, entrando como loucos naquela água rasa. Subiram pelo outro lado, atirando, e mandaram embora os rebeldes na outra margem facilmente.

A batalha era mais acirrada que a de Black Jack. A cidade estava tomada pelo pânico, e havia mulheres e crianças por ali, andando pra todos os lados. Vários colonos tentavam desesperadamente apagar o fogo em suas casas, pois os soldados do Reverendo as tinham incendiado. Os homens do Reverendo atiravam enquanto os colonos tentavam apagar as chamas, dando algo a menos para fazerem, já que estavam mortos. De maneira geral, os abolicionistas da cidade eram mal organizados. O segundo canhão dos missourianos estava do outro lado da cidade, disparando sem parar, e os estouros de um, na extremidade da cidade, e do outro, próximo à margem do rio, vinham acabando com os abolicionistas.

O Velho e seus homens saíram da água com as armas pegando fogo e viraram à direita na direção do primeiro canhão apontado pra a corrente. Os abolicionistas que não conseguiam atravessar por causa daquele canhão criaram coragem quando o exército do Velho chegou e passou correndo por eles pra tomar a margem, mas os rebeldes que estavam no canhão resistiram. Com tiros e golpes de espada, os homens do Velho foram avançando na direção do canhão, trabalhando pelo caminho ao longo do rio, que subia até chegar ao canhão. Fizeram o inimigo recuar, só que outros chegaram a cavalo, desmontaram, reagruparam e viraram o canhão na direção deles. O troço explodiu, causando um efeito devastador, e parou de imediato com a investida do Velho. O chumbo passou silvando pelas árvores e derrubou vários abolicionistas, que caíram da encosta até o rio e não levantaram mais. O Velho tentou uma nova investida, mas o canhão deu outro disparo que fez o Velho e seus homens recuarem novamente, e vários deles despencaram até a metade da encosta. Dessa vez, os rebeldes saltaram de trás do canhão e atacaram.

Os homens do Velho tinham menos armas, e seus rapazes retrocederam ainda mais na direção do morro, com o rio bem às costas e agora sem outra via pra onde recuar. Havia uma fileira de lenha na encosta, e ele gritou para os camaradas montarem rápido uma barreira, o que fizeram, bem quando os rebeldes atacaram a encosta mais uma vez.

Não sei como conseguiram resistir. O Velho era teimoso. Os abolicionistas estavam em enorme desvantagem numérica, mas resistiram até que uma segunda unidade de rebeldes flanqueou eles por trás, do mesmo lado da corrente. Alguns do grupo do Velho se viraram pra dar combate a eles, enquanto o Velho mantinha seus rapazes em linha, incitando pra que seguissem em frente.

— Resistam, homens. Firme. Mirem pra baixo. Não desperdicem munição.

Andava pra cima e pra baixo da linha, dando ordens enquanto as balas e metralhas despedaçavam as folhas e galhos das árvores ao seu redor.

Finalmente, atrás dele, os abolicionistas tentando manter os rebeldes à distância decidiram partir com tudo para o outro lado do rio, comendo chumbo durante todo o percurso, e muitos deles deram seus últimos suspiros no caminho. O número de inimigos era simplesmente demais. O Velho ficou impossibilitado de fazer uma retirada direta, sendo alvejado dos dois lados, com o canhão disparando petardos e os rebeldes bloqueando da outra parte, e o rio às suas costas. Não ia conseguir. Estava derrotado, mas não ia desistir. Manteve os homens ali.

Os missourianos, praguejando e urrando, pararam por um minuto pra empurrar o canhão mais pra frente e levaram um pouco de chumbo dos homens do Velho. Mas remontaram tudo uns cinquenta metros diante da barreira do Velho e fizeram um enorme buraco nela, jogando vários homens na água. Só então ele desistiu. Estava acabado.

— Voltem para a outra margem! — gritou.

Os homens obedeceram a ordem sem titubear, voltando apressados, mas não ele. Continuou ali, com a sua figura imponente, disparando e recarregando até o último homem deixar a barreira de árvores, chegar à encosta e atravessar a corrente. Owen foi o último e, quando chegou à margem e viu que o pai não estava ali, virou pra trás e gritou:

— Venha, Pai!

O Velho sabia que tinha sido derrotado, mas não suportava a ideia. Disparou mais uma vez com o seu revólver de sete tiros, virou pra correr, e, ao fazer isso, uma saraivada do canhão atravessou a barreira de árvores e acertou ele. Foi atingido bem nas costas e desabou como um boneco de pano, arremessado do morro direto de volta pra margem. Rolou do morro até a beira do rio e não se mexeu. Era o fim.

Morto.

Não estava morto, porém, só atordoado, já que a bala tinha perdido a força antes de chegar até ele. Fez um buraco no casaco e furou suas costas, perdendo impulso bem quando atingiu sua carne. A pele do Velho era mais grossa do que traseiro de mula, e, por mais que a bala tenha arrancado sangue, não entrou muito fundo. Ele se colocou de pé num segundo, mas a visão de sua queda do morro pra água arrancou uma comemoração dos missourianos no topo da encosta, que sentiram o cheiro de carne vermelha, mas não conseguiram vê-lo na beira do rio. Vários desceram atrás dele, encontrando o Velho à espera com aquele revólver de sete tiros ainda seco e carregado. Meteu um projétil na cara do primeiro, arrebentou o crânio do segundo com o cabo daquela coisa — aquela arma é pesada pra diabo — e mandou o terceiro de volta para o Criador com a sua espada, sem fazer muito esforço. Um quarto homem partiu em sua direção e, quando o pobre cretino começou a descer e viu que o Velho ainda estava vivo, tentou parar e voltar pra um lugar seguro. Mas Owen tinha subido a encosta pra ajudar seu pai e atirou nele, apagando sua vida.

Agora só os dois combatiam de perto, e a visão deles enfrentando os rebeldes que atacavam de todos os lados provocou uma onda de xingamentos e blasfêmias vinda dos abolicionistas que conseguiram chegar na outra margem. Eles dispararam várias saraivadas contra o resto dos missourianos, que estavam no topo do morro, perto da barreira de árvores. Os rebeldes se dispersaram e recuaram. Isso deu ao Velho e a Owen tempo de atravessar o rio.

O PÁSSARO DO BOM SENHOR

Eu nunca tinha visto o Velho bater em retirada antes. Parecia uma figura estranha ali no rio, com seu grande chapéu de palha e seu sobretudo, cujas abas batiam atrás dele, braços bem abertos na água, enquanto atravessava a corrente, e um revólver para o alto em cada mão. Ele subiu pela margem oposta, fora do alcance dos rebeldes, montou no cavalo e fez o bicho subir pela encosta até onde eu estava, seguido pelos outros homens, todos comigo agora ali no morrete.

Daquele morro dava pra ver bem Osawatomie. A cidade ardia em chamas sob o sol da tarde, com todas as casas tomadas pelo fogo e todos os abolicionistas estúpidos o bastante pra ficar por perto e tentar apagar o incêndio sendo alvejados pelo Reverendo Martin e seus homens, que estavam bêbados, rindo e comemorando. Tinham derrotado o Velho e berraram isso por toda Osawatomie. Vários gritaram que ele estava morto e reivindicaram pra si o feito, felizes por terem queimado a casa dele até não sobrar nada, o que de fato haviam feito.

A maioria dos abolicionistas que sobreviveram tinha se escondido depois de chegar na margem onde a gente estava. Só o Velho e seus filhos continuaram do nosso lado, assistindo à comemoração dos rebeldes: Jason, John, Salmon, os dois mais novos chamados Watson e Oliver, que tinham se juntado a nós, Owen, é claro, todos em suas montarias, olhando furiosos pra cidade, já que a casa deles também estava em chamas.

Mas o Velho não olhou nem uma vez. Quando chegou ao morro, fez o cavalo galopar lentamente na direção de Frederick e desceu da montaria. Os outros foram atrás dele.

Fred estava bem onde a gente tinha deixado, com o chapeuzinho na cabeça e o Pássaro do Bom Senhor em cima do peito. O Velho parou perto dele.

— Devia ter saído do esconderijo pra ajudar ele — disse eu —, mas não sei atirar.

— E atirar é algo que não deve fazer — disse o Velho. — Você é uma menina, logo vai ser uma mulher. Era amiga de Fred. Ele gostava de você. E por isso lhe sou grato, Cebolinha.

Mas podia muito bem estar conversando com as paredes, pois enquanto falava sua cabeça estava em outro lugar. Ajoelhou-se sobre Fred. Ficou olhando pra ele por vários minutos, e, por um instante, os velhos olhos cinza se amaciaram e pareceu que mil anos tinham passado pelo rosto do Velho. Ele suspirou, tirou carinhosamente o chapéu da cabeça de Fred, puxou uma pena do Pássaro do Bom Senhor e se levantou. Virou e olhou impiedosamente pra cidade, que queimava sob o sol da tarde. Enxergava ela toda, a fumaça subindo em espiral, os abolicionistas em fuga, os rebeldes atirando neles, gritando e comemorando.

— Deus está vendo — disse.

Jason se aproximou dele.

— Pai, vamos enterrar Frederick e deixar o combate para os federais. Logo vão estar aqui. Não quero mais lutar. Meus irmãos e eu já tivemos o bastante. Essa é a nossa decisão.

O Velho ficou em silêncio. Passou os dedos pelo chapéu de Fred e olhou para os filhos.

— É isso o que quer, Owen?

Owen, do alto do cavalo, desviou o olhar.

— E Salmon. E John?

Seis dos filhos dele estavam ali: Salmon, John, Jason, Owen e os dois mais jovens, Watson e Oliver, além de parentes, os irmãos Thompson, dois deles. Todos olharam para o chão. Estavam exaustos. Nenhum deles abriu a boca. Não falaram uma só palavra.

— Levem a Cebolinha com vocês — disse ele. Jogou o chapéu de Fred em seu alforje e se preparou pra montar no cavalo.

— Já fizemos o bastante pela causa, Pai — disse Jason. — Fica com a gente e ajuda a reconstruir tudo. Os federais vão achar o Reverendo Martin. Vão pegar ele e colocar na cadeia, depois o julgar pelo assassinato de Fred.

O Velho ignorou o que disse e montou no cavalo, então fitou a terra diante de seus olhos. Parecia estar com a cabeça em outro lugar.

— Essa terra é linda — disse ele. Ergueu a pena do Pássaro do Bom Senhor. — E esse é um lindo presságio que Frederick deixou pra trás. É um sinal de Deus. — E enfiou a pena em seu chapéu de palha molhado e castigado. Ficou ridículo.

— Pai, o senhor não está me dando ouvidos — disse Jason. — Pra nós, basta! Fica aqui. Ajuda a gente a reconstruir.

O Velho esticou os lábios de maneira esquisita. Não era um sorriso de verdade, mas o mais próximo que conseguia. Nunca tinha visto ele sorrir

O PÁSSARO DO BOM SENHOR

assim abertamente até então. Não combinava com o seu rosto. Esticar aquelas rugas na horizontal dava a impressão de que ele era completamente louco. Parecia que tinha perdido todos os parafusos de vez. Estava encharcado. O casaco e a calça, que vivia esburacada, formavam uma massa de vestes rasgadas e esfarrapadas. Às costas tinha um pouco de sangue onde a metralha acertara ele. Não dava a mínima.

— Tenho pouco tempo de vida — disse ele — e vou morrer lutando por essa causa. Não vai ter mais paz nessa terra até a escravidão acabar. Vou dar a esses proprietários de escravos algo pra pensar. Vou levar essa guerra até a África. Fiquem aqui se quiserem. Se tiverem sorte, vão encontrar uma causa digna de dar a vida. Até os rebeldes têm isso.

Deu meia-volta com o cavalo.

— Tenho que ir, orar e me unir ao Grande Pai da Justiça, pelo sangue de quem vivemos. Enterrem Fred como deve ser feito. E cuidem da Cebolinha.

Dito isso, virou o cavalo e partiu rumo ao leste. Eu não voltaria a ver ele por dois anos.

PARTE 2
ESCRITURAS ESCRAVISTAS
(*Missouri*)

10

Um pistoleiro de verdade

Não deram dois minutos depois que o Velho partiu, os irmãos começaram a discutir. Interromperam a briga só o tempo necessário pra enterrar Frederick no alto de um morrete que dava pra cidade do outro lado do rio, arrancando algumas penas do Pássaro do Bom Senhor e distribuindo pra cada um de nós. E então argumentaram entre si mais um pouco sobre quem disse isso ou aquilo e quem atirou em quem e o que fazer a seguir. Ficou decidido que se separariam e eu seguiria com Owen, embora ele não gostasse muito da ideia.

— Vou a Iowa cortejar uma jovem e não posso viajar tão rápido levando a Cebola comigo.

— Você não falava assim quando sequestrou ela — disse Jason.

— Foi ideia do pai de trazer uma garota pra estrada!

A coisa continuou mais um pouco, briguinha pra lá e pra cá. Não havia um líder definido entre eles a partir do momento em que o Velho se foi. O Crioulo Bob estava por perto enquanto eles discutiam. Tinha fugido, se escafedido e desaparecido durante toda a luta — aquele negro tinha um talento pra isso — mas agora que o tiroteio tinha acabado ele dava as caras de novo. Acho que qualquer lugar que ele fosse não era seguro o bastante. Estava atrás dos irmãos quando eles se engalfinharam. Ouvindo falarem de mim, resolveu abrir o bico:

— Deixa que eu levo a Cebola a cavalo até Tabor.

Eu não estava a fim de cavalgar com Bob pra lugar nenhum, pois foi por causa dele que entrei nessa situação de bancar a menina para o homem branco. Além do mais, Bob não era um pistoleiro, e Owen sim. Eu estava na pradaria por bastante tempo pra saber que a companhia de um bom atirador contava um bocado naquelas bandas. Mas não falei nada.

— O que você sabe sobre garotas? — perguntou Owen.

— Sei o bastante — disse Bob —, porque tive duas filhas e posso cuidar de Cebola sem problema, se vocês quiserem. Não posso voltar pra Palmyra de jeito nenhum.

E ele tinha razão. Bob era propriedade roubada e mercadoria estragada, não importava o que acontecesse. Ninguém ia acreditar no que dissesse sobre sua temporada com John Brown ou se, de fato, tinha combatido ao lado do Velho. Era bem possível que acabasse vendido em Nova Orleans se, de acordo com a sua palavra, as coisas funcionavam daquele jeito entre os escravistas e os brancos acreditavam que um escravo que sentira o gosto da liberdade não valia um centavo.

Owen remanchou aquilo por alguns minutos e finalmente disse:

— Tá certo. Levo vocês dois. Mas antes vou para o outro lado do rio pegar o que sobrou das minhas terras. Esperem aqui. Partimos assim que eu voltar.

E lá se foi, fustigando seu cavalo e seguindo direto para o matagal.

Claro que os irmãos, um a um, decidiram que eles também iam arrancar o que pudessem de suas terras e seguiram atrás dele. John Jr. era o filho mais velho de Brown, mas Owen era o mais parecido com o Velho, e o resto seguia suas ideias. Por isso Jason, John, Watson, Oliver e Salmon — todos com ideias diferentes de como combater a escravidão, embora fossem todos contra ela — seguiam o exemplo de Owen. Partiram em cavalgada, mandando Bob e eu esperar e vigiar o outro lado do rio e gritar caso visse rebeldes.

Eu não queria fazer aquilo, mas parecia que o perigo tinha passado. E também me trazia algum consolo estar perto de onde Fred dormia. Então disse a eles que eu ia gritar, sem problema.

Já era de tarde, e do morrete onde estávamos sentados dava pra ver além do rio Marais des Cygnes até Osawatomie. Os rebeldes tinham quase todos partido; apenas os últimos saqueadores deixavam a cidade às pressas, urrando e uivando, com as balas de uns poucos veteranos abolicionistas, que voltavam do outro lado do rio, raspando em suas orelhas. Quase mais ninguém era possuído pelo espírito do combate.

O PÁSSARO DO BOM SENHOR

Os irmãos tomaram a trilha dos lenhadores, que saía da nossa visão por um minuto, e seguiram para a parte rasa do rio, que atravessariam. De onde eu estava dava pra enxergar a margem, mas, depois de vários longos minutos inclinado à beira do morrete pra observar os irmãos atravessarem o rio, ainda assim não consegui ver eles chegarem do outro lado.

— Onde estão? — perguntei.

Quando virei, Bob tinha desaparecido. O Velho sempre tinha uma carroça roubada e um ou dois cavalos amarrados por perto, e todo tiroteio geralmente acabava com os artigos mais variados espalhados pelo terreno quando o pessoal se atropelava pra desviar das balas. Por sorte, havia uma mula velha e gorda e uma carroça no meio das coisas saqueadas no matagal logo depois da clareira onde estávamos. Bobby voltou lá todo apressado, puxando cordas e arreios da traseira da carroça. Colocou os arreios na mula, atrelou o bicho à carroça, saltou pra cima da boleia e fustigou a besta.

— Vamos dar o fora daqui — disse.

— O quê?

— Vam'bora.

— Mas e Owen? Ele mandou esperar.

— Esqueça ele. Isso é problema de gente branca.

— E Frederick?

— O que tem ele?

— O Reverendo Martin atirou nele. A sangue frio. Temos que ir à forra.

— Pode ir atrás disso se quiser, mas não vai se dar bem. Eu vou embora.

Mal ele disse aquilo, ouvimos gritos e tiros vindos da mesma direção em que os irmãos tinham desaparecido e dois rebeldes camisas-vermelhas irromperam a cavalo através do matagal e entraram na clareira, contornando a longa fileira de árvores, vindo diretamente pra cima de nós.

Bob saltou da boleia e começou a puxar a mula.

— Enfie aquele gorro bem fundo na cabeça — mandou.

Fiz isso justo quando os cavaleiros camisas-vermelhas atravessaram a clareira, viram a gente no amontoado de árvores e se aproximaram.

Os dois eram jovens na casa dos vinte, com seus Colts em riste, um deles puxando atrás do cavalo uma mula carregada de sacos de juta. O outro sujeito parecia ser o líder. Era baixo e magro, com um rosto fino e vários charutos enfiados no bolso da camisa. O sujeito que puxava a mula era mais velho e tinha um rosto duro e amarelado. Seus dois cavalos estavam carregados de coisas, andando pesadamente, com bolsas cheias até quase estourar com o botim saqueado na cidade.

Bob, tremendo, tirou o chapéu para o líder.

— Bom dia, senhor.

— Aonde vão? — perguntou o líder.

— Eu tô levando a senhorita aqui pro Lawrence Hotel — disse Bob.

— Têm documentos?

— A senhorita com certeza deve ter algum — disse Bob, e olhou pra mim.

Não tive como explicar nada e, na verdade, não tinha documento. Aquilo me deixava em maus lençóis. O maldito idiota me colocara em risco. Gaguejei e comecei a chorar que nem um bezerro desmamado. Forcei o quanto dava, mas não fui convincente.

— Eu não preciso de documentos pra ele me levar até Lawrence — gaguejei.

— O crioulo está levando você? — disse o líder. — Ou é você que está levando o crioulo?

— É, eu que tô levando ele — falei. — A gente é de Palmyra e tava passando por essas terra aqui. Teve uma grande confusão com muito tiro, por isso eu puxei ele pra essas bandas.

O líder se aproximou a cavalo, olhando. Era um caixeiro maduro e bonitão de olhos escuros, com jeito de valentão. Enfiou um charuto na boca e mascou. Seu cavalo fazia tanto barulho quanto uma banda militar enquanto ele me arrodeava com o bicho. Aquele pangaré malhado estava carregado com tanta porcaria que dava até dó. Parecia pronto pra fechar os olhos e morrer. Carregava quase uma casa de tanta coisa: panelas e frigideiras, chaleiras, apitos, jarras, um piano em miniatura, descascadores de batatas, barris, roupas, enlatados e tambores de lata. O sujeito mais velho atrás dele que puxava a mula carregava o dobro de porcaria. Tinha o ar nervoso e grosseiro de um pistoleiro e não tinha falado nada.

— O que é que você é? — perguntou o líder. — Uma mestiça ou só uma menina branca com a cara suja?

O PÁSSARO DO BOM SENHOR

Fiquei meio sem saber o que dizer, com aquele gorro e aquele vestido. Mas já sabia mais ou menos como era ser menina àquela altura, depois de bancar uma por tantos meses. Além do mais, meu rabo estava em perigo e isso faz com que você se solte rápido quando vê que tá encrencado. Ele me jogou um osso e eu abocanhei. Me empertiguei e disse com todo o orgulho que podia:

— Me chamo Henrietta Shackleford, e o senhor não devia falar de mim como se fosse completamente crioula, quando, na verdade, sou apenas metade negra e não tenho ninguém nesse mundo. A melhor parte de mim é quase tão branca quanto você, meu senhor. Só não sei onde é o meu lugar, sendo uma pobre mulata e tudo mais.

E então me desfiz em lágrimas.

Aquela choradeira toda comoveu ele. Pegou ele de jeito! Deixou ele atordoado! Sua expressão se amaciou e ele jogou o Colt no coldre e sinalizou com a cabeça ao outro para que fizesse o mesmo.

— Uma razão a mais pra expulsar esses abolicionistas dessa terra — disse ele. — Me chamo Chase. — Apontou para o seu parceiro: — E esse é Randy.

Cumprimentei os dois.

— Cadê a sua mãe?

— Morta.

— Cadê o seu pai?

— Morto. Mortos, mortos, mortos. Estão todos mortos. — E caí no berreiro de novo.

Chase ficou ali olhando. Aquilo mexeu com ele ainda mais.

— Para de chorar, pelo amor de Deus, que eu te dou uma bala de hortelã — falou.

Continuei fungando por ali, e ele enfiou a mão numa das sacolas sobre o cavalo e me jogou uma bala. Engoli sem pensar duas vezes. Era a primeira vez que provava uma coisa daquelas, e, juro por Deus, a explosão na minha boca me deu mais prazer do que vocês podem imaginar. Balas eram uma coisa rara naqueles dias.

Ele viu o efeito daquilo e falou:

— Tenho muito mais doces, pequena senhorita. Que negócios tem a tratar em Lawrence?

Aí ele me pegou. Eu não tinha negócio nenhum em Lawrence e não sabia nem onde ficava. Então, comecei a engasgar e gargarejar com a bala a fim de conseguir um minuto pra pensar, o que fez Chase saltar do cavalo e dar uns tapas em minhas costas. Mas aquilo também não funcionou, pois bateu com tanta força que a bala voou pra fora da minha boca e caiu na poeira, me dando um pretexto pra fingir que lamentava tudo aquilo, o que, de certa forma, era verdade, então choraminguei mais um pouquinho, mas dessa vez ele não se comoveu e nós dois ficamos olhando pra bala no chão. Acho que eu e ele estávamos tentando decidir um jeito de apanhar a bala, limpar e comer ela como tinha que ser comida. Depois de um minuto e pouco, eu ainda não tinha conseguido inventar uma história.

— E então? — falou.

Olhei para o matagal esperando que Owen voltasse. Nunca desejei tanto ver aquele seu rosto amargo. Mas ouvi tiros das brenhas por onde ele e os irmãos tinham partido e achei que tinham seus próprios problemas pra cuidar. Eu estava sozinho.

— Meu pai me deixou o coitado desse Crioulo Bob aqui e mandei ele me levar pra Lawrence — falei. — Mas começou a criar tanto problema...

Meu Deus, por que eu disse aquilo? Chase sacou o berro de novo e o enfiou na cara de Bob.

— Vou encher esse crioulo estrábico de pancada se estiver dando problema à senhorita.

Os olhos de Bob se arregalaram do tamanho de dólares de prata.

— Não, senhor, não é bem assim — me apressei em dizer. — Esse crioulo, na verdade, tem me ajudado. Seria um grande prejuízo pra mim se o senhor machucasse ele, pois é tudo o que tenho nesse mundo.

— Muito bem, então — disse Chase, enfiando no coldre seu seis-cartuchos. — Mas deixa eu fazer uma pergunta, benzinho. Como uma mestiça pode ser dona de um crioulo?

— Ele foi comprado legalmente — falei. — Fazem isso no Illinois o tempo todo.

— Achei que você falou que era de Palmyra — disse Chase.

— Passando por Illinois.

— E lá não é um Estado Livre? — perguntou Chase.

— Não pra nós rebeldes — falei.

O PÁSSARO DO BOM SENHOR

119

— Que cidade do Illinois?

Isso me desnorteou. Não sabia distinguir o Illinois do rabo de uma mula. Não podia pensar no nome de nenhuma cidade pra salvar a minha vida, então pensei numa coisa que ouvia o Velho dizer o tempo todo.

— Purgatory — falei.

— Purgatory — Chase riu. Virou-se pra Randy. — É o nome certo para uma cidade ianque, né, Randy?

Randy olhou para ele e não disse uma só palavra. Aquele homem era perigoso.

Chase olhou à sua volta e viu a sepultura onde enterramos Frederick.

— Quem é aquele?

— Não sei. A gente ficou escondido nesse matinho enquanto os abolicionistas rondavam por aqui. Ouvi dizerem que era um deles.

Chase estudou a sepultura, pensando:

— Essa sepultura ainda está fresca. A gente devia ver se o sujeito aí dentro usava botas — falou.

Aquilo me perturbou, pois a última coisa que eu queria era que escavassem Frederick e mexessem no seu corpo. Não podia suportar a ideia, então falei:

— Ouvi eles falarem que o rosto dele foi estourado e virou mingau.

— Jesus — resmungou Chase, e se afastou da sepultura. — Malditos ianques. Você não precisa ter medo deles agora, meu anjinho. Chase Armstrong mandou eles todos embora! Quer vir com a gente?

— Nós vamos pro Lawrence Hotel procurar um emprego, e o Bob aqui é uma ajuda pra mim. A gente teve que parar quando vocês expulsaram os desgraçados abolicionistas. Mas, graças a vocês, o perigo passou. Por isso, acho que vamos andando.

Fiz sinal a Bob pra tocar a mula, mas Chase disse:

— Aguenta aí. Nós vamos para Pikesville, Missouri. Fica na sua direção. Por que não vem com a gente?

— Nós vamos ficar bem.

— Essas estradas são perigosas.

— Não são assim tão ruins.

— São ruins o bastante pra você não andar por aí sozinha — falou.

Não era um convite, do jeito que ele falou.

— Bob tá doente — falei. — Tá com malária. É contagioso.

— Mais um motivo pra viajar com a gente. Conheço uns negociantes de escravos em Pikesville. Um crioulão desses pode dar um bom dinheiro, doente ou não. Uns dois mil dólares, talvez. É um bom começo pra você.

Bob lançou um olhar alucinado na minha direção.

— Não posso fazer isso — falei. — Prometi a meu pai que nunca ia vender o crioulo.

Sinalizei de novo pra que ele tocasse a mula, mas Chase pegou as rédeas dessa vez e segurou firme.

— O que você vai fazer em Lawrence? Só dá abolicionista por lá.

— Verdade?

— Claro.

— A gente vai pra cidade seguinte, então.

Chase deu uma risadinha:

— Venha com a gente.

— Eu não estava indo nessa direção. Além do mais, o Velho John Brown continua por essas matas. Eles ainda são perigosos.

Gesticulei a Bob pra tocar a mula mais uma vez, mas Chase prendeu as rédeas, olhando pra mim pelo canto dos olhos. Estava sério agora.

— Brown já era. Os camisas-vermelhas estão atirando no que sobrou dos rapazes dele naquelas matas mais adiante. E ele morreu. Vi com os meus próprios olhos.

— Não é possível!

— Verdade. Mais morto do que cerveja de ontem.

Aquilo me deixou atordoado.

— É um tremendo azar, não podia ser pior! — falei.

— O que disse?

— Quero dizer, é um tremendo azar... nunca vi o sujeito morto, um fora da lei famoso como ele e tudo mais. Você viu ele, com certeza?

— Está exalando seu fedor pros céus agora, aquele ladrão de negros. Vi ele levar um tiro no alto da margem e cair no Marais des Cygnes. Quase corri até lá pra cortar a sua cabeça, mas — pigarreou — Randy e eu, a gente tinha que correr para proteger o flanco. Além do mais, tinha uma loja de

O PÁSSARO DO BOM SENHOR 121

ferragens no final da cidade que estava pedindo uma limpa, se é que me entende, já que os abolicionistas não iam precisar mais daqueles troços...

Vi então que ele estava errado sobre o paradeiro do Velho. Mas eu tinha de cuidar de mim também, então disse:

— Fico feliz que ele tenha partido, pois agora esse território tá seguro pra que os homens brancos de bem vivam livres e seguros.

— Mas você não é branca.

— Meio branca. E também precisamos cuidar da gente de cor, pois ela precisa de nós. Não é, Bob?

Bob desviou o olhar. Eu sabia que ele estava muito zangado.

Senti que Chase achou que eu estava muito perto de ser branca pra ele, pois ficou irritado com o jeitão de Bob.

— Que cara é essa, seu gambá? — resmungou. — Eu devia dar uma coronhada na sua beiçola para ver se endireita.

Ele se virou pra mim.

— Que tipo de trabalho quer achar em Lawrence que precisa levar com você um crioulo azedo desses?

— Aparar é o meu negócio — falei, orgulhoso, pois sabia cortar cabelos.

Ele arregalou os olhos.

— Aparar?

Como cresci com as putas e as índias no Holandês, eu devia saber o que significava a palavra "aparar". Mas não sabia.

— Faço o melhor aparado que um homem pode ter. Às vezes, aparo dois ou três homens em uma hora.

— Tanto assim?

— Com certeza.

— Você não é moça demais pra andar aparando por aí?

— Pelo que sei, tenho doze anos e posso aparar tão bem quanto qualquer outra mulher — falei.

Seu jeito mudou completamente. Ficou mais educado, limpando o rosto com um lenço, espanando as roupas e ajeitando a camisa rasgada.

— Você não preferia ter um emprego de garçonete ou na cozinha?

— Pra que lavar pratos quando posso atender dez homens em uma hora?

O rosto de Chase ficou que nem pimentão. Enfiou a mão na sacola e puxou uma garrafa de uísque. Deu um trago e passou pra Randy.

— Deve ser um recorde — disse. Olhou pra mim pelo canto do olho. — Quer me dar uma aparada?

— Aqui? Na trilha? É melhor fazer isso numa taverna quente, com um fogão cozendo e esquentando sua comida, enquanto você belisca uma entrada e uma bebidinha. Além do mais, posso cortar suas unhas dos pés e cuidar dos seus calos ao mesmo tempo. Pés são a minha especialidade.

— Ora, isso me interessa bastante — falou. — Ouça, conheço um lugar perfeito pra você. Conheço uma senhora que vai lhe dar um emprego. Fica em Pikesville, não em Lawrence.

— Não é pra onde a gente estava indo.

Pela primeira vez, Randy abriu a matraca.

— Claro que é — disse ele. — A não ser que ache que a gente é bobo. Você pode muito bem estar mentindo. Não mostrou nenhum documento pra gente, seu ou dele.

Parecia áspero o bastante pra riscar um fósforo no próprio rosto. Eu não tinha escolha, na verdade. Ele havia me confrontado, por isso eu disse:

— O senhor num é um cavalheiro, meu senhor, para acusar uma jovem da minha linhagem de mentirosa. Mas, já que essa estrada é perigosa pra uma jovem como eu, acho que ir pra Pikesville ou qualquer outro lugar não faz diferença. E se posso ganhar dinheiro lá aparando, como diz, por que não?

Mandaram Bob ajudar a descarregar seus cavalos e mulas, e então viram as bugigangas roubadas que os filhos do Velho deixaram por ali. Saltaram dos cavalos pra juntar aquelas coisas.

No momento em que estavam longe o bastante pra não ouvirem a gente, Bob inclinou-se do banco do cocheiro e disse: — Por que não aprende a mentir?

— Que foi que eu fiz?

— Aparar quer dizer "dar o rabo", Henry. Coito. Essa coisa toda.

Quando voltaram, vi o brilho no olhar deles e me senti numa enrascada. Daria qualquer coisa pra ver o rosto azedo de Owen vindo a toda, mas ele não apareceu. Os dois amarraram seus animais aos nossos, jogaram o que tinham apanhado na carroça e lá fomos nós.

11

Pie

Seguimos a trilha por meio dia rumo ao Noroeste, bem pra dentro do território escravo do Missouri. Eu ia sentado atrás de Bob na carroça enquanto Chase e Randy vinham depois a cavalo. Na trilha, só quem falava era Chase. Falava da mãe. Falava do pai. Falava dos filhos. Sua mulher era meia-irmã de seu pai e ele *falava até disso*. Não havia nada sobre si mesmo que ele não quisesse falar, o que me ensinou algo mais sobre como ser uma garota. Os homens abrem a matraca pra uma mulher, falam de cavalos, de suas botas novas e de seus sonhos. Mas se você coloca um punhado deles num salão e deixa à vontade, daí tudo gira em torno de armas, cusparadas e fumo. E não deixe que comecem a falar de suas mães. Chase não parava de arrotar grandeza falando da mãe e de todas as maravilhas que tinha feito.

Deixei que fosse em frente, porque eu estava mais preocupado em ter que aparar e qual ia ser o meu futuro naquele departamento. Depois de algum tempo, os dois subiram na traseira da carroça e abriram uma garrafa de uísque de centeio, o que me levou a começar a cantar de imediato, só para fazer que esquecessem do assunto. Não existe nada que um rebelde goste mais do que uma boa e velha canção antiga, e eu conhecia muitas dos meus tempos no Holandês. Lá seguiram eles, felizes da vida naquela carroça, bebericando persuasão moral enquanto eu cantava "Maryland, My Maryland", "Please Ma, I Ain't Coming Home" e "Grandpa, Your Horse Is in My Barn." Aquilo acalmou os ânimos por um tempo, mas a escuridão vinha caindo. O bom é que, pouco antes que a noite engolisse o grande céu da pradaria, as planícies ondulantes e os mosquitos deram lugar a cabanas de toras e casas de posseiros, e chegamos a Pikesville.

Pikesville era um negócio brabo naquela época, tinha só um amontoado de cabanas, barracos e galinheiros caindo aos pedaços. As ruas eram pura lama, com pedras, tocos de árvores e sarjetas na rua principal. Porcos passeavam pelos becos. Bois, mulas e cavalos se esforçavam para transportar carroças cheias de porcaria. Pilhas de carga esperavam para serem recolhidas. A maioria das cabanas estava inacabada, algumas não tinham telhados. Outras pareciam prestes a desmoronar, com peles de cascavéis, couros de búfalos e peles de animais secando nas proximidades. Havia três bares na cidade, um praticamente em cima do outro, e as balaustradas de suas varandas estavam cobertas de tabaco cuspido. A cidade era uma bagunça completa. Ainda assim, era a maior que eu já tinha conhecido.

Entramos na cidade com um grande rebuliço, pois tinham ouvido rumores do grande tiroteio em Osawatomie. Assim que chegamos, a carroça foi cercada. Um velho perguntou a Chase:

— É verdade? O Velho John Brown morreu?

— Sim, senhor — Chase gritou com alegria.

— Você que matou ele?

— Ora, descarreguei minha arma toda em cima dele. Disso não resta a menor dúvida.

— Hurra! — gritaram.

Ele foi arrancado da carroça, aplaudido e levou tapinhas nas costas. Randy ficou macambúzio e não falou uma palavra. Imaginei que fosse procurado pela lei e houvesse uma recompensa por ele em algum lugar, pois no minuto em que arrancaram Chase da carroça aos brados, Randy se esgueirou no cavalo, pegou sua mula de carga e deu o fora. Nunca mais vi ele. Mas Chase estava com tudo. Levaram-no ele até o primeiro boteco, fizeram sentar, encheram ele de uísque e rodearam, bêbados, chacais, jogadores, punguistas, gritando:

— Como fez isso?

— Conta tudo.

— Quem atirou primeiro?

Chase limpou a garganta.

— Como eu disse, teve muito tiro...

O PÁSSARO DO BOM SENHOR

— Claro que teve! Ele era um doido assassino!

— Um chacal!

— Ladrão de cavalos também! Um ianque covarde!

Mais risadas. Simplesmente jogaram a mentira no colo dele. Chase não pretendia mentir. Mas encheram ele com todo o álcool que conseguiu beber. Compraram cada peça do que havia saqueado e o homem ficou de porre e depois de um tempo embarcou na lorota. Sua história mudava de um gole pra outro. E ia aumentando também. Primeiro, admitiu ter matado o Velho a tiros. Depois, tinha matado com as próprias mãos. Então, pregou dois tiros nele. Depois apunhalou e esquartejou. Depois jogou o corpo no rio, onde os jacarés almoçaram o que sobrou. Lá ia Chase, pra cima e pra baixo, pra frente e pra trás, de um lado pro outro, até que a coisa chegou na altura do céu. Dava pra pensar que um ou outro desconfiasse que era tudo invenção, do jeito que a história criou pernas. Mas estavam tão encharcados quanto ele. Quando as pessoas querem acreditar numa coisa, a verdade não tem vez. Me veio à cabeça então que tinham um medo terrível do Velho John Brown; sentiam medo do conceito dele tanto quanto do próprio Velho, e assim ficaram felizes de acreditar que tinha morrido, ainda que esse conhecimento só durasse cinco minutos antes que a verdade aparecesse e matasse aquela versão.

Bob e eu ficamos sentados em silêncio enquanto tudo isso acontecia, pois não deram a menor atenção pra gente, mas toda vez que eu me levantava pra caminhar até a porta e me escafeder, gritos e assobios me faziam voltar pra cadeira. Mulheres ou garotas de qualquer tipo eram raras na pradaria e, embora eu estivesse um trapo — meu vestido estava acachapado, o gorro rasgado e meus cabelos debaixo dele completamente emaranhados — os homens me ofereciam todo tipo de prazer. Superavam uma puta no que diz respeito a falar sujo. Seus comentários me surpreenderam, porque as tropas do Velho não falavam palavrões nem bebiam e geralmente eram respeitadores da raça das mulheres. A noite avançava e os uivos e gritos na minha direção foram piorando e aquilo acordou Chase — que tinha desabado com a cabeça sobre o bar, doidamente mamado e encharcado — e fez que saísse do seu estupor.

Levantou-se do bar e disse:

— Com licença, cavalheiros. Estou cansado depois de matar o criminoso mais vil dos últimos cem anos. Pretendo levar essa mocinha do outro lado da rua, ao Hotel Pikesville, onde a Senhorita Abby, sem dúvida, guarda, meu quarto para mim no Andar da Farra, depois de saber de minhas últimas escaramuças com aquele demônio do qual tirei a respiração e dei de comida aos lobos em nome do grande estado independente do Missouri! Deus salve a América!

Empurrou eu e Bob porta afora e cambaleou até o outro lado da rua em direção ao Hotel Pikesville.

O Pikesville era um hotel e taverna de primeira classe, comparado com as duas espeluncas que já mencionei. Mas preciso dizer aqui que, lembrando hoje, não era lá muito melhor. Só depois de ver as moradas do Leste descobri que o melhor hotel de Pikesville era um chiqueiro se comparado aos piores alojamentos de Boston. O térreo do Hotel Pikesville era um salão de beber escuro, iluminado por velas, com mesas e um bar. Atrás dele havia um pequeno aposento médio com uma comprida mesa de jantar. Ao lado, havia uma porta que levava a um corredor, que dava para um beco de fundos. Na parte traseira do aposento, uma escadaria levava ao primeiro andar.

Houve uma grande balbúrdia quando Chase entrou, pois era precedido por sua fama. Levou tapas nas costas e foi saudado de um canto da sala ao outro, enquanto enfiavam drinques na sua mão. Cumprimentou todo mundo com um vigoroso "olá" e seguiu, então, para o quarto dos fundos, onde vários homens sentados à mesa de jantar deram seus cumprimentos e ofereceram seu lugar e mais drinques. Desvencilhou-se deles.

— Não é hora, meus camaradas — falou. — Tenho uns assuntos no Andar da Farra.

Nas escadas nos fundos da sala, várias mulheres do tipo que frequentaria o Holandês estavam sentadas nos degraus inferiores. Duas fumavam cachimbo, enfiando o tabaco negro na chaminé com dedos enrugados e enfiando o cachimbo na boca, preso entre dentes tão amarelos que pareciam nacos de manteiga. Chase passou cambaleando por elas e parou ao pé da escada, gritando:

— Pie! Pie querida! Desça logo. Adivinha quem tá de volta?

Houve uma comoção no alto das escadas, e uma mulher começou a descer da escuridão e parou na metade dos degraus, à luz mortiça de velas da sala.

Certa vez, eu extraí uma bala da coxa de um rebelde atingido perto de Council Bluffs depois que ele se meteu numa encrenca lá, alguém disparou

O PÁSSARO DO BOM SENHOR

nele e o deixou sangrando e imobilizado. Deixei ele novo em folha, e o homem ficou tão agradecido que me levou até a cidade e me deu uma tigela de sorvete. Foi uma coisa que eu nunca tinha provado antes. A melhor que já provei na vida.

Mas a sensação daquele sorvete correndo pra dentro da minha goela no verão não era nada comparada a ver aquela belezura descendo as escadas pela primeira vez. Ela fazia qualquer um perder a cabeça.

Era uma mulata. A pele castanha como o pelo de um cervo, com maçãs do rosto salientes e grandes olhos castanhos, úmidos, do tamanho de dólares de prata. Eu batia no ombro dela, mas parecia ainda mais alta. Usava um vestido estampado de flores azuis, do tipo que as putas gostavam, e a coisa era tão justa que, quando ela se mexia, as margaridas se misturavam com as azaleias. Caminhava como um salão quente cheio de fumaça. Eu não era estranho às leis da natureza na época, com doze anos — acredito que era mais ou menos a minha idade — e tendo acidentalmente espiado de propósito pra dentro de um quarto ou três na taverna do Holandês, mas conhecer uma coisa é diferente de fazer, e aquelas putas do Holandês geralmente eram feias de fazer um trem descarrilar. Essa mulher tinha um tipo de ritmo que você podia ouvir a milhares de quilômetros de distância no Missouri. Eu não expulsaria ela da cama por comer biscoitos. Era cheia de classe.

Ela examinou o salão lentamente como uma sacerdotisa e, quando viu Chase, sua expressão mudou. Desceu rapidamente os últimos degraus e deu um chute nele. Chase desabou da escada como um boneco de pano, enquanto os homens riam. Ela desceu até o piso e parou em cima dele com as mãos nos quadris.

— Cadê o meu dinheiro?

Chase levantou-se encabulado, espanando a poeira da roupa.

— Isso é maneira de tratar o homem que acabou de matar o Velho John Brown com as próprias?

— Certo. E eu deixei de comprar terras de garimpo de ouro no ano passado. Não me interessa quem você matou. Você me deve nove dólares.

— Tudo isso?

— Cadê o dinheiro?

— Pie, eu tenho uma coisa aqui muito melhor do que nove dólares. Olhe só. — E apontou pra mim e pra Bob.

Pie nem mesmo olhou pra Bob. Ignorou o crioulo. Então me fuzilou com os olhos.

Os brancos da pradaria, até mesmo mulheres brancas, não davam a menor atenção a uma neguinha simples como eu. Mas Pie era a primeira mulher de cor que eu via nos dois anos desde que tinha começado a usar aquela vestimenta de menina e ela percebeu algo de suspeito imediatamente.

Disparou pelos lábios:

— Merda. Seja o que for essa coisinha feia, ela precisa ser passada a ferro.

Virou-se para Chase:

— Trouxe o meu dinheiro?

— Mas e a garota? — disse Chase. — A Senhorita Abby podia usar ela. Isso não ia deixar a gente quites?

— Você tem que falar com a Senhorita Abby sobre isso.

— Mas eu trouxe a menina do Kansas até aqui!

— Deve ter sido um passeio e tanto, seu cabeça de mula. O Kansas fica a um dia de cavalo daqui. Tá com o meu dinheiro ou não?

Chase se pôs de pé, espanando a roupa.

— Claro que estou. Mas Abby vai ficar uma fera se descobrir que você deixou essa coisinha linda atravessar a rua e ir trabalhar pra concorrência.

Pie franziu a testa. Ele a tinha deixado ela sem saída.

— E eu devia merecer um tratamento especial — continuou — por ter matado John Brown e livrado todo o território e tudo mais, só pra voltar pra você. Podemos subir pro quarto?

Pie sorriu com malícia.

— Te dou cinco minutos — disse ela.

— Vou precisar de dez pra dar uma mijada— protestou ele.

— A mijada é extra — disse ela. — Vamos, traga a menina também.

Ela foi subindo ao andar de cima e parou de repente, fuzilando Bob que tinha começado a subir as escadas atrás de mim, com o olhar. Virou-se pra Chase.

— Não pode trazer aquele crioulo aqui em cima. Bote ele no curral dos crioulos lá fora, onde todo mundo guarda seus negros. — E apontou pra porta lateral do salão de jantar. — A Senhorita Abby vai arranjar algum trabalho pra ele amanhã.

O PÁSSARO DO BOM SENHOR

Bob olhou pra mim com os olhos espantados.

— Me desculpe — falei —, mas ele pertence a mim.

Foi a primeira coisa que falei pra ela e, quando ela jogou aqueles deslumbrantes olhos castanhos em mim, quase derreti como sorvete no sol. Pie era um achado.

— Então você também pode dormir lá fora com ele, sua coisinha feia café-com-leite.

— Espera aí — disse Chase. — Eu arrastei ela até aqui.

— Pra quê?

— Para os homens.

— Ela é feia como um gambá. Afinal, quer que eu te dê um trato ou não?

— Você não pode mandar ela pro curral — falou Chase. — Ela disse que não é crioula.

Pie riu.

— Mas tá bem perto!

— A Senhorita Abby não ia gostar. E se ela se machucar lá? Deixe ela vir aqui pra cima e manda o crioulo pro curral. Eu também tenho um interesse nisso — falou.

Pie pensou um pouco. Olhou pra Bob e disse:

— Sai pela porta dos fundos ali. Vão arranjar alguma coisa pra você comer no terreiro. Você aí — e ela apontou pra mim —, vamo lá.

Eu não podia fazer nada. Era muito tarde e eu estava cansado. Olhei pra Bob, que parecia brabo comigo.

— Dormir aqui é melhor do que na pradaria, Bob — falei. — Vou buscar você depois.

Fui fiel à minha palavra. Voltei pra pegar ele depois, mas Bob nunca me perdoou por ter mandado sair porta afora naquele dia. Aquele foi o fim da proximidade que podia existir entre nós. As coisas são assim.

Seguimos Pie até o andar de cima. Ela parou num quarto, abriu bem a porta e empurrou Chase pra dentro. Então se virou pra mim e apontou um quarto duas portas adiante.

— Entra lá. Diga à Senhorita Abby que eu mandei você e que você veio trabalhar. Ela vai providenciar um banho quente pra você primeiro. Está cheirando a merda de búfalo.

— Não preciso de banho nenhum!

Ela agarrou a minha mão, seguiu pelo corredor com passadas largas, bateu e abriu uma porta, me jogou no quarto e fechou a porta atrás de mim.

Eu me vi olhando para as costas de uma mulher branca entroncada e bem-vestida sentada diante de uma penteadeira. Virou-se da penteadeira e ficou de pé pra me encarar. Usava um longo e elegante lenço de pescoço branco. Acima daquele pescoço, havia um rosto com tanto pó que daria pra encher o cano de um canhão. Seus lábios eram grossos, pintados de vermelho, e apertavam um charuto. A testa era alta, o rosto estava corado e azedo de raiva como um queijo velho. Aquela mulher era tão feia que parecia uma ameaça de morte. Atrás dela, o quarto era mal iluminado por velas. O cheiro do lugar era infernal. Pensando bem, eu nunca tinha estado num quarto de hotel do Kansas que não cheirasse pior do que o alojamento mais ordinário que você podia encontrar em toda a Nova Inglaterra. O fedor daquele lugar era tão forte que seria capaz de arrancar o papel de parede da pior sala de estar de Boston. A única janela do quarto não via água havia anos. Estava salpicada de manchas de moscas mortas que se agarravam a ela como pontos negros. Ao longo da parede dos fundos, iluminada por duas velas, duas figuras se estiravam em duas camas colocadas lado a lado. Entre elas havia uma banheira de latão que, pelo que eu podia ver naquela luz mortiça, estava cheia de água e do que parecia ser uma mulher nua.

Comecei a perder os sentidos, pois, assim que meus olhos perceberam aquelas duas figuras, duas jovens sentadas na cama, uma penteando os cabelos da outra, a mais velha sentada na banheira fumando um cachimbo, suas tetas batendo na água, meus fluidos começaram a fugir da cabeça e meus joelhos fraquejaram. Caí ao chão num desmaio profundo.

Fui acordado um minuto depois por uma mão que estapeava meu peito. A Senhorita Abby estava em cima de mim.

— Você é chata como uma panqueca — falou secamente. Me virou com a barriga pra baixo e agarrou minha bunda com um par de mãos que pareciam tenazes de ferro. — Você é pequena nesse departamento também — ela

O PÁSSARO DO BOM SENHOR

grunhiu, apalpando a minha bunda. — É muito nova *e* sem-graça. Onde foi que Pie encontrou você?

Não esperei. Pulei de pé e, quando fiz isso, aquele bonito lenço de pescoço dela enroscou no meu braço. Ouvi ele se partir enquanto eu saía correndo. Rasguei aquela coisa como se fosse papel, abri a porta e corri em frente. Segui no corredor a toda, mas dois caubóis vinham na direção contrária, então eu me enfiei pela porta mais próxima, que por acaso era o quarto de Pie, em tempo de ver Chase com a calça arriada e Pie sentada na cama com o vestido abaixado até a cintura.

A visão daqueles dois bonecos de chocolate parados ali que nem biscoito quentinho retardou os meus passos, tempo bastante para que a Senhorita Abby, que vinha rapidamente atrás de mim, agarrasse o meu gorro e rasgasse ele pela metade enquanto eu pulava pra baixo da cama de Pie.

— Saia já daí! — berrou ela. Eu estava num aperto; as molas eram baixas, mas se era apertado pra mim, era ainda mais pra Senhorita Abby, que era grande demais pra se abaixar e conseguir me alcançar. O cheiro debaixo daquela cama de penas era dos piores, ranços; o cheiro de mil sonhos concretizados, imagino, sendo aquele o seu propósito para o curso da natureza. Se não estivesse com medo de ser arrebentado ao meio, eu teria corrido dali.

A Senhorita Abby tentou remexer a cama de um lado para o outro a fim de me expor, mas me agarrei às molas e viajei com a cama enquanto ela a chacoalhava.

Pie veio pelo outro lado, ficou de quatro e colocou a cabeça no chão. Era uma fresta muito pequena, mas eu podia ver a cara dela. — É melhor sair daí — disse.

— Não saio.

Ouvi o clique de um cão de Colt.

— Vou tirar ela daí — disse Chase.

Pie se levantou e eu ouvi o som de um tapa, e então Chase gritou:

— Ui!

— Guarda esse berro aí antes que eu lhe dê uma tremenda surra — disse Pie.

A Senhorita Abby começou a xingar Pie com todos os palavrões porque eu tinha rasgado sua echarpe e estava causando uma grande confusão no seu negócio. Xingou a mãe de Pie. Xingou o pai dela. Xingou todos os parentes.

— Deixa que eu cuido disso— protestou Pie. — Vou pagar pelo lenço.

— É melhor fazer isso. Tire essa garota daí, senão vou chamar Darg aqui em cima.

Silêncio. De onde eu estava, parecia que todo o ar tinha deixado o quarto. Pie falou baixinho — eu podia sentir o terror em sua voz:

— Não precisa fazer isso, madame. Eu vou resolver. E vou pagar pelo lenço, madame.

— Comece a contar suas moedas então.

A Senhorita Abby saiu batendo os pés na direção da porta e foi embora.

Chase estava ali parado. De onde eu estava dava pra ver seus pés nus e as botas. Subitamente, as mãos de Pie pegaram suas botas e acho que as entregou pra ele, pois ela disse:

— Fora.

— Vou ajeitar as coisas, Pie.

— Desgraçado! Idiota. Quem mandou você trazer essa lambisgoia encrenqueira pra cá? Saia já!

Ele colocou as botas, reclamando, resmungando, e saiu. Pie bateu a porta atrás dele e apoiou o corpo nela, suspirando em meio ao silêncio. Observei seus pés. Lentamente vieram na direção da cama. Ela disse baixinho:

— Tudo bem, querida. Não vou machucar você.

— Mesmo? — perguntei.

— Claro, querida. Você é uma criança. Não sabe de nada. Coitadinha, não tem ninguém no mundo, acabando aqui. Deus tenha piedade. Que coisa, a Senhorita Abby criando problema por causa de um lenço velho e ridículo. Missouri! Deus do Céu, o diabo tem aprontado por esse território! Não fica com medo, queridinha. Vai sufocar aí embaixo. Sai daí, neném.

A ternura na voz daquela mulher mexeu tanto com o meu coração que apareci na mesma hora. Saí pelo outro lado da cama, porém, com medo que não honrasse sua palavra. Mas honrou. Dava pra ver no rosto dela quando levantei, olhando pra mim do outro lado da cama, sorrindo, cálida, com aquela sua pele lustrosa. Fez um gesto com um dos braços.

— Vem aqui, neném. Vem desse lado da cama.

Derreti que nem manteiga. Tinha me apaixonado por ela à primeira vista. Era a mãe que nunca conheci, a irmã que nunca tive, meu primeiro amor. Pie era toda mulher, cem por cento, de primeira linha, alto nível, uma mulher até o último fio de cabelo. E eu amava ela.

Eu disse, "Ai, mamãe", e fiz a volta correndo na cama pra aninhar a cabeça entre aquelas enormes tetas marrons, só enfiar a cabeça ali e chorar minhas mágoas, pois eu era apenas um menino sozinho à procura de um lar. Sentia aquilo no meu coração. Queria contar minha história para ela e deixar que cuidasse de mim. Me joguei em cima dela e botei meu coração no seu. Fui até lá e coloquei a cabeça em seus peitos. Quando fiz isso, fui levantado como um saco de penas e jogado do outro lado do quarto.

— Sua idiota de uma figa!

Foi pra cima de mim antes que eu conseguisse levantar, me pegou pela gola e me deu duas pancadas, depois me jogou no chão de barriga pra baixo e colocou o joelho nas minhas costas.

— Você vai voltar chorando e se descabelando por aquela estrada, sua merdinha com cara de tacho! Sua cobra mentirosa. — Bateu mais duas vezes na minha cabeça. — Não se mexa — disse ela.

Fiquei bem parado quando ela se levantou, empurrou histérica a cama de lado e escavou nas tábuas do piso, levantando elas até encontrar o que estava procurando. Enfiou a mão lá dentro e tirou um jarro velho. Abriu, contou o que tinha ali dentro, deu a impressão de estar satisfeita, jogou a jarra no buraco e colocou todas as tábuas de volta no lugar. Empurrou a cama de volta para o lugar e disse:

— Saia já daqui, sua cara de vaca. E se o meu dinheiro sumir enquanto você estiver na cidade, vou cortar sua garganta tão fundo que você vai ter dois pares de lábios em cima do pescoço.

— O que foi que eu fiz?

— Fora.

— Mas eu não tenho pra onde ir.

— E eu com isso? Já pra fora.

Eu estava machucado, então disse:

— Não tenho nenhum lugar.

Ela foi na minha direção e me levantou. Era uma mulher forte, e, por mais que eu resistisse, não era páreo pra ela. Me apoiou nos joelhos.

— Ora, sua cadela café-com-leite, você se acha assim melhor que os outros? Vai me fazer pagar por um maldito lenço que nunca foi meu! Vou castigar essa sua bunda como sua mãe devia ter feito — disse ela.

— Espera! — gritei, mas era tarde demais. Ela levantou meu vestido e viu minha real natureza balançando em algum lugar no meio das pernas, em posição de alerta. Todo aquele toma-lá-dá-cá tinha sido uma maravilha pra roçar e atiçar um menino de doze anos que ainda não conhecia os cursos da natureza em primeira mão. Eu não podia fazer nada.

Ela deu um grito e me jogou no chão, botando as mãos no rosto enquanto me fitava.

— Você me jogou direto na frigideira, seu maldito merdinha boca de caçapa e cara de cu. Seu ignorante! Você entrou naquele quarto onde tinha *mulheres*... Elas estavam trabalhando? Ó, Senhor, mas é claro que estavam! — Ela estava furiosa. — Vou terminar na forca por sua causa!

Pulou em cima de mim, me jogou em cima dos joelhos e partiu com tudo outra vez.

— Eles me sequestraram! — berrei.

— Sua cobra mentirosa! — E me bateu mais.

— Não sou. O Velho John Brown me sequestrou!

Aquilo fez ela parar de me castigar por um segundo.

— O Velho John Brown tá morto. Chase matou ele — falou.

— Não tá, não — chiei.

— E o que me importa? — Ela me tirou do colo e sentou na cama. Estava mais calma agora, mas ainda irritada. Meu Deus, ela era ainda mais bonita quando estava brava do que normalmente, e a visão daqueles olhos castanhos na minha direção com que eu me sentisse pior que lixo, pois estava completamente apaixonado.

Ficou ali sentada pensando por um bom tempo.

— Eu sabia que Chase era um baita de um mentiroso — disse ela —, senão teria cobrado a recompensa pela cabeça do Velho John Brown. Você também deve estar mentindo. Talvez trabalhe com Chase.

— Não trabalho.

— Como foi se meter com ele?

Expliquei como Frederick tinha morrido e como Chase e Randy esbarraram comigo e com Bob quando os filhos do Velho voltaram pra cidade pra recolher seus pertences.

O PÁSSARO DO BOM SENHOR

— Randy ainda tá por aqui?

— Não sei.

— Espero que não. Você vai acabar dentro de uma urna no quintal de alguém, se continuar andando com essas companhias. A cabeça dele está a prêmio.

— Mas o Velho ainda tá vivo, tenho certeza — falei com orgulho. — Vi ele levantando do rio.

— E eu com isso? De qualquer jeito, daqui a pouco vai estar morto.

— Por que todos os negros que encontro dizem isso?

— Você devia se preocupar com a sua pele, seu pestinha. Eu tinha notado algo em você — disse ela. — Maldito Chase! Aquele pedaço de esterco miserável!

Ela xingou ele um pouco mais e depois se sentou por um momento, pensando.

— Se os rebeldes descobrirem que você estava no Andar da Farra espiando as putas brancas, vão cortar esse amendoinzinho balançando entre as pernas e fazer você engolir. Pode acabar sobrando pra mim também. Não posso correr riscos com você. Além do mais, agora sabe onde está o meu dinheiro.

— Não tô interessado no seu dinheiro.

— Isso é comovente, mas tudo nessa pradaria é uma mentira, criança. Nada é o que parece. Olha só pra você. Uma mentira. Tem que dar o fora daqui. Você não vai sobreviver na pradaria bancando a menina de maneira alguma. Conheço um sujeito que guia uma diligência para a Wells Fargo. *Ele* é uma menina mesmo. Fingindo ser homem. Mas seja lá o que ela pensa que for, menino ou menina, ela é branca. E vai de um lugar pra outro como cocheiro de diligências. Não fica parada num só lugar, dando bobeira. E é isso que você faria aqui, criança. A Srta. Abby tem um negócio. Ela não tem o que fazer com você. A não ser que aceite um serviço. Ainda pode trabalhar como menino? Isso te interessa?

— O único serviço que eu conheço é lavar pratos, cortar cabelo e coisas assim. Isso eu posso fazer bem. Eu e Bob também podemos limpar as mesas.

— Esquece ele. Logo vai ser vendido — disse ela.

Não me parecia apropriado lembrar que ela também era negra, já que estava de mau humor, então respondi:

— É meu amigo.

— É um fugitivo como você. E vai ser vendido. E você também, a não ser que trabalhe pra Srta. Abby. Ela pode acabar fazendo você trabalhar pra cachorro e *então* te vender.

— Não pode fazer isso!

Ela riu.

— Caralho. Ela pode fazer o que quiser.

— Posso fazer outras coisas — implorei. — Sei como é trabalhar numa taverna. Posso limpar o salão e as escarradeiras, assar biscoitos, fazer todo tipo de serviço, talvez até o Capitão chegar.

— Que Capitão?

— O Velho John Brown. A gente chama ele de Capitão. Faço parte do exército dele. Ele vai vir até essa cidade quando souber que estou aqui.

Aquilo era uma mentira, pois eu não sabia se o Velho estava vivo ou não, ou o que pretendia fazer, mas tinha conseguido chamar sua atenção.

— Tem certeza que ele tá vivo?

— Certeza absoluta. E a coisa vai ficar preta se chegar aqui e descobrir que venderam Bob, porque ele também tá nessa. Pelo que imagino, Bob deve estar contando tudo aos outros crioulos lá embaixo nesse exato momento, dizendo que é um dos homens de John Brown. Isso atiça alguns crioulos, sabe, falar de John Brown.

O medo se entranhou naquele rostinho lindo. O Velho Brown fazia todo mundo na pradaria cagar nas calças.

— É só o que eu preciso — disse ela. — O Velho Brown aparecendo por aqui, arruinando tudo e levando aqueles crioulos do curral ao delírio. Vai deixar os brancos malucos. Vão atacar todos os crioulos que virem pela frente. Se dependesse de mim, vendiam esses crioulos todos do curral.

Ela deu um suspiro e sentou na cama, depois alisou os cabelos e apertou o vestido naqueles seus quadris adoráveis. Meu Deus, como era linda.

— Não quero nada do que John Brown tem a oferecer — disse ela. — Deixa ele vir. Tenho os meus próprios planos. Mas o que vou fazer com você?

— Se me levar de volta pra taverna do Holandês, isso pode me ajudar.

— Onde fica?

— Saindo pela Estrada de Santa Fe, na fronteira com o Missouri. A oeste daqui. Cerca de uns cinquenta e cinco quilômetros. Pode ser que o velho Holandês me aceite de volta.

O PÁSSARO DO BOM SENHOR

— Cinquenta e cinco quilómetros? Não passo dar cinquenta e cinco passos fora desse hotel sem documentos.

— Posso conseguir isso pra você. Posso escrever. Eu conheço o alfabeto.

Ela abriu bem os olhos, e a rigidez em seu rosto desapareceu. Por um instante, pareceu tão animada quanto uma criança numa manhã de primavera, e o brilho voltou ao seu rosto. Tão rápido quanto veio, porém, o brilho se foi e ela ficou séria outra vez.

— Não posso ir a lugar nenhum, criança. Mesmo com uma licença, todo mundo aqui me conhece. Ainda assim, seria bom poder passar o tempo lendo livros como as outras garotas. Vejo elas fazendo isso — disse.

Abriu um sorriso tímido pra mim.

— Sabe mesmo ler? Não dá pra mentir que conhece o alfabeto, sabe?

— Não tô mentindo.

— Espero que possa provar isso. Vamos fazer assim. Você me ensina as letras e eu te transformo em menina e converso com a Srta. Abby pra você começar a arrumar as camas, esvaziar penicos e coisas assim pra pagar pelo lenço dela e pelos seus gastos. Isso vai te dar um tempinho. Mas fica longe das meninas. Se os rebeldes ficarem sabendo do feijãozinho que você tem entre as pernas, vão enfiar alcatrão na sua goela. Acho que isso pode funcionar por um tempo, até a Srta. Abby decidir que você já tem idade pra entrar no outro ramo. Daí em diante é contigo. Quanto tempo vai demorar pra eu aprender as letras?

— Não muito.

— Seja quanto for, esse é o tempo que você tem. Depois disso, nós dois estamos encerrados. Espera aqui enquanto vou buscar outro gorro pra cobrir esse seu cabelo sarará e algo limpo pra vestir.

Pie se levantou, e, assim que saiu porta afora, eu já senti a sua falta, mesmo tendo ido embora por poucos segundos.

12

Sibonia

M e acostumei a Pikesville sem nenhum problema. Não era difícil. Pie cuidou bem de mim. Me tratou como se fosse uma menina de verdade: me limpou, ajeitou meus cabelos, costurou um vestido, me ensinou a fazer reverência diante das visitas e me aconselhou a não fumar charutos ou me comportar como o resto daquelas ressacas ambulantes que trabalhavam no estabelecimento da Srta. Abby. Ela teve que convencer a Srta. Abby a ficar comigo, já que de início a velha senhora não me queria. Não estava muito disposta a ter outra boca pra alimentar. Mas eu sabia uma coisa ou outra sobre o trabalho numa taverna, e, depois que ela viu como eu esvaziava as escarradeiras, limpava as mesas, esfregava o chão, esvaziava penicos, buscava água para as meninas à noite e cortava o cabelo dos jogadores e dos chacais que frequentavam seu bar, começou a gostar de mim.

— Fica de olho nos clientes — disse ela. — Continua a servir bebida para eles. As garotas lá de cima cuidam do resto — completou.

Eu sabia que estava num bordel, mas não era nada mau. A verdade é que nunca conheci nenhum negro, daqueles tempos até hoje, que não sabia mentir pra si mesmo quanto à sua própria maldade, ao mesmo tempo em que apontava os erros do homem branco. E eu não era uma exceção.

A Srta. Abby era, sim, proprietária de escravos, mas uma boa proprietária. Ela se parecia muito com o Holandês. Cuidava de um monte de negócios, o que significava que, na maior parte do tempo, eram os negócios que cuidavam dela. A prostituição era quase uma atividade paralela. Tinha

O PÁSSARO DO BOM SENHOR

ainda uma serraria, um curral de porcos, um curral de escravos, uma casa de jogos, uma máquina de produzir latas e ainda competia com a taverna do outro lado da rua, que não tinha uma escrava como Pie pra trazer dinheiro, pois ela era a atração principal. Eu me sentia em casa no estabelecimento dela, vivendo em meio a jogadores e punguistas que enchiam a cara e os outros de pancada por causa de um jogo de cartas. Tinha voltado à servidão, é verdade, mas ser escravo não é assim tão ruim quando você sabe como funcionam as coisas e já tá acostumado. A comida é de graça. Você tem um teto. Outras pessoas têm que se preocupar em atender às suas necessidades. Era mais fácil do que viver na estrada, fugindo de bandos e dividindo um esquilo assado com mais cinco homens, enquanto o Velho agradecia ao Senhor aos berros pelo bicho antes que você pudesse tocar na comida e, mesmo quando podia, a carne era tão parca que mal dava pra tapar o buraco do dente. Eu estava vivendo bem e tinha esquecido de Bob por completo. Ele simplesmente não passava pela minha cabeça.

Mas dava pra ver o curral dos escravos da janela de Pie. Tinha umas duas cabanas ali e uma lona que cobria uma parte do terreiro, toda cercada. Vez ou outra, entre a correria do trabalho, eu parava um minuto, limpava um pedacinho do vidro e dava uma espiada. Quando não chovia, podia ver os negros reunidos e amontoados no terreiro perto do jardinzinho que tinham plantado. Já quando chovia ou fazia frio, ficavam todos debaixo da lona. De tempos em tempos, eu olhava da janela pra ver se enxergava o velho Bob. Nunca consegui, e, depois de algumas semanas, comecei a pensar no que podia lhe ter acontecido. Conversei com Pie sobre o assunto numa certa tarde, enquanto ela escovava os cabelos sentada na cama.

— Ah, ele tá por aí — disse ela. — A Srta. Abby não vendeu ele. Não se preocupa, querida.

— Pensei em levar um pouco de comida pra ele.

— Deixa aqueles negros do terreiro pra lá — disse ela. — Só dão problema.

Achei aquilo um tanto confuso, pois eles nunca tinham agido mal com ela e nada do que fizessem podia atrapalhar seus negócios. Pie era bem popular. A Srta. Abby tinha lhe dado carta branca, deixando mais ou menos que escolhesse seus clientes, e ela vivia como queria. Pie chegava até a fechar o salão, às vezes. Aquela gente de cor não tinha como atrapalhar seus negócios. Mas achei melhor não abrir o bico, até que uma noite não consegui me segurar. Escapuli até o curral dos escravos pra ver se encontrava Bob.

O curral ficava num beco atrás do hotel, logo na saída dos fundos da sala de jantar. Bastava abrir a porta e você estava no beco e com mais dois passos chegava lá. Era uma área toda cercada, e ao lado dela havia uma outra área menor a céu aberto, nos fundos, onde os negros sentavam em caixotes, jogavam cartas e mantinham uma pequena horta. Logo atrás ficava o curral dos porcos, que dava bem para o curral dos escravos pra facilitar os cuidados com os suínos da Srta. Abby.

Nos dois currais — aquele onde davam de comer aos porcos e o outro onde os escravos viviam e mantinham a horta —, acho que ficavam uns vinte homens, mulheres e crianças. Ver tudo de perto não era a mesma coisa que de longe, e percebi logo de imediato por que Pie não ia ali e queria que eu ficasse longe. Era noite, pois muitos passavam o dia trabalhando fora, e a escuridão que caía sobre o lugar, junto à visão daqueles negros — a maioria de pele escura, negros puros como Bob —, era bastante perturbadora. O cheiro do lugar era infernal. A maioria vestia farrapos, e alguns nem sapatos tinham. Vagavam pelo curral. Alguns ficavam sentados, sem fazer nada, outros passavam o tempo perto da horta, e bem ali no meio eles faziam um círculo em torno de uma figura, uma mulher solitária, que cacarejava e balbuciava como uma galinha. Parecia que era um pouco ruim da cabeça, cacarejando daquele jeito, mas eu não conseguia entender o que ela dizia.

Fui até a cerca. Vários homens e mulheres trabalhavam nos fundos, dando de comer aos porcos e cuidando da horta, e quando me viram levantaram a cabeça, sem deixar de trabalhar. A noite tinha caído quase por completo e estava escurecendo. Enfiei a cara na cerca e perguntei:

— Alguém aí viu o Bob?

Os negros amontoados nos fundos do curral trabalhando com pás e ancinhos continuaram no serviço, sem dizer nada. Mas aquela idiota ali parada no meio do terreiro, mulher de cor corpulenta e de meia-idade, cacarejando e balbuciando, passou a cacarejar mais alto. Ela tinha um rosto grande e redondo. Quanto mais perto eu chegava, mais dava pra ver que era doida, pois tinha enfiado o caixote onde estava sentada bem fundo na terra lamacenta, quase por inteiro, bem atolado, com ela sentada em cima, sempre a tagarelar, cacarejar e gorjear sobre coisa nenhuma. Quando me viu, começou a crocitar:

— Linda, linda, olá, olá!

O PÁSSARO DO BOM SENHOR   141

Ignorei o que dizia e perguntei pra todos em geral:

— Alguém viu um camarada chamado Bob?

Ninguém respondeu nada, e aquela criatura aloprada gorjeava e mexia a cabeça como uma ave, fazendo gluglu tal e qual um peru.

— Linda, linda, olá, olá!

— É um sujeito de cor, mais ou menos dessa altura — disse eu para os outros.

Mas aquela doida não parava de falar.

— No joelho, no joelho, girando, girando! — cacarejou.

Era tantã. Olhei para os outros negros no curral.

— Alguém viu o Bob? — perguntei. Falei num tom alto o bastante para todos ouvirem, mas nem uma só alma olhou pra mim uma segunda vez. Continuaram cuidando dos porcos e da horta como se eu não estivesse ali.

Subi na primeira ripa da cerca, coloquei a cara sobre ela e disse mais alto:

— Alguém viu o B... — E antes que eu pudesse terminar, uma bola de lama explodiu na minha cara. Quando vi, aquela louca sentada no caixote encheu a mão novamente de lama e jogou na minha cara.

— Ei!

— Girando! Girando! — berrava. Ela, então, levantou do caixote, chegou perto da cerca onde eu estava, fez outra bola de lama, arremessou e me acertou a mandíbula. — No joelho! — coaxou.

Fiquei furioso pra diabo.

— Sua maldita imbecil! — disse eu. — Sai! Sai já de perto de mim!

Eu teria pulado para o outro lado e afundado a cabeça dela na lama, mas uma mulher de cor, uma moça alta e esguia, se separou do resto do grupo no outro lado do curral, arrastou o caixote da louca pra fora do lamaçal e se aproximou.

— Não liga pra ela. Não é muito esperta — disse.

— E eu não sei disso?

Ela colocou o caixote da louca perto da cerca, sentou-se nele e falou:

— Senta aqui do meu lado, Sibonia. — A pateta se acalmou e obedeceu. A mulher se virou pra mim e perguntou: — Do que você precisa?

— Ela precisa levar umas chibatadas — disse eu. — Tenho certeza de que a Srta. Abby ia dar uma boa açoitada nela se eu contasse o que fez. Eu trabalho lá dentro, sabe? — Aquilo era um privilégio, trabalhar lá dentro. Te dava mais prestígio com o homem branco.

Dois homens de cor que espalhavam os restos de comida dos porcos com pás e ancinhos olharam pra mim, mas a mulher que conversava comigo lançou um olhar pra eles, fazendo com que baixassem a cabeça. Eu era um imbecil, vejam vocês, pois não sabia como era perigoso o terreno onde estava metendo os pés.

— Me chamo Libby — disse ela. — Essa é minha irmã, Sibonia. Você é bem menina pra estar falando de chibatadas. O que você quer?

— Estou procurando Bob.

— Não conheço Bob nenhum — disse Libby.

Atrás dela, Sibonia repetiu, "Não tem Bob. Não tem Bob", e jogou uma bola de lama em mim, mas eu desviei.

— Ele tem que estar por aqui.

— Não tem Bob nenhum — disse Libby. — Tem um Dirk, um Lang, um Bum-Bum, um Broadnax, um Pete, um Lucious. Nenhum Bob. O que você quer com ele, de qualquer jeito?

— É um amigo meu.

Ficou um bom tempo olhando pra mim com aquele vestido. Pie tinha dado um bom jeito em mim. Eu usava roupas limpas e quentes, com um gorro, um vestido confortável e meias, vivendo bem. Parecia uma moreninha de verdade, vestida quase como branca, e Libby estava ali, toda esfarrapada.

— E pra que uma mestiça como você precisa de um amigo aqui nesse terreiro? — perguntou. Muitos dos negros trabalhando atrás dela se apoiaram em suas pás e abafaram o riso.

— Não vim aqui pra você zombar de mim — disse eu.

— Você mesma está se zombando — disse, mais mansa — com essa roupagem aí. É dona do Bob?

— Num sou dona de ninguém. Mas estou devendo a ele.

— Bom, não precisa se preocupar em pagar a ele o que deve, então devia estar feliz. Porque ele não tá aqui.

— Isso é muito estranho, porque a Srta. Abby disse que não vendeu ele.

— É a primeira vez que ouve um branco mentir?

— Você é bem atrevida pra uma crioula que vive do lado de fora.

— E você ainda mais pra um frutinha metido a esperto, falador e teimoso. Andando por aí vestido desse jeito.

O PÁSSARO DO BOM SENHOR   143

Aquilo me deixou de boca aberta. Ela sabia que eu era um menino. Mas eu era um crioulo que vivia lá dentro. Era um privilegiado. Os homens no estabelecimento da Srta. Abby gostavam de mim. Pie era praticamente como uma mãe. Ela mandava na casa. Eu não precisava me preocupar com nenhuma crioula cheia de rodeios, canalha, inútil e faminta, com que ninguém se importava. Eu tinha bala na agulha e não ia aturar grosseria de ninguém que não fosse Pie ou algum branco. Aquela mulher de cor tinha me respondido sem pensar duas vezes. E isso eu não podia suportar.

— O modo como cubro a minha pele é problema meu.

— O fardo é seu. Você que carregue. Ninguém tá julgando você aqui. Mas pra se esconder da crueldade dos brancos, você vai precisar de mais que um gorro e belas roupas de baixo, docinho. Você vai ver.

Ignorei aquilo.

— Eu te dou vinte e cinco centavos se me disser onde ele tá.

— É bastante dinheiro — disse Libby. — Mas não me serve pra nada onde estou agora.

— Eu conheço as letras. Posso te ensinar.

— Volta aqui quando não estiver contando mentira — disse ela. Pegou, então, o caixote de Sibonia e disse: — Vamos embora, irmã.

Sibonia, parada ali com uma bola de lama na mão, fez então algo estranho. Deu uma olhada pra a porta do hotel, viu que ainda estava fechada e disse a Libby com a voz normal:

— Essa criança tem problemas.

— Que o diabo se ocupe dela, então — respondeu Libby.

Sibonia disse a ela em voz baixa:

— Vai lá pra onde tá o resto do grupo, irmã.

Aquilo me deixou atordoado, o jeito como falava. Ela e Libby olharam uma pra outra por um bom tempo. Parecia que travavam uma espécie de comunicação velada entre si. Libby deu o caixote de madeira a Sibonia e foi embora sem dizer uma palavra. Foi direto para o lado oposto da cerca, com os outros negros que trabalhavam com as costas curvadas, cuidando da horta e dos porcos. Ela nunca mais voltaria a me dirigir a palavra pelo resto da vida, o que acabou não sendo muito tempo.

Sibonia se sentou no caixote outra vez e colocou a cara entre a cerca, olhando de perto para mim. O rosto que agora espiava entre as ripas, com lama nas bochechas e nos cílios, não carregava maia um só grama de loucura.

Seu comportamento tinha virado do avesso. Afastou toda a insanidade de sua expressão, do mesmo jeito que se afasta uma mosca. Tinha o rosto sério. Fatal. Os olhos que me encaravam eram firmes e tranquilos como a ponta próxima de uma espingarda de dois canos mirando a minha cara. Havia uma grande força naquele rosto.

Ela passou os dedos pelo chão, pegou um pouco de lama, fez uma bola e colocou no chão. Logo em seguida fez mais uma, esfregando o rosto com a manga, olhando para o chão, e colocou a outra bola do lado da primeira. Então disse, com aqueles olhos de carabina voltados para o chão, numa voz robusta e decidida.

— Você tá procurando encrenca — disse ela. — Fazendo os outros de bobo.

Achei que ela estava falando do jeito que eu me vestia, então respondi:

— Estou fazendo só o que tenho que fazer, vestindo essas roupas.

— Não estou falando disso. Estou falando de outra coisa. Muito mais perigosa.

— Você quer dizer ler?

— Quero dizer mentir sobre isso. Algumas pessoas preferem trepar numa árvore pra mentir só pra não ficar no chão e contar a verdade. Isso pode fazer você se dar mal por essas bandas.

Eu ainda estava um pouco abalado pelo modo como a sua mente funcionava. Se eu sabia me fazer de menina, ela era ainda melhor em bancar a louca. Não dava pra enganar alguém como ela, isso era notório, então eu disse:

— Não estou mentindo. Vou pegar um pedaço de papel e mostrar pra você.

— Não traz papel nenhum aqui — se apressou em dizer. — Você fala demais. Se Darg descobrir, vai te fazer sofrer.

— Quem é Darg?

— Logo você vai descobrir. Sabe escrever palavras?

— Sei desenhar também.

— Não estou estudando desenhos. São as palavras que quero aprender. Se eu disser onde está o seu Bob, pode escrever algo pra mim? Como um passe livre? Ou uma nota de venda?

— Posso.

Ela continuou com a cabeça pra baixo, pensativa, enfiando as mãos na lama. As mãos hesitavam e ela falava para o chão.

O PÁSSARO DO BOM SENHOR

— É melhor você pensar bem antes. Não seja burro. Não assine um contrato que não vai poder cumprir. Não aqui. Não com a gente. Porque, se concordar em fazer algo com a gente, vai ter que manter a palavra.

— Eu disse que aceito.

Ela olhou pra cima e disse com calma:

— O seu Bob foi levado pra fora.

— Levado pra fora?

— Por empréstimo. A Srta. Abby emprestou ele pra a serraria do outro lado do vilarejo. Por uma soma em dinheiro, é claro. Está por lá praticamente desde que veio parar aqui. Logo vai voltar. Por que será que ele nunca falou de você?

— Não sei. Mas receio que a Srta. Abby esteja pensando em vender ele.

— E daí? Ela vai vender todos nós. Inclusive você.

— Quando?

— Quando estiver pronta pra isso.

— Pie nunca me disse nada sobre isso.

— Pie — repetiu. Abriu um sorriso sombrio e não disse mais nada. Mas não gostei do jeito que falou. Aquilo me deixou incomodado. Ela enfiou a mão na lama e fez outra bola.

— Pode mandar me avisar quando souber de Bob?

— Talvez. Se fizer o que disse que ia fazer.

— Já disse que vou.

— Quando te avisarem sobre um encontro da Bíblia para as pessoas de cor aqui no terreiro, apareça. Vou levar você até o seu Bob. E vou aceitar a sua proposta de me ensinar as letras.

— Combinado, então.

— Não abre o bico pra falar disso com ninguém, especialmente Pie. Se contar, eu vou ficar sabendo, e você vai acordar com um monte de facas espetando esse seu pescocinho bonito. A minha vai ser a primeira. Falar demais só vai fazer todos nós acabarmos dormindo no gelo.

Dito isso, ela me deu as costas, pegou seu caixote e saiu cacarejando pelo terreiro, parando bem no meio e enfiando aquela caixa bem fundo na lama outra vez. Sentou em cima dela, e os negros se juntaram ao seu redor mais uma vez, com suas picaretas e pás, trabalhando a terra em volta dela, sem desviar o olhar de mim, remexendo a lama em torno de Sibonia, que continuava sentada em seu caixote no meio deles, cacarejando feito galinha.

13

Insurreição

Cerca de uma semana depois, uma garota de cor do terreiro, chamada Nose, entrou às pressas no salão com uma pilha de gravetos nos braços, colocou-os perto do forno e passou por mim ao sair, sussurrando:

— Encontro da Bíblia no curral dos escravos hoje à noite.

Naquela noite, escapei pela porta dos fundos e encontrei Bob. Estava parado próximo ao portão da frente do terreiro, apoiado na cerca, sozinho. Parecia acabado. As roupas estavam um farrapo só, mas era ele mesmo e ainda estava vivo.

— Por onde andou? — perguntei.

— Na serraria. Estão me matando lá. — E deu uma olhada pra mim. — Tô vendo que você tá vivendo bem.

— Por que tá me olhando com essa cara? Eu não mando nesse lugar.

Espiou, preocupado, pelo curral.

— Preferia que tivessem me deixado na serraria. Esses crioulos aqui vão me matar.

— Para de falar besteira — disse eu.

— Ninguém fala comigo. Não trocam nem uma palavra comigo. Nada.

Apontou com a cabeça para Sibonia no canto dos fundos, cantando e cacarejando em seu caixote de madeira. As pessoas de cor a cercavam, trabalhando no jardim com ancinhos e pás, formando uma muralha de silêncio ao redor dela, arando a terra, retirando pedras e capinando. Bob apontou com a cabeça pra Sibonia.

O PÁSSARO DO BOM SENHOR

— Aquela ali é uma bruxa. Tá sob um feitiço maldito.

— Num tá, não. Estou devendo uma a ela agora por sua causa.

— Tá devendo pro capeta, então.

— Fiz isso por você, irmão.

— Não me chama de irmão. Seus favores não valem porra nenhuma. Dá uma olhada onde vim parar por sua causa. Mal consigo olhar pra você. Olha só pra você — bufou. — Todo alta classe, fingindo ser frutinha, comendo bem, morando lá dentro. Eu tô aqui fora, no frio e na chuva. E você se exibindo nesse vestido novo e extravagante.

— Você disse que andar por aí assim era uma boa ideia! — chiei.

— Eu não disse pra você achar um jeito de me matar!

Atrás de Bob, o terreiro foi tomado por um silêncio repentino. Os ancinhos e enxadas passaram a se mover mais rápido e todas as cabeças se voltaram para o chão, como se estivessem concentradas no trabalho duro. Alguém sussurrou depressa, "Darg!", e Bob se mandou rapidamente para o outro lado do terreiro. Começou a trabalhar com os outros em volta de Sibonia, capinando o jardim.

A porta dos fundos de uma cabaninha do outro lado do curral dos escravos se abriu e um enorme sujeito de cor apareceu. Era quase tão alto quanto Frederick, largo como ele. Tinha o peito estufado, ombros impressionantes e braços grandes e grossos. Vestia um chapéu de palha, macacão e um xale por cima dos ombros. Os lábios tinham cor de corda de linho, e os olhos eram tão pequenos e juntos que podiam muito bem ocupar a mesma cavidade. O canalha era tão feio que te fazia pensar que o Senhor tinha criado ele de olhos fechados, tentando adivinhar o que fazer. Mas havia também uma energia naquele homem. Ele era pura energia, parecia grande o bastante pra levantar uma casa. Andando com rapidez, foi até a beira do curral num minuto e parou ali, espiando, arfando pelas enormes narinas, pra depois seguir pela lateral até o portão onde eu estava.

Recuei quando ele veio, mas, ao chegar perto, tirou o chapéu.

— Boa noite, moreninha — disse —, o que procura no meu curral?

— Pie me mandou aqui — menti. Não achei que fosse uma boa ideia mencionar a Srta. Abby, caso ele dissesse algo a ela. Por mais que nunca tivesse visto ele no salão, era o chefe daquele terreiro e isso significava que a informação podia chegar até ela de alguma maneira. Eu não devia estar ali e acho que ele sabia disso.

Lambeu os lábios.

— Nem fala daquela vaca pomposa pra mim. Do que você precisa?

— Eu e meu amigo aqui — apontei pra Bob —, estava só tendo uma conversa.

— Tem uma queda pelo Bob, menina?

— Não tenho queda por ele de forma nenhuma. Eu tô aqui simplesmente pra fazer uma visita.

Abriu um sorriso afetado.

— Esse é o meu terreiro — disse. — Eu que cuido dele. Mas se é isso que a sinhazinha quer, tudo bem, tudo bem. Se ela não quiser, você tem que se mandar. Vai lá perguntar pra ela e volta aqui. A não ser — e sorriu, mostrando uma fileira de enormes dentes brancos — que queira ser amiga de Darg. Faz um favorzinho para o velho Darg e dá um beijinho nele. Você já tem idade.

Preferia ir pro inferno a tocar aquele crioulo de aparência monstruosa. Desisti no mesmo instante.

— Não é assim tão importante — disse eu, caindo fora. Dei uma última olhada em Bob antes de entrar. Estava de costas, capinando no jardim o mais rápido que podia, com o diabo à espreita. Eu tinha traído ele, era assim que se sentia. Não queria saber de mim. E eu não tinha como ajudar. Ele estava sozinho.

Fiquei nervoso com aquilo tudo e contei a Pie. Quando ela ouviu que estive no terreiro, ficou furiosa.

— Quem disse pra você se misturar com aqueles crioulos lá fora?

— Fui dar uma olhada no Bob.

— Quero que Bob vá pro inferno. Você vai arrumar problema pra todos nós! Darg disse algo sobre mim?

— Num falou uma palavra sobre você.

— Você não sabe mentir — estourou. Ficou xingando Darg por um bom tempo, depois me incluiu no meio. — Fica longe daqueles crioulos desprezíveis e inúteis. Ou faz isso ou não chega perto de mim.

Aquilo resolvia tudo. Porque eu amava Pie. Era a mãe que nunca tive. A irmã que eu amava. Claro que eu também tinha outras ideias sobre quem

O PÁSSARO DO BOM SENHOR

ela era pra mim, e essas ideias eram cheias de pensamentos sujos e secretos que não eram de todo mal quando eu pensava neles, e aquilo me fez parar de pensar em Bob, Sibonia e no curral por completo. Simplesmente me saiu da cabeça. O amor tinha me cegado. De qualquer jeito, eu tinha o que fazer. Pie era a prostituta que mais trabalhava no Andar da Farra. Tinha uma penca de clientes: escravistas, abolicionistas, fazendeiros, jogadores, ladrões, pastores; até mexicanos e índios faziam fila diante da sua porta. Como eu era sua consorte, tinha o privilégio de colocar eles em fila por ordem de importância. Acabei conhecendo uma série de pessoas importantes dessa maneira, incluindo um juiz chamado Fuggett, de quem vou falar num minuto.

Meus dias geralmente eram iguais. Pie levantava à tarde, eu levava café e biscoitos pra ela, a gente sentava e conversava sobre os acontecimentos da noite anterior e coisas assim, e ela ria de algum camarada que tinha feito papel de bobo no Andar da Farra de uma maneira ou de outra. Visto que eu pinoteava de um lado para o outro pela taverna e Pie passava a noite trabalhando, ela não ficava a par do que se passava no salão, o que me dava o privilégio de lhe contar as fofocas, quem tinha feito isso ou aquilo, ou então quem tinha atirado em fulano lá embaixo. Não mencionei mais o curral dos escravos, mas não tirava ele da cabeça, pois devia uma a Sibonia e ela não me parecia do tipo para quem era bom ficar devendo. Vez ou outra, Sibonia mandava recado por meio de alguém de cor pra que eu fosse até ela e cumprisse minha promessa de lhe ensinar as letras. O problema é que chegar lá não era nada fácil. Dava pra ver o curral de todas as janelas do hotel, e a questão da escravatura parecia deixar Pikesville com os nervos à flor da pele. Mesmo em períodos de normalidade, as pancadarias eram algo comum nas pradarias do oeste daqueles tempos. O Kansas e o Missouri tinham atraído todos os tipos de aventureiros: irlandeses, alemães, russos, especuladores de terras, caçadores de ouro. Em meio a uísque barato, disputas pela propriedade de terrenos, os pele-vermelhas lutando por suas terras e mulheres vulgares, o colono ocidental estava sempre pronto pra entrar numa boa briga. Mas nada era melhor pra dar início a um bate-boca que a questão da escravatura, e isso parecia estar em alta em Pikesville naqueles tempos. Foram tantos os sopapos, punhaladas, roubos e gritos provocados por causa do tema que a Srta. Abby muitas vezes se perguntava em voz alta se algum dia conseguiria sair de vez do comércio escravo.

JAMES McBRIDE

Era comum que ela sentasse no salão fumando charuto e jogando pôquer com os homens. Certa noite, enquanto jogava cartas com alguns dos sujeitos mais abastados da cidade, soltou:

— Com toda essa história dos abolicionistas e meus crioulos fugindo por aí, a escravidão está virando uma chateação. O verdadeiro perigo nesse território é que tem muitas armas circulando por aí. E se os crioulos se armarem?

Os homens sentados à mesa, bebericando uísque e segurando suas cartas, desmereceram ela com gargalhadas.

— O negro comum é confiável — disse um deles.

— Ora, eu armaria meus escravos — disse outro.

— Confiaria minha vida ao meu — disse ainda outro. Mas pouco tempo depois, um de seus escravos o atacou com uma faca e ele vendeu todos os negros que tinha.

Eu estava remoendo aquelas coisas na cabeça, é claro, pois sentia algo de podre no ar. Alguma coisa acontecia fora da cidade, mas pouco se sabia. Como a maioria das coisas na vida, você não sabe de nada até querer saber, e não vê o que não quer ver, mas todo aquele papo de escravidão era um agouro de algo maior, que fui descobrir não muito tempo depois.

Eu atravessava a cozinha, carregando água, quando ouvi uma tremenda discussão vindo do salão. Dei uma espiada e vi o lugar tomado por camisas-vermelhas, que formavam fileiras triplas no bar, armados até os dentes. Pela janela da frente, vi que a rua diante do prédio estava cheia de homens montados e armados. A porta dos fundos, que dava para o beco dos escravos, estava trancada. Na frente dela, estavam vários camisas-vermelhas, e *eles* também estavam armados. O bar do hotel funcionava a todo vapor, cheio de rebeldes carregando armas dos mais diversos tipos, e a Srta. Abby e o Juiz Fuggett — o mesmo que era um bom cliente de Pie — estavam no meio de uma grande briga.

Não uma briga de sopapos, mas um verdadeiro bate-boca. Eu tinha que me mexer enquanto trabalhava pra que ninguém viesse perguntar por que eu estava parado, mas a discussão estava tão acalorada que ninguém estava prestando atenção em mim. A Srta. Abby estava furiosa. Se o lugar não estivesse cheio de homens armados em volta do Juiz Fuggett, acho que ela teria sacado o berro que carregava na cintura e apontado pra ele, mas não fez isso.

O PÁSSARO DO BOM SENHOR

Pelo que entendi, os dois discutiam por causa de dinheiro, muito dinheiro. A Srta. Abby estava irada.

— Declaro aqui que não concordo com isso — disse ela. — Vou perder milhares de dólares!

— Vou colocar a senhorita na cadeia, se for preciso — disse o Juiz Fuggett —, pois esse é um negócio que tem que ser feito.

Vários homens concordaram com ele.

A Srta. Abby baixou a bola. Ela recuou, exasperada, enquanto o juiz foi para o meio do salão e contou tudo aos outros. Fiquei espiando de trás de uma coluna ele dizer: Havia um plano em curso pra uma insurreição, envolvendo os negros do curral — pelo menos, umas duas dúzias deles. Eles planejavam matar centenas de famílias brancas, incluindo o pastor da cidade, que amava sua raça e pregava contra a escravidão. Vários negros do curral, incluindo alguns que pertenciam à Srta. Abby e a muitos outros — uma vez que os proprietários de escravos que vinham fazer negócios na cidade deixavam os seus no terreiro —, foram todos presos. Nove foram descobertos. O juiz tinha planos de julgar todos os nove na manhã seguinte. Quatro deles eram da Srta. Abby.

Subi correndo para o quarto de Pie e bati na porta.

— Tem um problemão — falei sem perder tempo, contando o que tinha ouvido.

Eu lembraria da reação dela pelo resto da vida. Estava sentada na cama enquanto eu contava e, depois que terminei, não disse uma só palavra. Levantou da cama, foi até a janela e ficou olhando para o curral dos escravos, que estava vazio. Então disse, sem se virar:

— Isso é tudo? Só nove?

— É um bocado.

— Deviam enforcar eles todos. Cada um desses crioulos desprezíveis e inúteis.

Acho que viu a minha expressão, pois disse:

— Fica calma. Isso não tem a ver com você e comigo. Vai passar. Mas não posso ser vista falando com você nesse momento. Dois é demais. Saia e ouça o que estão dizendo. Suba quando for seguro e me conte o que escutou.

— Mas eu não fiz nada — disse, preocupado com o meu próprio rabo.

— Não vai acontecer nada com você. Já combinei tudo com a Srta. Abby pra nós dois. Só fica quieta e escute o que estão dizendo. Depois me conte o que ouvir. Agora saia. E não deixe que te vejam conversando com os crioulos. Nenhum deles. Seja discreto e ouça. Descobre quem são esses nove, e, quando for seguro, volte aqui e me conte.

E então me empurrou porta afora. Me arrisquei pelo salão, escapei até a cozinha e fiquei escutando o juiz contar à Srta. Abby e aos outros o que estava por vir. O que ouvi me deixou nervoso.

O juiz revelou que ele e seus homens interrogaram todos os escravos do terreiro. Eles negaram os planos de insurreição, mas um deles foi coagido a confessar ou simplesmente acabou deixando escapar de uma forma ou de outra, acho. De qualquer forma, tinham conseguido de alguém aquela informação sobre os nove negros, tiraram esses nove do terreiro e levaram pra cadeia. O juiz explicou, então, que ele e seus homens sabiam quem era o líder da coisa toda, mas o líder não queria falar. Eles pretendiam resolver aquilo de imediato, e era por esse motivo que todos os homens e vários habitantes da cidade tinham tomado o salão, armados dos pés à cabeça, gritando com a Srta. Abby. Pois acontece que o líder da insurreição era um dos escravos da Srta. Abby, disse o juiz, altamente perigoso, e quando trouxeram Sibonia vinte minutos depois, com correntes nos pés e tornozelos, não me surpreendi.

Sibonia parecia esgotada, cansada e magra. Seu cabelo estava uma bagunça. O rosto estava todo inchado e a pele brilhava, mas os olhos mostravam tranquilidade. Era o mesmo rosto que eu tinha visto no curral. Estava serena como as águas de um lago. Jogaram ela numa cadeira diante do Juiz Fuggett, e os homens a cercaram. Vários ficaram de frente, xingando, enquanto o juiz colocava uma cadeira bem diante dela. Botaram uma mesa na frente dele e também uma bebida. Alguém deu um charuto. Ele se ajeitou atrás da mesa e o acendeu, pitando e bebericando seu drinque lentamente. Não tinha pressa, nem tampouco Sibonia, que ficou ali, calada como a lua, mesmo enquanto vários homens ao seu redor a maldiziam de todas as formas.

Até que o Juiz Fuggett finalmente abriu a boca e fez todo mundo se calar. Virou para Sibonia e disse:

— Sibby, nós queremos saber dessa trama assassina. Sabemos que você é a líder. Várias pessoas disseram isso. Então, não negue.

Sibonia estava calma como uma folha de capim. Olhava bem para o rosto do homem, nunca para os lados ou pra cima.

O PÁSSARO DO BOM SENHOR

— Sou eu a mulher — disse ela — e não tenho vergonha ou medo de confessar.

O jeito como falava, olhando direto pra ele num lugar cheio de rebeldes bêbados, me embasbacava.

O Juiz Fuggett perguntou:

— Quem mais está envolvido?

— Eu e minha irmã, Libby, e não vou dizer sobre mais ninguém.

— Podemos fazer você falar, se quiser.

— Faz o que quiser, Juiz.

Aquilo o deixou louco. Ele, então, desceu o nível, furioso de dar dó. Ameaçou bater nela, chicotear, usar alcatrão e pena, mas ela respondeu:

— Vai em frente. Pode até chamar Darg, se quiser. Mas não vai tirar nada de mim com chicotadas ou coerção. Sou eu a mulher. Fui eu que fiz. E, se tivesse a oportunidade, faria de novo.

O juiz e os homens em volta dele bateram o pé e gritaram coisas horríveis; disseram que iam moer ela até virar toco, arrancar suas partes íntimas e dar ela para os porcos, se não dissesse o nome dos outros. O Juiz Fuggett prometeu que iam acender uma fogueira no meio da praça da cidade e jogar ela lá, mas Sibonia disse:

— Vai em frente. Vocês já me pegaram e não vão conseguir mais ninguém através de mim.

Acho que o único motivo pelo qual não amarraram ela bem ali foi por não terem certeza de quem poderiam ser os outros traidores e temerem que tivesse um monte. Estavam desconcertados, então continuaram a atacar e a ameaçar de enforcar ela ali mesmo, dizendo que iam arrancar seus dentes e coisas assim, mas no final não conseguiram descobrir nada e jogaram ela de volta na prisão. Passaram as horas seguintes tentando solucionar a questão. Sabiam que a irmã e sete outros estavam envolvidos. Mas vinte a trinta negros viviam no curral em horários diferentes, isso sem mencionar outros tantos que passavam por ali todos os dias, quando seus amos vinham à cidade a negócio e deixavam seus escravos no curral. Aquilo significava que dúzias de pessoas de cor num raio de cento e cinquenta quilômetros podiam estar envolvidas na trama.

Continuaram debatendo noite adentro. Também não era só pelo princípio da coisa. Aqueles escravos valiam bastante dinheiro. Naqueles tempos, serviam como forma de empréstimo e eram usados como garantia pra isso ou aquilo. Muitos senhores cujos escravos foram presos protestaram e declararam que seus negros eram inocentes, exigindo que trouxessem Sibonia de volta e arrancassem suas unhas uma a uma até ela revelar quem estava na trama com ela. Um deles desafiou o juiz, dizendo:

— Antes de mais nada, como é que você sabe dessa trama?

— Uma pessoa de cor me confidenciou — disse ele.

— Qual delas?

— Não vou dizer — respondeu o juiz. — Mas foi uma pessoa de cor que me contou. Uma confiável. Que muitos de vocês conhecem.

Aquilo também me fez arrepiar os pelos, pois só existia uma pessoa de cor na cidade que muitos conheciam. Mas tirei aquele pensamento da cabeça por um instante quando o juiz declarou bem ali que já fazia três dias que tinham descoberto sobre os planos e que era bom eles encontrarem um modo de fazer Sibonia entregar mais nomes, pois temia que a insurreição já tivesse ultrapassado as fronteiras de Pikesville. Todos concordaram.

Ela tinha frustrado os planos deles, e aquilo era algo que não suportavam. Estavam determinados a vencer, então matutaram sem parar. Foram embora aquela noite e se reencontraram na manhã seguinte, falando e matutando ainda mais, até que finalmente, quando já era tarde da noite do segundo dia, o próprio juiz tramou um plano.

Chamou o pastor da cidade. Esse camarada pregava no terreiro para as pessoas de cor todo domingo à noite. Como a trama envolvia que ele e a mulher fossem assassinados, o juiz decidiu pedir ao pastor pra ir até a cadeia pra conversar com Sibonia, pois as pessoas de cor o viam como um homem justo e Sibonia o respeitava.

Era uma jogada de mestre e os outros concordaram.

O juiz convocou o pastor para o salão. Era um homem decidido e de aparência firme, com suíças, que usava um casaco de botões e túnica. Era limpo para os padrões da pradaria e, quando o trouxeram diante do Juiz Fuggett, que contou o plano pra ele, o pastor acenou com a cabeça e concordou.

— Sibonia não vai conseguir mentir pra mim — declarou, saindo rumo à prisão.

Quatro horas depois, ele voltou cambaleando para o salão, exausto. Tiveram que ajudá-lo a chegar à cadeira. Pediu uma bebida. Serviram-lhe a

O PÁSSARO DO BOM SENHOR   155

bebida. Ele empurrou goela abaixo e pediu outra. Bebeu também aquela. E pediu mais uma, que trouxeram antes que ele finalmente conseguisse contar ao Juiz Fuggett e aos outros o que tinha acontecido.

— Fui até a cadeia como me foi instruído — disse. — Cumprimentei o carcereiro, que me levou à cela onde estava Sibonia. Estava bem na cela dos fundos, a última de todas. Entrei e sentei. Ela me cumprimentou calorosamente.

"Eu disse, 'Sibonia, vim aqui para descobrir tudo o que você sabe sobre a perversa insurreição...', e então ela me interrompeu.

"Ela disse: 'Reverendo, o senhor não veio com essa intenção. Talvez o senhor tenha sido persuadido a vir ou forçado a vir. Mas o senhor, que me ensinou a palavra de Jesus; o senhor, o homem que me ensinou que Jesus sofreu e morreu pela verdade; logo o senhor me pediria pra revelar segredos a mim confiados? O senhor, que me disse que o sacrifício de Jesus foi por mim e só por mim, agora seria capaz de pedir que eu entregasse as vidas de pessoas que me ajudariam? Reverendo, o senhor me conhece!'"

O velho pastor abaixou a cabeça. Queria poder repetir a história como ouvi o velho contar, pois, mesmo ao recontar, não estou contando do jeito que ele fez. Seu espírito estava atordoado. Algo dentro dele tinha desmoronado. Ele se inclinou pra frente em cima da mesa, com a cabeça nas mãos, e pediu outra bebida. Deram mais uma pra ele. Só depois de entornar goela abaixo ele conseguiu ir em frente.

— Pela primeira vez na minha vida religiosa, senti que tinha cometido um grande pecado — disse. — Não consegui prosseguir. Aceitei a repriménda dela. Depois de um bom tempo, me recuperei e disse: "Mas Sibonia, seu plano era maligno. Se tivesse conseguido, as ruas ficariam vermelhas de sangue. Como pôde planejar a morte de tantas pessoas inocentes? A minha morte? E a da minha mulher? O que eu e ela fizemos a você?"

"E, nesse momento, ela olhou para mim, séria, e disse: 'Reverendo, foi o senhor e a sua mulher que me ensinaram que Deus não discrimina as pessoas; foi o senhor e a sua esposa que me disseram que, aos olhos Dele, somos todos iguais. Eu era escrava. Meu marido era escravo. Meus filho era escravo. Mas foram vendidos. Todos eles. E depois que o último filho foi vendido, eu disse: 'Vou lutar pela liberdade.' Eu tinha um plano, Reverendo. Mas fracassei. Fui traída. Mas lhe digo agora, caso tivesse sucedido, eu teria assassinado o senhor e a sua mulher primeiro, pra demonstrar aos que me seguiam que eu poderia sacrificar o meu amor, como ordenei que sacrificassem o ódio deles, pra que tivessem justiça. Teria me sentido terrível pelo resto da vida. Não poderia matar nenhuma criatura humana e me sentir de outra forma. Mas, no meu coração, Deus me dizia que eu estava certa."

O reverendo deslizou na cadeira.

— Me senti derrotado — disse ele. — Não tinha como responder. Sua honestidade era tão sincera que esqueci tudo em meio à compaixão que sentia por ela. Eu não sabia o que estava fazendo. Perdi a cabeça. Segurei sua mão e disse: "Sibby, vamos orar." E oramos por um bom tempo, com toda a fé. Rezei para Deus, Pai de todos nós. Reconheci que a justiça seria feita por Ele. Que aqueles que são vistos como os piores por nós podem ser vistos como os melhores por Ele. Pedi a Deus que perdoasse Sibby e que, se a gente estivesse errado, para perdoar os brancos. Apertei a mão de Sibby quando terminei e senti a pressão calorosa da mão dela apertar a minha de volta. E com uma alegria que nunca senti antes, ouvi seu "Amém" sincero e solene ao encerrar.

Ele se levantou.

— Não sou mais a favor dessa instituição infernal — disse ele. — Enforquem ela, se quiserem. Mas procurem outra pessoa para pregar para essa cidade, porque para mim chega.

E com isso se levantou e foi embora.

14

Uma descoberta terrível

Eles não perderam um só minuto quando o assunto foi enforcar os negros de Sibonia. No dia seguinte, começaram a construir o cadafalso. Os enforcamentos eram verdadeiros espetáculos naqueles tempos, com direito a bandas marciais, milícias, discursos e tudo o mais. Como a Srta. Abby perderia muito dinheiro com quatro de seus negros terminando na forca, foram prorrogando a coisa enquanto ela se exasperava. Mas já estava decidido. A cidade ganhou muito dinheiro. Os negócios foram às alturas nos dois dias seguintes. Não parei de servir drinques e comida o dia inteiro pra pessoas que tinham viajado por quilômetros pra assistir. Havia um clima de entusiasmo no ar. Enquanto isso, todos os proprietários de escravos se escafederam da cidade, levando seus negros. Desapareceram com sua gente de cor e ficaram bem longe. Não queriam perder dinheiro.

A notícia do enforcamento também atraiu outros problemas. Havia rumores de que os abolicionistas tinham ficado sabendo e estavam a caminho do Sul. Vários ataques teriam acontecido. Bandos saíram em patrulha. Todo colono andava carregando uma carabina. A cidade estava impenetrável, com as vias de entrada e saída fechadas pra todos, a não ser que fossem conhecidos pelos habitantes. Com a escalada dos negócios, os rumores e aquele clima de agitação no ar que ocupava todos os lugares, a coisa toda levou uma semana até chegar o momento do espetáculo em si.

Mas finalmente aconteceu, numa tarde ensolarada, e tão logo as pessoas se juntaram na praça da cidade e a última milícia se fez presente, trouxeram

Sibonia e o resto pra fora. Saíram da prisão formando uma fileira, todos os nove, escoltados dos dois lados por rebeldes e milicianos. Havia um tremendo público ali pra assistir, e, se aqueles negros tinham alguma esperança de serem resgatados no último minuto pelos abolicionistas, tudo o que precisavam fazer era olhar ao redor pra ver que aquilo não ia acontecer. Havia trezentos rebeldes armados até os dentes em formação ao redor do cadafalso, sendo uns cem deles milicianos uniformizados, com suas baionetas reluzentes, camisas vermelhas e calças extravagantes. Tinha até mesmo um sujeito tocando tambor. As pessoas de cor das cercanias também foram trazidas: homens, mulheres e crianças. Enfileiraram todos eles na frente do cadafalso pra que testemunhassem o enforcamento. Pra fazer eles verem o que aconteceria se tentassem se rebelar.

Não era muito longa a distância da prisão até o cadafalso percorrida por Sibonia e os outros, mas acredito que pra alguns parecessem quilômetros. Sibonia, aquela que todos tinham vindo pra ver ser enforcada, era a última. Quando a fila se aproximou dos degraus que levavam ao cadafalso, o sujeito à frente de Sibonia, um jovem, entrou em pânico e desabou diante da escada enquanto eram guiados pra plataforma de enforcamento. Caiu de cara no chão, soluçando. Sibonia puxou ele pelo colarinho e o colocou de pé.

— Seja homem — disse ela. Ele se recompôs e subiu a escada.

Quando todos chegaram lá em cima e foram reunidos, o carrasco perguntou quem seria o primeiro. Sibonia se virou pra a irmã, Libby, e disse:

— Vamos lá, irmã. — Ela se virou para os outros e disse: — Vamos dar um exemplo pra vocês, depois obedeçam. — Foi então até o alçapão pra colocarem a corda em seu pescoço e Libby foi atrás.

Eu queria poder explicar pra vocês a tensão que tinha tomado o ar. Parecia que uma corda tinha se enrolado na luz do sol que vinha do céu e mantinha toda folha e todo figo no lugar, visto que nenhuma alma se moveu e tampouco soprou qualquer brisa. O público todo estava em silêncio. O carrasco não foi agressivo e nem grosseiro. Pelo contrário, foi até educado. Deixou que Sibonia e a irmã trocassem algumas palavras e perguntou se estavam prontas. Elas assentiram. Ele se virou pra pegar o capuz e cobrir suas cabeças. Primeiro se aproximou pra cobrir a cabeça de Sibonia, e, feito isso, ela subitamente se desvencilhou dele, pulou o mais alto que pôde e despencou pesadamente pelo alçapão.

O PÁSSARO DO BOM SENHOR

Mas só caiu pela metade. O nó da corda não tinha sido ajustado direito pra que ela caísse até o fim. Isso interrompeu a queda. No mesmo instante, seu corpo, que estava pela metade no buraco, entrou em convulsão. Enquanto se contorcia, os pés chutavam e buscavam instintivamente pelo chão onde se apoiava pouco antes. Com o rosto voltado para o resto dos negros, Libby colocou a mão em Sibonia e, se inclinando pra frente, segurou o corpo em contorção da irmã longe do chão e disse para o resto:

— Que ela morra como nós. — E depois de mais alguns instantes tremendo e se retorcendo, tudo acabou.

Meu Deus, eu teria desmaiado ali mesmo se o negócio não tivesse ido completamente na direção errada, deixando tudo muito mais interessante de imediato. Vários rebeldes na multidão começaram a resmungar que não estavam gostando nada daquilo, outros disseram que era uma vergonha enforcarem nove pessoas antes de mais nada, já que um negro mentia sobre o outro de maneira tão natural quanto se tira a calça e ninguém sabia quem tinha feito o quê, então era melhor enforcarem todos. Outros disseram ainda que os escravos não tinham feito nada e tudo aquilo era um monte de disparates, pois o juiz queria tomar o negócio da Srta. Abby, e outros disseram que a escravidão devia acabar, já que só dava problema. Pior ainda, as pessoas de cor assistindo àquilo tudo ficaram tão agitadas ao verem a coragem de Sibonia que os militares tiveram que correr até lá pra acalmar os ânimos, o que só causou mais confusão. A tarde não tinha saído do jeito que ninguém esperava.

O juiz viu as coisas fugindo de controle, então enforcaram o resto dos negros condenados o mais rápido possível, e, poucos minutos depois, Libby e todos os outros estavam dormindo juntos no chão.

Mais tarde, escapuli em busca de algumas palavras de consolo. Como Pie não tinha assistido, pensei que quisesse saber como foi. Ela não tinha saído do quarto nos últimos dias, pois aquele negócio de vender o rabo seguia dia e noite, e, na verdade, aumentava durante os períodos de crise. Mas agora que estava tudo terminado, tive a oportunidade de voltar às suas graças, contando as notícias pra ela, que sempre gostou de ouvir as fofocas. E essa era quente.

Mas ela agiu estranho comigo. Fui até a porta e bati. Pie abriu, me xingou um pouco, disse pra eu cair fora e bateu a porta na minha cara.

A princípio não dei muita bola, mas devo confessar aqui que, embora não fosse a favor do enforcamento, eu também não era totalmente contrário. A verdade é que eu não me importava muito. Tirei dele dias de fartura sob a forma de alimentos, e as gorjetas foram um espetáculo. Aquilo foi bom. Mas o desfecho foi que a Srta. Abby perdeu um montão de dinheiro. Mesmo antes da insurreição, ela vinha dando a entender que eu podia fazer mais dinheiro deitado que em pé. Tinha se preocupado com os enforcamentos, é claro, mas, agora que tudo estava acabado, eu devia começar a me inquietar com os planos que ela tinha pra mim. Mas eles não me incomodavam nem um pouco. Eu não estava preocupado com o enforcamento, com Sibonia, com a prostituição e nem com Bob, que não foi enforcado. Meu coração só queria Pie. E ela não queria nada comigo. Rompeu os laços.

No início, não me importei muito. Havia uma enorme barafunda, pois eram tempos difíceis, de qualquer forma, tanto pra brancos quanto pra pessoas de cor. Tinham enforcado nove negros, e isso era muita gente — era bastante mesmo pra pessoas de cor. Os negros eram pobres cachorros na época da escravidão, mas eram cachorros *valiosos*. Vários proprietários que tiveram seus escravos enforcados lutaram contra o enforcamento até o fim, já que nunca tinha ficado claro quem tinha feito o quê e qual era o verdadeiro plano de Sibonia, além de quem tinha falado com quem. Tudo o que havia era puro medo e confusão. Alguns dos negros enforcados confessaram de um modo antes de morrer, depois outros confessaram diferente, mas as histórias não batiam, então ninguém sabia em quem acreditar, uma vez que a cabeça de tudo não revelou nada. Sibonia e a irmã, Libby, não abriram o bico e deixaram o lugar mais confuso do que em vida, o que, acredito, era o que queriam. A consequência foi que vários mercadores de escravos apareceram e fizeram um ou outro negócio nos dias que se seguiram ao enforcamento, mas não muitos, pois de maneira geral eles eram desprezados. Nem mesmo os escravistas gostavam muito deles, pois gente que trocava sangue por dinheiro não era considerada trabalhadora, mas parecida com ladrões ou mercadores de almas, e o pioneiro, supersticioso, não tinha muita simpatia

O PÁSSARO DO BOM SENHOR

por esses tipos. Além disso, nenhum mercador que realmente tivesse o que fazer queria viajar até o Território do Missouri em busca de um escravo problemático e depois seguir rumo ao Extremo Sul pra vendê-lo, pois aquele negro problemático podia dar início a uma insurreição lá no Sul, em Nova Orleans, assim como podia fazer isso aqui em cima; as pessoas ficariam sabendo, e o mercador tem uma reputação a zelar. As pessoas de cor de Pikesville ficaram marcadas como mercadoria ruim. Seu preço de mercado baixou, pois ninguém sabia quem dentre elas fazia parte da insurreição e quem não fazia. Aquele foi o presente que Sibonia deixou pra elas, acho. Caso contrário, teriam todos ido para o sul. Em vez disso, ficaram ali onde estavam, sem que ninguém as quisesse, e os mercadores foram embora.

Mas o fedor permaneceu no ar. Especialmente em relação a Pie. Ela queria o enforcamento, mas depois pareceu chateada com o que aconteceu. Eu sabia o que ela tinha feito, ou, pelo menos, suspeitava. Podia ter contado para o juiz da insurreição, mas a verdade é que eu não culpava ela. As pessoas de cor apunhalavam umas às outras pelas costas naqueles tempos, igualzinho aos brancos. Que diferença faz? Uma traição não é maior que a outra. O homem branco faz suas traições no papel. Os crioulos fazem com a boca. É maldade de qualquer jeito. Alguém do curral devia ter contado a Pie que Sibonia planejava uma fuga, e Pie disse tudo ao juiz em troca de algum favor. Depois, quando foram mais fundo, descobriram que não se tratava de uma fuga, mas sim de carnificina. São duas coisas diferentes. Acho que Pie tinha espalhado merda e não percebeu até ser tarde demais. Na minha opinião, pensando agora, o Juiz Fuggett tinha seus próprios interesses. Não era dono de nenhum escravo, mas queria alguns. Tinha tudo a ganhar se a Srta. Abby quebrasse, já que ouvi ele dizer depois que queria abrir seu próprio bar e, como a maior parte dos brancos da cidade, tinha medo e inveja da Srta. Abby. A perda daqueles escravos causou um enorme prejuízo a ela.

Não acho que Pie tenha pensado naquilo tudo. Queria ir embora. Acredito que o juiz tenha feito algum tipo de promessa pra ela fugir, acho, e nunca cumpriu a palavra. Ela nunca disse nada, mas é isso que você faz quando é escravo e tem intenção de escapar. Acordos. Faz o que tem que fazer. Trai a confiança de quem precisar. E se o peixe pular do balde em cima de você e depois voltar para o lago, só se pode lamentar. Pie tinha aquele jarro de dinheiro embaixo da cama e estava aprendendo as letras comigo.

Entregou Sibonia e aqueles que odiavam sua pele mais clara e sua beleza. Não culpo ela. Eu mesmo estava vivendo a minha vida como uma menina. Todas as pessoas de cor faziam o que precisavam pra seguir em frente. Mas a teia da escravidão era algo pegajoso. E, no final das contas, ninguém estava livre dela. Foi implacável com minha pobre Pie.

Ficou amortecida. Ela me deixava entrar no quarto pra limpar e arrumar, pra lhe dar água, esvaziar o penico e coisas assim. Mas, assim que terminava, tinha que sair. Não dizia mais que algumas poucas palavras pra mim. Parecia vazia, como um copo d'água derramado no chão. Sua janela dava para o terreiro dos escravos — era possível enxergar um dos lados, que gradualmente ia enchendo —, e por várias tardes entrei em seu quarto e vi que ela olhava lá pra baixo, praguejando. "Eles estragaram tudo", dizia. "Malditos crioulos." Reclamava que os negros tinham acabado com o seu negócio, por mais que a fila de clientes à sua porta ainda fosse grande. Ficava à janela, se queixando de tudo, e me botava pra fora com uma desculpa ou outra, me fazendo dormir no corredor. Sempre deixava a porta fechada. Quando eu me oferecia pra ensinar as letras, dizia que não estava interessada. Simplesmente ficava enfurnada no quarto e cavalgava naqueles sujeitos. Alguns passaram a reclamar que ela tinha dormido no meio da atividade, o que não era nada bom.

Eu estava perdido. E também — devo confessar isso aqui — estava tão desesperado por Pie que pensei em parar de bancar a menina. Não queria mais aquilo. Ver Sibonia me fez mudar. A lembrança de quando ela levantou o camarada no alçapão e disse, "Seja homem", me ficou na cabeça. Eu não lamentava a sua morte. Era aquela a vida de que ela tinha resolvido abrir mão, à sua própria maneira. Mas me ocorreu que, se Sibonia podia se comportar como um homem e aguentar as coisas, ora, por Deus, eu deveria me comportar como homem, por mais que não agisse como um, pra me declarar à mulher que amava. A coisa toda estava confusa na minha mente, mas havia um lado prático também. A Srta. Abby tinha perdido quatro escravos: Libby, Sibonia e dois homens, chamados Nate e Jefferson. E por mais que ela viesse insinuando que estava chegando a hora de eu trabalhar deitado, achei que um homem ou outro lhe podia ser útil pra substituir os que tinham sido enforcados. Pensei que poderia assumir tal papel. Aos doze anos, eu ainda não era bem um homem, e nunca fui um homenzarrão,

O PÁSSARO DO BOM SENHOR

mas ainda assim era homem e agora que ela tinha perdido um monte de dinheiro, a Srta. Abby podia ver o meu lado da situação e me aceitar como homem, já que eu trabalhava duro não importava o que acontecesse. Acho que tinha decidido que não queria mais fingir ser menina.

Isso é o que acontece quando um menino se transforma num homem. Você fica mais burro. Eu estava jogando contra mim mesmo. Arriscava ser vendido para o Sul e perder tudo porque queria virar homem. Não por mim. Mas por Pie. Eu amava ela. Esperava que fosse me entender. Me aceitar. Aceitar a minha coragem de revelar o meu disfarce e ser eu mesmo. Eu queria que ela soubesse que eu não ia mais bancar a menina e, por aquele motivo, esperava que ela me amasse. Por mais que não estivesse sendo boa comigo, ela nunca me mandou embora de vez. Nunca disse: "Não volte mais."

Sempre me deixava entrar no quarto pra limpar e arrumar um boca-dinho, o que eu entendia como um incentivo.

Essas ideias giravam na minha cabeça numa certa tarde, e decidi que estava cheio daquela palhaçada. Fui ao quarto dela com as palavras prontas pra serem ditas. Abri a porta e depois fechei bem, pois sabia que a cadeira ficava atrás do biombo, diante da janela, de modo que ela pudesse ver lá fora, já que dali dava pra enxergar o curral dos escravos e a parte do outro lado do beco, e ela gostava de sentar naquela cadeira e olhar para lá.

Quando entrei no quarto, não consegui enxergar ela da porta, mas sabia que estava ali. Eu não podia bem olhar pra a cara dela, mas estava decidido, e, então, falei para o biombo e abri o meu coração.

— Pie — comecei —, não importa o que acontecer, vou enfrentar. Eu sou homem! E vou contar pra a Srta. Abby e pra todos nessa taverna quem eu sou. Vou explicar tudo pra eles.

Silêncio. Olhei atrás do biombo. Ela não estava lá. Aquilo não era normal. Pie raramente saía do quarto, especialmente com aquele dinheiro escondido debaixo da cama.

Verifiquei o armário. A escada dos fundos. Debaixo da cama. Tinha desaparecido.

Fui até a cozinha, mas ela também não estava lá. Fui até o salão. O telheiro. Nada. Fui até o curral e não encontrei. Estava vazio, pois os poucos escravos que estavam presos ali passavam a maior parte dos dias emprestados ou tra-balhando em algum outro lugar. Olhei pelo beco ao lado do curral de cima a baixo. Nem uma só alma viva. Virei as costas e estava prestes a voltar para o hotel quando ouvi um barulho vindo da cabana de Darg, do outro lado do beco, na direção oposta do terreiro dos escravos. Parecia que estavam se engalfinhando e brigando, e pensei ter ouvido Pie grunhir de dor. Parti pra lá o mais rápido que pude.

No caminho, ouvi Darg praguejando, o barulho de pele contra pele e então um uivo. Corri até a porta.

Estava trancada com um prego por dentro, mas dava para empurrar um pouco e espiar o que acontecia ali. Olhei pra dentro e vi algo que não esqueceria tão cedo.

Em meio aos feixes de luz que atravessavam a persiana quebrada, vi a minha Pie numa cama de palha no chão, nua em pelo, de quatro, e atrás dela estava Darg, segurando uma pequena chibata de uns quinze centímetros. Fazia algo terrível com ela, fornicando e batendo com o chicote ao mesmo tempo. Ela jogava a cabeça pra trás e gemia enquanto ele cavalgava e chamava ela de morena piranha e vira-casaca por entregar os crioulos e revelar o plano. Ele batia nela com a chibata e chamava de todos os nomes que conseguia pensar. E ela gritava que estava arrependida e tinha que confessar pra alguém.

Eu levava uma arminha de dois tiros debaixo do vestido, sempre carregada, e teria colocado a porta abaixo e disparado as duas balas na cabeça dele bem ali, se não fosse pelo olhar que vi em Pie de quem estava gostando imensamente daquilo tudo.

15

Acuado

Nunca disse nada a ninguém sobre o que tinha visto. Continuei fazendo o meu serviço no Hotel Pikesville normalmente. Pie veio a mim alguns dias depois e disse:

— Oh, querido, tenho sido horrível com você. Volta a ir no meu quarto e me ajuda, quero estudar as letras.

Pra ser sincero, eu não estava no clima pra fazer aquilo, mas tentei. Pie viu que eu não estava me derretendo por ela como de hábito e ficou frustrada e furiosa, me botando pra fora como sempre, e aquele foi o fim. Eu me sentia estranho, em mudança, e, pela primeira vez, formulava as minhas próprias opiniões sobre o mundo. Você pega um menino e é isso que ele é, só um menino. Mesmo quando faz ele se passar por menina, lá no fundo ainda é um menino. Eu era um por mais que não me vestisse como tal, mas tive o meu coração quebrado como homem e, por causa disso, pela primeira vez, comecei a pensar em liberdade. Não era a escravidão que me fazia querer ser livre. Era o meu coração.

Passei a entornar um pouco de birita goela abaixo naquela época. Não era difícil. Tinha crescido em meio a bebedeiras, visto a relação do Pai com a bebida, e também entrei nessa. Era fácil. Os homens da taverna gostavam de mim, pois eu era um bom ajudante. Deixavam eu beber o que sobrava de suas canecas e copos, e, após descobrirem que eu tinha uma boa voz pra cantar, me davam uma dose ou duas de uísque por música. Eu cantava "Maryland, My Maryland", "Rebels Ain't So Hard", "Mary Lee, I'm Coming

Home" e canções religiosas que tinha ouvido de meu pai e do Velho. A maior parte dos rebeldes era tão religiosa quanto um homem normal, e essas canções sempre levavam eles às lágrimas, encorajando a me darem mais daquele líquido da alegria, do qual eu fazia bom proveito, enchendo a cara.

Não demorou muito pra que descobrisse que eu era a vida da festa, sempre bêbado como um gambá a cambalear pelo salão, cantando noite após noite, contando piadas e me virando como fazia o Pai. Era um sucesso. Mas, naqueles tempos, uma garota, fosse ela branca ou de cor, até mesmo uma bem pequenina, que bebia e farreava com homens e perdia as estribeiras, plantava algo a ser colhido cedo ou tarde, e aqueles beliscões nas minhas nádegas, junto aos velhotes a me perseguir pra cima e pra baixo na hora de fechar, estavam ficando difíceis de aturar. Por sorte, Chase apareceu. Tinha tentado virar ladrão de gado no território de Nebraska e se deu mal, voltando pra Pikesville tão desesperado por Pie quanto eu. A gente passava horas sentado no telhado da Srta. Abby, bebendo o elixir da felicidade e refletindo sobre o significado de tudo relacionado a Pie enquanto olhava pra a pradaria, pois ela não queria nada com nenhum dos dois. O quarto dela no Andar da Farra agora era só pra quem pagava, nada de amigos, e nós dois não tínhamos grana. Até mesmo Chase, se sentindo pra baixo e sozinho, tentou a sorte comigo. "Cebola, você é como uma irmã pra mim", — disse uma noite, "até mais que uma irmã", e me apalpou como o resto dos velhos da taverna, mas não tive problemas pra evitar ele, que ficou com cara de tacho. Eu perdoei, é claro, e, daquele momento em diante, continuamos como irmão e irmã, meu sequestrador e eu, passando muitas noites juntos a beber e falar alto, o que normalmente me agradava, pois não existe nada melhor quando se chega ao fundo do poço do que encontrar um amigo lá.

Eu entraria de cabeça naquela vida e me tornaria um beberrão de primeira, mas o enforcamento de Sibonia trouxe mais problemas. Um deles foi que vários dos negros mortos tinham senhores que não concordavam com a sentença do Juiz Fuggett. Uma ou outra pancadaria teve início por conta disso. A Srta. Abby, que tinha se mostrado contrária, foi chamada de abolicionista, já que tinha falado muita besteira sobre o assunto, o que causou mais bate-boca. O Juiz Fuggett deixou a cidade e fugiu com uma garota chamada Winky, e os relatos de que os abolicionistas vinham causando problema em Atchinson se tornaram cada vez mais frequentes. Aquilo era

O PÁSSARO DO BOM SENHOR

perturbador, pois Atchinson era um território dominado pelos rebeldes, o que significava que os abolicionistas estavam em rota de colisão com os camisas-vermelhas, e isso deixava todo mundo nervoso. O movimento do hotel caía, e os negócios também andavam mal na cidade. Era cada vez mais difícil achar trabalho. Chase declarou: "Num dá mais pra reivindicar terra nenhuma por aqui" e deixou a cidade a caminho do Oeste. Mais uma vez, eu estava sozinho.

Pensei em fugir, mas tinha me tornado molenga vivendo debaixo de um teto. A ideia de cavalgar pela pradaria sozinho, com o frio, os mosquitos e os lobos a uivar não me animava muito. Assim, uma noite fui à cozinha e peguei alguns biscoitos e uma caneca de limonada e escapei pra ver Bob no curral dos escravos, já que era o único amigo que eu ainda tinha.

Estava sentado sozinho num caixote de madeira no canto do curral quando cheguei. Quando me viu, levantou e se afastou.

— Sai de perto de mim — disse ele. — Minha vida não vale um centavo furado por sua causa.

— Isso é pra você — disse eu. Tinha levado os biscoitos num lenço para o curral e estendi a mão pra ele, que se virou para os outros e nem quis tocar.

— Sai de perto de mim. É muito sem-vergonha de vir aqui.

— O que eu fiz agora?

— Estão dizendo que você entregou Sibonia.

— O quê?

Antes que eu pudesse me mover, vários negros que assistiam a tudo do outro lado do curral se aproximaram. Eram cinco, e um deles, um sujeito jovem e de aparência robusta, se separou do bando e veio até a cerca onde eu estava. Era um negro corpulento, bonito e de pele cor de chocolate, chamado Broadnax, que havia feito alguns trabalhos por fora pra Srta. Abby. Tinha os ombros largos, um físico sólido, e parecia tranquilo na maior parte do tempo, mas não agora. Me afastei e parti apressado para o hotel, mas ele foi mais rápido e me alcançou na quina da cerca, esticando a mão grossa e agarrando o meu braço.

— Não assim tão rápido — disse ele.

— Precisa de mim pra quê?

— Senta um pouco pra conversar.

— Tenho que trabalhar.

— Todo crioulo nesse mundo precisa trabalhar — disse Broadnax. — Qual o seu trabalho?

— O que quer dizer?

Segurava o meu braço com tanta força que podia quebrar ele em dois. Broadnax, então, se apoiou na cerca, falando com calma e equilíbrio.

— Você pode estar mentindo sobre o que sabia de Sibonia e o que não sabia. E sobre o que disse e deixou de dizer. Pode contar para o seu amigo aqui ou pra mim. Mas sem uma história, quem vai saber qual o seu trabalho? Todo crioulo tem o mesmo trabalho.

— E qual seria?

— O trabalho dos crioulos é contar uma história que agrade ao homem branco. Qual a sua?

— Não sei do que tá falando.

Broadnax apertou o meu braço com mais força. Doía tanto que achei que fosse quebrar. Sem me soltar, olhou ao redor pra verificar se o caminho estava livre. De onde estávamos dava pra ver o hotel, o beco e a casa de Darg atrás do curral. Não tinha ninguém. Em tempos normais, três ou quatro pessoas estariam circulando por aquele beco durante o dia. Mas Pikesville tinha esvaziado depois da morte de Sibonia. Aquela mulher era uma bruxa.

— Estou falando das letras — disse ele. — Seu trabalho era vir aqui, ensinar as letras a Sibonia e depois ficar de bico calado. Você concordou em fazer isso. Eu estava aqui. E você não veio.

Eu tinha esquecido completamente da promessa que fizera a Sibonia àquela altura. Os amigos de Broadnax agora tinham deslizado até a cerca atrás dele e ficaram por perto, mexendo na terra com pás, parecendo ocupados, mas escutando de perto.

— Não tive tempo de sair de lá. Os brancos estavam todos me vigiando de perto.

— Você é bem próximo de Pie.

— Não sei nada da vida de Pie — respondi.

— Talvez ela tenha contado.

— Contado o quê?

— Sobre Sibonia.

— Não sei o que fez. Ela não me conta nada.

— E por que deveria, com você andando por aí com esse vestido.

— Não precisa pegar no meu pé por causa disso — disse eu. — Estou só tentando me virar, como você. Mas nunca tive nada contra Sibonia. Não ficaria no caminho dela.

— Uma mentira dessas não vale uma fungada de rapé por aqui.

Os camaradas atrás de Broadnax encostaram no canto da cerca, bem perto agora. Dois deles tinham simplesmente parado de trabalhar. Nem fingiam mais. Eu tinha o meu revólver de dois tiros debaixo do vestido, mas num adiantaria nada contra eles. Eram cinco e pareciam furiosos como o diabo.

— Deus ouve tudo — argumentei. — Eu não sabia nada do que ela queria fazer.

Broadnax olhou bem nos meus olhos. Não piscou uma só vez. Aquelas palavras não sensibilizaram ele.

— A Srta. Abby tá vendendo as pobres almas desse terreiro — disse Broadnax. — Sabia disso? Tá fazendo as coisas devagar, achando que ninguém percebe. Mas até mesmo um crioulo burro como eu sabe contar. Só tem dez infelizes aqui. Há duas semanas tinha dezessete. Três foram vendidos na semana passada. O Lucious ali — e apontou pra um dos homens atrás dele —, o Lucious perdeu os dois filhos. E aquelas crianças nunca estiveram dentro do hotel da Srta. Abby, então *eles* não podiam ter contado. Nose, a menina que falou pra você do encontro da Bíblia, foi vendida há dois dias e *ela* não falou nada. Isso só deixa nós dez aqui. A gente provavelmente vai ser vendido logo também, porque a Srta. Abby acha que só damos problema. Mas pretendo descobrir quem abriu a boca e entregou Sibonia antes de ir embora. E, quando isso acontecer, eles vão sofrer. Ou os seus parentes. Ou — e lançou um olhar pra Bob — seus amigos.

Bob ficou ali, tremendo. Não disse uma só palavra.

— Bob não entrou no hotel desde que a Srta. Abby jogou ele aqui — argumentei.

— Pode ter falado alguma coisa na serraria, onde vai trabalhar todo dia. Conversado com um dos brancos por lá. Esse tipo de informação se espalha rápido.

— Bob não podia saber, porque eu não sabia. Além disso, não é de conversar com os brancos. Ele tinha medo de Sibonia.

— E devia mesmo. Ela não confiava nele.

— Ele não fez nada de errado. E nem eu.

— Só tá tentando salvar sua pele.

— E por que não devia? Ela cobre o meu corpo.

— E por que eu devia acreditar num frutinha que sassarica pra cima e pra baixo usando vestido e gorro?

— Estou te falando, eu não disse nada pra ninguém. E nem o Bob.

— Então prova!

— Bob andava com o Velho Brown. Eu também. Por que não contou, Bob?

Bob ficou em silêncio. Até que finalmente abriu a boca.

— Ninguém ia acreditar em mim mesmo.

Aquilo fez Broadnax parar. Olhou ao redor para os outros. Todos se juntaram sem se importar se alguém olhava do hotel. Eu certamente esperava que alguém do hotel irrompesse pela porta dos fundos, mas nenhuma alma viva apareceu. Dando uma olhada na direção da porta, vi que tinham colocado um vigia. Um negro estava ali, varrendo a terra de costas pra porta, e, se alguém surgisse, ele manteria a porta fechada um instante pra dar a todos tempo de voltar pro lugar. Aqueles camaradas de cor do curral eram bem organizados.

Mas agora eu tinha ganhado a atenção deles, e Broadnax parecia interessado.

— O Velho John Brown? — disse.

— Isso mesmo.

— O Velho John Brown está morto — disse Broadnax lentamente. — Mataram ele em Osawatomie. Seu amigo matou ele. O sujeito com quem você encheu a cara, o que é mais um motivo pra acabar com a sua raça.

— Chase? — Eu teria rido se não fosse tão covarde. — Chase não matou ninguém. Duzentos bêbados como ele não conseguiriam matar o Velho Capitão. Veja, em Black Jack tinha uns vinte rebeldes que podiam atirar nele à queima-roupa e não conseguiram machucar o Velho. Me solta que eu te conto.

Ele não me soltou por completo, mas fez um gesto para os outros recuarem, e eles obedeceram. E bem ali, encostado na cerca, com ele apertando o meu braço como uma armadilha pra guaxinins, comecei a falar.

O PÁSSARO DO BOM SENHOR

Contei tudo rapidamente: como o Velho tinha ido à casa do Holandês e me sequestrado. Como fugi e encontrei Bob perto da encruzilhada do Holandês. Como Bob se recusou a levar Pardee pra casa quando os rebeldes deixaram ele. Como Bob me ajudou a reencontrar o Brown e foi roubado com a carroça de seu amo pelo próprio Brown, que levou ele para o acampamento. Como Chase e Randy trouxeram a gente aqui depois que o Velho Brown escapou após Osawatomie, quando mataram Fred. Deixei de fora a parte sobre não saber se o Velho ainda estava vivo.

Aquilo mexeu com ele o bastante pra não me matar bem ali, mas não o suficiente pra me soltar. Mesmo assim, ficou pensando no que contei e, então, disse lentamente:

— Há meses você tem livre acesso pelo hotel. Por que nunca fugiu?

Eu não podia contra a ele sobre Pie. Ainda amava ela. Ele podia juntar os fatos e suspeitar do que eu sabia. Teriam matado Pie num instante, ainda que eu suspeitasse que eles planejavam fazer aquilo, de qualquer forma, e eu não desejava isso. Eu odiava ela, mas ainda amava. Estava sem saída.

— Tive que esperar por Bob — disse. — Ele ficou chateado comigo. Não queria fugir. Agora já era. Eles estão vigiando todo mundo de perto. Ninguém vai mais a lugar nenhum.

Broadnax ponderou, pensativo, e relaxou um pouco, soltando o meu braço.

— Você deu sorte, porque esses camaradas aqui queriam tascar a faca no seu rostinho bonito e te jogar pros porcos sem nenhum remorso. Vou te dar uma chance de salvar o pescoço, já que a gente tem uma presa maior. Vira-casaca como você é, vai acabar recompensado pelo trabalho que fizer por nós ou por qualquer outro no caminho, de um jeito ou de outro.

Ele se afastou da cerca e deixou que eu me endireitasse. Não virei as costas e dei no pé. Não ia adiantar nada. Tive que ouvir até o final.

— Quero que faça o seguinte — disse ele. — A gente ouviu dizer que os abolicionistas estão vindo pra essas bandas. Na próxima vez que ouvir onde eles estão, vem aqui e me conta. Isso vai deixar a gente quites.

— Como é que vou poder fazer isso? Não é fácil vir aqui. A senhorita tá de olho em mim. E Darg vive aqui.

— Não se preocupa com o velho Darg — disse Broadnax. — A gente dá um jeito nele. Só precisa dizer o que souber dos abolicionistas. Faz isso, e a gente não mexe com o seu Bob. Mas se demorar ou se a gente conseguir saber dos abolicionistas por outra fonte, daí vai ser tarde demais. E você não vai precisar aparecer aqui escondido e trazer biscoito e limonada pro Bob, porque a gente vai encher tanto a cabeça dele de pancada que vai ficar com uma dor de cabeça que vai matar ele bem aqui onde tá. Por enquanto, o único motivo pelo qual ele ainda tá respirando sou eu.

Dito isso, agarrou o lenço com os biscoitos e a caneca de limonada que eu trouxe pra Bob, mandou os biscoitos pra pança, derramou a limonada goela abaixo e me devolveu a caneca. Em seguida, deu as costas e voltou para o lado oposto do curral, com os outros indo atrás.

Ah, eu estava numa enrascada. O amor deixa você sem direção. Fiquei matutando aquilo por um bom tempo naquele dia, sobre Broadnax arrebentando os miolos de Bob e entrando no hotel atrás de mim, o que era uma visão preocupante. O negro estava decidido. Seria preciso encher aquele camarada de chumbo pra fazer ele parar. Tinha um propósito, o que acabava com as minhas esperanças. Me preocupei um bocado com aquilo durante a noite e a manhã seguinte, então decidi dar o fora da cidade, pra logo em seguida abandonar a ideia, depois pensar nela outra vez durante a tarde inteira, decidir fugir mais uma vez esperar a noite toda, desistir da ideia novamente, e então repassar tudo na cabeça da mesma maneira no dia seguinte. No terceiro dia, cansei de ficar vagando e me preocupando daquela maneira e voltei a fazer o que normalmente fazia naqueles tempos, desde que tinha perdido Pie: enchi ainda mais a cara.

Na quarta noite depois da ameaça de Broadnax, encarei uma bebedeira com um camisa-vermelha que tinha entrado pelo salão todo empoeirado, e a gente estava bem envolvido; eu mais do que ele, pra dizer a verdade. Era um camarada jovem, de peito largo, com aparentemente mais sede d'água que de destilados. Sentou-se à na mesa com um chapelão cobrindo o rosto, uma barba comprida e o braço numa tipoia. Ficou me encarando em silêncio enquanto eu ria e brincava com ele e empurrava sua birita pela minha goela, engabelando o homem e trocando os copos pra que bebesse mais água que uísque. Não me fiz de rogado, e ele não pareceu se importar nem um pouco. Na verdade, parecia estar se divertindo ao me ver perder a cabeça, o que na pradaria significava que, se você não consegue satisfazer alguém de uma maneira, pode sempre satisfazer de outra. Vi Pie agir daquele jeito um milhão de vezes. Achei que esse grandalhão fosse assim e, depois de inúmeros goles, lágrimas e trocas de copo com ele olhando sem dizer nada, perguntei na cara dele se podia entornar a garrafa inteira de uísque que tinha comprado, já que ela estava ali parada na mesa, quase sem ser usada como devia; que era um desperdício de café da manhã, almoço, jantar e leite materno deixar uma coisa preciosa daquelas ser desperdiçada.

— Você bebe bastante birita pra uma menina — disse ele — Há quanto tempo trabalha aqui?

— Ah, tem bastante tempo — respondi —, e, se me deixar acabar com essa garrafa aí na mesa, sinhô, veja só, essa solitária menina de cor vai agraciar seus ouvidos com uma canção sobre peixes.

— É o que pretendo fazer se me disser de onde vem, minha cara donzela — falou ele.

— De muitos lugares, forasteiro — respondi, já que tinha o hábito de mentir sobre mim mesmo, e a parte do "cara donzela" queria dizer que ele talvez estivesse inclinado a me comprar uma segunda garrafa daquele uísque depois que a gente terminasse com a primeira. A verdade é que, quando pensei naquilo, parecia que o camarada não tinha bebido muito e que estava contente em me ver bebericando e entornando todo o álcool por ele, o que àquela altura era mais que bem-vindo, pois eu já estava muito encharcado e queria mais.

— Se comprar mais uma garrafa desse líquido de persuasão moral pra gente — disse eu —, te dou a história toda e mais um corte de cabelo, forasteiro. Depois ainda canto "Dixie Is My Home" para levantar o seu ânimo e te colocar pra dormir.

— Vou fazer isso — disse o sujeito —, mas antes preciso de um favor. Eu tenho um alforje no meu cavalo, que está amarrado no beco do lado do hotel. Esse alforje está precisando de uma limpeza. Por causa do meu braço — e então apontou para o braço, pendurado numa tipoia —, não consigo levantar ele. Se eu puder confiar em você para ir lá fora pegar aquele alforje, trazer aqui para dentro e lavar com sabão de sela, te dou umas duas ou até três moedas e você pode comprar seu próprio uísque. O meu cavalo é um malhado, branco e marrom.

— Fico feliz em fazer isso, amigo — respondi.

Fui lá fora e desamarrei o alforje do cavalo sem perder tempo, mas estava muito cheio e aquele troço era pesado. Além disso, eu estava embriagado. Deixei o alforje escapulir ao soltar do cavalo e ele caiu no chão, fazendo a aba de couro da parte de cima se abrir. Quando me abaixei pra fechar a aba, vi sob a luz do luar algo estranho saindo da bolsa.

Era uma pena. Uma pena longa, branca e preta, com um pouco de vermelho. Por mais bêbado que estivesse, ainda sabia do que se tratava. Tinha dois anos que eu não via uma daquelas. Vi uma pluma daquele mesmo tipo no peito de Frederick Brown quando foi enterrado. Um Pássaro do Bom Senhor.

Rapidamente enfiei ela de volta no alforje, me virei pra voltar para o hotel e dei de cara com o sujeito que me mandou ali.

— Cebola? — disse ele.

Eu estava completamente embriagado, enxergando dobrado, e ele era tão alto, parado ali de pé naquele beco escuro, que eu não conseguia identificar seu rosto muito bem. Além do mais, estava vendo tudo embaçado. Ele então tirou o chapéu, jogou o cabelo pra trás, agachou perto de mim e consegui enxergar o rosto atrás da barba, dando de cara com Owen Brown.

— Tem dois anos que estou te procurando — disse ele. — O que tá fazendo aqui, bebendo que nem uma louca?

Fiquei praticamente embasbacado e não sabia o que inventar pra dizer pra ele naquele instante, pois mentir exige uma sagacidade que estava no alto da estante do meu cérebro por causa da bebida, me fazendo enrolar a língua, então arrotei a verdade:

— Eu me apaixonei por alguém que não quer nada comigo — disse.

Pra minha surpresa, Owen disse:

— Eu entendo. Também me apaixonei por alguém que não quer nada comigo. Fui até Iowa atrás de uma moça, mas ela disse que eu era muito malhumorado. Queria prosperidade e um homem que tivesse uma fazenda, não um pobre abolicionista. Mas isso não fez com que eu virasse um bêbado como você. A propósito, eu sou muito mal-humorado?

A verdade é que não existia pessoa mais mal-humorada no território do Kansas do que Owen Brown, que praguejava contra Jesus Cristo por tudo

O PÁSSARO DO BOM SENHOR

que não fosse de seu agrado. Mas não era eu quem ia dizer. Em vez disso, falei:

— Onde estava em Osawatomie? A gente ficou esperando você.

— Esbarramos com uns rebeldes.

— Por que não voltou pra buscar eu e Bob?

— Estou aqui, não estou?

Franziu as sobrancelhas, olhou de um lado a outro do beco, e então pegou o alforje, jogou em cima do cavalo com uma das mãos e amarrou, usando os dentes pra segurar as correias.

— Aguenta um pouco — disse ele. — A gente vai dar o fora em breve. E para de encher a cara.

Montou no cavalo.

— Cadê o Velho? — sibilei. — Tá morto?

Mas ele já tinha dobrado o beco e ido embora.

16

Dando o fora

Foi no dia seguinte antes que eu tivesse a chance de escapulir até o curral. Alguém tinha informado à cidade que os abolicionistas estavam a caminho, e aquilo fez os brancos se prepararem e também ficarem de olho nos crioulos. A cidade se encheu de gente outra vez. Ela nunca se esvaziou por completo depois do enforcamento de Sibonia, verdade seja dita, mas a chegada iminente dos abolicionistas fez as coisas se agitarem de novo. O bar do salão estava completamente lotado de rebeldes e milicianos armados até os dentes. Planejavam bloquear os acessos à cidade, dessa vez com canhões dos dois lados, voltados para o exterior. Colocaram sentinelas nas duas extremidades e nos morros ao redor da cidade. Sabiam que teriam encrenca pela frente.

Me mandaram buscar água depois do almoço na tarde seguinte e saí pelo terreiro. Encontrei Bob largado sozinho no canto do curral, como de hábito. Parecia ter chegado ao fundo do poço, como um sujeito esperando pra ser executado, o que acho que era. Quando trotei até o portão, Broadnax e seus homens me viram e saíram de onde estavam, cuidando dos porcos, e se aproximaram. Broadnax enfiou a cara entre as ripas.

— Tenho novidades — disse eu.

As palavras ainda não tinham saído da minha boca quando a porta dos fundos da cabana do outro lado do beco se abriu e Darg apareceu. Aquele negro enorme era sempre muito rápido. Os escravos se dispersaram quando ele veio, exceto Broadnax, que ficou sozinho no portão.

O PÁSSARO DO BOM SENHOR

Darg foi com tudo até o portão e espiou o curral.

— Vai para os fundos, Broadnax, pra eu fazer a minha contagem.

Broadnax tirou o rosto da grade e ficou ali parado, encarando Darg.

— Vai pra trás — disse Darg.

— Eu não tenho que pular que nem galinha toda vez que você abre esse buraco que tem na cara — disse Broadnax.

— O quê?

— Você ouviu.

Sem dizer palavra, Darg tirou o xale, sacou o chicote e começou a soltar o arame do portão pra abrir a cerca e entrar.

Eu não podia aguentar aquilo. Tinha rebeldes aos borbotões lá dentro do salão. Um bate-boca entre os dois ia fazer a Srta. Abby e vinte e cinco camisas-vermelhas saírem por aquela porta dos fundos, prontos pra largar o dedo em todas as pessoas de cor por ali, incluindo aqueles dois. Eu não permitiria aquilo, não quando estava tão perto da liberdade. Owen disse que voltaria, e a palavra dele tinha valor.

Parei na frente de Darg e disse:

— Ora, Sr. Darg, estou feliz de ver o sinhô aqui. Vim dar uma olhada no meu Bob, mas, Deus do céu, como esses crioulos são mal-humorados. Não sei como agradecer pela sua bondade e coragem pra manter esses crioulos do terreiro sob controle. Não sei mesmo como agradecer o sinhô.

Aquilo deixou ele satisfeito. Deu uma risadinha e disse:

— Oh, eu podia pensar em várias maneiras de você me agradecer, moreninha, e vou te dizer num minuto. — E abriu o portão.

Quando fez isso, desabei no chão. Desmaiei ali em meio à lama, exatamente como tinha visto as moças brancas fazerem.

Caramba, e não é que funcionou? Ele correu na minha direção, se abaixou e me levantou do chão pela gola com uma só mão. Botou a cara perto da minha. Eu não queria aquilo, então acordei do desmaio e disse:

— Oh, Senhor do céu, não faz isso. Pie pode estar olhando da janela!

Ele me largou no chão como uma batata quente e bati na lama, me fingindo de morto outra vez. Ele me sacudiu um pouco, mas não recobrei os sentidos de imediato dessa vez. Fingi estar desmaiado o melhor que pude por alguns segundos. Até que finalmente despertei e disse:

— Oh, Senhor, estou passando mal. Será que um nobre cavalheiro como o sinhô não poderia buscar um copo d'água pra essa menina? Já me sinto completamente agradecida agora, por receber a plenitude de sua bondosa proteção.

Ele caiu no papo. Ficou todo bobo comigo.

— Espera aqui, docinho — rosnou. — O Darg vai cuidar de você.

Levantou-se e correu para o beco do hotel, onde ficava um enorme barril d'água usado pela cozinha. No momento em que se mandou, levantei a cabeça do barro por tempo suficiente pra gritar algumas palavras pra Broadnax, que estava ali parado e conseguiu me ouvir.

— Se prepara — disse.

Foi só o que pude fazer, já que Darg voltou correndo com uma concha na mão. Fingi que passava mal enquanto ele erguia a minha cabeça e empurrava aquela água nojenta e pútrida na minha garganta. O gosto era tão ruim que pensei que tivesse me envenenado. De repente, ouvi um estrondo e a concha bateu no poste da cerca, bem do lado da minha cabeça. O troço bateu com tanta força no suporte que pensei que o crioulo tivesse descoberto minha farsa e jogado a concha em mim, sem acertar. Depois ouvi outro estrondo, e o suporte da cerca quase arrebentou. Logo vi que não foi a concha que estraçalhou a madeira, mas sim aço e pólvora. Ouvi novos disparos. Eram balas. A porta dos fundos abriu de supetão e alguém gritou lá de dentro:

— Darg, venha rápido!

Estavam atirando lá na frente. Bastante.

Ele me largou e correu para o hotel. Me levantei do barro e fui atrás.

Lá dentro estava um caos. Assim que cheguei à porta da cozinha, dois índios que trabalhavam como cozinheiros me derrubaram ao correr pra porta dos fundos. Fiquei de pé e atravessei correndo a sala de jantar, chegando ao salão bem a tempo de ver a janela da frente quebrar pra dentro e atingir inúmeros rebeldes com estilhaços de vidro. Diversos abolicionistas tomaram o mesmo caminho do vidro, entrando pelo salão e disparando. Atrás deles, do lado de fora da janela quebrada, dava pra ver, pelo menos, uma outra dúzia que descia a cavalo pela rua principal, atirando. Na porta da frente, mais ou menos o mesmo número invadia o lugar.

Entraram com tudo, sem tempo pra brincadeiras, chutando as mesas e largando o dedo nos rebeldes que foram burros o bastante pra tentar sacar. Mesmo aqueles que jogaram suas armas no chão acabaram comendo chumbo, pois foi tiro para tudo que é lado. Alguns rebeldes perto dos fundos da sala de jantar conseguiram usar uma mesa como barreira e disparar contra o inimigo, recuando na direção da porta onde eu tinha me agachado. Fiquei parado quando chegaram lá, tentando criar coragem pra correr na direção da escada da sala de jantar e ver como estava Pie, pois as meninas gritavam no Andar da Farra, e da minha posição pude ver que muitos abolicionistas lá fora tinham pulado no telhado do segundo andar, tomando impulso nas costas dos cavalos. Eu queria subir aquela escada, mas me faltavam colhões pra correr até ela. A coisa estava pegando fogo. A gente estava subjugado.

Continuei abaixado onde estava por tempo suficiente pra ver os rebeldes no salão conseguirem reagir um pouco. Darg estava ocupado em algum outro lugar e entrou no salão lutando como uma fera. Quebrou uma garrafa de cerveja na cara de um abolicionista, jogou outro pela janela e correu pela sala de jantar sem ser atingido, apesar do fogo cerrado. Subiu a toda pela escada dos fundos que dava no Andar da Farra. Foi a última vez que vi ele, a propósito. Não que tivesse importância, pois, tão logo desapareceu pela escadaria pra um novo grupo de abolicionistas irrompeu pela porta da frente para se juntar àqueles que estavam acabando com os rebeldes remanescentes no salão, enquanto esse que vos fala ainda tremia de medo no canto perto da sala de jantar, de onde via os dois ambientes.

Os rebeldes da sala de jantar mostraram resistência, mas no salão estavam em menor número e aquele ambiente já estava dominado. A maioria dos rebeldes ali estava morta ou ferida. Na verdade, vários abolicionistas já tinham desistido do combate e saqueavam o bar, se apossando das garrafas e enchendo a cara. Em meio àquilo tudo, um sujeito alto e esguio, com um chapéu de abas largas, entrou pela porta da frente do salão e anunciou:

— Sou o Capitão James Lane, da Milícia pelo Estado Livre, e vocês são tudo meus prisioneiros!

Vejam, não tinha muitos prisioneiros por assim dizer no salão onde ele estava, pois todos os escravistas ali tinham batido as botas ou estavam prestes a fazê-lo, a não ser por umas duas ou três pobres almas a se contorcer pelo chão, ainda lutando. Mas os rebeldes que recuaram até a sala de jantar tinham recuperado o fôlego e resistiam. O tamanho da sala lhes era favorável, pois era apertada e não tinha espaço para a maior quantidade de ianques, o que tornava mais difícil acertar os escravistas restantes.

Havia também um certo pânico, pois vários rebeldes atiravam a três metros uns dos outros e erravam. Mesmo assim, um bom número de abolicionistas levou chumbo naquela confusão, e seus amigos, vendo aquilo, não gostaram nem um pouco. O ataque perdeu força. O elemento surpresa não existia mais, e agora tudo o que se tinha era um combate acalorado. Dava pra ouvir também umas sandices e risadas, quando, por exemplo, um escravista exclamou: "Esse filho da puta atirou na minha bota", seguido por mais risadas. Mas os rebeldes fizeram um bom trabalho ao manter os ianques fora da sala de jantar por um tempo, e, quando vi o caminho livre pra porta dos fundos que dava pro curral dos escravos, corri o mais rápido que pude. Não subi pra ajudar Pie. Se Darg, seu novo amor, conseguiu tirar ela de lá, eu não sei. Mas ela estava por conta própria. Nunca mais vi nenhum dos dois.

Atravessei aquela porta correndo. Segui até o curral, onde os negros tentavam desesperadamente quebrar a tranca, fechada por fora. Liberei o fecho rapidamente e abri o portão. Broadnax e o resto partiram com sebo nas canelas. Nem olharam pra mim uma segunda vez. Desapareceram portão afora num piscar de olhos e partiram beco abaixo.

Bob, porém, continuou parado no canto de sempre, embasbacado, de boca aberta como um idiota.

— Bob, vamos nessa.

— Estou cansado de fugir com você — disse ele. — Vai em frente com as suas coisas e me deixa em paz. Esse é mais um dos seus truques.

— Não é truque nenhum. Vamos!

Atrás de mim, numa das extremidades do beco, um grupo montado de rebeldes da cidade tinha dobrado a esquina e descia pelo beco, gritando e fazendo arruaça. Dispararam sobre as nossas cabeças na direção dos negros que fugiam rumo à outra extremidade do beco, que terminava em forma de "T". Você tinha que virar à esquerda ou à direita pra chegar à estrada num dos lados. Aquela gente de cor seguia rumo à interseção sem perder tempo.

Não fiquei esperando. Parti atrás deles. Acho que Bob olhou pra trás de mim e sentiu uma pequena amostra das balas dos rebeldes zunindo sobre a cabeça, pois saltou como um coelho e logo se pôs a correr.

Os negros que fugiram do terreiro estavam só uns vinte e cinco metros na nossa frente. Chegaram ao fim da rua e se separaram, alguns virando à direita, outros à esquerda, sumindo de vista. Eu e Bob também seguíamos naquela direção, mas ainda não tínhamos passado do meio do beco quando um rebelde montado dobrou a esquina naquela mesma extremidade da rua principal por onde vários negros tinham desaparecido. Desceu o beco a toda, na nossa direção. Carregava na mão uma espingarda Connor e, quando viu a gente à sua frente, aumentou a velocidade e apontou pra atirar.

Paramos bem onde estávamos, pois não tinha saída. O camisa-vermelha diminuiu a velocidade do cavalo para um trote e, puxando as correias, disse: — Parados aí. — Assim que disse aquilo, não a mais de um metro e meio da gente, um sujeito saiu de uma das portas do beco e arrancou o rebelde do cavalo com um golpe de espada. Acabou com a raça dele. Já estava frio quando caiu no chão.

Eu e Bob passamos correndo do lado dele. Mas o camarada que o tinha derrubado colocou o pé quando passei, me fazendo tropeçar e cair de cara na lama.

Virei o corpo pra levantar e me vi encarando o cano de um velho revólver de sete tiros, mas um revólver familiar, e atrás dele estava o Velho, que não parecia muito feliz.

— Cebola — disse ele. — Owen disse que você anda bebendo, fumando tabaco e falando palavrão. É verdade?

Atrás dele, saindo lentamente pela porta do beco, vieram seus filhos: Owen, Watson, Salmon, Oliver, o novo homem, Kagi, e outros que não reconheci. Saíram por aquela porta tranquilos e serenos, sem nenhuma pressa. O exército do Velho continuava treinado pra manter a calma em combate. Deram uma olhada nos rebeldes disparando contra a gente do outro lado do beco, entraram em formação de tiro, se aprontaram e abriram fogo.

Vários rebeldes caíram. O restante, depois de receber uma amostra daquele exército treinado cuspindo chumbo, saltou de suas montarias e se protegeu atrás do curral dos escravos, retornando a cortesia.

As balas zuniam pra cima e pra baixo pelo beco, mas o Velho, que estava de pé em cima de mim, não dava a menor atenção. Ficou me encarando, claramente irritado, esperando uma resposta. Bem, como ele estava esperando, eu não podia contar mentira.

— Capitão — disse eu. — É verdade. Eu me apaixonei e partiram meu coração.

— E você se juntou a alguém de maneira carnal mesmo sem ser casada?

— Não, senhor. Ainda sou limpa e pura como no dia em que nasci.

Ele assentiu, de cara fechada, e então olhou para o beco enquanto as balas zuniam por ele e acertavam o telhado do prédio ao seu lado, lançando estilhaços de madeira por todas as partes. Era louco de ficar parado daquele jeito em meio a um tiroteio. Os homens atrás dele se abaixavam e faziam caretas diante do fogo dos rebeldes, mas o Velho se mostrava calmo como se estivesse ensaiando num coro de igreja. Ficou em silêncio, como de hábito, aparentemente matutando. Seu rosto, sempre envelhecido, parecia ainda mais acabado. Estava cheio de rugas. A barba agora estava completamente branca e desgrenhada, tão longa que chegava ao peito e podia ser confundida com um ninho de gavião. Tinha arranjado roupas novas em algum lugar, mas eram apenas versões novas e piores do que vestia antes: calça preta, colete preto, sobrecasaca, colarinho engomado, tudo murcho, amarrotado e carcomido nas beiradas. As botas nunca estiveram piores, amassadas como pedaços de papel, curvadas nos dedos. Em outras palavras, parecia normal, como se as roupas estivessem morrendo de sede, e ele próprio, prestes a desabar de tanta feiura.

— Isso é bom, Cebolinha — disse ele. — O Bom Livro diz em Ezequiel dezesseis, versículo oitavo: "Ao passar por ti e te ver, esse foi o momento do amor e o Senhor estendeu Seu manto e cobriu tua nudez". Você manteve coberta a sua nudez?

— O máximo possível, Capitão.

— Tem lido a Bíblia?

— Não muito, Capitão. Mas tenho pensado de maneira sagrada.

— Bom, já é alguma coisa — disse ele. — Se você se submeter à vontade do Senhor, ele há de te proteger. Já contei a história do Rei Salomão e das duas mães com um bebê? Vou contar, você precisa saber.

Eu estava louco pra que ele se mexesse, pois os disparos ficavam ainda mais frequentes. As balas zuniam pelo ar e passavam perto de suas botas e do meu rosto, mas ele ficou onde estava por uns bons cinco minutos, pregando suas ideias sobre o Rei Salomão e sobre eu não ler o Bom Livro.

O PÁSSARO DO BOM SENHOR

Enquanto isso, logo atrás dele, no final do beco, que o Velho não conseguia ver, Broadnax e o bando do terreiro tinham voltado. De alguma forma, eles tinham apoderado do canhão dos rebeldes, que estava estacionado na fronteira da cidade, e empurrado aquele troço até os fundos do beco e apontaram na direção dos rebeldes. O cano estava apontado pouco acima do ombro do Velho. Ele não percebeu, é claro, pois estava orando. Seu sermão sobre a Palavra Sagrada, o Rei Salomão e as duas mães com um bebê claramente era importante pra ele. Foi em frente tagarelando o sermão quando um dos negros de Broadnax acendeu com fogo o estopim do canhão.

O Velho não se importou nem um pouco. Ainda berrava sobre o Rei Salomão e as duas mães quando Owen alertou:

— Pai! Precisamos ir. O Capitão Lane tá saindo da cidade e vai deixar a gente aqui.

O Velho espiou o beco, com as balas passando perto da cabeça e o canhão aceso sobre o ombro, e depois para os rebeldes, que disparavam e praguejavam do outro lado, reunidos atrás do curral dos escravos, tentando criar coragem pra atacar. Atrás dele, o estopim do canhão de Broadnax estava aceso e soltava uma fumaça espessa, pronto pra disparar. Os negros se afastaram, espantados, olhando o estopim queimar. O Velho olhou pra eles e pareceu bastante irritado por lhe tirarem o combate, pois desejava a glória.

Ele se meteu no meio do beco, sem qualquer proteção, e gritou para os rebeldes que atiravam em nós do curral:

— Sou o Capitão John Brown! Em nome do Sagrado Redentor, do Rei dos Reis, do Homem da Trindade, eu aqui ordeno que vos rendam. Rendei-vos em Seu Sagrado Nome! Rendei-vos! Pois ele está no lado certo da justiça!

Vejam bem, eu não sei se foi aquele canhão vomitando fumaça sobre o ombro dele que provocou isso ou se foram os rebeldes que perderam o ímpeto quando viram o Velho em pessoa parado bem ali, ileso em meio às balas que zuniam junto ao rosto, mas eles viraram e deram no pé. Fugiram. E, com aquele canhão aceso e pronto pra estourar, o Velho continuou ali perto e viu o estopim queimar e chiar até apagar. O fogo não chegou até o cão. O troço morreu.

Pensando hoje, lembro agora que os estopins de canhão falhavam toda hora. Mas aquele canhão não disparar só deu ao Velho mais motivos pra acreditar em intervenções divinas, crença que não lhe faltava. Ele viu o estopim apagar e disse:

— Meu Bom Senhor! A bênção de Deus é eterna e infinita, e agora vejo outro sinal de que as ideias Dele que me ocorreram ultimamente estão certas e que Ele fala a mim diretamente.

Virou-se para Owen e disse:

— Não quero mais ficar correndo atrás de Jim Lane. Vim até aqui só pra resgatar a Cebolinha, que é um amuleto da sorte pra mim, pra esse exército, e também uma lembrança de nosso caro Frederick, que repousa adormecido nesse território. Agora que já consegui o que eu queria, nosso Redentor fez brotar uma nova enxurrada de ideias pra que eu lidere o caminho da liberdade para as multidões de Seus filhos, como a Cebolinha aqui. Tenho elaborado numerosos planos, com a ajuda de Deus, e, depois que nos servirmos de algumas das dádivas de Deus entre as ferramentas e roupas desses pagãos proprietários de escravos, vamos fazer as nossas abelhas trabalharem por um propósito maior. O território do Kansas não precisa mais de mim. Temos muito trabalho. Para o Oeste, homens! Em frente!

Dito isso, o Velho me jogou no cavalo e galopamos beco abaixo, passando pelo canhão, deixando Pikesville pra virar lenda.

PARTE 3

LENDA

(Virgínia)

17

Entrando para a História

Uma nevasca desabou sobre nós depois que saímos de Pikesville, com três homens a cavalo e o resto em carroças. A neve caiu sem parar por um dia e cobriu a trilha. Por todos os lados, chegava a quase trinta centímetros. Uma onda de calor veio e durou um dia, derretendo um pouco da neve, seguida por um frio glacial. Os ramos das árvores estavam cobertos por uma camada de cinco centímetros de gelo. A água dos cantis congelava pela manhã. A gente viajava debaixo da lona, enrolados em cobertas, com a neve a nos castigar o rosto e lobos uivando por perto. O Velho tinha um novo exército, maior, e os homens se revezavam pra manter as fogueiras acesas, por mais que não adiantasse muito. Estar ao ar livre nunca incomodou o Velho, é claro. Ele podia sentir as mudanças do tempo como um velho fazendeiro, caminhar pelas matas escuras na calada da noite sem quase um fiapo de luz e atravessar uma tempestade como se ela não existisse. Mas eu enfrentava a estrada depois de dois anos de uma vida tranquila, fácil, ao seco, enchendo constantemente a cara de cerveja e destilados. No segundo dia, fui tomado por um caso sério de malária. Pra minha sorte, o Velho também pegou a doença e anunciou, no meio do terceiro dia, quando mais uma tempestade de neve caiu:

— Homens, recebi a palavra lá de cima dizendo que um ou dois escravos precisam ser libertados aqui no Missouri. A gente está a caminho do Condado de Vernon.

Não tinha como discutir com ele naquele tipo de clima. O Velho tinha mudado consideravelmente nos dois anos em que a gente não se viu. Sua aparência era pavorosa. O rosto estava enrugado como uma uva-passa. As velhas mãos retorcidas pareciam garras de couro. Sua expressão era firme como uma rocha. Os olhos lembravam granito cinzento. O jeito de falar também era diferente. Disse que tinha se mudado pra floresta para estudar a obra de um sujeito chamado Cromwell, e aquilo deve ter mexido profundamente com ele, pois agora salpicava seus discursos com mais "tus", "vós" e "vossos" que nunca. Montado no cavalo, com a neve caindo de seu casaco de lã manchado e grudando na barba, lembrava ainda mais Moisés.

— Eu devia ser general — comentou certa manhã, quando marchávamos pelos bosques gélidos do Condado de Vernon —, mas o Redentor da Trindade Que controla o clima e é o Comandante de todas as estações julga adequado me manter aos Seus pés. Fui instruído para me unir à natureza por quase um ano, Cebola, vivendo sozinho no bosque, estudando meus planos de combate e entrando em união com o nosso grande Rei dos Reis. Voltei compreendendo que sirvo à vontade Dele no papel de capitão, Cebola, esse foi o título que Ele me concedeu. Nenhum outro.

— Por que o Capitão de Deus não leva a gente para um lugar quente? — resmungou Owen.

O Velho bufou.

— Deus nos protege no inverno, Owen. Nenhum escravista vai ser visto por essas bandas até a grama verdejar outra vez. Isso nos dá tempo pra fazer o nosso trabalho.

Naquele ponto ele tinha razão, pois nenhuma criatura que tivesse metade de um cérebro ia se aventurar naquela neve. A gente seguiu se arrastando daquele jeito pelo sudoeste do território do Missouri durante quatro dias, congelando, sem achar nenhum escravo pra ser libertado, até que o Velho finalmente declarou:

— A escravidão no Condado de Vernon foi subjugada. Vamos marchar a leste para Iowa por terra.

— Por que não pegar a balsa? — perguntou Owen. — É o modo mais rápido de viajar para o leste.

O Capitão abriu um sorriso zombeteiro.

— As balsas são controladas pelos escravistas, filho. Eles não levam ianques.

O PÁSSARO DO BOM SENHOR

Owen brandiu sua espada e as pistolas, acenando para os homens atrás de nós, três a cavalo e o resto em carroças, todos armados.

— Mas vão levar a gente.

O Velho sorriu.

— E Jesus levou uma carruagem pela Estrada de Jericó de dois mil e quinhentos metros de altitude até o nível do mar? Moisés circundou a montanha com o rolo dos mandamentos a cavalo? Ou será que subiu com seus próprios pés? Vamos marchar até Iowa como uma cavalaria, assim como fez Davi.

A verdade, porém, é que ele não podia pegar a balsa porque estava fugindo. O preço pela cabeça do Velho tinha aumentado consideravelmente nos dois anos depois de Pikesville. Owen me disse que os territórios do Kansas e Missouri tinham recompensas diferentes pela cabeça dele, e o pessoal no leste ficou bastante incomodado quando soube o que o Velho vinha fazendo, incluindo arrancar a cabeça de Doyle e dos outros, para não mencionar a libertação dos escravos por onde passava. Toda semana o Velho mandava um de seus homens para Cuddyville, uma cidade ali perto, pra comprar os jornais que chegavam do leste. Os relatos eram tomados por todo tipo de debates sobre a questão da escravidão, além das inúmeras especulações quanto ao preço da cabeça dele em vários cartazes, nos dois territórios e em Washington D.C. Pra piorar, uma companhia federal acompanhou nosso rastro nas cercanias de Nebraska City e fez a gente seguir para o norte, mais longe da balsa. Eles resistiram à tempestade de neve. Tentamos nos afastar, mas seguiram por vários quilômetros, fora do nosso campo de visão. Toda vez que a gente pensava que tinha se livrado, o Velho parava e espiava com a sua luneta, avistando eles a alguns quilômetros de distância, lutando pra acompanhar nosso ritmo na neve. Foi assim por dias.

— Por que eles não vêm logo e dão início a um combate? — murmurou Owen.

— Não vão fazer isso — disse o Capitão. — Gedeão falou ao povo: "Não hei de governar-vos. Meu filho não há de governar-vos. O Senhor irá governar-vos". Nosso Salvador não permitirá que eles nos enfrentem.

Depois de mais três dias de neve e temperatura gélida, os federais cansaram daquele jogo. Mandaram um cavaleiro empunhando uma bandeira branca até o nosso acampamento pra falar com o Velho. Era um sujeito esguio, com o uniforme enfiado ordeiramente nas botas e o rosto vermelho como uma beterraba por causa do frio.

— Sou o Tenente Beers — anunciou. — Trago uma mensagem do meu comandante, o Capitão Haywood. Ele diz que, se você se entregar de maneira tranquila e sem resistência, vamos te levar até Lawrence para um julgamento justo e deixar seus homens em paz.

O Velho bufou.

— Fala pro Capitão Haywood vir aqui me pegar.

— Ele vai prender você.

— Por causa de quê?

— Não sei bem as acusações, Capitão — disse o tenente —, mas o governador do território do Kansas ofereceu uma recompensa de três mil dólares pela sua captura. O Presidente Buchanan ofereceu mais dois mil e quinhentos. Você estaria mais seguro com a gente do que andando por aí com tanto dinheiro oferecido pela sua cabeça.

Montado no cavalo debaixo da neve que caía, o Velho riu. Tinha a risada mais estranha que já ouvi. Não fazia nenhum barulho, apenas enrugava o rosto e aspirava o ar. Erguia os ombros, aspirava o ar, enrijecia a expressão, as rugas da testa caíam sobre os olhos até desaparecerem, e tudo o que se via eram aqueles dentes amarelos, pronto pra soltar lufadas de ar na sua direção de todos os buracos que tinha na cabeça: olhos, ouvidos e boca. Se você não conhecesse ele, o efeito geral era assustador. O tenente ficou inquieto de imediato, e, naquele exato momento, o Velho espirrou, o que fez seu corpo saltar da sela por um instante e as abas da casaca tremularem, revelando a empunhadura de um daqueles enormes revólveres de sete tiros que carregava em coldres dos dois lados.

— Isso é um insulto — finalmente bufou o Velho. — Estou defendendo a causa em nome de nosso Sagrado Redentor, que pode expurgar a palavra de qualquer nação com uma simples tosse. Ele não manda em mim. Deuteronômio trinta e dois, trigésimo quinto, diz: "O pé deles há de deslizar no momento justo."

Virou e disse para os homens:

— Ofereço, nesse presente momento, a qualquer homem desse exército, dois dólares e cinquenta pela cabeça do presidente Buchanan. Ele governa

O PÁSSARO DO BOM SENHOR

uma instituição bárbara que não atende ao trono de nosso mais Sagrado Mártir.

O soldado deu meia-volta e galopou apressado pra sua companhia. No dia seguinte, os federais foram embora, arrastando-se em meio à neve alta e às longas cordilheiras da pradaria.

— Uma decisão inteligente — murmurou o Velho, vendo eles se afastarem com sua luneta. — Sabem que eu tenho amigos lá no alto.

— Onde? — bufou Owen.

— Nosso Deus mais alto, filho, cujo chamado você faria bem em atender.

Owen deu de ombros e não prestou muita atenção. Ele e os irmãos estavam acostumados às proclamações do Velho. A maioria era muito menos religiosa que o pai. Na verdade, quando o Velho não estava por perto, os filhos soltavam a língua sobre deixar de vez o combate à escravidão e volta pra casa. Era o que dois deles, Jason e John, tinham feito; cansaram de viver na pradaria naqueles dois anos em que estive afastado e decidiram ir pra casa, de volta pro norte de Nova York, e a maior parte do grupo original do Kansas tinha voltado pro lar ou estava morta. Mas o Velho ainda tinha quatro filhos ao seu lado, Watson, Oliver, Salmon e Owen, e recrutara novos homens em suas andanças. Esses sujeitos não eram como os outros, em sua maioria fazendeiros do Kansas, colonos e índios. Esse novo grupo era formado por combatentes jovens, aventureiros impetuosos, professores e intelectuais, uma coisa séria, e podiam arrancar seus cabelos a bala. O mais sério deles era Kagi, um caixeiro-viajante de cara limpa saído de Nebraska, que chegou a Pikesville com Owen. Kagi lutou ao lado do Velho em Black Jack, mas eu não tinha visto ele ali, já que estava me escondendo. Era professor por ofício e carregava preleções e leituras num rolo de papel enfiado no bolso, que consultava de tempos em tempos. Parecia bastante comedido, mas era procurado em Tecumseh por sacar seu Colt e cuspir um monte de chumbo na cara de um juiz pró-escravidão, fazendo o sujeito dormir pra sempre. O juiz atirou no peito de Kagi antes de morrer. Kagi afirma que o tiro só não lhe acertou o coração por causa do bloco de anotações que levava no bolso da camisa. Passou a carregar aquele bloco pelo resto da vida, o que acabou não sendo muito tempo. Perto dele estavam John Cook, Richard Hinton, Richard Realf, um camarada de cor chamado Richard Richardson e Aaron Stevens. Esse último era um homenzarrão alto e corpulento, mal-encarado, com quase dois metros de altura, ar perigoso, sempre em busca de confusão. Não era nem um pouco religioso. Esses sujeitos não eram como o antigo grupo do Velho, formado por fazendeiros defendendo suas terras. Não fumavam, bebiam ou mascavam tabaco. Na maior parte do tempo, liam livros ou debatiam sobre política e questões espirituais. O Velho chamava eles de "Sr. Isso" e "Sr. Aquilo", e tinha como objetivo converter todos à Sagrada Palavra. Atacava eles com Deus em toda oportunidade que tinha, dizendo: "Sr. Tal e Tal, o senhor tá fazendo o jogo do diabo quando não se importa com a salvação de Deus", mas eles já estavam acostumados a ignorar esse tipo de assunto. A questão toda era a escravidão. Era aquilo que unia todos ali. E não estavam de brincadeira.

Há de ser dito, porém, que seguiam o Capitão como ovelhas. Esperto como era, ninguém desafiava suas ordens ou sabia pra onde a gente estava indo de um dia para o outro. O Velho não abria o bico pra falar dos seus planos, e eles confiavam na palavra dele. A única coisa que anunciava era:

— Estamos indo para o leste, homens. Vamos para o leste lutar contra a escravidão.

Ora, tem bastante leste. E tem bastante escravidão. E uma coisa é dizer que vai combater a escravidão e ir para o leste fazer isso e que vai levar a guerra até a África e tudo o mais. Outra coisa é continuar a viajar no frio dia após dia pra tal.

Nos arrastamos e seguimos por duzentos e quarenta quilômetros na direção de Tabor, Iowa — o trajeto levou dois meses —, libertando a gente de cor que surgia por onde passávamos. Tabor era um estado livre naqueles tempos, mas estávamos no inverno e era difícil, num frio de dez graus negativos, seguir uma estrada tomada por quinze centímetros de neve, com o Velho rezando por todo esquilo queimado e bolinho de pão que a gente comia. Por sorte, tínhamos saqueado um monte de coisa em Pikesville e de alguns proprietários de escravos pelo caminho: munição, armas, duas carroças Conestoga, quatro cavalos, dois burros, um boi, camas, frigideiras, latas, algumas calças e chapéus, casacos, até mesmo uma mesa de costura e um barril de maçãs; no entanto, durante o inverno há uma escassez de caça na pradaria, e, em pouco tempo, ficamos completamente sem comida. Passamos então a fazer escambo com quem aparecesse pela frente, sobrevivendo dessa

O PÁSSARO DO BOM SENHOR

maneira. Foi assim também que consegui surrupiar uma calça, um chapéu e roupas de baixo sem que ninguém notasse, já que estava frio demais pra que se importassem com o que o outro vestia. Quando chegamos a Tabor, Iowa, estávamos exaustos e famintos — exceto pelo Capitão, que acordava toda manhã alegre como um pássaro, pronto pra partir. Parecia que não precisava dormir. Também não tinha o menor interesse por comida, especialmente aquelas que levavam manteiga. Preferia desistir de viver a comer manteiga. Algo naquela iguaria lhe provocava asco. Mas, quando o assunto era sopa de tartaruga ou urso assado, ele era capaz de entrar num chiqueiro só de cueca no auge do inverno pra sentir o cheiro da carne. Nisso, era um sujeito estranho. Um verdadeiro homem da natureza.

O Velho não estava nem um pouco animado quando chegamos à cidade, estranhamente silenciosa no momento em que entramos na praça principal. Olhou ao redor e respirou profundamente.

— Fico feliz por estarmos em território abolicionista — gritou do alto do cavalo, analisando a situação. — Até o ar parece mais claro. Aqui mora a liberdade, homens. Estamos em casa. Vamos ficar aqui durante os meses de inverno.

Ficamos ali por uma hora, e a cidade continuou silenciosa como um peido de rato. Nem uma só porta se abriu. Nenhuma persiana foi levantada. Os habitantes da cidade estavam em pânico. Não queriam nada conosco. Depois de um tempo, a gente estava com tanto frio que batemos nas portas pedindo abrigo, mas nenhuma casa ou taverna quis nós.

— Assassino — chilreou uma mulher, batendo a porta.

— Velho louco — disse outra. — Vai embora.

Um homem disse a ele:

— Eu sou contra a escravidão, Capitão, mas também sou contra matanças. O senhor e seus homens não podem ficar aqui.

E assim foi por toda a cidade. Tabor era um estado livre naquela época, conhecido por todos os abolicionistas a leste do Missouri, mas as pessoas estavam simplesmente apavoradas com aquilo tudo. Claro que o Velho também dava o que falar. Era um sujeito procurado, com uma recompensa oferecida pela sua cabeça. Todos os jornais do país falaram sobre como ele tinha arrancado as cabeças dos inimigos no território do Kansas, então acho que isso também deixava todos ainda mais ressabiados.

Batemos em praticamente todas as portas da cidade, numa procissão formada por homens esfarrapados tremendo de frio, mulas cansadas e cavalos famintos. Quando a última porta foi batida na sua cara, o Velho ficou irritado, mas não humilhado.

— Falam, falam, falam — resmungou. — Tudo o que os cristãos fazem é falar. E *essa*, homens — disse ele, bem no meio da cidade deserta, tirando a neve das suíças —, é a nossa verdadeira batalha. Os escravos precisam da liberdade, não de conversa fiada. Os negros ouvem falar de persuasão moral há duzentos anos. Não podemos esperar. Acham que Toussaint-Louverture esperou pelos franceses no Haiti? Ou que Espártaco esperou pelo governo romano? Ou que Garibaldi esperou pelos genoveses?

— Tenho certeza que essas pessoas de quem fala são boas, pai — disse Owen. — Mas está frio aqui.

— Temos que ser como o antigo Davi — chiou o Velho —, vivendo das graças e do sustento de nosso Rei dos Reis, que provê pra todos nossos desejos e necessidades. Eu particularmente não sinto frio. Mas, pelo bem de vocês, *ainda* tenho alguns amigos nesse mundo. — Mandou, então, os homens montarem novamente e levou a gente até alguns fazendeiros em Pee Dee, ali perto, que aceitaram nos acolher depois que o Velho vendeu pra eles a maioria dos cavalos e das carroças e combinou que a gente ajudaria a debulhar o milho e cuidar das fazendas no restante dos meses de inverno. Houve certa indignação por parte dos homens, mas eles ficaram felizes em ter abrigo e comida.

Tão logo o arranjo foi feito, o Velho anunciou:

— Vendi as carroças e os nossos suprimentos por um motivo. Preciso de uma passagem de trem para voltar para o leste. Vou deixar vocês aqui, homens, num lugar relativamente confortável e quente, enquanto parto sozinho pra Boston em busca de fundos em nome do nosso Redentor. A gente precisa comer, e a nossa luta exige dinheiro, que se faz presente aos montes no leste e que vou buscar com nossos diversos defensores que vivem por lá.

Eles concordaram, pois um lugar quente pra dormir valia ouro, e a gente estava exausto, enquanto o Velho tinha tanta energia quanto uma mula do Texas.

Enquanto o Velho se preparava pra partir, os homens deram algumas coisas pra que levasse, como cartas pra família, presentes para os amigos

O PÁSSARO DO BOM SENHOR

e cobertas pra que não sentisse frio. Depois de recolher todas aquelas coisas, ele disse:

— Kagi, você é meu tenente e vai ficar responsável por treinar os homens em exercícios militares e habilidades que serão úteis em nossa luta contra a escravidão.

Kagi assentiu com a cabeça. Em seguida, o Capitão lançou o olhar para esse que vos fala.

— Cebola, você vem comigo.

Owen pareceu surpreso.

— Por que ela? — perguntou.

— A Cebola é o meu amuleto da sorte. Ela é uma lembrança do seu amado irmão, Frederick, que descansa adormecido nesse território e cuja bondade era destinada tanto aos homens quanto aos bichos. Precisamos de todas as ferramentas disponíveis pro nosso objetivo, então chegou a hora de colocarmos os negros em primeiro plano pra lutar por sua própria liberdade. Vou precisar dela pra ajudar a atrair os negros. Tanto eles quanto os nossos defensores brancos vão ver a inocência no semblante dela e dizer: "Sim, criança, filha do Sagrado Pai, iremos herdar o reino. Ele preparou tudo pra nós e assim vamos nos unir à luta pela causa dos nossos filhos!" E virão aos milhares!

E, então, bateu palmas e acenou com a cabeça. Não tinha como parar o Velho em seu entusiasmo quando o assunto era a liberdade.

Não fui contra, naturalmente. Queria deixar o campo o mais rápido possível. Minha intenção era escapar assim que ele virasse a cara. Mas Bob estava ali. Tinha seguido pela estrada fria que cortava a pradaria, e Owen encontrou ele em Pikesville, fazendo que voltasse ao grupo, como sempre. E como sempre acontecia no passado, Bob ficou na dele esperando uma chance de se mandar. Ao ver a intenção do Velho de ir para o leste e para um território livre, resolveu abrir a boca.

— Eu posso ajudar vocês a encontrar soldados negros — disse. — É mais fácil que os negros deem ouvidos a um homem de cor do que a uma menina.

Antes que eu pudesse discutir a questão, o Velho bufou.

— Deus não faz diferença entre homem e mulher, meu caro Bob. Se um homem não consegue atender às necessidades da própria mulher e dos filhos, então é só metade de um homem. Fique aqui com o resto dos homens, pois os milhares de negros que vão se juntar ao nosso enxame vão precisar de você pra se tranquilizarem e manterem a calma até nossa guerra começar, já que vão estar ansiosos pra isso. Eu e a Cebola vamos montar a base, e depois você, meu senhor, vai ser o nosso embaixador e lhes dará as boas-vindas ao nosso exército.

Bob fechou a cara, não se mexeu e manteve a calma, mas não por muito tempo. Duas semanas depois de chegarmos ao leste, o Capitão recebeu uma carta dizendo que Bob tinha fugido.

Pegamos um trem que nos levou de Chicago a Boston, o que, de acordo com o Velho, era o plano. Durante a viagem fomos jogados de um lado pro outro, pra cima e pra baixo, mas ainda assim aquele trem a vapor era bem mais quente e mais confortável que a pradaria. Ele viajava usando nomes como "Nelson Hawkins", "Shubel Morgan" ou "Sr. Smith", dependendo de como andava a memória, já que geralmente esquecia suas identidades falsas e me pedia pra lembrar qual estava usando. Fez várias tentativas em vão de pentear a barba, mas comigo viajando incógnito, me fazendo de acompanhante, ele não enganava ninguém. Eu estava desgrenhado como uma velha corda depois de passar semanas na pradaria, e o Capitão era famoso como um uísque ruim. Os passageiros a favor da escravidão saíram do vagão assim que viram ele, e, toda vez que o Velho anunciava a sua necessidade de beber ou comer, os outros ianques a bordo ofereciam qualquer comida que tivessem só pra lhe agradar. Ele aceitava tais ofertas sem pestanejar. "Isso não é pra gente, Cebola, mas em nome do nosso Grande Plantador e pela causa da liberdade de nossos irmãos e irmãs escravizados."

Comeu só o que conseguia comer, e nada mais. Era o que havia de mais irônico em relação ao Velho. Ele roubou mais carroças, cavalos, burros, pás, facas, armas e arados do que qualquer um que já conheci, mas nunca pegava nada pra uso pessoal além do que precisava. Tudo o que roubava era pra causa contra a escravidão. Se roubasse alguma coisa e acabasse não usando, voltava correndo pra devolver ao pobre coitado de quem tinha roubado, a não ser que o camarada se mostrasse ressentido. Nesse caso, ele acabava

O PÁSSARO DO BOM SENHOR

morto ou amarrado a um mastro enquanto o Velho discursava sobre o mal da escravidão. O Capitão gostava de discursar para os prisioneiros escravistas sobre o mal da escravidão, tanto que um ou dois deles disseram: "Capitão, prefiro que o senhor me mate agora e acabe logo com isso a ter que continuar ouvindo, pois suas palavras estão me sufocando. O senhor tá me matando assim."

Vários deles largavam mão de vez e acabavam dormindo enquanto ele discursava, em sua maioria bêbados, e acabavam acordando sóbrios para encontrar o Velho pregando pra eles, o que era uma tortura ainda pior, pois agora estavam sóbrios e suas orações duravam mais quando ele tinha público.

Foi no trem que descobri que John Brown era um homem pobre. Tinha uma família grande até mesmo para os padrões do campo, gerando uma prole de vinte e dois filhos com duas mulheres. Ficou viúvo da primeira e ainda tinha a segunda, que morava em Elba, Nova York, com doze filhos, aqueles que não morreram por moléstias e doenças. A maioria das crianças que tinha em casa eram meninos e meninas que não batiam na altura do joelho, ele pegou várias miudezas e lembrancinhas pra eles no trem rumo a Boston, tais como papéis coloridos e carretéis de linha que encontrou jogados pelo chão no vagão dos passageiros, dizendo, "Isso aqui vou dar pra Abby" ou "Minha pequena Ellen vai ficar maravilhada com isso." Foi ali que entendi o quanto se sentia culpado por meu pai ter morrido quando ele me sequestrou, dois anos antes. Ele me dera um vestido que tinha comprado na loja pra Ellen, sua própria filha. O Velho nunca comprava suas coisas em loja nenhuma. Aquele vestido de loja havia muito tempo já tinha se esfarrapado. Eu vestia uma peça bordada fina, que me foi dada por Pie, quando ele me achou em Pikesville. Mas ela já tinha dado lugar a calça, roupa de baixo, camisa e chapéu, tudo roubado, é claro, que eu usava por conta do tempo inclemente. O Velho viu que eu passei a usar aquele tipo de roupa e ficou maravilhado, me vendo como uma menina-moleque, o que normalmente achava divertido. Por mais rústico e grosseiro que fosse, era sempre bondoso com as crianças que cruzavam seu caminho. Muitas vezes vi ele passar a noite com uma criança de cor cheia de cólica, parte de algum grupo cansado de negros fugitivos que conduzia pra liberdade. Alimentava o pequeno enquanto os pais dormiam, exaustos, dando leite quente ou sopa na boca e cantando pra ele dormir. Sentia falta dos próprios filhos e da mulher, mas a luta contra a escravidão lhe era mais cara que eles.

Ele passou a maior parte da viagem lendo a Bíblia, estudando mapas e escrevendo cartas. Você nunca vai encontrar alguém que escreva mais cartas que o Velho John Brown. Escrevia pra jornais, políticos, inimigos, sua mulher, seus filhos, seu velho pai, seu irmão e vários primos. Recebia cartas da mulher e de credores, na maior parte — uma quantidade considerável por parte dos credores, pois não parava de pedir dinheiro emprestado nos velhos tempos e devia em todos os negócios fracassados em que se meteu, um número pra lá de considerável. Também recebia cartas de negros em fuga e até de índios pedindo ajuda, já que ele também era a favor dos peles-vermelhas. Em quase toda cidade onde o trem parava, ele tinha algum amigo ou outro que podia enviar suas cartas, e, quase sempre que o trem parava para receber mais passageiros, alguma criança subia a bordo ou passava um monte de cartas endereçadas a ele pela janela, e o Velho a recompensava com um xelim para depois dar algumas cartas pra que fossem enviadas. Algumas traziam um pouco de dinheiro dentro, vindas de seus defensores do leste. Esse era um dos motivos pelos quais as cartas eram tão importantes pra ele. Quando não estava escrevendo, constantemente rabiscava seus mapas, muitos deles pequenos e um grande. Carregava todos enrolados como um enorme pergaminho, desenrolando e escrevinhando toda hora com um lápis, anotando números e traçando linhas, balbuciando coisas sobre as tropas, manobras de combate e assim por diante. Às vezes, largava tudo e caminhava pelo trem, andando de um lado pro outro, pensando. Os outros passageiros eram, em grande parte, cavalheiros bem vestidos de Missouri, escravistas, e para eles a visão do Capitão passando pelos corredores com dois revólveres mal-escondidos debaixo do sobretudo esfarrapado e uma espada saindo da sacola, junto a uma menina de cor vestida com calça de fazendeiro e chapéu, era uma coisa e tanto. A não ser por um ou outro ianque a oferecer a ele e à sua "consorte" algo pra comer, ninguém o perturbava.

A viagem até Boston deveria levar quatro dias, mas no terceiro, quando passávamos por Pittsburgh, na Pensilvânia, o trem parou pra abastecer de água e ele anunciou:

— A gente vai descer aqui, Cebola.

O PÁSSARO DO BOM SENHOR

— Pensei que nós íamos para Boston, Capitão.

— Não direto — disse ele. — Suspeito que exista um espião entre meus homens em Iowa. Não quero que os federais ponham as mãos na gente.

Pegamos outro trem em Pittsburgh com destino à Filadélfia e paramos lá por um dia pra esperar o trem seguinte pra Boston, que só sairia na outra manhã. Foi então que o Velho decidiu caminhar pela cidade, pois era de ficar ao ar livre e não suportava a ideia de mofar sentado diante de uma lareira quente na estação, descansando os pés. A cidade era bem atraente. Suas cores e formas rodopiavam diante dos meus olhos como as penas de um pavão. Até mesmo a menor rua de Filadélfia fazia a maior estrada do território do Kansas parecer um beco esburacado, cheio de pangarés e galinhas. Sujeitos bem-vestidos se exibiam por todos os lados; e vi também casas de tijolos vermelhos com chaminés perfeitamente retas. Todas as ruas tinham fios de telégrafo, calçadas de madeira e banheiros internos. As lojas eram repletas de carne fresca de aves, peixes cozidos, candelabros, conchas de cozinha, berços, aquecedores de cama, bolsas d'água, cômodas, artigos de cobre e até cornetas. Enquanto observava tudo, eu pensava que o Velho era um idiota por deixar o leste pra lutar no campo em nome das pessoas de cor. Nem mesmo os negros da Filadélfia pareciam se importar com os seus irmãos escravizados. Vi alguns deles perambulando, ostentando relógios de bolso, bengalas, broches e anéis de dedo igualzinho aos brancos, bem almofadinhas. Na verdade, se vestiam melhor que o Velho.

Na manhã seguinte, na estação de trem, o Velho começou a discutir com o responsável pela bilheteria. Estava quase sem dinheiro e tinha mudado de ideia quanto a ir direto pra Boston. Em vez disso, queria ir antes pra Rochester, em Nova York. Depois de muito se irritar, acabou gastando o que ainda tinha pra mudar as passagens.

— Talvez você esteja se perguntando por que gastei meus últimos centavos antes de chegarmos a Boston — disse ele. — Não fique aflita, Cebola. A gente vai encontrar mais fundos onde estamos indo. Isso vale mais que dez passagens pra Boston, pois vamos encontrar o rei do povo negro. É um grande homem e um caro amigo. Não tenha dúvida, Cebola, que nos próximos anos a bravura dele será lembrada em todo o país por muitas gerações, e você vai poder contar a seus filhos que o conheceu. Ele prometeu lutar com a gente até o fim, e isso é importante, pois vamos precisar dessa ajuda pra nossa causa, pra juntar o enxame. A gente vai precisar de milhares de negros, e com ele vamos conseguir. Por isso, seja simpática. E educada. O homem prometeu lutar com a gente. Temos que convencer ele a manter sua palavra e nos ajudar com o enxame.

Chegamos à estação de Rochester no início da manhã. Quando o trem parou, ali na plataforma estava um negro diferente de todos que eu já tinha visto. Era um mulato bonito e robusto, com longos cabelos escuros partidos ao meio. Usava uma camisa engomada e limpa. O terno estava passado e liso. As botas, impecáveis. Tinha o rosto barbeado e macio. Aguardava parado como uma estátua, imponente e ereto. Era como um rei.

O Velho desceu do trem e os dois apertaram as mãos e se abraçaram calorosamente.

— Cebola — disse ele —, esse é o Sr. Frederick Douglass, o homem que vai ajudar a liderar a nossa causa. Frederick, essa é Henrietta Shackleford, minha acompanhante, que atende pelo nome de Cebola.

— Dia, Fred — disse eu.

O Sr. Douglass me olhou com frieza. A parte de baixo do nariz parecia ter aberto uns cinco centímetros quando ele olhou pra baixo.

— Quantos anos você tem?

— Doze.

— E onde estão as suas maneiras, mocinha? Que tipo de nome é Cebola? E por que está vestida assim? E por que está se dirigindo a mim como Fred? Não sabe que não está falando com um pedaço de carne, mas sim uma parte bastante considerável e incorrigível da diáspora negra americana?

— Senhor?

— Sou o Sr. Douglass.

— Como vai, senhor? Estou aqui pra juntar o enxame.

— E é o que ela vai fazer — disse o Velho com jovialidade. Nunca vi ele ser tão receptivo a alguém como era com o Sr. Douglass.

O Sr. Douglass me examinou de perto.

— Suspeito que haja um belo pedacinho de carne debaixo desses trapos todos, Sr. Brown — disse ele. — E certamente vamos ensinar a ela boas maneiras para combinar com a sua beleza. Bem-vinda a Rochester, mocinha.

— Obrigada, Sr. Fred.

O PÁSSARO DO BOM SENHOR

— Sr. Douglass.

— Sr. Douglass.

— Ela é uma menininha e tanto, Douglass — disse o Velho com orgulho —, e já demonstrou coragem e valentia em inúmeras batalhas. Acredito que seja o auge da vida dela conhecer o homem que vai libertar seu povo das correntes do submundo. Cebola — disse ele, dando um tapinha nas costas do Sr. Douglass —, já me decepcionei muitas vezes na vida. Mas esse é um homem em quem o Velho Capitão sempre pode confiar.

O Sr. Douglass sorriu. Tinha dentes perfeitos. Os dois ficaram ali, altivos e radiantes, parados na plataforma do trem, branco e negro juntos. Daria uma bela foto, e, se tivesse uma daquelas engenhocas recém-lançadas que tiravam fotografias, eu teria registrado tudo aquilo. Mas a verdade é que, como em quase tudo que o Velho fazia, seus planos não saíram como esperado. Não podia estar mais enganado quanto ao Sr. Douglass. Se eu soubesse o que estava por vir, gostaria de ter sacado aquela pistolinha dos tempos de Pikesville do bolso e atirado no pé do Sr. Douglass, ou, pelo menos, acertado ele com o cabo, já que aquele homem viria a fazer algo terrível ao Velho no futuro, bem quando o Capitão mais precisaria dele. E aquilo custaria ao Velho muito mais que uma passagem de trem pra Rochester.

18

Conhecendo um grande homem

O Velho ficou hospedado na casa do Sr. Frederick Douglass por três semanas. Passou a maior parte do tempo em seus aposentos, escrevendo e estudando. Não era algo incomum pra ele: se debruçar sobre o papel e escrever ou andar por aí com o bolso cheio de bússolas, escrevinhando observações, consultando mapas e coisas assim. Nunca dava em nada, mas três semanas era tempo demais pra eu ficar parado dentro da casa de alguém, e acho que para o Velho era ainda pior. O Capitão era um homem que vivia ao ar livre. Não era de sentar na frente de uma lareira por muito tempo ou de dormir numa cama de penas, nem mesmo comer alimentos preparados pra gente civilizada. Gostava de carnes silvestres: guaxinins, gambás, esquilos, perus, castores. Já de alimentos preparados numa cozinha de verdade — biscoitos, tortas, geleia, manteiga —, ele não suportava o gosto. Assim, era um tanto suspeito que ficasse ali por tanto tempo, já que era só aquilo que comiam naquela casa. Mas ele se enfurnou em seu quarto sozinho e só saía pra usar o banheiro. De tempos em tempos, o Sr. Douglass entrava ali e eu ouvia os dois debatendo em voz alta. Em certo ponto, ouvi o Sr. Douglass dizer "Até a morte!", mas não dei muita importância.

Aquelas três semanas foram tempo o bastante pra que eu me familiarizasse com as dependências do Sr. Douglass, administradas por suas duas mulheres, uma branca e a outra de cor. Foi a primeira vez que vi algo do gênero, duas mulheres, de raças diferentes, casadas com o mesmo homem. As duas mal se falavam. Quando isso acontecia, parecia que alguém tinha

O PÁSSARO DO BOM SENHOR

colocado um bloco de gelo na sala, sendo a Srta. Ottilie uma alemã branca, e a Srta. Anna uma mulher de cor vinda do Sul. Eram razoavelmente educadas uma com a outra, mais ou menos, mas acho que, se não fossem pessoas civilizadas, sairiam no tapa. As duas se odiavam, essa é a verdade, e descontavam sua raiva em cima de mim, pois, na opinião delas, eu era um tanto rústica e precisava de um bom trato e aprender boas maneiras: como sentar, cumprimentar as pessoas e coisas assim. Dei a elas bastante trabalho nesse sentido, pois o pouco que Pie tinha me ensinado de boas maneiras lá na pradaria era merda de vaca pra aquelas duas, que nunca usavam o banheiro externo, mascavam tabaco ou diziam palavras como "peraí" ou "tamunessa". Depois que o Sr. Douglass me apresentou a elas e voltou às próprias anotações — ele também escrevinhava, como o Velho, mas os dois o faziam em quartos separados —, as duas ficaram paradas na sala de espera a me analisar. "Tire já essas pantalonas", rosnou a Srta. Anna. "Joga fora essas botas", ladrou a Srta. Ottilie. Concordei em fazer o que pediam, contanto que fosse em privado. As duas discutiram sobre a questão, o que me deu tempo pra escapulir e me trocar sozinho. Mas isso enlouqueceu a Srta. Anna, que se vingou dois dias depois me arrastando até a cozinha pra encher a banheira para mim. Fugi pro salão e corri pra esposa branca, Srta. Ottilie, que insistia que *ela* era quem me daria banho, e então deixei as duas baterem boca pra resolver. Daquele jeito, consegui me livrar enquanto se digladiavam.

Aquelas duas teriam acabado uma com a outra se eu tivesse ficado por lá. Mas, felizmente, não tinham muito tempo a perder comigo, já que cada centímetro de movimento naquela casa, cada cisco que envolvesse limpar, cozinhar, tirar o pó, trabalhar, escrever, usar soda cáustica e costurar roupas de baixo girava em torno do Sr. Douglass, que andava pela casa como um rei em pantalonas e suspensórios, praticando seus discursos com uma juba de cabelos negros que quase não passava pela porta, enquanto sua voz ribombava pelos corredores. Certa vez, assisti à potente banda marcial de Tuskegee numa parada no Tennessee, e aquele grupo de duzentos músicos, com os tambores ecoando e trompetes uivando, era uma maravilha. Mas não era nada comparado ao volume do Sr. Douglass praticando pela casa seus discursos sobre o destino da raça negra.

As duas mulheres tentavam superar uma à outra nos cuidados com o marido, embora ele visse elas como bocetas e rabos. Durante as refeições, comia sozinho na grande mesa de mogno em seu escritório. Aquele sujeito devorava mais comida numa só sentada do que vi trinta colonos comerem em três semanas no território do Kansas: carne, batata, couve, inhame, batata-doce, pepino, frango, lebre, faisão, cervo, bolo, biscoito, arroz, queijos de todos os tipos e pão amassado; jogava tudo garganta abaixo com a ajuda de leite, coalhada, suco de pêssego, leite de vaca, leite de cabra, suco de cereja, suco de laranja, suco de uva. Mas ele não se privava de bebidas alcóolicas ou drinques dos mais diversos, mantendo uma grande variedade sempre à mão pela casa: cerveja, lager, vinho, água tônica e até água engarrafada vinda de várias fontes do oeste. O sujeito fazia um belo estrago na cozinha.

Eu estava exausto de bancar a menina depois de uma semana naquela casa. Nas estradas do oeste, uma donzela cuspia, mascava tabaco, gritava, grunhia e peidava, sem chamar mais atenção do que faria um pássaro caçando migalhas pelo chão. Na verdade, os escravistas achavam essas características adoráveis numa menina, já que não tinha nada melhor pra um sujeito que vivia nas planícies do que achar uma garota que soubesse jogar cartas como um homem e enxugar o fundo de uma garrafa de uísque pra ele quando estivesse zarolho. Mas em Rochester, meu Deus, você não podia brincar com os dedos sem ofender alguém, pois uma menina não devia se comportar desse jeito ou daquele, nem mesmo uma moça de cor — *especialmente* uma moça de cor, pois a gente de cor da alta sociedade que vivia ali era cheia de frescuras.

— Cadê o suporte da sua saia? — gritou uma mulher para mim quando eu descia a rua.

— Solta esses cabelos! — chiou uma outra.

— Onde está a sua peruca, menina? — perguntou uma terceira.

Não aguentei e voltei pra casa. Todo aquele patrulhamento e aquelas reverências me pressionavam, e então veio a sede. Eu precisava de birita, um gole de uísque, pra esvaziar a mente. Bebericar no hotel da Srta. Abby tinha despertado minha sede por água que passarinho não bebe diante de tempos difíceis, e, quando deixei as estradas gélidas e caí na vida onde as pessoas comiam bem, comecei a querer mais do que aquela existência de apertos e conformismo. Vinha pensando em me desvencilhar do Velho naquela época, escapando pra trabalhar em algum tipo de taverna em Rochester. Só que aquelas tavernas não eram nada comparadas às do território do Kansas.

O PÁSSARO DO BOM SENHOR

Eram mais parecidas com bibliotecas ou lugares para as pessoas pensarem, cheias de velhos peidorreiros vestidos com casacas abotoadas bebericando *sherry* e levantando questões sobre o porquê do pobre negro não prosperar. Ou então bêbados irlandeses aprendendo a ler. Mulheres e moças não podiam entrar na maioria dos estabelecimentos. Eu também pensei em procurar outros trabalhos, já que volta e meia alguma mulher branca vinha até mim na calçada e perguntava:

"Está interessada em ganhar três centavos pra lavar roupa, querida?" Eu tinha doze anos na época, quase chegando aos treze ou mesmo aos quatorze, na minha estimativa, já que nunca soube ao certo. Ainda tinha alergia ao trabalho, não importa qual fosse minha idade, então lavar o que tinha na gaveta das pessoas não era uma ideia que me instigava muito. Já era difícil manter as minhas próprias roupas limpas. Eu vinha perdendo a paciência com esse tipo de tratamento e acho que aquelas mulheres descobririam minha real natureza quando algo saísse errado e eu sacasse o berro, que ainda carregava comigo. Diante das aventuras que vivi com o Capitão no oeste, eu via a mim mesmo como uma espécie de pistoleiro, menina ou não, e me sentia acima da maioria daqueles urbanizados do leste que comiam torrada com geleia e se lamentavam pela falta de mirtilos nos meses de inverno.

Mas a falta de água calibrada estava me matando, e certa tarde não aguentei mais. Decidi saciar a minha sede com um pouco do álcool que o Sr. Douglass guardava na despensa da cozinha. Ele tinha garrafas e mais garrafas. Entrei ali e meti a mão numa delas, mas logo depois de tomar um golinho rápido ouvi alguém chegar. Coloquei a garrafa rapidamente de volta no lugar assim que a Srta. Ottilie, a esposa branca, apareceu, de cara fechada. Pensei que tivesse me pegado com a boca na botija, mas simplesmente anunciou:

— O Sr. Douglass solicita a sua presença no escritório dele agora.

Fui até lá e encontrei o sujeito sentado atrás de sua mesa espaçosa. Era um homem de baixa estatura, e o tampo da mesa era quase tão alto quanto ele. Tinha uma cabeça enorme pra alguém assim tão pequeno, e os cabelos, eriçados como a juba de um leão, projetavam sua sombra sobre a mesa.

Ele me viu entrar e pediu que fechasse a porta.

— Já que a senhorita está a serviço do Capitão, tenho de entrevistá-la — disse ele — para que fique a par da situação dos negros pelos quais está lutando.

Ora, eu estava bem a par da situação, já que eu mesmo era negro. Além disso, já tinha ouvido ele balindo pela casa sobre o assunto, e a verdade é que eu não estava interessado em lutar pela causa de ninguém. Mas não quis ofender o grande homem, então respondi:

— Muito obrigada, senhor.

— Antes de mais nada, minha cara — disse ele, se ajeitando —, sente-se.

Obedeci. Sentei numa cadeira bem na frente da mesa dele.

— Agora — disse ele, se ajeitando. — Os negros podem ter várias cores. Escuro. Preto. Mais preto. Muito mais preto. Mais preto que a noite. Preto como o inferno. Preto como piche. Branco. Claro. Mais claro. Muito mais claro. Mais claro que a luz. Branco como o sol. E quase branco. Veja só eu, por exemplo. Minha pele tem um tom marrom. Já você, por outro lado, é quase branca, formosa, o que é um terrível dilema, não é mesmo?

Eu nunca tinha pensado por aquele lado, mas já que ele sabia de tudo, ofereci minha melhor resposta:

— Sim, senhor — disse eu.

— Eu mesmo sou mulato — disse, com orgulho.

— Sim, senhor.

— Por sermos belos, nós, mulatos, temos várias experiências que definem a nossa existência e nos diferenciam dos outros aderentes de nossas congruidades raciais.

— Senhor?

— Nós, mulatos, somos diferentes da maioria dos negros.

— É?

— Mas é claro, filhinha.

— Acho que sim, Sr. Douglass. Se o senhor tá dizendo.

— Digo e repito sem ficar aflito — respondeu.

Acho que estava fazendo uma piada, pois ele gargalhou e olhou pra mim.

— Não é engraçado?

— Sim, senhor.

— Anime-se, pequena Henrietta. De onde você vem, minha cara?

— Do Kansas, Sr. Douglass.

— Não precisa me chamar de Sr. Douglass — disse ele, saindo de trás da mesa e se aproximando de mim. — Meus amigos me chamam de Fred.

Não me parecia apropriado chamar um grande homem como ele de Fred, já que o único Fred que conheci era mais estúpido que um asno e estava mais enterrado que minhoca. Além disso, o Sr. Douglass tinha sido firme como aço quanto a chamar ele de "Sr. Douglass" quando nos conhecemos na estação. Mas eu não queria ofender o grande líder, então disse:

— Sim, senhor.

— Nada de senhor. Fred.

— Sim, senhor, Fred.

— Ah, faça-me o favor. Anime-se. Aqui. Venha. Senta aqui — disse.

Sentou, então, no sofazinho mais troncho e estrábico que já vi na vida. Um lado dava pra uma parede, o outro na direção oposta. Pensei que o carpinteiro estivesse bêbado. Parou na frente dele. — Esse é um sofá do amor — disse ele, me conduzindo com as mãos. Fazia isso como se estivesse com pressa, sem paciência, como se estivesse acostumado que as pessoas ouvissem suas ideias, o que acho que era verdade, já que ele era um grande homem. — Quer sentar aqui enquanto explico melhor a situação do nosso povo? — perguntou.

— Veja, senhor, eu acho que a situação anda bem difícil hoje em dia, até o senhor se envolver com ela.

— O que isso quer dizer?

— Ora, com gente como o senhor liderando as iniciativas, não tem como as coisas darem errado.

Nesse momento, o grande homem riu.

— Você é mesmo uma menina da roça — gargalhou. — Adoro as meninas da roça. São rápidas. Eu mesmo venho da roça. — Ele me fez sentar no sofá do amor e se colocou no lado oposto. — Esse sofá do amor é de Paris — disse.

— É uma amiga sua?

— É a Cidade Luz — disse ele, colocando o braço sobre meu ombro. — Você *tem* de ver um dia os raios de sol iluminando o Rio Sena.

— Raio de sol batendo num rio? Ah, já vi isso no Kaw muitas vezes. Todo dia no Kansas, pra falar a verdade. Às vezes, chove todo dia, também, como acontece aqui.

— Minha cara — disse ele. — Você é uma órfã na escuridão.

— Sou?

— Uma árvore de frutos que ainda vão nascer.

— Sou?

— Pronta pra ser colhida. — E então deu um puxão no meu gorro, que me apressei em ajeitar.

— Me diga. Onde você nasceu? Quando é seu aniversário?

— Não sei exatamente. Mas acho que tenho doze ou quatorze anos.

— Aí está! — disse ele, se colocando de pé. — O negro não sabe onde nasceu ou quem é sua mãe. Ou seu pai. Ou seu verdadeiro nome. Não tem uma casa. Não tem uma terra. Sua morada é sempre temporária. É astúcia e forragem para os caçadores de escravos. Um estranho numa terra estranha! Um escravo, mesmo quando livre! Um inquilino, um cúmplice! Mesmo quando é dono da própria casa. O negro é um arrendatário perpétuo!

— Como a renda de um vestido?

— Não, menina. Alguém que vive de aluguel.

— O senhor aluga essa casa?

— Não, minha cara. Eu comprei. Mas não é essa a questão. Está vendo isso? — E apertou meu ombro. — Isso é só carne. Você é uma presa natural da sabedoria e da sede carnal do senhor de escravos, esse ignóbil demônio demoníaco. As mulheres de cor não conhecem a liberdade. Não têm qualquer dignidade. Seus filhos são vendidos pelas ruas. Seus maridos trabalham no campo. Enquanto o amo demoníaco faz o que quer com ela.

— Ele faz isso?

— Claro que faz. E está vendo isso? — E apertou minha nuca, me acariciando depois com seus dedos grossos. — Esse pescoço macio, esse nariz proeminente... eles também pertencem ao senhor de escravos. Acham que são donos de tudo. Tomam posse do que não é deles por direito. Eles não conhecem você, Harlot Shackleford.

— Henrietta.

— Que seja. Eles não conhecem você, Henrietta. Só a veem como propriedade. Não veem o espírito interior que lhe dá sua humanidade. Não se

O PÁSSARO DO BOM SENHOR

importam com a batida do seu coração silencioso e lascivo, sedento de liberdade; sua natureza carnal, suplicando os enormes espaços que eles tomaram para si próprios. Você não é nada mais que um bem material para eles, uma propriedade roubada, pronta para ser apertada, usada, atacada e ocupada.

Todo aquele papo de apertar, atacar e ocupar me deixou bem nervoso, especialmente porque era bem isso que ele estava fazendo, apertando e atacando o meu traseiro, avançando com a mão na direção das minhas partes enquanto dizia suas últimas palavras, com os olhos brilhando. No mesmo instante me coloquei de pé.

— Acho que o seu discurso me deixou com sede — disse eu. — Será que o senhor teria alguma bebida num desses armários que pudesse ajudar a me soltar e fazer que eu entenda bem alguns dos seus profundos pensamentos sobre a nossa gente?

— Meu Deus, por favor, perdoe essa minha grosseria! Tenho aqui a coisa certa! — disse ele. — Quem dera ter pensado nisso antes. — Ele correu para o armário de bebidas e sacou uma garrafa grande e dois copos, enchendo o meu até a boca e o dele pela metade. Não sabia que eu podia beber que nem homem, tendo já tomado um gole da sua birita, sem que ele soubesse, e enchido a cara com rebeldes escravistas lá no oeste que podiam despejar um barril de uísque goela abaixo e perder a cabeça como se não houvesse amanhã. Até as mais simples colonas da igreja podiam beber mais que qualquer ianque molenga que comia alimentos armazenados em jarras e armários e eram preparados num forno quente. Podiam acabar com ele sem nenhum esforço.

Ele empurrou o copo cheio de uísque na minha direção e puxou o outro pra si.

— Aqui. Um brinde à educação de uma menina da roça que está aprendendo sobre a situação da nossa gente por meio de seu maior orador — disse. — Vai com cuidado, esse negócio é forte. — Aproximou o copo da boca e mandou tudo pra dentro.

O efeito do uísque nas suas entranhas foi quase instantâneo. Sentou como se tivesse levado um choque. Estava aceso. Tremia um pouquinho. A grande juba de cabelo estava de pé. Os olhos se alargaram. O álcool parecia ter batido de imediato. — Uau. É um gole, bebida pra dentro e uma careta!

— O senhor tá certo — disse eu. Bebi tudo de uma vez e botei o copo na mesa. Ele ficou olhando pra o copo vazio.

— Impressionante — rosnou. — Você não brinca em serviço, sua putinha. — Encheu os dois copos outra vez, dessa vez até a boca.

— Que tal um brinde à situação da nossa gente no sul, que não tá aqui pra ouvir seu discurso? — sugeri, pois queria ficar zureta e o uísque dele era fraco. Ele serviu mais uma dose e bebi a minha num só gole outra vez.

— Ora, ora — disse ele, seguindo meus passos e entornando a bebida, já parecendo meio alterado.

Meu copo estava vazio, mas eu tinha começado a apreciar aquele gosto.

— E que tal um brinde aos animais que também são escravizados, sofrendo com o calor e o frio sem a sua palavra pra defender eles? — perguntei. O homem me serviu mais uma dose e mandei pra dentro de novo.

Ele ficou um tanto surpreso ao me ver entornar o líquido com tanta facilidade. Aprendi a beber na pradaria do Kansas e do Missouri com camisas-vermelhas, escravistas e abolicionistas. Até as mulheres ali bebiam um galão ou três usando uma só mão, contanto que alguém estivesse servindo mais. Aquilo mexeu um pouco com a sua autoestima, ver uma garota beber mais do que ele. Não gostou muito da ideia.

— Muito bem — disse. Encheu os dois copos outra vez. — Fale alto, minha órfã do campo, diga que eles precisam me ouvir em todos os lugares do mundo! — Ele já estava ficando bem embriagado, e sua retórica elaborada começava a se esvair como pingos de chuva escorrendo do telhado. Seu lado roceiro começou a aparecer. — Não tem nada como encher a cara e cair no braço! — ladrou, mandando pra dentro aquele uísque tristonho, melancólico e com gosto de chá mais uma vez. Fiz o mesmo.

Fomos em frente com aquilo. Acabamos com a garrafa e depois com mais outra. Quanto mais entorpecido ficava, mais ele esquecia das saliências que tinha em mente e, em vez disso, se concentrava no que conhecia bem: discursar. Primeiro, discursou sobre o estado dos negros. Praticamente esgotou o assunto. Quando acabou de falar sobre eles, discursou sobre as aves selvagens, as aves domésticas, os peixes, o homem branco, o homem de pele vermelha, suas tias, tios, primos, primos de segundo grau, sua prima Clementine, as abelhas, as moscas, e, quando chegou nas formigas, borboletas e grilos, estava completamente bêbado, embriagado, alucinado e fora de si. Já esse que vos fala mal sentia uma palpitação, pois o uísque era mais fraco que xixi de passarinho, e, quanto mais você bebia, mais apreciava o gosto. Na terceira garrafa ele já estava em outro mundo, enrolando a

O PÁSSARO DO BOM SENHOR

língua em seu discurso e tagarelando sobre os pássaros e as abelhas, que era o ponto central de tudo, acho, pois, ainda que eu não estivesse nem perto de ficar de pileque, ele estava disposto a não deixar que uma garota bebesse mais que ele. Mas sendo o grande líder que era, em nenhum momento se permitiu relaxar completamente, embora parecesse ter perdido o interesse em mim. Quanto mais zarolho ficava, mais falava como um negro normal, do tipo que comia joelho de porco.

— Uma vez eu tive uma mula — balbuciou —, e aquele não era um bicho pra quem você ia tirar o chapéu da cabeça. Mas eu amava a danada. Era uma bela duma mula fedorenta! Quando morreu, joguei ela no rio. Eu teria enterrado a coitada, mas era muito pesada. Tinha mais de meia tonelada. Meu Deus, aquela mula sabia trotar de todos os jeitos...

Eu até passei a gostar dele; não no sentido de desejar, mas sabendo que tinha uma alma boa, confusa demais pra servir pra qualquer coisa. Mas depois de um tempo dei um jeito de escapulir, já que ele estava em outro mundo, sem a menor possibilidade de volta, e não podia mais me machucar. Levantei.

— Preciso ir — disse.

Àquela altura ele estava sentado no meio do chão, com os suspensórios pros lados, agarrado à garrafa.

— Nunca case com duas mulheres ao mesmo tempo — conseguiu balbuciar. — Branca ou de cor, elas vão tirar seu couro.

Parti na direção da porta. Ele tentou se jogar em mim uma última vez, mas caiu de cara no chão.

Olhou pra mim, sorrindo acanhado quando abri a porta, e disse:

— Tá quente aqui. Abre essa janela. — E então repousou sua imponente cabeça negra, com os cabelos que pareciam uma juba de leão, de cara no chão, apagando de vez e roncando enquanto eu saía discretamente.

19

Cheirando a urso

Não contei ao Velho sobre as investidas do seu amigo. Não queria que ficasse desapontado, e também não me parecia certo. Além do mais, quando o Velho formava uma opinião sobre alguém, nada fazia ele mudar de ideia. Se gostava de alguém, não importava se ele era um pagão, um irresponsável ou um menino vivendo como menina. Contanto que fossem contra a escravidão, já era o suficiente.

Estava bastante contente quando deixou a casa do Sr. Douglass, o que significava que seu rosto não estava enrugado como uma ameixa, e a boca, fechada como uma calça apertada. Não era algo habitual.

— O Sr. Douglass me deu sua palavra em relação a algo importante, Cebola — disse. — Essa é uma bela notícia.

Subimos num trem rumo ao oeste a caminho de Chicago, o que não fazia o menor sentido, já que Boston ficava do outro lado. Mas não seria eu quem iria questionar. Enquanto a gente se ajeitava pra viagem, ele anunciou em alto e bom som pra que todos os passageiros ouvissem: — A gente vai descer em Chicago pra pegar uma carroça até o Kansas.

Fomos chacoalhando por quase um dia e, em certo ponto, caí no sono. Algumas horas depois, o Velho me acordou com uma sacudidela.

— Pega as malas, Cebola — sussurrou. — A gente tem que ir embora.

— Por quê, Capitão?

— Não temos tempo pra perguntas.

Dei uma olhada lá fora e já era quase dia. No vagão, o resto dos passageiros estava num sono profundo. Mudamos pra uma poltrona perto da

O PÁSSARO DO BOM SENHOR

saída e ficamos ali matando tempo até o trem parar pra abastecer de água, quando descemos. Ficamos escondidos na mata junto aos trilhos por um bom tempo, esperando o motor fazer vapor e partir novamente. O Velho não tirava a mão de seu sete-cartuchos. Só quando o trem se distanciou foi que ele largou a arma.

— A gente está sendo seguido por agentes federais — disse ele. — Quero que pensem que fui pro oeste.

Fiquei vendo o trem se afastar lentamente. Os trilhos seguiam sem fazer curva na direção das montanhas, e, quando o trem começou a subir, o Velho se levantou, tirou a poeira da roupa e ficou olhando pra ele por um bom tempo.

— Onde a gente tá?

— Pensilvânia. Aqueles são os montes Allegheny — disse, apontando para as montanhas tortuosas na direção do trem, que lutava pra fazer a curva enquanto subia. — Foi aqui que passei a infância.

Foi a única vez que ouvi o Velho falar de quando era pequeno. Ficou olhando para o trem até ele virar um pontinho minúsculo nos montes. Quando se foi, ele deu uma boa olhada ao redor. Parecia bastante inquieto.

— Isso não é jeito de um general viver. Mas agora sei por que o Senhor fez brotar em mim o desejo de ver o meu velho lar. Está vendo essas montanhas? — E apontou.

Eu não conseguia enxergar nada *além* de montanhas e disse:

— O que tem elas, Capitão?

Ele apontou para as largas passagens e penhascos escarpados ao nosso redor.

— Dá pra um homem se esconder nesses desfiladeiros por anos. Caça não falta. Nem madeira pra construir um abrigo. Um exército de milhares de soldados não seria capaz de encontrar uma pequena tropa bem escondida. Deus apertou Seu polegar na terra e criou esses desfiladeiros para os pobres, Cebola. Não fui o primeiro a descobrir isso. Espártaco, Toussaint-Louverture, Garibaldi, todos sabiam. Funcionou pra eles. Esconderam milhares de soldados dessa forma. Essas passagens estreitas podem entrincheirar centenas de negros contra milhares de inimigos. Guerra de trincheiras. Me entende?

Não entendia. Estava aflito por estarmos no frio no meio do nada, e, quando caísse a noite, ficaria ainda mais frio. Não gostava da ideia. Mas, como ele nunca pedia a minha opinião, falei com sinceridade:

— Não entendo muito bem dessas coisas, Capitão. Nunca estive nas montanhas.

Ele olhou pra mim. O Velho nunca sorria, mas seus olhos cinzentos se abrandaram.

— Logo você vai estar nelas.

Acontece que a gente não estava muito longe de Pittsburgh. Seguimos junto aos trilhos o dia inteiro, descendo a montanha até a primeira cidade, onde esperamos e pegamos o trem que ia pra Boston. No trem, o Velho anunciou seu plano.

— Tenho que levantar fundos discursando. Não é difícil. É mais um espetáculo. Assim que levantar um pouco de grana, vamos voltar pro oeste com a bolsa cheia para recrutar os homens e juntar o enxame em nossa luta contra a instituição infernal. Enquanto isso, não diga nada a ninguém sobre o nosso plano.

— Sim, Capitão.

— Pode ser que eu peça que você conte a alguns de nossos apoiadores sobre a vida de privações e fome que passava quando era escrava. A falta de comida e tudo o mais. As chibatadas terríveis, todas essas coisas. Pode contar tudo a eles.

Não quis confessar pra ele que nunca passei fome quando era escravo e nem mesmo fui açoitado. A verdade é que a única vez que passei fome e tive que procurar comida no lixo e dormir no frio foi quando estava com ele, em liberdade. Mas não era bacana dizer essas coisas, então fiz que sim com a cabeça.

— Quando eu estiver dando o meu espetáculo — disse ele —, você tem que ficar de olho nos fundos do salão pra ver se não aparece nenhum agente federal. É importante. Eles estão atrás da gente.

— Como eles são?

— Humm. Acho que têm cabelo engomado e se vestem tudo arrumado. Você vai ver. Não se preocupe. Já preparei tudo. Você não vai ser a única de vigia. A gente vai ter bastante ajuda.

Como bem disse ele, fomos recebidos na estação de Boston por dois dos brancos mais ricos e elegantes que já vi. Trataram o Velho como rei, fizeram a gente comer bem e levaram ele pra algumas igrejas pra discursar. Ele fingiu que não estava preparado, mas os homens insistiram, dizendo que tinham arranjado tudo, e então ele aceitou, como se fosse uma surpresa. Nas igrejas,

O PÁSSARO DO BOM SENHOR

fez discursos monótonos pra um público de homens brancos que queria ouvir sobre suas aventuras pelo oeste. Nunca fui de ficar ouvindo discursos e esperando, a não ser que me dessem bebida ou dinheiro, é claro, mas devo dizer que, apesar de odiado nas planícies, o Velho era um astro no leste. Não se cansavam de ouvir suas histórias sobre os rebeldes. Você chegava a acreditar que os escravistas, incluindo o Holandês, a Srta. Abby, Chase e todos os outros caixeiros, trapaceiros, mentirosos e gatunos, que geralmente viviam com alguns centavos e não tratavam o negro de maneira muito diferente do que tratavam a si próprios, eram um bando de esquisitões, pagãos e bêbados, que saíam por aí matando uns aos outros enquanto os abolicionistas passavam o dia na igreja praticando no coral e fazendo bonecas com recortes de papel nas noites de quarta-feira. Com três minutos dessa conversa, o Velho conseguia fazer aquela gente branca da alta sociedade berrar insanamente contra os rebeldes, quase se esgoelando contra a escravidão. Ele não era um grande orador, pra ser sincero, mas, quando se colocava a falar do Caro Criador Que Restaura Nossas Fortunas, conseguia prender a atenção de todos. A palavra se espalhava rapidamente, de modo que, ao chegarmos na igreja seguinte, tudo o que precisou falar foi, "Meu nome é John Brown, do Kansas, e estou lutando contra a escravidão", pra que todos vibrassem. Pediram as cabeças dos rebeldes, disseram que iam acabar com eles, trucidar eles, matar eles e fazer picadinho deles. Algumas mulheres caíram no choro quando o Velho começou a falar. Me deixava um pouco triste, pra dizer a verdade, ver aquelas centenas de brancos chorando pelos negros quando, na verdade, quase nunca tinha negros nesses encontros, e aqueles que apareciam estavam sempre arrumados e ficavam quietos como camundongos. Pra mim, parecia que todo aquele estardalhaço pela vida dos negros não era muito diferente ali do que era no oeste. Era como um grande e longo linchamento. Todos podiam falar sobre os negros, menos os próprios negros.

Se o Velho estava se escondendo dos agentes federais, ele tinha uma maneira estranha de demonstrar isso. De Boston a Connecticut, Nova York, Poughkeepsie e Filadélfia, foi um espetáculo atrás do outro. Era sempre a mesma coisa. Dizia, "Sou John Brown, do Kansas, e estou lutando contra a escravidão", e todos iam à loucura. Levantamos um bom dinheiro dessa maneira, e eu era encarregado de passar o chapéu pelo salão. Às vezes, chegava a juntar vinte e cinco dólares; umas vezes mais, outras vezes menos. Mas o Velho deixava claro pra todos os seguidores que planejava voltar ao oeste pra combater a escravidão, direto e ao seu próprio modo. Alguns questionavam como ele planejava fazer isso, como planejava combater a escravidão e coisa e tal, ao lado de quem iria lutar, assim por diante. Faziam essas perguntas pra ele dez, vinte vezes em cada cidade. *"Como pretende enfrentar os escravistas, Capitão Brown? Como vai conduzir a guerra?"* O Velho não apelava pra mentirinhas. Em vez disso, se esquivava da pergunta. Eu sabia que ele não ia contar. Não contava sobre seus planos pra seus homens e nem pros próprios filhos. Se não revelava nada pra sua própria gente, não seria pra um grupo de estranhos que lhe oferecia um quarto de dólar por pessoa que faria isso. A verdade é que ele não confiava seus planos a ninguém, especialmente de sua própria raça.

— Essa gente nascida em casa e na cidade só sabe falar, Cebola — confidenciou. — Falam, falam, falam. É só o que fazem. Os negros vêm ouvindo essa conversa há duzentos anos.

Eu podia continuar ouvindo por mais duzentos anos do jeito que vinha vivendo, pois andava bem satisfeito naqueles tempos. Tinha o Velho ao meu lado, e a vida era boa. Eu comia bem. Dormia bem. Em camas de penas. Viajava em trens no mesmo compartimento que os brancos. Os ianques me tratavam bem. Não conseguiam enxergar que, por baixo daquele vestido e gorro, eu era um menino, assim como não perceberiam um grão de poeira num quarto cheio de dinheiro. Pra eles, eu era só uma negra. "Onde encontrou ela?", era a pergunta que mais faziam ao Velho. Ele dava de ombros e dizia: "Ela é uma das inúmeras pessoas acorrentadas que libertei em nome de Deus." As mulheres me atazanavam sem dó. Faziam "ohs" e "ahs", me davam vestidos, bolos, gorros, pó de arroz, brincos, pompons, penas e gaze. Sempre fui esperto o bastante pra ficar de boca calada perto dos brancos naqueles tempos, mas eles nunca pediam pra que eu falasse, de qualquer jeito. Nada deixa um ianque mais possesso que uma pessoa de cor inteligente, e acho que eles pensavam que só tinha uma dessas no mundo, ou seja, o Sr. Douglass. Então me fiz de burro e de vítima, e assim consegui que me

O PÁSSARO DO BOM SENHOR

dessem uma calça de menino, uma camisa, um casaco e sapatos, além de vinte e cinco centavos de uma mulher em Connecticut, que chorou quando eu disse que queria libertar meu irmão escravo, mesmo que eu não tivesse um. Escondi as roupas na minha sacola, sempre de olho no que se passava ao meu redor e sempre pronto pra dar no pé. Eu sempre tive em mente que um dia alguém ainda ia acabar matando o Velho, pois ele não se preocupava nem um pouco em evitar isso. Dizia: "Sigo o relógio de Deus, Cebola. Estou pronto pra morrer combatendo a instituição infernal", o que podia ser bom pra ele, mas não pra mim. Sempre me preparei pro dia em que fosse ficar sozinho.

Seguimos daquele jeito por algumas semanas até a primavera se aproximar e o Velho começar a sentir falta da pradaria. Aqueles saguões de prefeitura e os discursos estavam esgotando suas forças.

— Quero voltar pro oeste, sentir o perfume da primavera e combater a instituição infernal, Cebola — disse ele. — Mas a gente ainda não levantou dinheiro o bastante pra formar o nosso exército. E tem outro assunto especial que quero resolver por aqui.

Assim, em vez de partirmos de Filadélfia como planejado, ele decidiu passar mais uma vez por Boston antes de voltar de vez pro oeste.

Reservaram um enorme salão pra ele por lá. Seus ajudantes tinham caprichado. Uma grande multidão esperava do lado de fora, esperando pra entrar, o que significava muito dinheiro a ser recolhido. Mas atrasaram a entrada. A gente estava parado atrás dos imensos tubos do órgão no púlpito, esperando pelas pessoas, quando o Velho perguntou a um dos ajudantes que estava por perto:

— Por que essa demora?

O homem estava uma pilha. Parecia assustado.

— Um agente federal do Kansas chegou na região pra prender o senhor — disse ele.

— Quando?

— Ninguém sabe quando ou onde, mas alguém viu ele na estação de trem essa manhã. Quer cancelar o evento de hoje?

Ah, aquilo deixou o Velho aceso. Ficou na ponta dos cascos. Adorava uma briga. Colocou a mão no sete-cartuchos.

— É melhor ele não meter a cara aqui — disse.

E os outros ao redor se mostraram de acordo, prometendo que, caso o agente aparecesse, ele seria capturado e algemado. Mas eu não confiava naqueles ianques. Não eram selvagens como os ianques grosseirões do oeste, que te derrubavam e te arrastavam pra fora pela bota para te dar uma surra como faria um bom escravista. Esses ianques eram civilizados.

— Ninguém vai ser preso aqui hoje — disse o Velho. — Abram as portas.

Correram pra fazer o que ele mandou e deixaram a multidão entrar. Mas, antes de ir até o púlpito pra falar, o Capitão me puxou de lado e me deu um aviso.

— Vai pra a parede do outro lado e presta atenção — disse. — Fica de olho nesse agente federal.

— Com o que um agente federal se parece?

— Dá pra sentir o cheiro dele. Um agente federal cheira a urso, pois usa gordura de urso pra engomar o cabelo e tá sempre em lugares fechados. Ele não corta lenha e nem ara a terra com uma mula. Tem uma aparência limpa e uma cor pálida e amarelada.

Dei uma olhada no salão. Uns quinhentos camaradas ali se encaixavam naquela descrição, sem contar as mulheres. O Velho e seus rapazes tinham abatido um urso ou outro em nossas viagens, mas, além de comer o bicho e usar a pele pra me esquentar, não teve nada que me fizesse lembrar de como era o cheiro. Mesmo assim, perguntei:

— O que faço se bater o olho nele?

— Não diga nada e nem interrompa o meu discurso. Só acene com a pena do Bom Senhor no seu gorro.

Aquele era o nosso sinal. A pena do Pássaro do Bom Senhor que o Velho me deu e depois eu dei a Frederick e voltou pra mim depois que ele morreu. Eu carregava a coisa presa ao gorro, perto do meu rosto.

Concordei em fazer como me pediu, e ele, então, subiu ao púlpito, enquanto eu me movia pelo salão.

Foi ao pódio carregando seus dois sete-cartuchos e a espada, com uma expressão no rosto que mostrava que estava pronto pra combater o mal. Quando os ânimos do Velho estavam em ebulição, e ele ficava pronto pra sair disparando e causando confusão, não demonstrava qualquer excitação. Muito pelo contrário. Ele se acalmava, ficava sereno, e sua voz, normalmente

O PÁSSARO DO BOM SENHOR

lisa como as planícies, ficava alta e tensa, curvilínea e escarpada, como os montes da Pensilvânia de que tanto gostava. A primeira coisa que disse foi:

— Fiquei sabendo que tem um agente federal no meu encalce. Se estiver presente, por favor se manifeste. Vou enfrentar ele com um punho de ferro bem aqui.

Pelo amor de Deus, daria pra ouvir uma agulha caindo naquele salão. Deus do Céu, como ele botou medo naqueles ianques. Ficaram em absoluto silêncio quando ouviram aquelas palavras, pois o Velho deixou todo mundo bem assustado. Tinham visto como ele realmente era. Depois, passados alguns instantes, eles criaram coragem e foram à loucura, vaiando e assoviando. Ficaram com o diabo no corpo, gritando que estavam prontos pra pular em cima de qualquer um que olhasse de cara feia para o Velho. Aquilo me deu um pouco de alívio, mas não muito, pois eram todos covardes e falavam da boca pra fora, ao passo que o Velho, quando dizia que ia fazer alguma coisa a alguém, acabava com a raça da pessoa sem muito rebuliço. Mas ele não podia matar ninguém ali, não com toda aquela gente, e isso me deixava mais tranquilo.

O salão se aquietou depois que ele mandou todos ficarem em silêncio e assegurou que nenhum agente ousaria dar as caras mesmo. Começou então com o discurso habitual, falando mal dos escravistas como sempre fazia, protestando contra as mortes que eles provocaram sem mencionar as que ele próprio tinha causado, é claro.

Eu já tinha ouvido aquele discurso inúmeras vezes e o conhecia como a palma da mão, então fui ficando entediado e acabei dormindo. Já perto do final, acordei e passei os olhos pelo salão, só pra me certificar. E não é que avistei um camarada que parecia bem suspeito?

Ele estava junto à parede dos fundos, entre outras pessoas que vibravam e berravam contra os escravistas. O sujeito não fazia como eles. Não rangia os dentes, cerrava os punhos ou mexia a cabeça, nem gritava e puxava os cabelos ou protestava contra os escravistas como as pessoas ao seu redor. Não tinha sido arrebatado pelo Velho. Simplesmente permanecia em silêncio, calmo como as águas de um lago, observando. Tinha uma aparência impecável. Baixo, robusto, branco de não ver o sol, vestindo um chapéu-coco, camisa branca e gravata-borboleta, com um bigode curvado. Quando o Velho interrompeu o discurso por um instante, o público se ajeitou, pois fazia calor ali dentro, e o sujeito tirou o chapéu, revelando uma juba de cabelos espessos e engomados. Depois que ele ajeitou aqueles cabelos e botou o chapéu de volta na cabeça, tudo fez sentido pra mim. Se tinha no mundo um homem de cabelo engomado, era aquele, e agora eu devia ir lá e ver se cheirava a urso.

O Velho tinha voltado com tudo pra seu discurso, pois era bem na parte final que ele aumentava a voz, além de também estar feliz por saber que voltaria pro oeste depois desse último grande evento. Fez suas considerações habituais sobre o temido senhor de escravos e o pobre negro não poder prosperar, assim por diante. O público estava adorando. As mulheres gritavam, arrancavam os cabelos e rangiam os dentes — era um espetáculo e tanto —, mas eu agora estava alerta, observando o espião.

Eu não queria correr nenhum risco. Tirei a pena do gorro e acenei para o púlpito, mas o Velho estava bem animado e tinha chegado no auge. Entrava na última parte do discurso, onde se soltava em suas orações a Deus, que sempre ficavam para o fim. Obviamente, ele sempre orava de olhos fechados.

Já contei a vocês como eram longas as orações do Velho. Ele era capaz de pregar por duas horas e citar a Bíblia de maneira tão natural quanto eu e vocês conhecemos o alfabeto, e podia fazer isso mesmo sozinho, sem ninguém por perto. Imaginem, então, quando tinha umas duzentas pessoas sentadas à sua frente, ouvindo suas ideias e seus apelos ao Grande Rei dos Reis, que tinha criado a borracha, as árvores, o mel, os biscoitos com geleia e todas as outras coisas boas. Podia ir em frente por horas, e chegamos a perder dinheiro por conta disso, já que, às vezes, os ianques se cansavam de suas divagações em homenagem ao Criador e deixavam o salão antes da passagem do cesto. Àquela altura, ele já tinha aprendido com o erro e começado a encurtar suas divagações, o que no seu caso ainda durava, pelo menos, meia hora, de olhos fechados atrás do púlpito, implorando ao nosso Criador que protegesse ele enquanto executava Seu dever de assassinar os escravistas e mandar todos pra Glória ou pra Lúcifer, por mais que pra ele fosse difícil pra diabo se ater àquele sermão encurtado.

Acho que o espião também já tinha presenciado o espetáculo antes, pois sabia que o Velho estava terminando. Viu o Velho fechar os olhos pra começar a citar a Bíblia, e rapidamente escapuliu da parede dos fundos e avançou em meio ao público reunido no corredor lateral do salão na direção

O PÁSSARO DO BOM SENHOR

do palco. Acenei com a pena pro Velho mais uma vez, mas ele estava de olhos bem fechados, dando tudo de si ao Senhor. Eu não tinha outra coisa a fazer que não seguir junto ao agente.

Saí dos fundos e atravessei o salão até chegar atrás dele o mais rápido que pude. Estava mais perto do palco do que eu e avançava rápido.

O Velho deve ter sentido o cheiro de algo podre no ar, pois, no meio de suas proclamações sobre as almas imortais e os aflitos, seus olhos se abriram de repente e ele soltou um "Amém" rápido. O público se levantou e partiu pra frente do salão, formando uma fila pra falar com seu herói, apertar sua mão, pegar um autógrafo, doar algumas moedas e coisas do gênero.

Eles também envolveram o agente, dificultando seu progresso. Mas ele ainda estava à minha frente e eu era só uma menina de cor, então as pessoas me empurravam para o lado em meio ao tumulto pra apertar a mão do Velho. Eu estava sendo jogado de um lado para o outro por ianques que tentavam se aproximar do seu herói. Acenei com a pena do Bom Senhor mais uma vez, mas estava soterrado por adultos muito mais altos que eu. Vi de relance uma menininha lá na frente que chegou ao Velho antes da multidão, carregando na mão um pedaço de papel pra ele assinar. Ele se abaixou pra pegar o papel, e, quando fez isso, o agente irrompeu em meio à turba e chegou perto do palco e quase diante do Velho. Saltei em cima do banco e pulei de um em um até chegar lá na frente.

Eu estava a três metros quando o agente ficou perto de poder tocar o Capitão, que estava abaixado de costas pra ele enquanto assinava o papel pra garotinha.

— Capitão! — gritei. — Estou sentindo cheiro de urso!

A multidão parou por um momento, e acho que o Capitão ouviu as minhas palavras, pois levantou a cabeça e o velho rosto endurecido e enrugado logo ficou alerta. Ele se levantou e girou num só movimento, com as mãos nos revólveres. Me abaixei no mesmo instante, pois aquela arma faz um barulhão quando dispara. Pegou o sujeito no flagra. Levava vantagem sobre ele, pois o agente ainda não tinha chegado tão perto e nem sacado sua arma. Era um homem morto.

— A-há! — disse o Velho.

E então, pra minha surpresa, ele tirou as mãos dos revólveres e seu rosto desenrugou. Estendeu a mão e disse:

— Vejo que recebeu as minhas cartas

O sujeito robusto de bigode e gravata-borboleta parou e se inclinou com o chapéu-coco.

— Mas é claro que sim! — disse ele. Falava com um sotaque inglês. — Hugh Forbes, a seu serviço, General. É uma honra conhecer o grande guerreiro da escravidão, de quem tanto ouvi falar. Posso apertar sua mão?

Os dois trocaram um aperto. Acho que esse era o "assunto especial" que o Capitão tinha pra tratar, o motivo pelo qual ficou esperando no leste antes de partir de volta para as planícies.

— Estudei seu grande libreto sobre a guerra, Sr. Forbes — disse o Velho — e, se me permite dizer, achei excelente.

Forbes se curvou mais uma vez.

— Fico honrado, meu caro senhor, ainda que deva confessar que meus encargos quanto ao treinamento militar sejam inferiores às muitas vitórias que vivenciei no continente europeu sob as legiões do próprio General Garibaldi.

— E isso é bem pertinente — disse o Velho. — Tenho um plano que vai exigir todo seu conhecimento e prática sobre treinamento militar. — Olhou, então, para as pessoas ao redor deles e depois pra mim. — Vamos nos retirar pra um lugar mais reservado, enquanto minha consorte faz as contas dos fundos recolhidos essa noite. Existem assuntos que preciso tratar com o senhor em particular.

Dito isso, os dois foram pra sala dos fundos, e comecei a recolher o dinheiro. Sobre o que conversaram não sei dizer, mas ficaram ali por umas boas três horas, e, quando saíram, o salão já estava vazio.

As ruas estavam silenciosas e seguras. Dei ao Velho os 158 dólares recolhidos aquela noite, nossa melhor arrecadação. O Velho sacou outro bolo de notas, contou tudo, enfiou um total de seiscentos dólares numa sacola marrom, praticamente cada centavo que juntamos depois de três meses de discursos e aparições pra cima e pra baixo pela Costa Leste, levantando fundos pro seu exército, e deu a sacola pro Sr. Forbes.

O Sr. Forbes pegou a sacola e enfiou no bolso do colete.

— Tenho orgulho de servir às legiões de um grande homem. Um general da estirpe de Toussaint-Louverture, Sócrates e Hipócrates.

— Sou só um capitão, servindo no exército do Príncipe da Paz — disse o Velho Brown.

O PÁSSARO DO BOM SENHOR

— Ah, mas para mim o senhor é um general, e é assim que hei de lhe chamar doravante, pois não sou de me submeter a patentes menores.

Dito isso, ele deu as costas e desceu marchando pelo beco, em estilo militar, como um soldado batendo suas botas, ereto e altivo.

O Velho ficou observando até ele chegar ao final do beco.

— Tem dois anos que estou tentando achar esse homem — declarou. — Por isso que a gente precisou ficar aqui tanto tempo, Cebola. O Senhor finalmente trouxe ele até eu. Ele vai encontrar com a gente em Iowa e treinar nossos homens. É lá da Europa.

— É mesmo?

— Sim, senhora. Um especialista, treinado pelo próprio Garibaldi. A gente tem um treinador militar de verdade, Cebola. Agora finalmente estou pronto pra ir à guerra.

Forbes chegou ao final do beco, virou na direção do Velho, segurou a aba do chapéu, fez uma reverência e desapareceu pela noite.

O Velho nunca mais viu ele.

20

Insuflando o enxame

Ficamos por duas semanas num hotel barato em Chester, na Pensilvânia, saindo de Filadélfia, enquanto o Velho escrevia cartas, estudava mapas e esperava a notícia de que o treinador militar, o Sr. Forbes, tinha chegado em Iowa. Quando recebeu uma carta do Sr. Kagi dizendo que isso não tinha acontecido, ele se deu conta de que tinha levado uma rasteira. Não ficou se lamentando, no entanto, e sim viu aquilo como um sinal positivo.

— Caímos numa tremenda cilada, Cebola. O diabo não vacila. Mas o Senhor acredita que não precisamos de treinamento pra vencer a nossa guerra. Estar do lado certo da palavra Dele já é treinamento o bastante. Além disso — declarou —, meu plano maior tá pronto pra ser posto em prática. Chegou a hora de recrutarmos as abelhas-rainhas. A gente vai pro Canadá.

— Por quê, Capitão?

— É do homem branco que o negro deve depender pra combater a sua guerra, Cebola? Não. É do próprio negro. A gente tá prestes a libertar os verdadeiros gladiadores nesse embate contra a perversidade infernal. Os próprios líderes do povo negro. Vamos.

Não fui contra. Como eu e o Velho viajávamos fazendo o papel de um homem com sua consorte, a dona do hotel me fez dormir nos aposentos dos serviçais, uma porcaria de um quarto infestado de ratos, que me lembrava

O PÁSSARO DO BOM SENHOR

o Kansas. Eu estava mal-acostumado depois de viver com aqueles ianques lamentando minha escravidão e me enchendo de mingau, peru defumado, carne de cervo, pombo cozido, carneiro, peixes deliciosos e pão de abóbora sempre que podiam. A dona da taverna não era uma dessas pessoas. Não tinha um pingo de simpatia pelos abolicionistas, em grande parte porque ela própria era uma escrava. Serviu biscoitos e molho de carne, bons o bastante pra ela e pro Velho, que não gostava de nada cozido, mas meu paladar implorava por pão de abóbora, amoras frescas, peru, cervo, pombo cozido, cordeiro, peixe, pão de abóbora, e presunto com chucrute alemão de verdade, como o que comia em Boston toda vez que mencionava meus dias de escravidão. Eu era totalmente a favor de explorar um novo território. Além do mais, o Canadá era um país livre. Eu podia ficar lá e me separar dele antes que morresse, o que era meu plano.

Pegamos o trem pra Detroit e de lá encontramos com o exército do Velho, que tinha aumentado de nove pra doze. Incluídos naquele grupo estavam quatro dos filhos do Velho: Owen, é claro, Salmon, e dois dos mais novos, Watson e Oliver. Jason e John tinham ido embora. A. D. Stevens ainda estava lá, aquele ianque perigoso e reclamão. Kagi tinha liderado, como o Velho mandou, e havia alguns novos valentões: Charles Tidd, um sujeito esquentado que tinha servido como soldado com os federais. John Cook ainda estava lá, agora carregando dois seis-cartuchos na cintura, além de muitos outros, incluindo os genros do Velho, os Thompsons e os irmãos Coppoc — esses dois últimos eram quakers. Essas eram as figuras principais. Tirando Cook, que falava mais que o diabo, a maioria era formada por sujeitos tranquilos e sérios; homens letrados, por assim dizer. Liam jornais e livros e, embora fossem calmos quando na companhia de pessoas educadas, não se furtavam a usar seus trabucos e fazer um buraco na cara de alguém sem pensar duas vezes. Aqueles camaradas eram perigosos, mas por um único motivo: tinham uma causa. Não há nada pior no mundo que enfrentar um sujeito desses, pois alguém que tenha uma causa, certa ou errada, tem muito a provar e vai fazer você se arrepender por cruzar o caminho dele.

Seguimos de carroça até Chatham, Ontário. Os homens viajaram nos fundos, enquanto eu e o Velho fomos na frente. Ele se mostrou animado durante todo o trajeto, deixando escapar que a gente estava indo pra um encontro especial.

— É o primeiro desse tipo — anunciou. — Uma convenção de negros de todos os lugares da América e do Canadá, se formando pra dar um passo contra a escravidão. A guerra vai começar pra valer, Cebola. A gente vai ter nossos números. A gente vai ter determinação. A gente vai ter uma *revolução! A coisa tá fervendo!*

Mas não ferveu de imediato. Só quarenta e cinco pessoas apareceram em Chatham e, desse número, quase um terço era formado pelo exército do Velho ou outros brancos que se juntaram ao nosso grupo pelo caminho. Era janeiro, fazia frio e nevava, e fosse pelo clima ou por qualquer outro motivo que manteve aqueles negros livres em casa, a convenção foi algo triste de se ver. Foi realizada dentro de uma velha loja maçônica num único dia, com inúmeros discursos, tomadas de decisões, poréns e argumentações sobre isso e aquilo, sem nada pra encher a barriga; alguns dos participantes leram as determinações que o Velho tinha escrito, e houve uma enorme algazarra sobre coisas inúteis e do que o escravo precisava pra prosperar e se libertar do homem branco. Pelo que pude ver, não tinha muito de encorajador em todo aquele negócio. Nem mesmo o amigo do Velho, o Sr. Douglass, deu as caras, o que deixou ele um tanto ressabiado.

— Frederick não sabe planejar bem as coisas — disse ele, de modo casual — e vai se arrepender, pois isso fez com que perdesse um dos grandes momentos da história americana. Temos grandes oradores e pensadores aqui. A gente tá mudando o curso desse país nesse exato instante, Cebola.

É óbvio que, sendo ele o principal orador, a pessoa que escreveu a constituição, estabeleceu as regras e basicamente tramou tudo, a coisa parecia mais importante na cabeça dele. Tudo girava em torno dele, dele e dele. Ninguém em toda a América conseguia superar John Brown em autopropaganda. Ele deixou os negros terem seu destaque, é claro, e depois que eles se incensaram e reclamaram mais do homem branco e da escravidão em um dia do que eu viria a ouvir nos próximos trinta anos, chegou a vez do Velho. O dia estava no fim e os presentes tinham discursado, assinado papéis, tomado decisões e coisa e tal. Agora era o momento do Velho falar, mostrar seus papéis e abrir a boca sobre toda a questão da escravidão. Eu estava esgotado e morrendo de fome àquela altura, é claro, pois como sempre acontecia na companhia dele, não tinha comido nada. Mas ele era a atração principal e estavam todos babando de ansiedade quando marchou

O PÁSSARO DO BOM SENHOR

até a frente da sala, apalpando seus papéis, enquanto o ambiente se aquietava, tomado de expectativa.

Usava uma gravata de laço para a ocasião e tinha pregado três botões novos em seu paletó esfarrapado, todos de tons diferentes, mas pra ele aquilo era elegante. Subiu no velho púlpito, pigarreou e, em seguida, declarou:

— O dia da vitória dos negros tá próximo.

E foi em frente. Devo salientar aqui que essas pessoas pra quem o Velho discursava não eram negros normais. Formavam a classe alta dos negros. Usavam gravata-borboleta e chapéu-coco. Tinham todos os dentes. Seus cabelos eram bem-cortados. Eram professores, pastores e doutores; homens barbeados que conheciam as letras. Mas eu juro por Deus: o Velho incitou aqueles negros livres, elegantes, pomposos e grandiosos até ficarem prontos pra assar milho e comer minhoca se ele assim pedisse. Deixou aquela velha cabana em polvorosa. Os negros baliam como ovelhas. Quando ele martelou sobre destruir o terreiro de escravos do homem branco, eles urraram: "Sim!" Quando mencionou levar a revolução até o homem branco, gritaram: "Somos todos a favor!" Quando propôs libertar os escravos à força, eles foram à loucura: "Vamos começar!" Mas quando terminou seu discurso e ergueu um papel, pedindo pra que os voluntários fossem até ele e assinassem, entrando na guerra contra a escravidão, ninguém deu um passo à frente ou levantou a mão. Não se ouviu um pio em toda a sala.

Até que finalmente um camarada nos fundos se levantou.

— Somos todos a favor da sua guerra contra a escravidão — disse ele —, mas queremos saber qual é o plano, especificamente.

— Não posso revelar — resmungou o Velho. — Pode haver espiões entre nós. Mas posso dizer que não será uma marcha pacífica usando apenas a persuasão moral.

— O que quer dizer isso?

— Eu pretendo expurgar os pecados da América com sangue. E vou fazer isso em breve. Com a ajuda do povo negro.

Aquilo azedou meu leite na hora e decidi que o Canadá era onde eu ia ficar. Tinha minhas pantalonas, minha camisa e meus sapatos escondidos, além de alguns centavos que consegui guardar quando a gente estava arrecadando fundos com os ianques. Imaginei que, em meio a tantos negros de alta classe naquele salão, devia haver, pelo menos, uma ou duas almas bondosas que poderiam me ajudar a começar do zero, talvez me oferecendo um lugar pra dormir e um pouco de comida pra eu seguir em frente até conseguir andar com as próprias pernas.

Um sujeito magro com fartas costeletas e guarda-pó perto da frente do salão se levantou.

— Admito que pra mim isso basta como plano — disse ele. — Estou dentro.

O nome dele era O. P. Anderson. Não existia alma alguma mais corajosa que ele. Mas vou falar de O. P. num minuto.

O Velho, então, lançou o olhar pelo salão e perguntou:

— Mais alguém?

Ninguém se manifestou.

Finalmente um outro sujeito abriu o bico.

— Se o senhor contar só um pouquinho do seu plano de combate, Capitão, eu me ofereço pra participar. Não posso assinar um contrato sem saber que tipo de perigo vou ter que enfrentar.

— Não estou pedindo pra trotar em círculos como um cavalo. Quer salvar sua gente ou não?

— É exatamente isso. É a minha gente.

— Não é, não. É a gente de Deus.

Aquilo deu início a certa algazarra e a opiniões incensadas, com alguns argumentando a favor disso e daquilo, alguns a favor do Velho, outros contra. Finalmente, o primeiro sujeito, aquele que começou toda a confusão, disse:

— Eu não tenho medo, Capitão. Escapei da escravidão e corri até aqui por cinco mil quilômetros a pé e no lombo de um cavalo. Mas tenho amor à vida. E se devo perder ela na luta contra a escravidão, gostaria de saber como isso vai acontecer.

Vários concordaram com ele e disseram que também se alistariam, caso o Velho simplesmente revelasse o plano: onde iria acontecer, quando, qual a estratégia, e assim por diante. Mas o Velho estava irredutível e não se mostrava disposto a ceder. Eles continuaram a pressionar.

— Por que não quer falar? — perguntou um.

— Tá escondendo algo? — disse outro.

— É um encontro secreto, Capitão! Ninguém vai abrir o bico!

O PÁSSARO DO BOM SENHOR

— A gente não conhece o senhor! — berrou alguém. — Quem é você? Por que devemos confiar? O senhor é branco e não tem nada a perder, enquanto a gente pode perder tudo.

Aquilo mexeu com ele, e o Velho foi firme. Estava furioso, pois sua voz afinou e os olhos ficaram imóveis e frios, o que acontecia, às vezes.

— Já provei durante o curso da minha vida que sou um homem de palavra — disse ele. — Sou amigo dos negros e sigo a vontade de Deus. Se estou dizendo que planejo uma guerra pra acabar com a escravidão, minha palavra é o suficiente. Essa guerra vai começar aqui, mas não terminará aqui. Vai seguir em frente, com ou sem vocês. Terão que encontrar o Criador um dia, assim como eu. Então, façam como quiserem: pensem por si próprios no que vão dizer a Ele quando a hora de vocês chegar. Tudo o que peço — e correu o salão com o olhar — é que, o que quer que façam, não contem a ninguém sobre o que ouviram aqui.

Olhou mais uma vez para o salão. Nem uma só alma abriu a boca. Ele acenou com a cabeça.

— Já que ninguém vai se alistar, o assunto tá encerrado. Assim, como presidente dessa corporação e autor dessa constituição, declaro essa reunião...

— Só um minuto, Capitão. — E, então, uma voz se fez ouvida do fundo do salão.

Todos se viraram e viram uma mulher. Era a única mulher no lugar além dessa que vos fala, que não conta. Era pequena e esbelta. Cobria os cabelos com um pano e usava um vestido simples de criada, com um avental. Os pés estavam cobertos por botas masculinas. Suas roupas eram as de uma escrava, exceto por um xale colorido, surrado e esfarrapado, que carregava no braço. Tinha um jeito tranquilo e dava pra ver que não era de falar, mas tinha olhos escuros e incandescentes. Seguiu até a frente da sala como o soprar do vento, rápida, silenciosa e tranquila, firme como uma corda, e os homens abriram espaço e tiraram os bancos do caminho pra ela passar. Havia algo de temerário naquela mulher, algo velado, terrível e intenso, e logo decidi que era melhor ficar longe dela. Eu já sabia bem como bancar a menina àquela altura. Mas as mulheres de cor conseguiam farejar a minha real natureza melhor que qualquer um, e algo me dizia que uma mulher com um ar de poder como aquela não podia ser enganada e nem enganava facilmente. Chegou à frente da sala com os braços cruzados sobre o peito e encarou os homens. Se alguém passasse pela janela daquela cabana e espiasse lá dentro, pensaria que uma faxineira se dirigia a um grupo de professores, explicando por que não tinha limpado o banheiro ou algo assim, com todos aqueles sujeitos de paletó, chapéu e gravata-borboleta, enquanto ela se vestia como uma reles escrava.

— Me chamo Harriet Tubman — disse ela. — E conheço esse homem. — Apontou com a cabeça pro Capitão. — John Brown não precisa explicar nada pra essa simples mulher. Se diz que tem um bom plano, então tem um bom plano. É mais do que qualquer um aqui pode oferecer. Ele levou muitas chibatadas em nome das pessoas de cor e fez isso de pé. Sua própria mulher e seus filhos estão passando fome em casa. Sacrificou a vida de um deles em nome da causa. Quantos de vocês fizeram o mesmo? Ele não tá pedindo pra que alimentem os filhos dele, tá? Não tá pedindo pra ajudarem, tá? Tá pedindo pra ajudarem a si próprios. A se libertarem.

Silêncio no salão. Ela olhou ao redor.

— Estão todos vocês cacarejando feito um bando de galinhas — continuou. — Ficam sentados aqui, aquecidos e confortáveis, preocupados com a própria pele, enquanto tem crianças chorando pelas mães nesse exato momento. Pais separados de suas mulheres. Mães separadas dos filhos. Alguns de vocês têm família vivendo em escravidão. E ficam aqui parados, diante da porta da mudança, com medo de atravessar? Eu devia dar uma surra de cinto em alguns. Quem é homem aqui? Sejam homens!

Ouvir ela falar daquele jeito me fazia doer os ouvidos, pois eu mesmo queria ser homem, mas tinha medo de fazer isso porque, verdade seja dita, eu não queria morrer. Não queria passar fome. Gostava de ter alguém tomando conta de mim. Gostava de ser paparicado pelos ianques e pelos rebeldes sem precisar fazer nada, só empurrando biscoitos goela abaixo e sendo levado de um lado pro outro pelo Velho, que cuidava de mim. E, antes dele, Pie e a Srta. Abby cuidaram de mim. Ver a Sra. Tubman dizendo aquelas palavras ali tão firme me fez lembrar de Sibonia antes que ela conhecesse o laço do carrasco, falando na cara do Juiz Fuggett: "Sou eu a mulher e não tenho medo e nem vergonha de confessar." Estava doida pra dar a vida e ser livre! Pra que resistir se você pode se jogar de cabeça? Aquilo tudo me deixava mais envergonhado que se a Sra. Tubman tivesse me açoitado, e, antes que percebesse, ouvi um terrível grunhido no salão, o som de uma alma apavorada, gritando alto, berrando:

— Eu vou seguir o Capitão até o fim do mundo! Contem comigo!

O PÁSSARO DO BOM SENHOR   231

Demorou um tempo até eu perceber que todo aquele alvoroço e aqueles ganidos vinham da minha própria voz. Quase molhei as calças.

— Deus seja louvado! — disse a Sra. Tubman. — E uma criança os guiará! Louvado seja Jesus.

Aquilo mexeu com os presentes e, num piscar de olhos, cada alma naquela cabana se levantou e atropelou uma à outra, com seus chapéus-coco, pra chegar à frente do salão e se alistar. Clérigos, doutores, ferreiros, barbeiros, professores. Homens que nunca tinham empunhado uma arma de fogo ou uma espada. Colocaram seus nomes naquele papel, assinaram. Estava sacramentado.

O lugar se esvaziou em seguida, e o Capitão se viu ali sozinho com a Sra. Tubman enquanto eu limpava tudo, varrendo o chão, pois o salão estava em seu nome e ele queria devolver como encontrou. Ele agradeceu à mulher, mas ela acenou com a mão.

— Espero que tenha um plano, Capitão, pois se não tiver, todos vamos sofrer em vão.

— Estou trabalhando nele, com a ajuda de Deus — disse o Velho.

— Não é o bastante. Deus lhe deu a semente. Mas quem deve regar e cuidar dessa semente é o senhor. Você é um fazendeiro, Capitão. Sabe disso.

— Claro — resmungou o Velho.

— Tenha certeza de que é o plano certo — disse a Sra. Tubman. — Lembre. A maioria dos negros prefere fugir da escravidão a lutar contra ela. O senhor precisa dar a eles ordens diretas. Com um plano claro e direto. E uma data precisa. E um plano de emergência se as coisas derem errado. Não pode desviar do caminho uma vez que estabelecer seu plano. Siga pela mesma estrada e não saia dela. Se sair, seus comandados vão perder a confiança e fracassar. Acredita em mim.

— Sim, General. — Foi a primeira e única vez que vi o Velho capitular a alguém, fosse branco ou de cor, ou chamar uma pessoa de general.

— E o mapa que lhe dei com as várias rotas da Virgínia e de Maryland, o senhor deve memorizar e destruir. Tem que fazer isso.

— Mas é claro, General.

— Ótimo. Que Deus lhe abençoe, então. Mande me avisar quando estiver pronto e vou enviar o máximo que puder pra você. — Ela deu pra ele o endereço da taverna onde estava hospedada no Canadá e se preparou pra ir embora.

— Lembre. O senhor tem que ser organizado, Capitão. Não se apegue muito a questões emotivas. Alguns vão morrer nessa guerra. Deus não precisa das suas orações. Precisa de ações. Seja firme ao estabelecer uma data. Não mude por nada. Os ondes e comos do seu plano, ninguém precisa saber, mas não mude a data de forma alguma, pois tem pessoas vindo de bem longe. Minha gente virá de bem longe. E eu também.

— Vou cuidar de tudo, General — disse ele. — E vou ser firme com a data.

— Ótimo. Que Deus lhe abençoe e proteja pelo que fez e pelo que tá pra fazer.

Ela se enrolou no xale e se preparou pra ir embora. Na saída, ela me avistou perto da porta, varrendo o chão, escondido atrás daquela vassoura, mais ou menos, pois aquela mulher tinha me sacado. Gesticulou pra mim.

— Venha aqui, criança — disse ela.

— Estou ocupada, senhora — coaxei.

— Venha já aqui.

Fui até lá, sem deixar de varrer.

Ela ficou me olhando por um bom tempo, vendo eu varrer o chão usando aquele vestido imbecil. Não abri a boca. Simplesmente continuei varrendo.

Até que finalmente ela colocou seu pezinho na frente da vassoura e parou ela. Tive que olhar pra cima, então. Aqueles olhos estavam me encarando. Não posso dizer que eram olhos amáveis. Pelo contrário, pareciam punhos cerrados. Prontos. Firmes. Agitados. O vento parecia morar no rosto daquela mulher. Olhar pra ela era como contemplar um furacão.

— Fez bem em se manifestar — disse. — Pra fazer alguns daqueles sujeitos agirem como homens. Mas o vento da mudança há de soprar no seu coração também — disse em voz baixa. — Uma pessoa pode ser o que ela quiser nesse mundo. Não é problema meu. A escravidão fez um monte de gente se envergonhar. Fez com que se desviassem de várias maneiras. Vi isso acontecer muitas vezes na minha vida. E acredito que vai continuar a acontecer no amanhã, também, pois quando você escraviza alguém, escraviza também a pessoa da frente e a de trás.

Ela olhou pela janela. Nevava lá fora. Parecia bem sozinha naquele instante.

— Eu já tive um marido — disse ela. — Mas ele tinha medo. Queria uma esposa, não um soldado. Ele próprio acabou se tornando uma mulher.

O PÁSSARO DO BOM SENHOR

Tinha medo. Não conseguia suportar. Não suportava ser homem. Mas levei ele pro caminho da liberdade mesmo assim.

— Sim, senhora.

— Todos vamos morrer — disse ela. — Mas é sempre melhor morrer sendo quem você realmente é. Deus vai te aceitar do jeito que você chegar até Ele. Mas é mais fácil que a alma chegue pura até Ele. Dessa forma, você é livre pra sempre. Da cabeça aos pés.

Dito isso, ela deu as costas e se encaminhou pro outro lado do salão na direção da porta, onde o Velho estava ocupado recolhendo seus papéis e o sete-cartuchos. Ele viu que ela estava saindo e largou os papéis depressa pra abrir a porta. A mulher ficou parada diante da porta por um minuto, vendo a neve cair, com os olhos subindo e descendo pela estrada vazia e coberta de neve. Estudou a rua cuidadosamente por um bom tempo, à procura de ladrões de escravos, acredito. Vivia sempre alerta. Ficou olhando a rua enquanto falava com ele.

— Lembre-se, Capitão. Não importa qual for seu plano, seja pontual. Não se afaste da data marcada. Arrisque a vida antes de arriscar a data. A data escolhida é a única coisa que você não pode arriscar.

— Certo, General.

Ela se despediu dele com pressa e saiu, descendo a rua com suas botas e o xale colorido sobre os ombros, enquanto a neve caía na estrada vazia ao seu redor, e eu e o Velho observávamos.

Ela então se virou de repente, como se tivesse esquecido algo, voltou até os degraus onde a gente estava, ainda coberta com seu xale colorido e esfarrapado, e entregou ele pra mim.

— Fica com isso — disse ela —, pode ser útil. — E, então, disse mais uma vez pro Velho: — Lembre, Capitão. Seja pontual. Não comprometa a data.

— Certo, General.

Mas ele comprometeu a data. Perdeu mais uma oportunidade. E por esse motivo, a única pessoa com quem ele podia contar, a maior emancipadora de escravos da história americana, a melhor guerreira que podia ter, a pessoa que sabia como escapar das confusões do homem branco melhor que qualquer homem vivo, jamais apareceu. A última coisa que viu dela foi sua nuca enquanto descia aquela rua em Chatham, no Canadá. Na época, também não fiquei triste vendo ela partir.

21

O plano

Quando o Velho finalmente voltou a Iowa, estava tão animado que dava dó. Tinha deixado os Estados Unidos rumo ao Canadá com doze homens, esperando recrutar centenas. Voltou aos Estados Unidos com treze, com o acréscimo de O. P. Anderson, que se juntou a nós na bucha, e mais uns brancos vagantes, que viajaram com a gente por um tempo e se mandaram, como de hábito, quando descobriram que libertar os escravos era um grande passo pra terem a cabeça arrebentada com um machado ou estraçalhada de algum outro jeito. O restante dos negros que encontramos no Canadá voltou pra seus lares por toda a América, mas prometeu atender quando fosse chamado. Se iam manter a palavra ou não, isso não parecia preocupar o Velho, pois, quando chegou a Iowa, transbordava de felicidade. Tinha o apoio do General, na figura da Sra. Tubman.

Era quase insensato de animação. Estava rejubilante. Não se tem um propósito muito claro quando você decide colocar treze camaradas a cavalo e declarar guerra contra *algo*, em vez de alguém. Passou pela minha mente que talvez ele estivesse perdendo a mão e eu devesse me despedir quando a gente voltasse pra casa antes que ele entrasse de cabeça em qualquer que fosse a loucura que planejava a seguir, pois não parecia bom. Mas, naqueles tempos, eu não me apegava a qualquer questionamento, contanto que estivesse enfiando ovos, quiabo frito e perdiz cozida goela abaixo. Além do mais, o Velho tinha mais azar que qualquer pessoa que já conheci, e isso não ajuda muito a manter alguém agradável e interessante por perto. Passava longas

O PÁSSARO DO BOM SENHOR

horas em sua barraca, orando, estudando mapas e compassos, e rabiscando números. Sempre escreveu cartas feito louco, mas agora escrevia o triplo de antes, tamanha quantidade que o principal encargo de seu exército naquelas primeiras semanas em Tabor não envolveu nada mais além de enviar e receber sua correspondência. Mandava os homens a Pee Dee, Springdale e Johnston City pra recolher cartas em endereços secretos, tavernas e amigos e enviar a correspondência para Boston, Filadélfia e Nova York. Levava horas pra ler tudo, e, enquanto fazia isso, os homens treinavam com pistolas e espadas de madeira. Algumas daquelas cartas traziam dinheiro de seus defensores abolicionistas que viviam no leste. Ele conhecia um grupo de seis brancos na Nova Inglaterra que mandava enormes somas de dinheiro. Até seu amigo, o Sr. Douglass, lhe enviou um xelim ou outro. Mas a verdade é que a maioria das cartas, tirando aquelas que vinham de credores, não continha dinheiro, mas sim indagações. Aqueles brancos do leste estava querendo — não implorando — saber seus planos.

— Veja só isso, Cebola — falou, erguendo uma carta. — Tudo o que fazem é perguntar. Falam, falam, falam. É só o que fazem. Soldadinhos de sofá. Ficam só sentados, enquanto os outros destroem suas casas e lares com a instituição infernal. E ainda chamam *a mim* de louco! Por que não mandam simplesmente o dinheiro? Fui eu quem eles escolheram pra liderar a guerra, por que querem atar minhas mãos perguntando como? Não tem "como", Cebola. Só é preciso *agir*, como fez Cromwell. Tem espião por tudo que é lado. Eu seria um idiota de contar a eles meus planos ultraconfidenciais!

Estava frustrado com aquilo. Ficava furioso quando alguns de seus correligionários declaravam que não enviariam nem mais um centavo se não contasse qual era o plano.

O mais irônico é que acho que teria contado seus planos a eles. Queria contar tudo pra eles. O problema, penso eu, é que o próprio Velho não sabia qual era o plano.

Ele sabia o que queria fazer. Mas já quanto à exatidão das coisas — e sei que muita gente analisou o assunto e declarou isso e aquilo sobre a questão —, o Velho não sabia precisamente o que fazer do instante em nenhuma parte do dia no que tocava à escravidão. Sabia o que *não* ia fazer. Não ia lutar abaixando a cabeça. Não ia participar de uma reunião formal com os escravistas e concordar com todas as suas condições, enquanto bebiam ponche e limonada e faziam a corrida do saco. Ia lutar e provocar um inferno. Mas que tipo de inferno seria esse, ele ainda esperava que o Senhor lhe dissesse, na minha opinião, mas o Senhor não disse nada, pelo menos durante a primeira parte do ano em Tabor. Assim, ali ficamos numa cabana alugada. Os homens treinavam com suas espadas, debatiam questões espirituais, buscavam a correspondência dele e se queixavam um para o outro, aguardando ordens sobre o que deviam fazer a seguir. Naquela época, eu peguei malária e caí de cama por um mês. Não muito depois de me levantar, a malária atacou o Velho. Acabou com ele. Derrubou pra valer. Ele ficou sem se mover por uma semana. Depois duas. Depois um mês. Março. Abril. Às vezes, eu achava que ele tinha partido. Ficava deitado ali, balbuciando e murmurando, dizendo, "Napoleão usou as montanhas dos iberos! Ainda não estou terminado!" e "Josefo, pegue-me se for capaz!", pra logo em seguida desmaiar outra vez. Às vezes, ele sentava com as costas retas, ainda febril, olhando pro teto, e gritava: "Frederick. Charles! Amelia. Peguem esse pássaro!", e então apagava novamente, como se estivesse morto. Jason e John Jr., seus dois filhos que largaram a guerra contra a escravidão e já tinham ido embora, às vezes eram lembrados aos berros: "John! Chame Jason aqui!", mesmo que nenhum dos dois estivesse num raio de oitocentos quilômetros. Vários de seus homens foram embora, prometendo voltar, o que não aconteceu. Mas outros tomaram seus lugares. Porém, os principais — Kagi, Stevens, Cook, Hinton, O. P. Anderson — ficaram, treinando com suas espadas de madeira.

— Prometemos combater ao lado do Velho até a morte — disse Kagi —, mesmo que seja a dele.

Quatro meses naquela cabana me deram tempo o bastante pra ouvir as ideias do Velho, febril e inclinado a tagarelar sobre si próprio. Acabei descobrindo que tinha fracassado em praticamente tudo. Teve várias atividades que deram errado: roubo de gado, um curtume, especulação de terras. Nada foi pra a frente. Contas e processos vindos de seus antigos sócios perseguiam ele em todos os lugares. Até o fim da vida, o Velho escreveu cartas pra seus credores e mandou um dólar aqui e outro acolá pra quem devia dinheiro, uma quantidade considerável de pessoas. Com a primeira mulher, Dianthe, que morreu antes dele, e a segunda, Mary, que morreu depois, ele teve vinte e dois filhos. Três deles, todos pequenos, morreram em série em Ritchfield, Ohio, onde ele trabalhou num curtume; uma delas, Amelia, morreu escaldada num acidente. Perder aqueles três machucou profundamente seu coração, mas a morte de Frederick, sempre vista por ele como assassinato, nunca deixou de ser a pior dor que carregou no coração.

Pegamos o assassino de Frederick, o Reverendo Martin, a propósito. O frio levou a melhor sobre ele logo saindo de Osawatomie, no Kansas, seis meses antes, durante o outono, quando estava deixando o oeste. Encontramos com ele enquanto descansava numa rede em seu terreno, uma pequena extensão escondida num vale aos pés de uma longa e íngreme serra logo na saída de Osawatomie. O Velho liderava o bando pelo sopé daquelas montanhas, prestando atenção à presença de federais, quando parou de repente e bloqueou o avanço, ao espiar uma figura dormindo profundamente numa rede em seu quintal. Era ele mesmo: o Reverendo Martin.

O Velho continuou parado sobre sua montaria roubada, olhando pro Reverendo Martin por um bom tempo.

Owen e Kagi estavam ao seu lado.

— É o Reverendo — disse Owen.

— Ele mesmo — respondeu o Velho.

Kagi falou com calma:

— Vamos até lá bater um papo com ele.

O Velho ficou um bom tempo olhando fixamente lá pra baixo. Depois, balançou a cabeça.

— Não, tenente. Vamos em frente. Temos uma guerra pra lutar. Eu não busco vingança. "A vingança", diz o Senhor, "é Minha". A minha luta é contra a instituição infernal. — E esporeou a barriga do cavalo, e seguimos em frente.

Sua febre continuou em maio e depois por junho. Cuidei dele durante aquele tempo. Entrava em seus aposentos pra servir sopa e encontrava ele dormindo, pra logo em seguida acordar de repente todo suado. Às vezes, quando sua mente recobrava os sentidos, ele meditava sobre seus livros militares, pensava nos mapas e desenhos cartográficos, circulando várias cidades e cordilheiras a lápis. Ele parecia prestes a melhorar naqueles períodos, mas então a doença voltava com tudo. Quando se sentia melhor, acordava e rezava feito doido, por duas, três, quatro horas de uma só vez, caindo logo em seguida num sono tranquilo. Quando a febre voltava, ele travava um diálogo febril com nosso Criador. Tinha longas conversas com o Senhor, apresentando argumentos maliciosos e compartilhando ideias e biscoitos com um homem imaginário ali parado, às vezes chegando a jogar pedaços de fubá ou bolinho pelo quarto, como se ele e o Criador, que estava em algum lugar ali perto, estivessem em meio a uma crise conjugal e arremessassem comida por toda a cozinha. "O que acha que eu sou?", perguntava. "Um pé de dinheiro? Alguém cheio de ouro? Isso não é coisa que se peça!"

Ou, então, sentava na cama de repente e gritava: "Frederick! Continua cavalgando! Continua cavalgando, filho!", e caía, desfalecido, acordando horas mais tarde sem lembrar nada do que tinha feito ou dito. Sua mente funcionava aos trancos e barrancos, por assim dizer, tinha descaroçado o algodão e partido pra outra, e, quase no mês de julho, os homens começaram a falar em debandar de vez. Enquanto isso, o Velho não permitia que ninguém, além de mim, entrasse na cabana pra cuidar dele, dar comida e ver como estava. Chegou a um ponto em que, quando eu saía de lá, os homens se juntavam ao meu redor e perguntavam:

— Ele tá vivo, Cebola?

— Ainda tá.

— Não tá morrendo, tá?

— Não. Tá rezando e lendo. E comendo um pouco.

— E tem um plano?

— Não disse nada.

Esperaram dessa maneira e não criaram caso, matando o tempo treinando com suas espadas sob o comando de Kagi e lendo o libreto militar escrito pelo Coronel Forbes, que foi tudo que o Velho conseguiu tirar daquele trapaceiro. Brincavam com um gato chamado Lulu, que apareceu por lá, colhiam milho e faziam alguns serviços para os fazendeiros das cercanias. Passaram a se conhecer melhor dessa maneira, e Kagi se destacou naquele período pela liderança que exercia sobre os homens, especialmente durante as discussões e brigas que irrompiam entre eles nas horas vagas em que

O PÁSSARO DO BOM SENHOR

jogavam xadrez, combatiam com espadas de madeira e debatiam sobre espiritualidade, já que alguns eram descrentes. Ele era um sujeito sério, firme e constante, e mantinha o grupo coeso. Convencia os mais ressabiados, que falavam em debandar e voltar para o leste pra ensinar em escolas ou procurar um trabalho, a ficarem e mantinha o restante dos durões na linha. Não aceitava desaforo de ninguém, nem mesmo de Stevens, e aquele canalha era um sujeito difícil, que arrebentava os miolos de quem olhasse torto pra ele. Kagi também sabia lidar com o homem. Numa noite do fim de junho, entrei na cabana do Capitão levando uma tigela de sopa de tartaruga, que sempre ajudava a reavivar um pouco o Velho, e encontrei ele sentado na cama, aparentando estar bem-disposto e consciente. Tinha um enorme mapa no colo, seu favorito, aquele que sempre estudava, junto com um monte de cartas. Seus olhos cinzentos brilhavam. A longa barba descia pela camisa, já que não cortava ela desde que tinha ficado doente. Parecia bem. Falava num tom decidido, com a voz alta e encorpada, como durante a batalha.

— Conversei com Deus, e Ele me disse o que fazer, Cebola — falou. — Reúna os homens. Estou pronto pra revelar meu plano.

Chamei todos eles, que se juntaram diante da cabana. O Velho apareceu pouco tempo depois, empurrando de lado a lona que cobria a porta e se colocando na frente deles com sua expressão séria de sempre. Ficou ali parado, de pé, sem o casaco e nem a bengala pra se apoiar. Também não se apoiou na parede, pra mostrar aos homens que não estava mais fraco ou doente. A fogueira estava acesa bem à frente dele. A escuridão já caía, e a poeira da pradaria soprava folhas e bolas de feno de um lado pro outro. Na longa cordilheira atrás da cabana, alguns lobos uivavam. Ele trazia nas mãos velhas e enrugadas um maço de papel, o mapa grande e um compasso.

— Eu conversei com o Senhor — disse ele —, e tenho um plano de batalha que gostaria de compartilhar. Sei que todos vocês querem ouvir. Mas primeiro, quero agradecer ao Grande Redentor, Ele Que derramou Seu sangue na cruz sagrada.

Naquele instante, ele juntou as mãos diante de si e se pôs a rezar por uns bons quinze minutos. Muitos dos homens que não eram crentes ficaram entediados, deram as costas e se afastaram. Kagi foi até uma árvore ali perto, sentou e ficou brincando com a faca. Stevens se virou e foi embora, praguejando. Um camarada chamado Realf sacou uma caneta e uma folha de papel e começou a escrever poesias. Os outros, tanto cristãos quanto pagãos, ouviram pacientemente enquanto o Capitão se dirigia a Deus, com o vento soprando em seu rosto, subindo e descendo com sua oração, pra cima e pra baixo, dando voltas, pedindo ao Redentor por orientação e direção, tagarelando sobre quando Paulo escreveu aos Coríntios e como não era bom o bastante pra desamarrar as sandálias de Jesus, assim por diante. Seguiu pregando e discursando a todo vapor, e, quando finalmente proferiu o último "Amém", aqueles que tinham saído pra ler suas cartas e mexer nos cavalos viram que ele, até que enfim, estava pronto e voltaram correndo.

— Agora — falou —, como disse antes, eu conversei com o nosso Grande Redentor, Aquele Que derramou Seu sangue. Debatemos sobre toda essa empreitada de cima a baixo. A gente envolveu a mente um do outro como um casulo envolve um besouro. Eu ouvi as ideias Dele e, depois de ouvir, devo confessar aqui que sou um amendoinzinho minúsculo no canto da janela dos grandes e poderosos pensamentos do nosso Salvador. Mas depois de ter estudado com Ele e perguntado a Ele diversas vezes, ao longo dos anos, sobre o que deveria ser feito da instituição diabólica do mal que existe nessa terra, hoje tenho a certeza de ser um instrumento de Seus propósitos. É claro que eu já sabia disso, assim como sabiam Cromwell e o antigo profeta Esdras, que por sua vez também eram instrumentos, especialmente Esdras, que orou e se afligiu perante Deus da mesma forma que eu, e, quando Esdras e seu povo passaram por aperto, o Senhor agiu com tranquilidade e diligência pra colocar eles sem risco em segurança. Então, não temam, homens! Deus não faz discernimento entre as pessoas. A própria Bíblia diz, no livro de Jeremias: "Estes são os dias da vingança e..."

— Pai! — interrompeu Owen. — Fala logo!

— Humpf — resmungou o Velho. — Jesus esperou uma eternidade pra libertar você do caminho do pecado mortal, e você não ouviu Ele mugindo como um bezerro como tá fazendo agora, filho. Mas — e aqui ele pigarreou — eu estudei a questão e vou compartilhar com vocês o que precisam saber. A gente vai incomodar Israel. Vamos erguer o moinho. E eles não vão esquecer tão cedo de nós e das nossas ações.

Dito isso, deu as costas, levantou a lona da cabana e empurrou a porta pra voltar lá pra dentro. Kagi interrompeu ele.

— Espera aí! — disse Kagi. — A gente ficou aqui parado, pendurando chaleiras e batendo em pedras com espadas de madeiras por um bom tempo.

O PÁSSARO DO BOM SENHOR

Não somos todos homens aqui, tirando a Cebola? E mesmo ela, assim como a gente, tá aqui por volição própria. Nós merecemos mais do que simples informação superficial do senhor, Capitão, senão é melhor sairmos e lutarmos essa guerra sozinhos.

— Não vão ter sucesso sem o meu plano — grunhiu o Velho.

— Talvez — disse Kagi. — Mas, certamente, o perigo existe. E se devo confiar minha vida a um plano, gostaria de saber do que se trata.

— Logo você vai saber.

— Logo é nesse exato momento. Ou eu, por exemplo, vou anunciar meu próprio plano, pois também venho trabalhando em um. E desconfio que os homens aqui vão querer ouvir.

Ah, aquilo deixou ele fulo da vida. O Velho não suportou. Ele simplesmente não suportava que alguém bancasse o líder ou tivesse um plano melhor que o dele. Os homens observavam tudo com atenção. As rugas em seu rosto se vincaram, e ele falou abruptamente:

— Tudo bem. Vamos partir em dois dias.

— Pra onde? — perguntou Owen.

O Capitão, que ainda segurava a lona sobre a cabeça, largou ela, que bateu na porta da cabana como um lençol gigante e imundo pendurado no varal ao vento. Ele fitava os homens com as mãos nos bolsos, a mandíbula projetada pra frente, no limite da irritação. Simplesmente ficava furioso quando lhe falavam daquela maneira, pois não se submetia a conselho algum que não o seu. Mas não tinha escolha.

— A gente planejou atacar o coração dessa instituição infernal — disse ele. — Nós vamos atacar o próprio governo.

Um ou outro sujeito abafou o riso, mas não Kagi e Owen. Conheciam o Velho melhor que os outros e sabiam que estava falando sério. Meu coração bateu acelerado, mas Kagi disse, tranquilo:

— Tá falando de Washington? Não podemos atacar Washington, Capitão. Não com treze homens e a Cebola.

O Velho bufou.

— Eu não pensaria em arar o campo com a *sua* mula, tenente. Washington é o lugar onde as pessoas falam. Isso aqui é guerra. E guerras são decididas no campo, não em lugares onde as pessoas ficam sentadas comendo carne de porco com manteiga. Na guerra, você ataca o inimigo bem no coração.

Você ataca as linhas de fornecimento, como Toussaint-Louverture atacou os franceses nas ilhas em torno do Haiti. Você arrebenta a cadeia alimentar dele como Shamil, o líder circassiano, fez com os russos! Você ataca seus meios como Aníbal fez na Europa contra os romanos! Tira seu armamento como fez Espártaco! Junta o povo dele e arma todo mundo! Você dissemina o poder dele pra seus escravos!

— Do que você tá falando? — perguntou Owen.

— A gente vai pra Virgínia.

— O quê?

— Harpers Ferry, na Virgínia. Tem um depósito de armas federal lá. Fabricam armamento. Tem uns cem mil mosquetes e espingardas naquele lugar. Vamos invadir e armar os escravos com esse arsenal, fazendo os negros se libertarem.

Muitos anos mais tarde, eu entraria pra um coral numa igreja pentecostal depois de me interessar pela mulher de um pastor, que ia pra cama com outros homens pra poupar seu sagrado marido dessa incumbência. Corri atrás dela por diversas semanas até que, certa manhã, o pastor fez um sermão inspirador sobre como a verdade nos liberta, e um camarada se levantou no meio da congregação e soltou: "Pastor! Eu tenho Jesus no coração! Vou confessar! Três de nós aqui já passamos a vara na sua mulher!"

O silêncio que se fez depois da declaração daquele pobre coitado não foi nada comparado à quietude que se apoderou daqueles valentões quando o Velho jogou a bomba sobre eles.

Pra ser bem honesto, eu não fiquei com medo na hora. Na verdade, me senti bem à vontade, pois, pela primeira vez, eu não era a única pessoa no mundo a pensar que o Velho tinha um parafuso a menos.

Até que finalmente John Cook conseguiu se manifestar. Cook era um sujeito falador, perigoso, como o Velho tinha declarado várias vezes, pois tinha a língua solta. Mas, por mais tagarela que fosse, até mesmo ele teve que tossir, resfolegar e pigarrear algumas vezes antes de encontrar a voz pra falar.

— Capitão... Harpers Ferry, na Virgínia, fica a mil e trezentos quilômetros daqui. E só a oitenta quilômetros de distância de Washington, D.C. É um lugar altamente vigiado, com milhares de tropas do governo americano por perto. As milícias de Maryland e da Virgínia cercam a área. Acho que

O PÁSSARO DO BOM SENHOR

vão juntar umas dez mil tropas contra a gente. Não vamos durar cinco minutos.

— Então o Senhor irá nos proteger deles.

— E o que Ele vai fazer, entupir as espingardas deles? — perguntou Owen.

O Velho olhou pra Owen e balançou a cabeça.

— Filho, me dói o coração que você não tenha aceitado Deus do modo que ensinei, mas como sabe, deixo que acredite no que quiser, razão essa pela qual você se mantém tão fechado depois de todos esses anos. A Bíblia diz que aquele que não acompanha os pensamentos do Redentor não conhece a segurança do Senhor. Mas eu pensei com Ele e conheço Suas ideias. Refletimos juntos sobre essa questão por quase trinta anos, o Senhor e eu. Conheço cada parte e porção dessa terra da qual estou falando. As Montanhas Azuis correm na diagonal através da Virgínia e de Maryland, subindo até a Pensilvânia e descendo ao Alabama. Conheço essas montanhas melhor que qualquer homem no planeta. Quando criança, eu corria por elas. Quando jovem, vigiei elas para o Oberlin College. E, naquele tempo, pensei nessa questão da escravidão. Cheguei a viajar pro continente europeu quando tinha um curtume, com o intuito de inspecionar as criações de ovelhas europeias, mas meu verdadeiro objetivo era inspecionar as fortificações de terra erguidas pelos escravos que lutavam contra os governantes naquele continente.

— Isso é impressionante, Capitão — disse Kagi —, e não duvido da sua palavra ou de seus estudos. Mas nosso objetivo sempre foi roubar escravos e causar confusão pra fazer o país perceber a loucura da instituição infernal.

— Isso são só grãos de areia, tenente. A gente não vai mais roubar negros. Vai juntar eles pra lutar.

— Se vamos atacar o governo federal, por que não tomar o Forte Laramie, no Kansas? — perguntou Kagi. — Podemos controlar a batalha no Kansas. Temos amigos por lá.

O Velho levantou a mão.

— Nossa presença aqui na pradaria é um estratagema, tenente. Tem a função de tirar o inimigo do nosso encalço. A batalha não é no oeste. Kansas é só o rabo da fera. Pra matar um leão, você arrancaria o rabo dele? Virgínia é a rainha dos estados escravistas. Vamos atacar a abelha-rainha pra acabar com a colmeia.

Os homens tinham recuperado o fôlego àquela altura e começaram a trocar palavras. Dúvidas foram levantadas. Um a um, eles foram externando seu descontentamento. Até mesmo Kagi, o mais tranquilo de todos e o homem em quem o Capitão mais confiava, discordou.

— É uma missão impossível — disse ele.

— Tenente Kagi, você me decepciona — disse o Velho. — Eu pensei cuidadosamente sobre essa questão. Estudei por anos a oposição bem-sucedida dos líderes espanhóis quando a Espanha era uma província romana. Com dez mil homens, divididos em companhias pequenas agindo simultaneamente, ainda que separadas, eles resistiram a todo o poder consolidado do Império Romano por anos! Eu estudei a triunfante campanha militar do líder circassiano Shamil contra os russos. Me debrucei sobre os relatos das guerras de Toussaint-Louverture nas ilhas haitianas na década de 1790. Acham que não considerei todas essas coisas? Terra! Terra, homens! A terra será nossa fortificação. Nas montanhas, um pequeno grupo de homens, treinados como soldados, pode oferecer resistência ao inimigo durante anos por meio de uma série de bloqueios, emboscadas, fugas e surpresas. É capaz de se opor a milhares. É algo que já foi feito. Muitas vezes.

Aquilo não foi o bastante pra amansar os homens. As palavras contidas viraram palavras duras e foram aumentando de tom até quase chegar aos berros. Não importa o que dissesse, eles não estavam ouvindo. Muitos anunciaram que estavam partindo, e um deles, Richardson, um homem de cor que tinha se juntado ao grupo algumas semanas antes — bramindo e trombeteando que estava doido pra combater a escravidão — subitamente lembrou que tinha vacas pra mungir numa fazenda ali perto, onde estava trabalhando. Saltou num cavalo, esporeou o bicho até fazer ele galopar a toda e se mandou.

O Velho apenas olhou ele ir embora.

— Se alguém mais quiser pode ir com ele — disse.

Ninguém se prontificou, mas ainda assim continuaram a se queixar por umas boas três horas. O Velho ouviu a todos, parado diante da porta da cabana com as mãos nos bolsos, enquanto a lona imunda tremulava com a brisa, dando mais força às suas palavras ao bater contra a porta enquanto ele tentava tranquilizar seus homens. Tinha estudado aquilo tudo em sua mente por muitos anos, argumentou, e, pra cada preocupação que surgia, ele vinha com uma resposta.

— É um depósito de armas. O lugar é vigiado!

— Só por dois vigias noturnos.

— E como a gente vai surrupiar cem mil armas? Num vagão de trem? Vamos precisar de dez vagões!

— Não precisamos de todas elas. Umas cinco mil bastam.

— Como vamos deixar a área?

— Não vamos. A gente vai pras montanhas ali perto. Os escravos vão atrás de nós quando souberem onde a gente tá. Vão se juntar e lutar do nosso lado.

— A gente não conhece as rotas! Tem rios por perto? Estradas? Trilhas?

— Eu conheço o terreno — disse o Velho. — Fiz um desenho pra vocês. Entrem aqui pra ver.

Relutantemente, eles seguiram atrás dele e se amontoaram na cabana, onde ele desenrolou um enorme mapa de lona sobre a mesa, o mapa gigantesco que eu tinha visto escondido em seu sobretudo e que ele tinha rabiscado e mordido as beiradas desde o dia em que conheci o Velho. No alto do mapa, rotulado de Harpers Ferry, estavam dúzias de linhas que mostravam o depósito de armas, as fazendas das cercanias, estradas, trilhas, cordilheiras e até o número de negros vivendo naquelas fazendas. Tinha feito um belo trabalho, e os homens ficaram impressionados.

O Velho segurou a vela sobre o mapa pra que pudessem enxergar, e, depois que observaram por alguns instantes, ele apontou e começou a falar.

— Aqui — disse ele, apontando com o lápis — fica Ferry. É vigiada por apenas uma sentinela de cada lado. Contando com o elemento surpresa, a gente não vai ter problema em dar um jeito neles. Depois a gente corta os fios de telégrafo aqui e tomamos a guarita com facilidade, bem aqui. Já a ferrovia e a fábrica de armamentos a gente bloqueia até carregar nossas armas. Simples assim. Podemos tomar o lugar todo no meio da noite, acabar com tudo em três horas e ir embora. Pegamos nossas armas e nos mandamos pras montanhas — e, nesse instante, ele apontou pro mapa — que cercam a área. Essas montanhas passam por Maryland, Virgínia, descem pelo Tennessee e chegam ao Alabama. As passagens são estreitas. Não tem espaço pra canhões e são muito apertadas pra que uma tropa de colunas muito largas atravesse.

Colocou a vela na mesa.

— Já inspecionei esses lugares muitas vezes. Conheço eles como a palma da mão. Estudei por muitos anos, antes mesmo de vocês nascerem. Assim que a gente entrar pelos desfiladeiros, vamos poder se defender com facilidade de qualquer ação hostil. De lá, os escravos vão se juntar ao nosso rebanho e a gente vai poder atacar as fazendas nas planícies dos dois lados dos nossos postos nas montanhas.

— E por que se juntariam à gente? — perguntou Kagi.

O Velho olhou pra ele como se tivesse acabado de lhe arrancar um dente.

— Pelo mesmo motivo que essa garotinha — e então ele apontou pra mim — arriscou a vida e o pescoço pra se juntar a nós, viveu na estrada e encarou a batalha como um homem. Não consegue ver, tenente? Se uma menininha fez isso, um homem feito certamente também vai. Eles vão se juntar à gente porque vamos oferecer algo que seus amos não podem oferecer: a liberdade. Estão sedentos pela oportunidade de lutar por ela. Estão morrendo pra se libertarem. Pra libertar suas mulheres. Libertar seus filhos. E a coragem de um vai incentivar a do próximo. Vamos armar os primeiros cinco mil e depois seguir mais pro sul, armando os outros negros que vierem com o que pilharmos dos escravistas que derrotarmos no caminho. Descendo ao sul, os fazendeiros não vão suportar ver seus negros indo embora. Vão se ver prestes a perder tudo. Não vão conseguir dormir à noite, preocupados com seus negros se unindo às massas que se aproximam, vindas do norte. E vão deixar essa instituição infernal pra sempre.

Colocou o lápis na mesa.

— Esse, essencialmente — disse ele —, é o plano.

Você tinha que admitir que, pra um louco, ele sabia bem como se apresentar, e, pela primeira vez, os olhares desconfiados começaram a deixar os rostos dos homens. Aquilo fazia com que eu me sentisse novamente um covarde, pois sabia que os planos do Velho nunca saíam exatamente como ele tinha planejado, por mais que sempre estivesse convicto do que deveria fazer.

Kagi esfregou a mandíbula.

— Tem uns mil pontos onde as coisas podem dar errado — disse ele.

— Já deu errado, tenente. A escravidão é um pecado injustificável, bárbaro e sem qualquer razão de ser aos olhos de Deus...

O PÁSSARO DO BOM SENHOR

— Nos poupe do sermão, Pai — começou Owen. — A gente não tem que engolir essa coisa toda. — Ele estava nervoso e aquilo era preocupante, pois Owen era um sujeito tranquilo e normalmente concordava com as ideias do pai, por mais estapafúrdias que fossem.

— Você prefere esperar que o efeito da persuasão moral acabe com a escravidão, filho?

— Prefiro um plano em que eu não acabe virando uma urna no quintal de alguém.

A lareira estava acesa dentro da cabana, e o Velho foi pegar um tronco pra manter o fogo vivo. Fixou o olhar na fogueira enquanto falava.

— Você tá aqui por vontade sua — disse ele. — Todos vocês, inclusive a Cebola — continuou, apontando pra mim —, uma mera e simples menina de cor, o que devia ensinar a vocês, homenzarrões que são, uma coisa ou outra sobre coragem. Mas se alguém aqui acha que o plano não vai dar certo, as portas estão abertas pra vocês ir embora. Não vou guardar nenhuma mágoa de quem escolher fazer isso, pois o tenente Kagi tem razão. O que proponho é altamente arriscado. Assim que perdermos o elemento surpresa, eles vão vir com tudo pra cima de nós. Sobre isso não resta dúvida.

Ele olhou ao redor. Todos estavam em silêncio. O Velho agora tinha a fala mansa, reconfortante.

— Não se preocupem. Eu pensei muito bem em tudo. Vamos fazer que os negros necessitados das cercanias saibam o que a gente pretende de antemão, e eles vão vir até nós. Assim que isso acontecer, vamos poder atacar o depósito em maior contingente. A gente vai tomar o lugar em minutos, ocupar ele por tempo suficiente pra carregar nossas armas e então partir pras montanhas. Quando as milícias ficarem sabendo, a gente vai estar longe. Fiquei sabendo por uma fonte confiável que os escravos das fazendas e condados próximos vão voar na nossa direção como abelhas.

— Que fonte?

— Uma fonte confiável — respondeu. — Tem mil e duzentos negros vivendo em Ferry. Tem outros trinta mil num raio de oitenta quilômetros de lá, se você incluir Washington, D.C., Baltimore e Virgínia. Vão ficar sabendo da nossa insurreição, correr pra lá e pedir que a gente arme eles. Os negros estão prontos, espumando. Precisam só de uma chance. E é isso que vamos dar a eles.

— Os negros não são soldados treinados — disse Owen. — Não sabem como usar uma arma.

— Nenhum homem precisa de treinamento pra lutar pela própria liberdade, filho. Eu me preparei pra essa eventualidade. Encomendei dois mil piques, simples lanças que podem ser manejadas por qualquer homem ou mulher com o propósito de destruir um combatente inimigo. Ficam guardados em diversos armazéns e cofres, e vamos recolher pelo caminho. Vão mandar outros pra nós em Maryland. Foi por isso que deixei John e Jason irem embora. Pra prepararem essas armas pra nós antes de voltarem pra casa.

— Do jeito que você fala, parece simples como comer aveia — disse Cook —, mas não estou assim tão certo quanto a isso tudo.

— Se for da vontade de Deus que você fique pra trás enquanto o resto de nós entra pra História, não sou eu que vou me opor.

Cook resmungou:

— Não disse que ia ficar pra trás.

— Eu lhe dei uma licença, Sr. Cook. Com pleno reconhecimento pelos seus serviços e sem nenhum ressentimento. Mas se decidir ficar, vou proteger sua vida com tanto ímpeto como se fosse a minha. Farei isso por todos aqui.

Aquilo tranquilizou ainda mais os homens, pois ele ainda era o Velho John Brown e ainda era assustador. Uma a uma, o Velho foi dissipando todas as dúvidas. Tinha estudado a questão. Reforçou que não havia tanta segurança em Ferry. Não se tratava de um forte, mas sim de uma fábrica. Era só dar um jeito nos dois vigias noturnos pra entrar. Caso o plano desse errado, o lugar ficava no ponto de encontro de dois rios, o Potomac e o Shenandoah. Os dois podiam ser usados como rotas pra uma fuga rápida. A cidade era remota, nas montanhas, com menos de 2.500 habitantes — trabalhadores, não soldados. A gente cortaria os cabos e, sem um telégrafo, seria impossível que o mundo exterior soubesse do ataque. As duas linhas ferroviárias que passavam por lá tinham um trem programado pra parar ali durante nossa investida. A gente ia parar o trem, manter ele lá e, caso necessário, usar como meio de fuga se nos encurralassem. Os negros iam ajudar a gente. Estariam ali em grande número. O Velho tinha pastas e mais pastas com estatísticas do governo sobre as pessoas de cor. Viviam na cidade. Viviam

O PÁSSARO DO BOM SENHOR

perto das fazendas. Já estavam por dentro de tudo. Milhares se juntariam ao nosso rebanho. Tudo acabaria em três horas. Em vinte e quatro, a gente ia estar a salvo nas montanhas. Era entrar e sair. Simples assim.

Ele era o melhor vendedor que existia quando queria ser, e, ao terminar de falar, tinha embelezado tanto as coisas que você achava que o depósito de Harpers Ferry era só um monte de pragas esperando pra serem esmagadas por sua enorme bota furada; tudo parecia fácil como colher maçãs num pomar. A verdade, porém, é que aquele era um plano ousado, escandalosamente estúpido e, pra seus homens, durões jovens e corajosos, exatamente o tipo de aventura que buscavam. Quanto mais vendia seu plano, mais eles se animavam. O Velho tinha martelado bastante, até que finalmente bocejou e disse:

— Vou dormir. Vamos partir em dois dias. Se ainda estiverem aqui, cavalgaremos juntos. Se não, vou entender.

Alguns, incluindo Kagi, pareciam ter cedido à ideia. Já outros não. Kagi murmurou:

— A gente vai pensar no assunto, Capitão.

O Velho olhou pra eles, todos jovens rapazes, reunidos em torno dele perto da lareira, sujeitos grandalhões, inteligentes, durões, parados olhando como se ele fosse o Moisés dos tempos remotos, com sua barba derramada no peito e seus olhos cinzentos, firmes e decididos.

— Pensem durante a noite. Se acordarem amanhã com dúvidas, podem ir embora com a minha bênção. Só peço aos que forem para tomar cuidado com a língua. Esqueçam o que ouviram aqui. Esqueçam a gente. E lembrem que, se tiverem a língua solta, a gente não vai esquecer vocês.

Fitou os homens reunidos. O velho fogo tinha voltado, o rosto sólido como granito, os punhos pra fora dos bolsos, o corpo magro e inclinado coberto por trapos e botas furadas ali ereto.

— Ainda tenho mais a estudar. Nossos planos de combate terão início amanhã. Boa noite — disse.

Os homens deixaram a cabana. Vi eles se dispersarem e escapulirem, até sobrar apenas um. O. P. Anderson, o único negro entre eles, foi o último a sair. O.P. era um sujeito pequeno, esguio e frágil, um tipógrafo, um homem astuto, mas que não tinha o físico imponente do resto do bando do Velho. A maioria dos homens do Capitão era formada por aventureiros fortes e implacáveis, ou por pioneiros obstinados como Stevens, que carregava seus revólveres dos dois lados da cintura e arrumava encrenca com quem cruzasse seu caminho. O.P. não era nada parecido com isso. Era só um crioulinho comum com boas intenções. Não era um soldado ou pistoleiro de verdade, mas estava ali, e, pela preocupação que trazia no rosto, parecia bastante assustado com alguma coisa.

Quando deixou a cabana, abaixou com cuidado a lona, caminhou até uma árvore ali perto e sentou. Me encaminhei lentamente até lá e sentei perto dele. De onde a gente estava, dava pra ver lá dentro através da janelinha minúscula da cabana. Lá dentro, o Velho estava sentado na mesa, ainda debruçado sobre seus mapas e documentos, dobrando eles sem nenhuma pressa, fazendo um rabisco aqui e ali antes de guardar tudo.

— O que acha, Sr. Anderson? — perguntei. Tinha esperança que O.P. achasse o mesmo que eu, ou seja, que o Velho era louco de pedra e que a gente devia dar no pé na mesma hora.

— Eu não entendo — disse, macambúzio.

— Não entende o quê?

— O que estou fazendo aqui — resmungou. Parecia estar falando sozinho.

— Vai embora, então? — perguntei. Estava esperançoso.

Dali onde estava ao pé da árvore, O.P. levantou a cabeça e fitou o Velho, trabalhando em sua cabana, ainda mexendo nos mapas, balbuciando pra si próprio.

— Por que deveria? — perguntou. — Eu sou tão louco quanto ele.

22

O espião

Como a maioria das coisas com o Velho, o que deveria levar um dia levava uma semana. E o que deveria levar dois dias levava duas semanas. E o que deveria levar duas semanas levava quatro semanas, um mês e dois meses. E assim por diante. Ele devia deixar Iowa em junho. Não colocou o chapéu na cabeça e deu adeus ao lugar até a metade de setembro. Àquela altura, eu já tinha ido embora fazia tempo. Ele me mandou na frente pra batalha.

Não era a batalha que eu queria, mas era melhor do que acabar morto ou passar os dias nas planícies. Ele decidiu mandar um de seus homens na frente para Harpers Ferry, e o Sr. Cook foi o escolhido pra bancar o espião e disseminar o plano entre os negros de lá. Anunciou seu plano ao tenente Kagi numa manhã de julho, quando eu estava na cabana do Velho servindo café da manhã aos dois.

Kagi não gostou do plano.

— Cook é uma matraca — disse ele. — É um falastrão. E, além disso, não pode ver um rabo-de-saia. Vem mandando cartas pra todas as amigas dele, dizendo que tá numa missão secreta e vai ter que partir em breve e que elas nunca mais vão ver ele. Fica exibindo sua arma em público e dizendo que matou cinco homens no Kansas. Fez um monte de moças de Tabor se preocuparem com ele, pensando que fosse morrer numa missão secreta. Vai alardear nosso plano para toda a Virgínia.

O Velho pensou no assunto.

— Ele é irritante e tem a língua frouxa — disse —, mas sabe falar bem e pode vigiar o inimigo, se misturar à rotina do lugar. Diga o que disser, não vai atrapalhar os planos que Deus tem pra nós, já que ninguém vai acreditar num fanfarrão como ele, de qualquer jeito. Vou conversar com ele e dizer que não deve usar nada além dos olhos e da boca em Virgínia pra gente alcançar nosso objetivo. Cook seria um entrave se ficasse aqui, pois ainda temos que pilhar mais armas e dinheiro, e ele não é muito bom no combate. Temos que usar o que as pessoas têm de melhor. A melhor arma de Cook contra o inimigo é a língua.

— Se quer atrair os negros para o enxame, por que não mandar um negro pra Virgínia com ele? — perguntou Kagi.

— Pensei em mandar o Sr. Anderson — disse o Velho —, mas ele anda ressabiado quanto à proposta como um todo e pode sair da linha. Pode acabar fugindo.

— Não estou falando dele. Falo da Cebola — disse Kagi. — Ela pode se fingir de escrava de Cook. Assim, pode ficar de olho nele e reunir as abelhas para o enxame. Já é bem grandinha. E o senhor pode confiar nela.

Eu estava ali enquanto os dois pensavam no assunto, e não posso dizer que era contra a ideia. Estava louco pra dar o fora do oeste antes que o Velho acabasse com a cabeça estourada. Iowa era um lugar duro de se viver, e a cavalaria americana estava no nosso encalço. Tivemos que mudar várias vezes entre Pee Dee e Tabor pra não acharem a gente, e não me atraía a ideia de se arrastar pela pradaria de carroça, parando a cada dez minutos enquanto o Velho rezava, com dragões federais vindo atrás da gente de um lado e escravistas vindo do outro. E, verdade seja dita, eu também passei a gostar do Capitão. Criei afeto por ele. Preferia que matassem ou acabassem com ele quando estivesse longe de mim e eu só soubesse depois — muito depois seria cedo demais. Eu sabia que ele era louco e, se o seu negócio era lutar contra a escravidão, eu era completamente a favor. Mas, pessoalmente, eu não tinha planos de fazer nem um tiquinho nesse sentido. Viajar a leste rumo à Virgínia com Cook me deixava mais perto da fronteira da liberdade de Filadélfia e não seria difícil me desvencilhar dele, pois Cook não fechava a matraca e não se importava muito com mais ninguém. Assim, disse pro Velho e o Sr. Kagi que seria uma excelente ideia acompanhar o Sr. Cook, que eu faria meu melhor para recrutar os negros enquanto esperava a chegada dos outros.

O PÁSSARO DO BOM SENHOR

O Velho me examinou de perto. O negócio com o Capitão é que ele nunca dava instruções diretas a ninguém, a não ser no meio de um combate, é lógico. Mas, no dia a dia, normalmente anunciava, "Estou indo nessa direção pra combater a escravidão", e os homens respondiam, "Veja só, eu também estou indo nessa direção", e assim a gente seguia. Com ele, era assim. Toda aquela história que depois saiu nos jornais, dizendo que ele arrastava os jovens pra todo lugar pelas orelhas, era tudo besteira. Não dava pra forçar aqueles valentões voluntariosos a fazerem o que você queria. Por mais que fossem grosseirões, também se importavam com a causa e tinham a mente aberta ao líder que levasse eles em seus objetivos. Nem uma mula de duzentos dólares seria capaz de separar aqueles camaradas do Velho. Queriam estar ao lado dele porque eram aventureiros, e o Velho nunca dizia como tinham que agir. Era rígido como o diabo consigo mesmo no que tocava à religião, mas, se a sua inclinação espiritual levasse você em outra direção, ele faria um pequeno discurso e te deixaria seguir sua própria vontade. Contanto que não falasse palavrão, bebesse ou mascasse tabaco e fosse contra a escravidão, ele estava do seu lado. Tinha uns sujeitos da pesada naquele exército, se eu parar pra pensar. Stevens, é claro, era o camarada mais mal-humorado e desagradável que já vi. Vivia entoando cânticos aos espíritos e debatendo sobre suas crenças religiosas com Kagi e o resto. Charlie Tidd, um branco, e Dangerfield Newby, um negro — esses dois se juntaram ao grupo mais tarde — eram altamente perigosos, e acho que nenhum deles carregava consigo um pingo de religião. Nem mesmo Owen era completamente temente a Deus pelos padrões do pai. Mas contanto que você fosse contra a escravidão, podia fazer o que bem entendesse. Mesmo sendo ranzinza, o Velho sempre pensava o melhor das pessoas e julgava mal seus caráteres. Lembrando hoje, foi uma péssima ideia mandar Cook pra espiar e uma ideia pior ainda a de me mandar como embaixador pra reunir os negros, pois faltava aos dois conhecimento e sabedoria, e nem eu nem ele se importava com ninguém além de nós mesmos. A gente era as duas piores pessoas que podiam ter ido na frente.

Mas é claro que o Velho concordou.

— Que ideia esplêndida, tenente Kagi — disse ele — Minha Cebola aqui é de confiança. Se Cook der com a língua nos dentes, a gente vai saber.

Dito isso, o Velho saiu e roubou uma bela carroça Conestoga de um escravista. Fez com que os homens carregassem ela de picaretas, pás e ferramentas de mineração, que foram espalhadas nos fundos, e jogassem vários caixotes de madeira onde se lia "ferramentas de mineração".

— Cuidado com o que tem nessas caixas — disse o Velho a Cook enquanto a gente carregava a carroça, apontando com o queixo para os caixotes com a inscrição "ferramentas de mineração". — Não vai muito depressa na estrada. Se elas chacoalharem e baterem muito, você vai encontrar o Grande Pastor em pedacinhos. E cuidado com o que fala. Todo aquele que não consegue evitar de contar para os amigos o que deveria guardar só pra si é um palerma.

Pra mim, ele disse:

— Cebola, vou sentir sua falta. Você é obediente e também o nosso Pássaro do Bom Senhor. Mas é melhor que não esteja com a gente na viagem pro leste, pois o inimigo anda por perto e vamos ter trabalho sujo pela frente com pilhagens e apropriação de bens. Você certamente será de grande ajuda pro Sr. Cook, que vai se beneficiar da sua presença.

Assim, Cook e eu partimos naquela carroça com destino à Virgínia, e eu fiquei um passo mais perto da liberdade.

Harpers Ferry é uma das cidades mais bonitas que existem. Fica situada sobre dois rios que se encontram. O Potomac corre pelo lado de Maryland. Já o Shenandoah corre no território da Virgínia. Os dois rios se chocam logo na saída da cidade, e existe um pico, uma saliência bem na fronteira da cidade, onde você pode subir e ver eles cambalearem na direção um do outro, até trombarem. Um rio bate no outro e corre no sentido contrário. Aquele era um lugar perfeito pro Velho John Brown escolher, já que ele também era inconsequente como os dois rios. Dos lados da cidade ficavam as belas cordilheiras dos Apalaches. No sopé dessas cordilheiras, passavam duas linhas ferroviárias, uma atravessando pelo lado do Potomac, na direção de Washington e Baltimore, e a outra do lado do Shenandoah, a caminho do oeste da Virgínia.

Eu e Cook logo chegamos ao nosso destino, viajando sempre com tempo bom naquela carroça Conestoga. Cook era um tagarela. Era um biltre traiçoeiro e bonito, de olhos azuis e belos cachos dourados que desaguavam sobre o rosto. Deixava o cabelo na frente do rosto como uma garota e puxava

O PÁSSARO DO BOM SENHOR

conversa com o primeiro que aparecesse, de modo tão natural quanto se espalha melaço num biscoito. Não é de admirar que o Velho tivesse mandado ele na frente, pois seu jeito tornava fácil a tarefa de colher informação das pessoas, e, além disso, seu assunto favorito era ele mesmo. A gente se deu bem.

Assim que chegamos em Ferry, seguimos com o intuito de encontrar uma casa perto da fronteira da cidade para o exército do Velho, onde desse também pra receber todas as armas que tinha conseguido que lhe enviassem. O Velho deu instruções claras, dizendo:

— Aluguem algo que não chame muita atenção.

Mas atenção era o segundo nome de Cook. Pesquisou pela cidade e, quando não ouviu o que queria, foi até a maior taverna do lugar, dizendo ser um minerador rico que trabalhava pra uma grande companhia e eu, sua escrava, e que ele precisava de uma casa pra alugar pra alguns mineradores que estavam a caminho.

— Dinheiro não é problema — disse, já que o Velho tinha dado a ele uma sacola cheia de grana. Antes de ir embora, todos na taverna sabiam seu nome. Mas um proprietário de escravos se aproximou e disse a Cook que sabia de um terreno nas proximidades que talvez pudesse ser alugado.

— É a velha fazenda Kennedy — disse ele. — É um pouco fora de mão pra quem sai de Ferry, mas talvez seja adequada às suas necessidades, já que é bem grande.

Fomos até lá, e Cook deu uma olhada.

Ficava longe de Ferry, a uns nove quilômetros, e não era barata — trinta e cinco dólares por mês —, e Cook sabia que o Velho ia chiar por causa disso. O fazendeiro tinha morrido e a viúva se recusava a abaixar o preço. A casa tinha dois cômodos na parte de baixo, um andar de cima minúsculo, um porão, um barracão externo pra guardar as armas e, do outro lado da estrada, um velho celeiro. Ficava a uns trezentos metros da estrada, o que era bom, mas também era muito próxima da casa dos vizinhos dos dois lados. Se o Velho estivesse ali, não teria levado o negócio adiante, pois qualquer pessoa bisbilhotando da casa ao lado podia ver o que acontecia ali dentro. Ele tinha deixado claro que precisava de uma casa isolada, longe de outras casas, pois esconderia um monte de homens ali e seria um entra-e-sai dos diabos, com armas chegando e homens se reunindo. Mas Cook ficou de olho numa donzela branca e gorda que tinha visto pendurando roupa na estrada quando fomos até lá pra ver o lugar e colocou todas as suas fichas ali.

— Negócio fechado — disse ele.

Pagou à viúva que era dona da casa, disse a ela que seu chefe na companhia de mineração, o Sr. Isaac Smith, chegaria dentro de algumas semanas, e o lugar passou a ser nosso.

Levamos uns dois dias dando um jeito nas coisas, e então Cook disse:

— Vou até a cidade dar uma circulada e tentar conseguir informações sobre as estruturas do depósito e da fábrica de armas. Vai convocar os negros.

— Onde encontro eles?

— Onde fica a gente de cor, suponho — disse, indo embora.

Não vi ele por três dias. Fiquei ali coçando o saco nos dois primeiros dias, elaborando meu plano de fuga, mas não conhecia ninguém e não sabia se era seguro ficar andando pela área. Tinha que conhecer o terreno onde estava pisando, então, sem saber o que fazer, fiquei ali parado. No terceiro dia, Cook entrou batendo a porta, gargalhando e abafando o riso com aquela mesma moça loura e gorda que vimos pendurando roupa no varal. Os dois arrulhavam com os olhos marejados. Ele notou que eu estava sentado na cozinha e disse:

— Por que não foi chamar os negros como devia?

Falou isso bem na frente da sua amiga, entregando o plano de cara. Não sabia o que responder, então rebati:

— Eu não sei onde eles estão.

Ele se virou pra mulher ao seu lado.

— Mary, minha escrava aqui. — Ah, aquilo me deixou ainda mais enfurecido, ver ele agindo daquele modo. Ele estava passando dos limites, ah se estava, arriscando alto depois de entregar o plano inteiro. — Minha negra aqui tá procurando gente de cor com quem congregar. Onde fica essa gente?

— Ora, ficam *por toda parte*, docinho — disse ela.

— Não moram num lugar?

— Claro — e deu uma risadinha. — Moram por aí, na cidade inteira.

— Veja, minha querida. Como eu disse, a gente tá numa missão secreta. Uma missão muito importante. Mas você não pode contar pra ninguém, como eu te disse — falou.

O PÁSSARO DO BOM SENHOR

— Ah, eu sei disso — respondeu ela, rindo.

— E é por isso que a gente precisa saber exatamente onde a Cebola aqui pode fazer amizade com algumas pessoas de cor.

Ela parou e pensou.

— Bem, tem sempre alguns negros livres de alta classe circulando pela cidade. Mas não valem nada. E tem também a fazenda de negros do Coronel Lewis Washington. É sobrinho do próprio George Washington. E Alstad e os irmãos Byrne. Eles também têm escravos bons e confiáveis. O que não falta é crioulo por essas bandas.

Cook olhou pra mim.

— E aí? O que tá esperando?

Aquilo me irritava, ele bancando o figurão. Mas saí porta afora. Resolvi tentar a fazenda primeiro, pois achei que um negro mal-humorado e esnobe não seria de muita ajuda para o Capitão. Mal sabia eu que era possível confiar tanto neles quanto em qualquer escravo e que também eram bons soldados. Mas, naquela altura da vida, eu só confiava em dois negros, sem contar o meu falecido pai — Bob e Pie —, e nenhum dos dois andava na linha. A amiga de Cook me deu instruções sobre como chegar à fazenda de Washington, e fui até lá primeiro, já que ficava na margem de Maryland do Potomac, não muito longe de onde a gente estava.

A casa ficava numa estrada larga, onde a montanha se aplainava. Era protegida por um grande portão de ferro forjado, fazendo a curva numa estrada privada. Na frente do portão, bem do lado de fora, uma mulher de cor magra cuidava do jardim e varria as folhas. Abordei ela.

— Dia — falei.

Ela parou de limpar e ficou me fitando por um bom tempo. Até que respondeu, de maneira abrupta:

— Dia.

Pensei que ela soubesse que eu era um menino. Algumas mulheres de cor sacavam a minha de cara. Mas isso foi na época da escravidão. E, quando você é escravo, é como se estivesse se afogando, por assim dizer. Você não repara nas roupas de um camarada mais do que repararia no tamanho dos sapatos que ele calça, se é que usava algum, pois vocês dois estão se afogando no mesmo rio. A não ser que esse camarada esteja jogando uma corda pra trazer você pra margem, seus sapatos não são importantes. Acho que era por isso que algumas mulheres de cor com quem esbarrei não prestavam muita atenção em mim. Tinham seus próprios problemas. De qualquer forma, não podia fazer nada naquele momento quanto a isso. Eu tinha uma tarefa. E até entender onde estava pisando, não podia escapar pra lugar nenhum. Eu estava bancando o espião pro Velho e também cuidando de mim mesmo.

— Eu não sei onde estou — falei.

— Você tá onde tá — disse ela.

— Só estou tentando entender melhor a área.

— Ela tá bem na sua frente.

A gente não ia chegar a lugar nenhum, então eu disse:

— Eu estava pensando se você conhece alguém que queira aprender as letras.

Uma expressão inquieta tomou seu rosto. Deu uma olhada pra trás na direção da casa grande e continuou trabalhando com aquele ancinho.

— Por que alguém ia querer aprender isso? Os crioulos não têm motivo nenhum pra ler.

— Alguns têm.

— Não sei de nada disso — disse ela, ainda mexendo o ancinho.

— Veja, senhorita, eu estou procurando um trabalho.

— Aprendendo a ler? Isso não é trabalho. É confusão.

— Eu sei ler. Estou procurando ensinar a *outra pessoa* a ler. Em troca de dinheiro.

Ela não disse nem mais uma palavra. Levantou o ancinho da terra e me deu as costas. Simplesmente me deixou falando sozinho.

Não perdi tempo. Dei o fora dali. Pulei no matagal no mesmo instante sem fazer alarde, achando que ela tinha entrado na casa pra contar tudo pro responsável ou, ainda pior, pro seu amo. Esperei por alguns minutos, e, quando estava prestes a sair, uma carroça puxada por quatro cavalos imensos saiu a toda dos fundos da casa na direção do portão. Aquela coisa vinha rápido. Na frente estava um cocheiro negro, vestido com um paletó elegante, uma cartola e luvas brancas. A carroça atravessou o portão, e o crioulo fez uma manobra em pouco espaço pra ela parar bem na frente de onde eu me escondia. Ele desceu e vasculhou pela mata. Olhou bem pra onde eu estava. Eu sabia que ele não podia me ver, pois a folhagem era densa e eu estava bem agachado.

— Tem alguém aí? — perguntou.

— Não tem ninguém aqui, só as galinhas — respondi.

— Venha já aqui — vociferou. — Vi você da janela.

Fiz o que ele mandou. Era um homem robusto, de peito largo. De perto, ficava ainda mais formidável em sua casaca e uniforme de cacheiro do que de longe. Tinha os ombros grandes, e, por mais que fosse baixo, seu rosto era vívido e astuto, e as luvas brilhavam no sol da tarde. Ele me olhava compenetrado, franzindo as sobrancelhas.

— Foi o Ferreiro que mandou você aqui?

— Quem?

— O Ferreiro.

— Não conheço Ferreiro nenhum.

— Qual a senha?

— Não faço a menor ideia.

— Que música você vai cantar então? "We Can Break Bread Together"? É essa, não é?

— Não sei de música nenhuma. Só conheço canções do sul como "Old Coon Callaway Come On Home".

Ele olhava pra mim, intrigado.

— Qual é o seu problema?

— Nenhum.

— Faz parte do trem gospel?

— Do quê?

— A ferrovia.

— Que ferrovia?

Deu uma olhada pra trás na direção da casa.

— Você fugiu? É uma fugitiva?

— Não. Ainda não. Não exatamente.

— Você me deu três respostas, menina — falou com rispidez. — Qual delas é a certa?

— Pode escolher a que quiser, sinhô.

— Não tenho tempo pra brincadeira. Diz logo o que você quer. Já está bem encrencada, espreitando aqui no meio da estrada do Coronel Washington sem permissão. É melhor não estar por aqui quando ele voltar. Tenho que buscar ele na cidade em trinta minutos.

— E essa cidade seria Harpers Ferry?

Ele apontou pra cidade, lá embaixo da montanha.

— E aquilo ali parece Filadélfia, criança? Claro que é Harpers Ferry. Todo dia da semana. Onde mais seria?

— Bem, eu vim aqui pra te avisar — falei. — Algo tá pra acontecer ali.

— Algo sempre tá pra acontecer em algum lugar.

— Com os brancos, quero dizer.

— Os brancos sempre fazem as coisas acontecerem, pra tudo e pra todos. E também têm o poder de persuadir e decidir. O que existe de novo nisso? A propósito, você é frutinha? Sua aparência é bem esquisita, criança.

Ignorei aquilo, pois tinha trabalho duro pela frente.

— Se eu te contasse que algo grande tá pra acontecer — falei —, algo muito grande, você estaria disposto a insuflar o enxame?

— Insuflar o quê?

— A me ajudar. A insuflar o enxame. Reunir os negros.

— Menina, você tá plantando uma semente podre falando dessas coisas. Se fosse minha filha, já tinha esquentado seu traseiro com a minha chibata e mandado você pra a rua se esgoelando, só por ter falado com a minha mulher sobre aprender a ler. Você vai jogar os crioulos todos aqui num caldeirão se continuar falando disso. Ela não faz parte da causa, entende?

— Do quê?

— Da causa, o trem gospel, ela não faz parte. Não sabe nada do assunto. Não quer saber. Não pode saber. Não é confiável pra saber, tá me entendendo?

— Não sei do que você tá falando.

— Segue a estrada, então, sua pateta.

Ele subiu na carroça e se preparou pra fustigar os cavalos.

— Eu tenho notícias. Notícias importantes!

— Quem pensa grande, chega lá. Quem pensa pequeno, fica onde tá. Você é assim, filha. Você não bate bem. — E puxou a correia pra fazer os cavalos andarem. — Bom dia.

— O Velho John Brown tá a caminho — soltei.

Funcionou. Ele parou onde estava. Não tinha um só negro a leste do Mississippi que não tivesse ouvido falar de John Brown. Era como um santo. Encantava a gente de cor.

Ele me olhou do alto, ainda segurando as rédeas nas mãos.

— Eu devia te dar umas belas chicotadas pra aprender a não ficar mentindo por aí. Espalhando essas mentiras perigosas.

— Juro por Deus que ele tá vindo.

O PÁSSARO DO BOM SENHOR

O Cocheiro lançou um olhar pra casa. Deu meia-volta com a carroça, fazendo que a extremidade da porta não pudesse ser vista da casa.

— Entra aí e deita no chão. Se levantar a cabeça antes de eu mandar, vou te levar direto pro delegado, dizer que é uma fugitiva e deixar ele cuidar de você.

Obedeci. Ele fustigou os cavalos e seguimos em frente.

Dez minutos depois, a carroça parou e o Cocheiro desceu.

— Saia — falou. Mal tinha aberto a porta quando disse isso. Não queria mais saber de mim. Desci. A gente estava numa estrada de montanha, no meio da mata densa, bem acima de Harpers Ferry, num trecho deserto do caminho.

Ele subiu na carroça e apontou pra trás.

— Essa é a estrada pra Chambersburg — falou. — Fica a uns trinta quilômetros naquela direção. Sobe lá e procura por Henry Watson. É um barbeiro. Fala que o Cocheiro te mandou. Ele vai te dizer o que fazer em seguida. Não pega a estrada, vai sempre pelo mato.

— Mas eu não sou fugitiva.

— Eu não sei quem você é, menina, mas dá o fora — disse o Cocheiro. — Tá procurando problema, aparecendo do meio do nada e falando sem parar por aí do Velho John Brown, de aprender a ler e essas coisas. O Velho Brown tá morto. Uma das pessoas que mais ajudou os negros nesse mundo, mais morto que amor de ontem. Devia lavar a boca pra falar o nome dele, menina.

— Ele não tá morto!

— Foi morto no território do Kansas — disse o Cocheiro. Parecia convencido. — Temos aqui um homem que sabe ler. Eu estava na igreja no dia em que ele leu aquele jornal pra gente. Ouvi com meus próprios ouvidos. O Velho Brown estava no oeste, com a milícia, a cavalaria americana e mais todo mundo atrás dele querendo a recompensa pela sua cabeça. Dizem que ele levou a melhor sobre eles todos, mas que pegaram ele em seguida e afogaram ele. Que Deus o abençoe. Meu amo detesta ele. Agora cai fora.

— Posso provar que ele não tá morto.

— Como?

— Porque eu vi ele. Conheço ele. Vou te levar até ele quando vier.

O Cocheiro abriu um sorriso zombeteiro, agarrando as rédeas.

— Ora, seu eu fosse seu pai, ia chutar tão forte seu traseiro que a minha bota ia sair pela boca. Onde já se viu mentir assim desse jeito? Qual é seu problema, hein, pra ficar aí mentindo aos ouvidos de Deus? O que o grande John Brown ia querer com uma crioulinha afrescalhada como você? Agora mete o pé na estrada antes que eu machuque essa bunda marrom! E não conta pra ninguém de mim. Já estou por aqui com aquele maldito trem gospel hoje! E diz pro Ferreiro, se estiver com ele, pra não me mandar mais nenhum pacote.

— Pacote?

— Pacote — disse ele. — Sim! Chega de pacote!

— Que tipo de pacote?

— Você tem a cabeça dura, menina? Dá o fora.

— Não sei do que você tá falando.

Ficou me olhando de cima pra baixo.

— Você tá no subterrâneo* ou num tá? — perguntou.

— Que subterrâneo?

Eu estava confuso, e ele continuava me fitando, zangado.

— Pega logo essa estrada pra Chambersburg antes que eu te leve até lá na base de chute!

— Não posso ir lá. Estou hospedado na fazenda Kennedy.

— Tá vendo? — bufou o Cocheiro. — Te peguei em outra mentira. O Velho Kennedy deu seu último suspiro há mais ou menos um ano.

— Um dos homens de Brown alugou a casa da viúva. Vim pra essa região com ele.

Aquilo acalmou um pouco ele.

— Tá falando daquele branco tagarela que anda circulando pela cidade? O que roda por aí com a gorda da Srta. Mary, aquela moça loura que mora estrada acima?

— Ele mesmo.

— Ele tá com John Brown?

— Sim, sinhô.

---

* "Underground railway" — ferrovia subterrânea — era o nome dado à rede de rotas de fuga dos escravos negros nos EUA, muitas levando até o Canadá. (N.T.)

O PÁSSARO DO BOM SENHOR

— E por que ele tá andando por aí com ela, então? Aquela sirigaita idiota já levou mais ferro que a ferrovia Baltimore & Ohio.

— Sei lá.

O Cocheiro franziu as sobrancelhas.

— Meu irmão me mandou parar de dar trela pra fugitivos — chiou. — Não dá para saber quando estão dizendo a verdade ou mentindo na cara dura — e deu um suspiro. — Acho que, se eu estivesse dormindo no frio sem um teto, também estaria inventando coisas.

Resmungou um pouco mais e então revirou o bolso, tirando um monte de moedas.

— De quanto precisa? Tudo o que tenho são oito centavos. — E estendeu a mão. — Pega isso e cai fora. Agora. Tá na hora de ir embora. Vai pra Chambersburg.

Amoleci um pouco com aquilo.

— Sinhô, eu não vim aqui atrás do seu dinheiro — falei. — E não vim aqui pra ir a uma Chambersburg de ninguém. Vim pra avisar que o Velho John Brown está a caminho. Com um exército. Planeja tomar Harpers Ferry e começar uma insurreição. Ele me disse pra "juntar o enxame". Essa foi sua instrução. Ele disse: "Cebola, fale pra todas as pessoas de cor que eu estou chegando e pra que se reúnam. Reúna as abelhas. É o que estou fazendo com o sinhô. E não vou contar pra mais ninguém, porque num vale a pena."

Dito isso, dei as costas e desci estrada abaixo na direção de Harpers Ferry, pois ele tinha me levado pra bem longe.

Ele gritou para mim:

— Chambersburg fica pro outro lado.

— Eu sei pra onde estou indo — respondi.

A carroça dele também estava voltada pra Chambersburg, subindo a montanha, na direção oposta à minha. Ele fustigou os cavalos e galopou montanha acima. Levou vários minutos pra encontrar um lugar onde pudesse dar a volta, já que a carroça era puxada por quatro cavalos. Não perdeu tempo e fez os cavalos descerem a montanha atrás de mim num trote acelerado. Quando me alcançou, parou os animais com um só movimento. Fez a manobra em pouquíssimo espaço. Guiava aquela carroça bem pra cacete. Olhou pra mim de cima a baixo.

— Eu não te conheço — falou. — Não sei quem você é ou de onde vem. Mas sei que não é daqui, então sua palavra não vale uma fungada de rapé.

Mas deixa eu te fazer uma pergunta: se eu perguntasse na fazenda do velho Kennedy, iam saber dizer quem você é?

— Só tem um camarada lá agora. O camarada de quem eu te falei. O nome dele é Sr. Cook. O Velho mandou ele pra espiar a cidade antes da sua chegada. Mas não devia ter mandado, porque ele fala demais. Provavelmente já contou pra todos os brancos da cidade sobre o Capitão.

— Deus do Céu, como você mente bem — disse o Cocheiro. Ficou ali parado por um bom tempo. Depois olhou ao redor pra ver se o caminho estava livre e não vinha ninguém. — Vou fazer um teste com você — disse. Enfiou a mão no bolso e tirou um pedaço de papel amassado. — Tá dizendo então que sabe ler?

— Sei.

— Pois leia isso — disse. Sentado na boleia, passou o papel para mim.

Peguei e li em voz alta.

— Diz: *Caro Rufus, por favor dê ao meu cocheiro Jim quatro conchas e duas colheres do seu armazém e não deixe que coma mais biscoitos comprados aí que depois serão cobrados na minha conta. Esse crioulo já está bem gordo.*

Devolvi o papel pra ele.

— Tá assinado "Coronel Lewis F. Washington" — falei. — É o seu amo?

— Aquele maldito velhaco cara de elefante — balbuciou. — Nunca precisou suar na vida. Nunca trabalhou um só dia. E vive me dando farinha de milho cozida e biscoito azedo. Ele esperava o quê?

— Como é que é?

Ele enfiou o papel no bolso.

— Se você *estivesse* dizendo a verdade, seria difícil saber — falou. — Por que o grande John Brown ia mandar uma menininha fresca pra fazer um trabalho de homem?

— Você mesmo pode perguntar quando ele chegar — respondi. — Você só sabe insultar e nada mais. — E comecei a descer a montanha, pois não tinha jeito de convencer ele.

— Pera lá.

— Não. Já te falei, sinhô. Foi avisado. Vai lá na fazenda Kennedy e vê se não vai encontrar o Sr. Cook falando coisas que não devia.

— E quanto à Srta. Mary? Ela também tá trabalhando com o Velho John Brown?

— Não. Eles só tão se conhecendo.

O PÁSSARO DO BOM SENHOR

— Ave Maria, não dava pra ele encontrar nada melhor? A cara daquela mulher faz o relógio parar de dar volta. Que tipo de homem é esse seu Sr. Cook, que precisa correr atrás dela?

— O resto do exército não se comporta como o Sr. Cook — falei. — Estão vindo pra atirar em outros homens, não pra ficar perseguindo mulheres. Eles são perigosos. Estão vindo lá de Iowa e têm mais armamento do que você já viu um dia. Quando carregam suas armas, eles largam o dedo, e é melhor quem estiver por perto sair da frente. Isso é um fato, sinhô.

Aquilo chamou sua atenção, e, pela primeira vez, vi seu rosto deixar a suspeita um pouco de lado.

— É uma bela história, mas parece mentira — falou. — Ainda assim, não me custa nada mandar alguém na fazenda do velho Kennedy, se você diz que tá morando lá, pra confirmar suas lorotas. Enquanto isso, acredito que cê não seja burra o bastante pra mencionar o meu nome, o do Ferreiro ou o de Henry Watson pra ninguém na cidade. Pode acabar numa prancha de gelo se fizer isso. Aqueles dois são raça ruim. Metem uma bala na sua cabeça e te dão de comer para os porcos se acharem que você entregou as atividades deles.

— É melhor eles se certificarem que têm todos os dentes de trás então — disse eu. — Pois quando o Capitão Brown chegar, vou contar pra ele que você e seus amigos aqui foram um empecilho e vocês todos vão ter que lidar com ele. Vai dar uma lição por me tratarem como mentirosa.

— O que você quer, filha? Uma medalha de ouro? Você aparece do nada, contando um monte de grandes aventuras pra alguém assim tão jovem. Deu sorte de suas mentiras terem caído no meu ouvido. E não no dos outros crioulos por aqui, pois um monte deles daria você para os patrulheiros de escravo em troca de um travesseiro de pena de ganso. Vou verificar sua história com o Sr. Cook. Ou tá mentindo ou não tá. Se for mentira, deve ter se esforçado como o diabo pra inventar isso tudo. Se não for, você tá desobedecendo as ordens de Deus e passando dos limites de maneira diabólica, pois de modo algum nesse mundo verde de Deus o Velho John Brown, esperto como é, ia vir aqui em meio a todos esses soldados e armas pra lutar pela liberdade dos negros. Seria como colocar a cabeça na boca do leão. Ele é um homem corajoso, se ainda estiver vivo, mas não é nenhum idiota.

— Você não conhece ele — falei.

Mas o Cocheiro não me ouviu. Tinha fustigado os cavalos e partido.

23

A palavra

Dois dias depois, uma velha senhora de cor, carregando vassouras num carrinho de mão, apareceu na porta da fazenda Kennedy e bateu. Cook estava num sono profundo. Ele acordou, com a mão na pistola, e correu até a porta. Falou por trás dela, segurando a pistola junto ao corpo.

— Quem é?

— O nome é Becky, patrão. Estou vendendo vassouras.

— Não estou interessado.

— O Cocheiro disse que estava.

Cook olhou pra mim, intrigado.

— É o sujeito de quem eu te falei — disse.

Ele ficou ali piscando alguns instantes, ainda meio sonolento. Não lembrava o que eu tinha contado a ele sobre o Cocheiro, assim como um cão não lembra a própria data de aniversário. Aquela gorda da Mary estava acabando com ele. Só voltou pra casa na noite anterior no meio da madrugada. Chegou com as roupas amarrotadas e os cabelos desgrenhados, cheirando a álcool, rindo e assoviando.

— Então tudo bem. Mas entra devagar.

A mulher entrou devagar e decidida, empurrando o carrinho à sua frente. Era velha, esguia, com cabelos brancos, um rosto todo enrugado e um vestido maltrapilho. Tirou duas vassouras do carrinho e segurou uma em cada mão.

O PÁSSARO DO BOM SENHOR

— Eu mesma que fiz — disse — com a melhor palha que existe e cabos de pinho novinhos em folha. A madeira é de pinheiros do sul, os melhores.

— A gente não precisa de vassoura — disse o Sr. Cook.

A mulher deu uma boa olhada ao redor. Viu os caixotes onde se lia "Ferramentas" e "Mineração". As picaretas e machados limpos, sem nenhum contato com a terra. Olhou pra mim uma vez, depois outra, piscando, e então pra Cook.

— Certamente a sinhazinha aqui — e apontou para mim com a cabeça — ia gostar de uma vassoura pra poder limpar tudo pro jovem amo.

Cook estava sonolento e irascível.

A gente já tem bastante vassoura aqui.

— Mas se vocês trabalham com mineração e ficam tudo sujo, vão acabar trazendo todo tipo de imundície e terra pra dentro de casa. Eu não ia gostar de ver o amo chateado.

— A senhora é surda?

— Já que é assim, peço perdão. O Cocheiro disse que vocês precisavam de vassouras.

— Quem é mesmo esse aí?

— É o sujeito de quem eu te falei — repeti.

Cook olhou pra mim e franziu as sobrancelhas. Ele não era como o Velho. Não sabia bem o que fazer comigo. Ele foi bacana quando a gente estava na estrada, no oeste, e não tinha ninguém por perto com quem ficar de conversa fiada. Mas quando chegou na civilização, não sabia se devia se comportar como branco ou negro, agir como soldado ou espião. Estava completamente desorientado. Não tinha me dado nem um pouco de atenção desde que chegamos a Ferry, e quando deu foi desrespeitoso. Eu era só um incômodo. Ele só queria saber de se divertir. Acho que pensava que nada sairia dos planos do Velho e nem acreditava neles, pois Cook nunca tinha participado de um combate de verdade e nunca tinha visto o Velho lutar.

— Ela é uma dessas que você devia recrutar?

— Uma delas — respondi.

— Então recruta, ora — disse ele —, enquanto faço um café pra gente. — Pegou um balde e saiu. Tinha um poço d'água lá fora, e ele se arrastou até lá, carregando aquele balde e esfregando os olhos.

Becky olhou pra mim.

— Nós estávamos aqui numa missão — disse eu. — Acho que o Cocheiro falou pra você.

— Ele me disse que encontrou uma putinha estranha vestindo roupas esquisitas na estrada, que tinha dado alguns conselhos errados pra ele. Uma baita de uma mentirosa.

— Preferia que não me chamasse dessas coisas, pois não fiz nada a você.

— Vou te chamar de morta se continuar dessa maneira. Vai se dar muito mal se continuar andando por aí vendendo ouro de tolo. E falando para os ouvidos das pessoas erradas. A mulher do Cocheiro não trabalha no trem gospel. A boca dela é que nem uma cascata. Você tá colocando um monte de gente em risco, alardeando pra todo mundo sobre John Brown.

— O Cocheiro já alugou minha orelha com essa conversa — respondi. — Eu não sei nada de nenhum trem gospel e tenho raiva de quem sabe. Não sou fugitiva e nem sou dessas bandas. Me mandaram na frente pra reunir o enxame. Juntar as pessoas de cor. Foi para isso que o Velho me mandou aqui.

— Por que mandaria você?

— Ele só tem dois negros no exército dele. E não confiava muito nos outros.

— Em que sentido?

— O Capitão achava que eles podiam dar no pé antes de fazer o que deviam.

— O Capitão. Quem é esse?

— Já disse. John Brown.

— E o que o Capitão disse pra você fazer?

— Reunir o enxame. Não tá me ouvindo?

Cook chegou na cozinha com uma panela cheia de água. Depois foi colocar uns gravetos no forno pra esquentar a água.

— Já recrutou ela? — perguntou, alegre.

Era só um pateta. Era o homem mais feliz que já vi na vida. Aquilo ia lhe custar. Ia morrer por causa daquilo, por bancar o bobo.

— Ela não acredita — disse eu.

— Em qual parte?

O PÁSSARO DO BOM SENHOR

— Em nenhuma.

Ele levantou e limpou a garganta, agitado.

— Ouça bem, tia Polly, a gente veio de longe até aqui pra...

— Meu nome é Becky, por cortesia.

— Becky. Um grande homem está para chegar aqui e libertar seu povo. Acabei de receber uma carta dele. Vai estar aqui em menos de três semanas. Ele precisa reunir o enxame. Libertar vocês tudo.

— Já ouvi tudo o que precisava sobre reunir e libertar — disse Becky. — E como vai ser essa reunião do enxame, essa libertação?

— Não posso contar essas coisas. Mas pode ficar certa que John Brown tá vindo. Lá do oeste. A liberdade tá chegando pra você e sua gente. A Cebola aqui não tá mentindo.

— Cebola?

— É assim que a gente chama ela.

— Ela?

Interrompi a conversa ali mesmo:

— Srta. Becky, se você não quer se juntar a nós ou subir a bordo do que John Brown tá oferecendo, não precisa aparecer.

— Eu não disse isso — falou. — Quero saber o que ele tá oferecendo. Liberdade? Aqui? Não sei onde ele tá com a cabeça pra achar que pode vir pra essas bandas e sair sem um arranhão. Tem um baita dum depósito de armas aqui.

— É por isso que tá vindo — disse Cook. — Pra tomar o depósito.

— E como ele vai fazer isso?

— Com seus homens.

— E o que mais?

— Mais todos os negros que vão se juntar quando ele tomar o depósito.

— Meu senhor, isso que tá falando é loucura.

Cook era um fanfarrão, e nada mexia mais com a sua vaidade do que falar com alguém que não acreditava nele ou rebatia seus argumentos. Especialmente um negro.

— Ah, estou? — disse ele. — Pois olha aqui.

E levou ela para o outro aposento, onde estavam as pilhas de caixotes com o rótulo "Ferramentas de Mineração". Pegou um pé-de-cabra e abriu.

Ali dentro, empilhados em fileiras organizadas, estavam trinta carabinas Sharps brilhando, novinhas em folha, uma atrás da outra.

Eu também não tinha visto o que tinha dentro das caixas, e o volume da coisa atordoou a Srta. Becky e eu ao mesmo tempo. Ela esbugalhou os olhos.

— Tenha piedade — disse.

Cook resmungou, se vangloriando.

— A gente tem quatorze caixotes iguaizinhos a esse aqui. E ainda tem mais pra chegar. O Capitão tem arma o bastante pra equipar duas mil pessoas.

— Só tem noventa escravos em Harpers Ferry, meu senhor.

Aquilo deixou ele surpreso. O sorriso desapareceu do rosto.

— Pensei que tivesse mil e duzentos negros aqui. Foi isso que o camarada do posto dos correios disse ontem.

— É verdade. A maioria deles é livre.

— Não é a mesma coisa — balbuciou.

— É quase — disse a Srta. Becky. Os negros livres também sofrem com a escravidão. Muitos são casados com escravos. Eu sou livre, mas meu marido é escravo. A maioria dos negros livres tem algum parente escravizado. Eles não são a favor da escravidão. Acredita em mim.

— Ótimo! Então vão lutar do nosso lado.

— Não falei isso. — Ela sentou, esfregando a cabeça. — O Cocheiro me colocou num dilema — resmungou. E então gritou, nervosa: — Isso é uma maldita de uma arapuca!

— Não precisa acreditar — disse Cook, animado. — Apenas fale pra todos os seus amigos que John Brown vai chegar aqui em três semanas. A gente vai atacar no dia 23 de outubro. Me mandou a data por correspondência. Espalha isso por aí.

Eu era só um menino vestido de menina, um tanto tapado e incapaz de perceber a maldade das pessoas, burro que era. Mas ainda assim era um rapaz começando a entender o mundo e nem era assim tão pateta. Me veio à cabeça que não seria preciso mais que um daqueles negros que aceitasse um jarro de pêssegos ou uma bela de uma melancia de seu amo pra entregar tudo, dar com a língua nos dentes, e todo mundo ia acabar pagando.

— Sr. Cook — disse eu. — A gente não sabe se pode confiar nessa mulher.

O PÁSSARO DO BOM SENHOR

— Você convidou ela — respondeu.

— E se ela disser alguma coisa?

A Srta. Becky fechou o semblante.

— Mas é muita insolência — disse ela. — Você invadiu a propriedade do Cocheiro, quase entregou ele pra esposa tagarela e agora vem *me* dizer em quem pode confiar? É em você que a gente não pode confiar. Pode estar contando um monte de mentiras, criança. É bom que a sua história tenha fundamento. Se não tiver, o Ferreiro vai te matar bem aí onde tá e acabar com essa história toda. Ninguém aqui nessa cidade vai se importar com uma crioulinha morta num beco.

— O que eu fiz pra ele?

— Tá colocando a ferrovia dele em risco.

— Ele é dono de uma ferrovia?

— O subterrâneo, menina.

— Espera aí — disse Cook. — O seu Ferreiro não vai matar ninguém. A Cebola aqui é como uma filha pro Velho. É a favorita dele.

— Claro que é. E eu sou George Washington.

Aquilo fez Cook perder a cabeça.

— Não começa a se atrever comigo. A gente veio aqui pra salvar vocês. Não o contrário. O Capitão roubou a Cebola aqui e tirou ela da escravidão. É como parte da família. Então é melhor não abrir a boca pra falar que o seu Ferreiro vai machucar essa menina aqui ou qualquer outra pessoa. O seu Ferreiro não vai continuar respirando por muito tempo se continuar a interferir nos planos do Capitão. Ele não é louco de ficar do lado oposto ao do Capitão Brown.

Becky colocou a cabeça nas mãos.

— Confesso que não sei no que acreditar — disse. — Não sei o que dizer ao Cocheiro.

— É ele o negro no comando por aqui?

— Um deles. O principal é o Ferroviário.

— Onde ele tá?

— Onde você acha? Na ferrovia.

— A subterrânea?

— Não. A ferrovia de verdade. A Baltimore & Ohio. Aquela que faz piuí, piuí. Hoje deve estar em Baltimore ou em Washington, D.C.

— Perfeito! Ele pode reunir o enxame lá. Como posso falar com ele?

Ela se levantou.

— Estou de saída. Já falei até demais, senhor. Pelo que sei, você pode ser um ladrão de escravos de Nova Orleans que veio até aqui pra roubar almas e descer o rio com elas. Podem ficar com uma vassoura dessas. É um presente. Usem pra varrer as mentiras desse lugar. E fiquem de olho na vizinha aqui do lado, se não quiserem que o delegado apareça. É uma enxerida. Sra. Huffmaster, é como se chama, e ela não gosta de crioulos, ladrões de escravos ou abolicionistas.

Enquanto a srta. Becky caminhava na direção da porta, gritei:

— Você devia falar com a sua gente. Pergunta pro Ferroviário.

— Não vou falar com ninguém. É um truque.

— Vai em frente, então. Você vai ver. A gente também não precisa de você.

Ela me deu as costas, mas, ao partir na direção da porta, olhou para o gancho de casacos na parede e viu o xale esfarrapado que a General me deu no Canadá pendurado ali. O xale de Harriet Tubman em pessoa.

— Onde conseguiu isso? — perguntou.

— Foi um presente — respondi.

— De quem?

— Uma das amigas do Capitão foi quem me deu. Disse que ia ser útil. Só trouxe porque... usei pra cobrir umas coisas minhas na carroça.

— Você sabia... — falou.·

Em seguida, tirou o xale com cuidado do gancho. Segurou diante da luz, depois colocou na mesa, e seus dedos marrons estenderam ele. Estudou a estampa com muita atenção. Eu não tinha nem olhado. Não tinha nada além de um cãozinho feio numa caixa, com as patas apoiadas nos quatro cantos e o focinho quase tocando um dos cantos de cima. Algo naquele desenho mexeu com ela, que balançou a cabeça.

— Não acredito nisso. Onde você encontrou... a pessoa que te deu isso?

— Não posso responder, pois também não te conheço.

— Ah, pode dizer, sim — disse Cook, falador que só ele.

Mas não abri o bico. A Srta. Becky fitou o xale, e seus olhos subitamente ficaram cheios e brilhantes.

O PÁSSARO DO BOM SENHOR

— Se não estiver mentindo, criança, hoje é um grande dia. A pessoa que te deu isso disse mais alguma coisa?

— Não. Bem... Ela disse pra não mudar a data, porque ela também ia vir. Com a gente dela. Isso ela disse. Pro Capitão, não pra mim.

A Srta. Becky ficou em silêncio por um instante. Era como se eu tivesse dado a ela um milhão de dólares, pois parecia enfeitiçada. As velhas rugas nas mãos ficaram lisas e os lábios esboçaram um sorriso. As linhas na testa pareciam ter sumido. Ela pegou o xale e estendeu à sua frente.

— Posso ficar com isso? — perguntou.

— Se isso for ajudar, tudo bem — respondi.

— Vai ajudar — disse ela. — Vai ajudar bastante. Ah, o Senhor sabe como conceder bênçãos, não sabe? Pois hoje ele me abençoou.

Sentiu então uma súbita pressa, jogando o xale nos ombros, recolhendo as vassouras e jogando elas no carrinho de mão, enquanto Cook e eu observávamos.

— Onde vai? — disse Cook.

A Srta. Becky parou na porta e segurou firme a maçaneta, olhando pra ela enquanto falava. Sua felicidade tinha desaparecido, e ela não estava mais pra brincadeiras. Ficou toda séria e firme.

— Esperem uns dias — disse. — Apenas esperem. E fiquem em silêncio. Não falem nada pra ninguém, seja branco ou de cor. Se algum negro aparecer aqui perguntando do seu Capitão, tenham cuidado. Se não mencionarem o Ferreiro ou o Ferroviário logo de cara, puxem a faca e usem ela, porque significa que descobriram a gente.

Dito isso, abriu a porta, ergueu o carrinho de mão e foi embora.

24

O Ferroviário

Pouco depois, Cook conseguiu um trabalho em Ferry, na Casa de Apostas, uma taverna e armazém ferroviário bem no depósito de armas, onde podia incomodar os outros. Tinha uma jornada longa. Trabalhava noite adentro, enquanto eu ficava na fazenda, arrumando a casa, tentando cozinhar, escondendo o que podia daqueles caixotes e fingindo ser sua consorte. Cerca de uma semana depois de começar, Cook voltou pra casa uma noite e disse:

— Tem alguém que quer falar com você.

— Quem?

— Um camarada de cor da ferrovia.

— Não pode trazer ele aqui?

— Disse que não queria vir. Seria muito perigoso.

— Por que não disse pra você o que queria me dizer?

— Ele deixou bem claro. É com você que quer falar.

— E não disse nada sobre o Ferreiro?

Cook deu de ombros.

— Não sei de nada disso. Ele só disse que queria falar com você.

Me arrumei pra sair. Estava de saco cheio de ficar enfurnado naquela casa.

— Não agora — disse Cook. — Hoje à noite, na madrugada. Uma da manhã, falou... Aguenta um pouco e vai pra cama. Vou voltar pra taverna. Quando estiver na hora, te acordo.

O PÁSSARO DO BOM SENHOR

Ele não precisou me acordar porque fiquei sentado. A noite inteira, esperando, ansioso, até que finalmente Cook apareceu por volta de meia-noite. Descemos juntos a montanha da fazenda Kennedy até Ferry. Estava escuro e chuviscando quando deixamos a montanha. Atravessamos a ponte pelo lado do Potomac e, ao fazer isso, vimos que o trem tinha chegado, o Baltimore & Ohio, um veículo enorme parado bem na frente da fábrica de carabinas em Ferry. A locomotiva ficou ali, soltando fumaça e abastecendo de água. O vagão dos passageiros estava vazio.

Cook me levou para os fundos da estação, descendo junto ao trem. Quando chegamos no último vagão, ele se enfiou no mato e partiu na direção do Potomac, junto à margem. O Potomac passava por baixo dos trilhos. Estava bem escuro lá embaixo, não dava pra ver nada além das águas à luz da lua. Ele apontou pra encosta do rio.

— O camarada quer falar com você ali. Sozinha — disse ele. — Esses negros são desconfiados.

Ele ficou esperando no alto da encosta, enquanto eu descia até a margem do Potomac. Sentei ali e esperei.

Alguns minutos depois, uma figura alta e corpulenta emergiu da extremidade da encosta. Era um homem de aparência poderosa, vestido em seu esmerado uniforme de carregador de malas. Não veio direto até mim, mas foi seguindo em meio à sombra dos suportes dos trilhos para se aproximar. Quando me viu, não chegou mais perto. Parou a alguns metros, virou e se apoiou no suporte, fitando o rio. Lá em cima, o trem subitamente deu um solavanco e soltou uma lufada de vapor, com suas válvulas chacoalhando e tudo o mais ao lançar aquela fumaça. Dei um salto quando ouvi o barulho, e ele olhou pra mim, logo em seguida virando outra vez para o rio.

— Leva uma hora para o vapor subir — disse ele. — Duas, talvez. É todo o tempo que tenho.

— Você é o Ferroviário?

— Não importa quem eu sou. Importa quem você é. O que você é?

— Uma mensageira.

— Assim como Jesus. E você não via Ele andando por aí de saia e ce-roulas. Você é menino ou menina?

— Não sei por que todo mundo tá tão interessado no que eu sou — respondi. — Só estou trazendo um recado.

— Está trazendo problema, isso sim. Se alguém desconfiar, você vai pagar caro.

— O que fiz de errado?

— Pelo que sei, você quer comprar umas vassouras do Cocheiro. A gente transporta elas pra Baltimore e mais pra frente — falou.

— Quem disse isso? — perguntei.

— O Ferreiro.

— E quem seria esse?

— Nem queira saber.

Ele olhava pra outra margem do rio. À luz da lua, tudo que eu conseguia enxergar dele era o contorno do rosto. Parecia um sujeito amigável, mas tinha uma expressão tensa e séria. Não estava de bom humor.

— Vou perguntar outra vez — disse ele. Olhou sobre o ombro na direção de Cook, que observava a gente do alto, e depois pra água. — Quem é você. De onde vem. E o que quer.

— Veja, acho que não sei mais o que dizer, pois já falei tudo duas vezes.

— Quando você esbarra com uma língua solta como a mulher do Cocheiro, fazendo um escarcéu sobre insurreição, é melhor ser claro.

— Eu não fiz nenhum escarcéu sobre insurreição. Só disse que sabia ler.

— Dá no mesmo. Você não diz uma coisa dessas por aqui. Ou vai ter que se ver com o Ferreiro.

— Não vim até aqui pra você me ameaçar. Falo em nome do Capitão. Não tenho nada a ver com isso.

— Com o quê?

— Você sabe o quê.

— Não, não sei. Me diga.

— Por que todas as pessoas de cor aqui falam dando voltas?

— Porque o branco não pensa duas vezes pra disparar. Com balas de verdade, criança. Especialmente se um negro for burro o bastante pra falar de insurreição!

— Não foi ideia minha.

— Não me interessa de quem é a ideia. Você tá dentro agora. E se o seu homem; se o seu homem é quem você diz ser; se o seu homem está pensando em contar com a gente de cor, ele errou de cidade. Aqui só tem uns cem, no máximo, que podem se juntar a ele. Se tantos.

— E por que isso?

— Não tem mais de mil e duzentos negros aqui. Boa parte é formada de mulheres e crianças. O resto daria os próprios filhos de comer aos porcos debaixo de uma árvore antes de sequer levantar uma sobrancelha para o homem branco. Merda. Se o Velho John Brown queria gente de cor pra lutar ao seu lado, devia ter ido mais noventa quilômetros pra Baltimore, Washington ou até mesmo à costa leste de Maryland. Os negros de lá leem os jornais. Têm embarcações. Armas. Alguns deles são barqueiros. Gente que sabe incitar gente. Seria mamão com açúcar. Até no sul da Virgínia, na zona do algodão. As fazendas lá estão cheias de negros que fariam tudo pra fugir. Mas aqui? — E ele balançou a cabeça, olhando pra trás na direção de Ferry. — Errou de lugar. A gente está em menor número. Cercados de brancos por todos os lados nas outras regiões.

— Tem armas aqui — falei. — É por isso que o Capitão tá vindo. Ele quer as armas do arsenal pra dar aos negros.

— Tenha dó. Esses crioulos aqui não sabem a diferença de uma espingarda pra um bolo de dinheiro. Não sabem manejar espingarda nenhuma. Não vão deixar um crioulo chegar perto dessas armas.

— Ele tem lanças. E espadas. Um monte. Milhares.

O Ferroviário resmungou, amargo.

— Não vai adiantar nada. Assim que disparar o primeiro tiro, os brancos vão queimar ele.

— Você nunca viu o Capitão numa batalha.

— Não importa. Vão arrancar a cabeça dele e, quando acabarem, vão se livrar de todos os negros num raio de cento e cinquenta quilômetros só pra fazer eles esquecerem que um dia vimos John Brown por essas bandas. Eles odeiam o sujeito. Se estiver vivo. E eu não acho que está.

— Continua assim, então. Eu estou cansado de jurar e ter que provar. Quando chegar, você vai ver. Eu vi ele planejando. Tem mapas cheios de cores e rabiscos mostrando de onde os negros vão sair. Falou que eles vão vir de todas as partes: Nova York, Filadélfia, Pittsburgh. Tá tudo planejado. Vai ser um ataque surpresa.

O Ferroviário gesticulou com a mão, irritado.

— Não é surpresa nenhuma aqui — chiou.

— Você sabia que ele estava vindo?

— Não gostei da ideia desde que ouvi falar. E também não achei que ele seria burro assim pra tentar.

Era a primeira vez que eu ouvia alguém de fora do círculo do Velho mencionar o plano.

— Quem te contou isso?

— A General. É por isso que estou aqui.

Meu coração parou de bater.

— Ela tá vindo?

— Espero que não. Vão explodir a cabeça dela.

— Como sabe tanto assim?

Pela primeira vez, ele virou pra mim. Chupou os dentes.

— Seu Capitão, que Deus o abençoe, vai voltar pra casa em pedaços quando acabarem com ele aqui. E o negro que for burro o bastante pra ir atrás dele vai levar tiro por causa do maldito.

— Por que você tá assim tão irritado? Ele não te fez nada.

— Eu tenho mulher e três filhos escravos aqui — rebateu. — Esses brancos vão dedicar toda a sua munição pra caçar os negros depois de matarem o Velho John Brown. Vão ficar em carne viva por anos. E os negros que não terminarem numa cova na terra vão ser mandados pra longe. Vão vender toda e qualquer alma escravizada por aqui que seja um pouco mais escura. Vão mandar eles rio abaixo, até Nova Orleans, por causa desse desgraçado. Ainda não consegui guardar dinheiro pra comprar meus filhos. Só tenho o suficiente pra um. Agora tenho que decidir. Hoje. Se ele vier...

Calou a boca. Aquilo corroía o homem por dentro. Estava furioso e olhou para o outro lado. Vi que estava perturbado, então falei:

— Não precisa se preocupar. Vi um monte de negros que disseram que iam vir. Num grande encontro que fizeram no Canadá. Discursaram o dia inteiro sobre o assunto. Estavam zangados. Um catatau deles. Eram uns camaradas importantes. Gente que lê. Homens das letras. Prometeram vir...

— Tudo besteira! — bufou ele. — Aqueles crioulos insolentes e faladores não têm areia nem pra encher um maldito dedal!

Ficou irritado e olhou para o outro lado, depois apontou para o trem nos trilhos em cima da gente.

— Aquele trem ali — disse — é da linha B&O. Parte de Washington, D.C., e de Baltimore todo dia. Vai um pouco ao norte e faz correspondência com o trem que sai de Filadélfia e de Nova York duas vezes por semana. Eu

O PÁSSARO DO BOM SENHOR

vi cada negro que já viajou naquele trem pelos últimos nove anos. E posso te dizer, metade dos seus líderes negros não tem dinheiro pra comprar uma passagem naquele trem pra viajar por mais de dez metros. E aqueles que têm poderiam explodir a cabeça da mulher com uma pistola em troca de um só copo do leite do homem branco.

Bufou, soltando fumaça pelo nariz.

— Eles falam bastante, escrevem histórias para os jornais abolicionistas e coisa e tal. Mas escrever no jornal e fazer discursos não é o mesmo que dar as caras e fazer o serviço. Estar na linha. Na linha de frente. A linha da liberdade. Falam aos montes, aqueles gordos almofadinhas que vivem bebendo chá e sugando moela, rodando pela Nova Inglaterra com suas belas camisas de seda e deixando os brancos enxugarem suas lágrimas. Box Car Brown. Frederick Douglass. Merda! Conheço um sujeito de cor em Chambersburg que vale uns vinte desses fanfarrões.

— Henry Watson?

— Esqueça nomes. Você faz perguntas demais e sabe mais do que devia agora, Deus me livre.

— Você não devia dizer o nome de Deus em vão. Não quando o Capitão chegar.

— Não estou preocupado com ele. Venho trabalhando no trem gospel há anos. Conheço seus feitos. Ouço falar deles desde que entrei nessa. Eu gosto do Capitão. Adoro ele. Rezei por ele por noites e noites. E agora ele...

— E então se lamentou e xingou um pouco mais. — Tá mais frio que jantar de ontem, é isso que ele tá. Quantas pessoas tem no exército dele?

— Bem, na última contagem tinha... uns dezesseis, mais ou menos.

O Ferroviário gargalhou.

— Não dá nem pro começo. O Velho tá completamente doido. Pelo menos, não sou o único louco. — Sentou na margem do rio e jogou uma pedra na água. Fez só um barulhinho. A lua brilhava e iluminava ele. Estava extremamente infeliz. — Me conta o resto — pediu.

— Do quê?

— Do plano.

Contei tudo de cabo a rabo. Ouviu com bastante atenção. Disse que a gente ia dar um jeito nos vigias noturnos da frente e dos fundos, depois ia para as montanhas. Quando terminei, ele acenou com a cabeça. Parecia mais tranquilo.

— O depósito de armas pode ser tomado, quanto a isso o Capitão tem razão. Só tem dois vigias. Mas é a segunda parte que eu não entendo. De onde ele acha que os negros vão vir? Da África?

— Tá no plano — falei, mas me sentia como uma ovelha balindo.

Ele balançou a cabeça.

— John Brown é um grande homem. Que Deus o abençoe. Não falta coragem a ele, isso é certo. Mas a sabedoria de Deus lhe faltou dessa vez. Não posso dizer como deve fazer seu trabalho, mas ele tá errado.

— Disse que estudou a questão por anos.

— Mas não é o único a ter estudado sobre insurreição. Os negros estudam isso há centenas de anos. O plano dele não tem como funcionar. Não é prático.

— Pode ajudar, então? Já que você é uma grande roda no trem gospel por essas bandas? Sabe quais negros estariam dispostos a lutar, não sabe?

— Não posso fazer duzentos negros saírem de Baltimore e Washington, D.C., pra vir aqui. Ele precisa, pelo menos, de um contingente desses pra invadir o depósito e ir para as montanhas depois de pegar o que quer. Onde vai conseguir tanta gente? Teria que transportar essas almas de Baltimore para Detroit e de lá descer ao Alabama.

— Não é o que você faz?

— Atravessar a linha da liberdade com uma ou outra alma pra Filadélfia é uma coisa. Levar duzentas pessoas de Washington pra Baltimore desse jeito é outra. É impossível. Ele teria que espalhar a mensagem por todos os cantos, chegando até o Alabama, pra ter certeza de que ia conseguir tanta gente. O trem gospel pode transmitir uma mensagem rápido, mas não tão rápido assim. Não em três semanas.

— Tá dizendo que é impossível?

— Estou dizendo que não dá pra ser feito em três semanas. Uma carta leva uma semana inteira pra chegar em Pittsburgh saindo daqui. Às vezes, um rumor pode viajar mais rápido que uma carta...

Ficou pensando por um momento.

— Você disse que ele vai atacar com tudo em três semanas?

— Vinte e três de outubro. Em três semanas.

— Não dá tempo mesmo. É uma pena. Um crime, na verdade. A não ser que... — Ficou mexendo na mandíbula, pensando. — Sabe de uma coisa? Vou te dizer. Leva essa mensagem para o Capitão dessa forma...

O PÁSSARO DO BOM SENHOR

e deixa ele decidir. Se eu falar isso e alguém aqui me perguntar, vou ter, pela palavra de Deus, que contar a verdade. E eu não quero isso. Sou um grande amigo do prefeito da cidade, Fontaine Beckham. Ele é um bom amigo dos negros, e meu também. Se ele me perguntar, tenho que poder responder: "Sr. Prefeito, eu não sei nada dessa história". Não posso mentir pra ele. Tá entendendo?

Fiz que sim com a cabeça.

— Fala assim para o Capitão: tem centenas de negros em Baltimore e Washington, D.C., doidos por uma chance de lutar contra a escravidão. Mas eles não têm telégrafo nem recebem cartas.

— E daí?

— Como você pode passar uma mensagem rapidamente pra milhares de pessoas que não têm telégrafo e nem recebem cartas? Qual o caminho mais rápido de A a B?

— Não sei.

— A ferrovia, criança. Ela te leva à cidade. Mas depois você tem que chegar aos negros. E eu sei o modo certo de fazer isso. Ouça. Eu conheço umas pessoas em Baltimore que controlam um jogo de números. Eles recebem as apostas todo dia, tanto dos escravos quanto de quem é livre. E depois pagam para o vencedor, não importa quem seja. Centenas de pessoas jogam todos os dias. Eu mesmo jogo. Se conseguir que o Velho me dê algum dinheiro pra molhar a mão desses camaradas, eles podem ajudar a espalhar a mensagem mais rápido. Vai chegar em tudo que é lugar em um dia ou dois. Esses sujeitos não têm medo da lei. Se ganharem um trocado, isso é tudo que importa pra eles.

— Quanto dinheiro?

— Uns duzentos e cinquenta dólares deve dar. Vinte e cinco por pessoa. Um pouco para os homens de Washington e um pouco para os de Baltimore. Eu lembro de uns dez.

— Duzentos e cinquenta dólares! O Velho não tem nem cinco.

— Bom, isso é ele quem tem que resolver. Me traga esse dinheiro e espalho a mensagem em Baltimore e Washington. E se ele botar mais duzentos e cinquenta, incluo uns vagões e cavalos pros camaradas que quiserem se juntar a ele, e espero que tenha também umas mulheres, muitas delas, chegando aqui. Só leva um dia de viagem.

— Quantos vagões?

— Cinco devem bastar.

— De onde eles vêm?

— Vão seguir a linha do trem. A trilha forma praticamente uma reta de Baltimore até aqui. Uma estrada de terra corre do lado. Tem uns dois trechos ruins na estrada, e vou explicar aos negros sobre eles, mas a rota é boa. O trem viaja entre trinta e cinquenta quilômetros por hora. Para a cada quinze minutos pra recolher passageiros ou água. Eles não vão ter problema pra acompanhar. Não vão ficar muito pra trás.

Ele parou por um momento, olhando pra água, pensando, revendo tudo na cabeça enquanto falava.

— Eu venho com o trem. Ele chega aqui à uma e vinte e cinco toda noite, o B&O que sai de Baltimore. Lembre bem. Uma e vinte e cinco da manhã. O B&O. Vou estar nele. Quando você e o exército do Velho me derem o sinal, vou sinalizar para os sujeitos nas carroças na estrada que é hora de agir.

— Parece um tanto superficial, Sr. Ferroviário.

— Tem um plano melhor?

— Não.

— Então é esse mesmo. Diga ao Capitão que ele tem que parar o trem à uma e vinte e cinco, logo antes de cruzar a Ponte B&O. Depois explico o que mais vocês vão ter que fazer. Preciso ir. Diga ao Velho pra me mandar quinhentos dólares. Vou estar de volta em dois dias na próxima viagem. Uma e vinte e cinco em ponto. Me encontra aqui nesse horário. Depois disso, nunca mais fale comigo.

Deu as costas e foi embora. Corri até Cook, que estava parado no alto da encosta. Cook observou enquanto ele partia.

— E aí?

— Ele disse que precisa de quinhentos dólares pra reunir o enxame.

— Quinhentos dólares? Patifes ingratos. E se ele for embora com o dinheiro? A gente tá vindo pra desescravizar eles. Que tal essa? O Velho nunca vai pagar essa grana.

Mas, quando ficou sabendo, o Velho pagou aquela grana e muito mais. E foi uma pena, pois aquilo custaria muito a ele, e, àquela altura, a coisa toda já tinha chamado atenção e não tinha mais como voltar atrás. Eu queria que tivesse, por causa de alguns erros que cometi, que custaram a todos, incluindo o Ferroviário, um alto preço.

25

Annie

Cook escreveu imediatamente ao Velho com o pedido do Ferroviário, e, em uma semana, um homem de cor de Chambersburg apareceu na casa numa carroça, bateu na porta e entregou a Cook uma caixa onde se lia "Ferramentas de Mineração". Foi embora sem abrir a boca. Dentro da caixa tinha umas ferramentas, suprimentos, quinhentos dólares numa sacola e uma carta do Velho dizendo que o exército chegaria em uma semana. Ele explicava que o exército ia entrar separado em duplas e trios, à noite, pra não levantar suspeitas.

Cook jogou o saco de dinheiro numa lancheira com um pouco de comida e deu pra mim. Me mandei pra Ferry pra esperar o B&O de Baltimore à uma e vinte e cinco. O Ferroviário foi o último a deixar o trem, depois do desembarque dos passageiros e da tripulação. Acenei pra ele e passei a lancheira com o dinheiro, dizendo em voz alta que era o almoço pra viagem de volta a Baltimore — caso alguém estivesse ouvindo. Pegou sem dizer uma só palavra e seguiu seu rumo.

Duas semanas depois, o Velho chegou sozinho, sisudo e impaciente como sempre. Deu uma volta pela fazenda por alguns minutos, verificando os suprimentos, as estradas e outros pormenores antes de sentar e deixar que Cook explicasse o panorama das coisas.

— Acredito que tenha mantido a discrição sobre os nossos negócios — disse ele a Cook.

— Fiquei quieto como um camundongo — respondeu Cook.

— Que bom. Meu exército logo vai estar aqui.

Mais tarde, naquele mesmo dia, chegaram os primeiros — e ela foi uma surpresa e tanto.

Ela era uma garota. Uma garota branca, com cabelos escuros, olhos castanho-claros que pareciam guardar inúmeras surpresas e uma risada pronta por trás deles. Prendia o cabelo com grampos num coque, usava um laço amarelo no pescoço e um vestido simples de camponesa. Seu nome era Annie, e ela era uma das filhas mais velhas do Velho. Ele tinha doze filhos vivos no total, mas penso que Annie devia ser a melhor do lote feminino. Era bela como o dia é claro, de natureza reservada, modesta, obediente e devota como o pai. Aquilo excluía ela do meu mundo, por certo, já que uma mulher que não fosse imunda e fedorenta, não enchesse a cara, fumasse charuto e jogasse pôquer, não era para o meu bico, mas Annie era uma pintura para os olhos e uma agradável surpresa. Chegou sem qualquer estardalhaço com Martha, dezesseis anos, mulher de Oliver, um dos filhos do Velho, que veio lentamente pra se juntar ao resto do exército de Iowa.

O Velho me apresentou às garotas e anunciou:

— Sei que você não é uma amante dos afazeres domésticos, Cebola, sendo mais guerreira que cozinheira. Mas também já tá na hora de aprender as incumbências de uma mulher. Essas duas estão aqui pra te ajudar a colocar a casa em ordem. Vocês três podem cuidar do que os homens precisarem e fazerem com que a fazenda pareça normal para os vizinhos.

Era uma boa ideia, pois o Velho sabia das minhas limitações como menina e também que eu não conseguiria cozinhar nem por uma fungada de rapé, mas, quando anunciou os arranjos pra hora de dormir, fiquei todo emplumado. Nós, meninas, dormiríamos no andar de baixo, enquanto os homens dormiriam no de cima. Eu concordei, é claro, mas, no instante em que ele subiu as escadas, Annie foi pra cozinha, recolheu água pra tomar banho, tirou as roupas e pulou na tina, o que me fez sair correndo da cozinha e bater a porta atrás de mim, parando na sala de costas pra porta.

— Oh, você é uma coisinha bem tímida — falou ela, do outro lado da porta.

— Sim, eu sou, Annie — respondi do lado de cá —, e agradeço sua compreensão. Como eu sou de cor, fico avexada de me despir na frente de gente branca. Além disso, estou com a cabeça na libertação do meu povo, que

O PÁSSARO DO BOM SENHOR   285

está pra acontecer. Ainda não estou acostumada ao comportamento dos brancos, depois de viver por tanto tempo junto dos negros.

— Mas o Pai disse que você era amiga do meu querido irmão Frederick! — gritou Annie da tina, do outro lado da porta. — E conviveu com o Pai e seus homens por uns bons três anos.

— Sim, mas isso foi na estrada — gritei de onde eu estava. — Preciso de tempo pra aprender a viver debaixo de um teto e a ser livre. Minha gente ainda não sabe o que é viver na civilização, tendo sido escravizada e tudo o mais. Por isso, fico feliz que você esteja aqui pra me mostrar a exatidão por trás dos atos de Deus na minha vida como pessoa livre.

Ah, eu era mesmo um canalha. Ela mordeu a isca.

— Ah, quanta bondade a sua — falou. Ouvi o barulho da água enquanto ela se esfregava, até finalmente sair da tina. — Para mim vai ser um prazer. Podemos ler a Bíblia juntas e nos rejubilar aprendendo e espalhando a palavra e o conhecimento do Senhor e todas as Suas formas de encoraja-mento e de feitos.

Era tudo mentira, é claro, pois eu tinha tanto interesse na Bíblia quanto um porco sabe em que dia cai um feriado. Decidi ficar do lado de fora da casa, sabendo que aquele arranjo não ia funcionar. Por mais que lhe faltasse garbo, comparada às vadias por quem eu babava no oeste — na verdade, quando chegou estava bem suja com seu gorro e chapéu, depois de passar dias cavalgando da casa da família no norte de Nova York —, consegui dar uma boa olhada no pacote interno quando ela se jogou naquela tina. Tinha bastante material ali, maduro e carnudo, Deus do Céu, pra colocar tanta lenha na fogueira quanto eu pudesse imaginar. Eu não conseguia me segurar. Estava com quatorze anos na época, pelo que acho, e ainda não tinha experimentado o curso da natureza. O que eu sabia dele me enchia de medo, desejo e confusão, graças a Pie. Precisava ocupar a mente com outras coisas para evitar que minha real natureza aparecesse. Deus fez questão de não colocar um só pingo de decência em meu corpo, então achei melhor ficar longe dela e da casa, "reunindo as abelhas" pelo máximo de tempo que podia.

Aquilo não parecia ser fácil, pois fomos incumbidos de cuidar do exército do Velho, que começou a chegar em duplas e trios logo depois das meninas. Por sorte, o Velho precisava de mim para acompanhar e ajudar ele com seus mapas e documentos, e me resgatou da cozinha naquela tarde pedindo que fosse à sala imediatamente pra dar assistência com seus rabiscos e planos. Enquanto Annie e Martha corriam pela cozinha, deixando tudo pronto para o trabalho pesado, ele tirou uma série de rolos de lona da caixa e disse:

— A gente finalmente aumentou a aposta. A guerra logo vai começar. Me ajuda a abrir esses mapas no chão, Cebola.

A quantidade de mapas, documentos e cartas tinha crescido. O pequeno maço de documentos, recortes de jornal, contas, cartas e mapas que ele antes atulhava em seus alforjes nos tempos do Kansas agora formava pilhas de papel tão grossas quanto a Bíblia. Os mapas de lona ficavam todos enrolados e, quando desfraldados, tinham a minha altura. Ajudei a abrir tudo no chão, apontei os lápis e dei xícaras de chá pra ele, que ficou apoiado nos joelhos e nas mãos sobre os mapas, escrevinhando e planejando, enquanto as garotas alimentavam a gente. O Velho nunca foi de comer muito. Normalmente devorava uma cebola crua, que mordia como uma maçã, e mandava goela abaixo com a ajuda de café preto, uma combinação que tornava seu hálito fedido a ponto de desamassar uma camisa até ficar engomada. Às vezes, jogava um pouco de canjica junto só pra variar um pouco, e eu dava um jeito no que ele deixava de lado, pois comida sempre era algo escasso na sua companhia. E com a chegada de mais homens ao longo do dia, eu sabia que era melhor abastecer minhas entranhas o máximo que desse para os dias em que não haveria nada pra comer, que eu suspeitava que não iam demorar para chegar.

Trabalhamos daquele jeito por um dia ou dois até que uma tarde, refletindo sobre o mapa, ele me disse:

— O Sr. Cook ficou de bico fechado enquanto vocês estiveram aqui?

Eu não sabia mentir. Não queria desanimar ele, então respondi:

— Mais ou menos, Capitão. Não tanto quanto podia.

Fitando o mapa de quatro, o Velho acenou com a cabeça.

— Como pensei. Mas não importa. Nosso exército vai estar aqui, completo, em uma semana. Quando chegarem, vamos pegar os piques e partir pra batalha. Em público eu atendo por Isaac Smith aqui por essas bandas, Cebola, não esquece disso. Se alguém perguntar, diga que trabalho como minerador. O que é verdade, já que eu minero as almas dos homens, a consciência de uma nação, o ouro da instituição insana! Agora me faz um relato da situação dos negros, que você e o Sr. Cook certamente estiveram arando, cultivando e reunindo.

Contei o lado bom da história, isso é, que tinha encontrado o Ferroviário. Deixei de fora a parte da mulher do Cocheiro e que ela podia dar com a língua nos dentes.

— Fez um bom trabalho, Cebola — disse ele. — Juntar as abelhas é a parte mais importante da nossa estratégia. E virão aos milhares, não tenho dúvida, por isso temos que estar prontos pra elas. Agora, em vez de ficar cozinhando e limpando para o nosso exército, sugiro que continue com o seu trabalho. Reúne o enxame, minha filha. Espalha a palavra pra sua gente. Vocês são majestosos!

Ele era puro entusiasmo, e não tive a coragem de contar que os negros não compartilhavam nem um pouco daquela sua animação. O Ferroviário não entrou mais em contato comigo depois que dei a ele o dinheiro pra espalhar a mensagem entre os sujeitos que promoviam apostas em Baltimore e Washington. O Cocheiro me evitava. Vi Becky na cidade uma tarde e ela quase despencou da calçada de madeira tentando sair do meu caminho. Acho que me viam como mau agouro. De alguma forma, os cochichos sobre mim se espalharam, e os negros da cidade corriam na direção oposta quando me viam. Em casa eu também estava embananado, fugindo de Annie, que achava que eu precisava de sua orientação religiosa e gostava de ficar nua de dois em dois dias, quando os homens estavam fora, pulando na tina na hora que queria e fazendo que eu escapulisse do cômodo sob um pretexto ou outro. A certa altura, anunciou que estava na hora de eu lavar os cabelos, que tinham ficado escandalosamente crespos e enrolados. Normalmente eu cobria tudo com algum trapo ou um gorro por semanas, mas uma tarde ela acabou pegando um vislumbre deles e insistiu. Quando me recusei, ela falou que ia procurar uma peruca pra mim e foi numa noite a Ferry, voltando com um livro que pegou na biblioteca da cidade, chamado *Cachos de Londres*. Leu uma lista das perucas que achava que podiam funcionar pra mim:

— A brigadeiro, a curta, a emplumada, a couve-flor. A escadaria. Qual a melhor pra você? — perguntou.

— A Cebola — respondi.

Ela caiu na gargalhada e deixou o assunto pra lá. Tinha uma risada que fazia o coração da gente saltitar, e aquilo, pra mim, era perigoso, pois comecei a gostar um tanto da sua companhia, então decidi fazer da minha presença algo ainda mais raro. Passei a dormir perto do fogão à noite, longe dela e de Martha, fazendo questão de ser sempre o último a pegar no sono à noite no andar de baixo e o primeiro a sair porta afora pela manhã.

Fiquei ocupado daquela maneira, convocando as abelhas sem muito sucesso. Os negros de Harpers Ferry viviam lá longe, junto à linha de trem do lado do Potomac. Rodei por aquela área durante dias à procura de negros com quem falar. É claro que eles me evitavam como uma praga. Àquela altura, já estavam por dentro da trama do Capitão. Nunca descobri como, mas os negros não queriam saber de nada que dissesse respeito ao plano ou a mim, e, quando me viam, se afastavam rapidamente. Me senti especialmente desmotivado certa manhã, quando o Velho me mandou numa missão à serraria. Não conseguia encontrar o lugar e, quando me aproximei de uma mulher de cor na rua pra pedir informação, antes de conseguir abrir a boca, ela disse:

— Dá no pé, capeta. Não quero nada com você e com gente do seu tipo! Nós vamos todos morrer por sua causa! — E foi embora.

Aquilo me deixou bem pra baixo. Mas nem tudo eram más notícias. Quando Kagi chegou, ele se reuniu sozinho com o Ferroviário e acho que seu jeito tranquilo acalmou um pouco o camarada, pois Kagi relatou que tinham repassado vários planos pra transportar os negros de diversos pontos a leste e nas cercanias até Ferry. O Ferroviário parecia ter entendido o esquema e prometido manter sua palavra. Aquilo agradou o Velho em cheio. Ele anunciou para os outros:

— Para a nossa sorte, a Cebola foi aplicada em sua tarefa de convocar o enxame.

Não posso dizer que concordava com ele, pois não tinha feito nada além de tatear no escuro. Não me importava o que dizia, pra falar a verdade, já que eu tinha os meus próprios problemas. À medida que os dias passavam, Annie foi ocupando cada vez mais lugar no meu coração. Eu não queria que aquilo acontecesse, é claro, nem estava preparado, que é como essas coisas funcionam, mas, mesmo com as minhas andanças longe de casa, não tinha jeito, pois nós três, Annie, Martha e eu, passamos a trabalhar como abelhas pela casa depois da chegada do exército do Velho. Não tinha tempo pra me separar delas com toda aquela movimentação, e a minha ideia de fugir pra

O PÁSSARO DO BOM SENHOR

Filadélfia, que sempre tinha sido o meu plano, se perdeu em meio a todos aqueles afazeres. Simplesmente não havia tempo. Os homens foram chegando, aos poucos de início, na calada da noite, em duplas e trios, depois passando a um fluxo constante e numeroso. Os veteranos chegaram primeiro: Kagi, Stevens, Tidd, O. P. Anderson. Depois foi a vez de alguns novos recrutas. Francis Merriam, um sujeito de olhar arregalado, meio maluco. Stewart Taylor, um cidadão mal-encarado, e o resto: os irmãos Thompson e os Coppocs, dois jovens quakers. Por último chegaram dois negros, Lewis Leary e John Copeland, camaradas robustos, determinados e bonitos, vindos de Oberlin, Ohio. A chegada deles fez o Velho voltar sua atenção para os negros de novo, pois aqueles dois eram universitários e tinham aparecido do nada depois de ouvirem que a luta pela liberdade estava próxima. Ele ficou bastante animado vendo que estavam ali, e numa noite, erguendo a cabeça do mapa, me perguntou como andava a reunião do enxame em Ferry.

— Tá indo bem, Capitão. Tá todo mundo se reunindo.

O que mais eu podia dizer a ele? Àquela altura, ele estava completamente lunático. Mal comia, não dormia, se debruçava em mapas, recenseamentos e documentos, escrevia cartas e recebia mais correspondência do que parecia possível pra um só homem. Algumas daquelas cartas vinham cheias de dinheiro, que ele dava às meninas pra comprar alimentos e provisões. Outras cartas imploravam que fosse embora da Virgínia. Minha cabeça andava tão confusa naquela época que eu não sabia se estava indo ou vindo. Não havia espaço pra pensar. Aquela casa minúscula era como uma estação de trem e um alojamento militar num só lugar: havia armas pra serem montadas, munição a ser calculada, formações de tropas a serem debatidas. Me mandavam pra todos os lados, pra Ferry, pra cima e pra baixo do vale e das redondezas pra trazer suprimentos, contar os homens, espiar a fábrica de espingardas, descobrir quantas janelas tinha na casa de máquinas em Ferry, buscar os jornais na mercearia local, contar o número de pessoas nela e coisas do gênero. O Velho e Kagi deram início a diversas incursões noturnas indo e voltando de Chambersburg. Era trabalho que não acabava mais. Annie e Martha eram eficientíssimas na cozinha, na lavagem de roupas e no entretenimento, pois os homens tinham que ficar enfurnados lá em cima o dia inteiro, jogando damas e lendo livros, e as duas mantinham eles ocupados e entretidos, além de nós três termos de correr de um lado para o outro lá embaixo pra preparar a comida.

A coisa continuou assim por seis semanas. O único alívio daquela loucura era na hora de convocar os negros, o que me fazia sair de casa, ou, às vezes, quando eu sentava com Annie na varanda à noite. Aquela era uma de suas incumbências, ficar ali sentada de vigia e manter a casa com uma aparência normal e o andar de baixo apresentável pra não corrermos risco de alguém entrar ali e se deparar com as centenas de armas e piques espalhados em caixotes. Várias noites Annie me pediu pra sentar na varanda com ela, pois nenhum dos homens podia ficar à vista. Além disso, ela sentia que era seu dever me educar sobre o que dizia a Bíblia e como levar uma vida cristã. A gente passava as horas lendo a Bíblia juntos no escuro e comentando as passagens. Acabei gostando daquelas conversas, pois, mesmo acostumado a viver uma mentira — a de ser uma garota —, o que me vinha em mente era o seguinte: ser negro já é uma mentira. Ninguém enxerga como você é de verdade. Ninguém sabe quem você é por dentro. Você só é julgado como é por fora, independente da cor. Mulato, de cor, preto, não importa. Para o mundo, você é só um negro. Mas, de alguma forma, ficar sentado ali no banco da varanda, falando com ela e vendo o sol descer atrás das montanhas que davam pra Ferry me fazia esquecer de como eu era tratado, do fato de que o Velho estava tentando arranjar um jeito de fazer com que a gente acabasse em picadinho. Passei a entender que talvez o que há por dentro da gente seja mais importante e que o exterior não conta tanto assim quanto as pessoas pensam, branco ou de cor, homem ou mulher.

— O que você quer ser quando crescer? — me perguntou Annie certa noite, quando estávamos sentados na varanda vendo o pôr do sol.

— O que quer dizer?

— Quando tudo isso acabar.

— Quando o que acabar?

— Quando essa guerra acabar. E os negros forem livres.

— Bem, acho que provavelmente vou ser... — Eu não sabia o que dizer, pois não tinha pensado naquela parte do que ia vir depois. Fugir para o norte rumo à liberdade era mais fácil, mas eu não tinha plano nenhum naquele exato momento, pois cada minuto sentado ali ao lado dela me enchia de

O PÁSSARO DO BOM SENHOR

alegria. O tempo passava rápido, e todos os planos que eu tinha para o futuro me pareciam distantes e pouco importantes. Então, falei:

— Provavelmente vou comprar um violino e cantar pelo resto da vida. Eu gosto de música.

— Henrietta! — ralhou ela, indignada. — Você nunca disse que sabia cantar.

— Ora, você nunca perguntou.

— Canta pra mim, então.

Cantei "Dixie" e "When The Coons Go Marching Home" pra ela.

A gente estava num banco de balanço que o Velho tinha construído, pendurado no teto, e enquanto ficava ali do seu lado jogando a minha cantoria pra cima dela, seu rosto foi suavizando e seu corpo inteiro pareceu amolecer como marshmallow, acomodado naquela cadeira de balanço, ouvindo.

— Você canta divinamente — falou —, mas não gosto dessas canções rebeldes. Canta algo religioso. Algo para o Senhor.

Cantei então "Keeping His Bread" e "Nearer, My God, to Thee".

Aquilo arrebatou ela. Ficou completamente encantada com as canções. Sentia-se honrada, praticamente. Ficou ali sentada, balançando pra frente e pra trás, parecendo extenuada, molenga como massa de biscoito, com os olhos marejados e úmidos. Chegou um pouco mais perto de mim.

— Nossa, isso foi lindo — disse. — Ah, como eu amo o Senhor. Canta mais uma.

Cantei então "Love Is a Twilight Star" e "Sally Got a Furry Pie for Me", que é uma velha canção rebelde dos tempos do Kansas, mas troquei a parte que falava em "torta de pelo" pra "bolinho", e aquilo conquistou ela. Deixou ela de boca aberta. Annie logo ficou toda melosa, e seus olhos castanhos — Deus do Céu, aquelas coisas eram belas como as estrelas e grandes como medalhas — se voltaram pra mim, enquanto ela colocava o braço ao meu redor naquele banco e olhava pra mim com aqueles olhos grandes que faziam minhas entranhas revirar, até que disse:

— Essa é a canção mais linda que já ouvi na vida. Ela faz o meu coração flutuar. Ah, se você fosse menino, Henrietta. Eu casaria com você! — E me deu um beijo na bochecha.

Aquilo embrulhou meu estômago, Annie se chegando em mim daquele jeito, e coloquei na cabeça, naquele exato momento, que nunca mais chegaria perto da garota. Eu sabia que estava perdido por ela, completamente perdido, e que nada de bom ia brotar daqueles sentimentos.

Foi bom o Velho ter colocado Annie de vigia na varanda, pois uma fonte constante de encrenca vivia estrada abaixo e, se não fosse por ela, a gente logo teria sido descoberto. Do jeito que aconteceu, a coisa foi toda pelos ares da pior maneira. E, como sempre, havia uma mulher por trás.

O nome dela era Sra. Huffmaster, aquela que Becky tinha mencionado. Era uma mulher branca, intrometida e imunda, que andava descalça pela estrada com três crianças prepotentes, comilonas e imbecis, metendo o nariz em tudo que era quintal, menos no dela. Ela perambulava na estrada que passava em frente ao nosso quartel-general todo dia e não demorou muito pra aparecer sem ser convidada na varanda da frente.

Annie normalmente via a mulher pela janela e corria pra porta pouco antes que a Sra. Huffmaster chegasse à varanda, de modo a conseguir segurar ela ali. Annie contou à Sra. Huffmaster e aos vizinhos que seu pai e Cook tinham negócios de mineração do outro lado do vale, o que era uma desculpa para o aluguel da velha fazenda. Mas aquilo não era o bastante pra bruxa caquética, pois se tratava de uma enxerida que vivia de fofocas. Numa certa manhã, a Sra. Huffmaster escapuliu pela varanda antes que Annie visse e bateu na porta, com a intenção de abrir e entrar. Annie viu a velha pela janela no último segundo, bem quando o pé da Sra. Huffmaster pisou no degrau da varanda, e se apoiou na porta, fechando a megera do lado de fora. Foi uma ótima ideia, pois Tidd e Kagi tinham acabado de tirar espingardas Sharps e cartuchos de um caixote. Se a Sra. Huffmaster tivesse entrado, teria tropeçado em tantas carabinas e projéteis espalhados pelo chão que daria pra armar uma tropa da cavalaria americana. Annie manteve a porta fechada, com a Sra. Huffmaster empurrando do outro lado, enquanto eu, Kagi e Tidd corríamos de um lado para o outro, botando a armas de volta na caixa.

— Annie, é você? — perguntou a bruxa velha.

— Não estou vestida, Sra. Huffmaster — disse Annie. Seu rosto estava branco como folha de papel.

— Qual o problema com essa porta?

O PÁSSARO DO BOM SENHOR

— Já vou sair num instante — cantarolou Annie.

Depois de minutos de muita agitação, arrumamos tudo ali e Annie saiu porta afora, me levando com ela como apoio, mantendo a mulher na varanda.

— Sra. Huffmaster, nós não estávamos preparados para receber visita — falou, se apressando pra sentar no banco da varanda e me puxando para o seu lado. — A senhora quer um pouco de limonada? Posso ir buscar.

— Não estou com sede — respondeu a Sra. Huffmaster. Tinha uma cara de cavalo depois de comer. Olhou ao redor, tentando bisbilhotar pela janela. Sentia algo de estranho no ar.

Tinha quinze homens enfurnados naquela casa, no andar de cima, quietos como ratinhos. Nunca saíam durante o dia, só à noite, e ficaram ali em silêncio enquanto Annie tagarelava e mandava aquela enxerida embora. Mas a mulher sabia que tinha algo acontecendo, e, daquele dia em diante, passou a fazer questão de aparecer na casa na hora que lhe desse na telha. Ela morava logo descendo a estrada e deixou claro que Cook tinha provocado sua ira ao começar um romance com uma das filhas dos vizinhos, com quem seu irmão pretendia casar. Tomava aquilo como um tipo de afronta e passou a aparecer pela casa todo dia em horários diferentes, arrastando seus filhos maltrapilhos, descalços e imundos atrás de si, como numa fileira de patinhos, metendo o bedelho e implicando com Annie. Era uma mulher grosseira e pedante, que estaria melhor no território do Kansas do que ali no leste. Ela implicava constantemente com a filha do Velho, que era refinada, meiga e bela como uma cebola descascada. Annie sabia que não devia incitar a fúria daquela mulher de nenhuma maneira, então suportou tudo de cabeça erguida, como uma alface.

Chegou a um ponto em que toda tarde a Sra. Huffmaster aparecia batendo o pé na varanda da frente, onde Annie ficava comigo, e rosnava, "O que você tá fazendo hoje?" e "Cadê a minha torta?". Fazia aquilo claramente pra intimidar e implicar. Numa manhã, ela apareceu e disse:

— Está pendurando um bocado de camisas naquele seu varal lá nos fundos.

— Sim, senhora — respondeu Annie. — Meu pai e meus irmãos têm um monte de camisas. Trocam duas vezes por semana, às vezes até mais. Fico com as mãos doídas de tanto lavar. Não acha terrível?

— Mas é claro que é, especialmente quando o meu marido usa a mesma camisa por duas ou três semanas. Como conseguiram tantas camisas assim?

— Ah, aos pouquinhos. Meu pai comprou elas.

— E o que é que ele faz mesmo?

— Ora, ele trabalha com mineração, Sra. Huffmaster. E tem uns dois mineiros dele que moram aqui também, trabalham pra ele. A senhora sabe disso.

— A propósito, onde é que seu pai e eles estão escavando mesmo?

— Ah, eu não me meto nos negócios deles — respondeu Annie.

— E o tal Sr. Cook certamente sabe como cortejar uma dama, tendo em vista seu romance com Mary. Ele também trabalha na mina?

— Acho que sim.

— Então por que ele tá trabalhando na taverna lá em Ferry?

— Não sei de tudo o que ele faz, Sra. Huffmaster. Mas é um falastrão — disse Annie. — Talvez tenha dois trabalhos. Um deles falando e o outro escavando.

E assim a coisa foi em frente. Toda hora a Sra. Huffmaster se fazia à vontade pela casa, e toda vez Annie mandava ela embora, dizendo, "Ah, ainda não terminei de cozinhar", ou apontava pra mim e dizia, "Ah, a Henrietta aqui está prestes a tomar banho", ou algo do gênero. Mas aquela dona estava encapetada. Num certo ponto, ela deixou completamente de ser amigável, e suas perguntas ganharam um tom diferente. "Quem é essa crioula?", perguntou certa tarde a Annie quando viu a gente sentado, lendo a Bíblia e conversando.

— Ora, essa é Henrietta, Sra. Huffmaster. É parte da família.

— Escrava ou livre?

— Ora, ela é... — E Annie não sabia o que dizer, então falei: — Eu sou escrava, dona. Mas a senhora não vai encontrar pessoa mais feliz nesse mundo.

Ela me fuzilou com o olhar e disse:

— Não perguntei se era feliz.

— Sim, senhora.

— Mas se é escrava, como é que pode descer pela ferrovia até Ferry toda hora, tentando instigar os negros de lá? É isso que falam na cidade de você — disse ela.

O PÁSSARO DO BOM SENHOR

Aquilo me deixou perplexo.

— Num fiz nada disso — menti.

— Tá mentindo, crioula?

Eu estava perplexo. Annie ficou ali sentada, calma, com uma expressão séria, mas vi o sangue lhe subir pelas bochechas, a alegria deixar o seu rosto e a raiva lentamente tomar seu lugar — como acontecia com todos os Browns. Quando os Browns ficavam mordidos, quando o sangue começava ferver, eles ficavam calados e tranquilos. E perigosos.

— Veja só, Sra. Huffmaster — falou. — Henrietta é uma grande amiga. E parte da minha família. E não estou gostando de ver a senhora falar com ela de maneira tão rude.

A Sra. Huffmaster deu de ombros.

— Pode falar com os seus crioulos do jeito que quiser. Mas é melhor contar direito essa sua história. Meu marido esteve na taverna em Ferry e ouviu o Sr. Cook dizer que seu pai não é minerador ou proprietário de escravos coisa nenhuma, mas sim um abolicionista. E que os escurinhos estão planejando algo grande. Sua crioula aqui está dizendo que vocês *são* tudo proprietário de escravo. Cook diz que não. Qual a verdade?

— Acredito que não interessa à senhora como a gente vive. Não é da sua conta — disse Annie.

— Você tem uma língua afiada pra alguém tão jovem.

Aquela mulher não tinha ideia de que estava falando com uma dos Browns. Homem ou mulher, os Browns não abaixavam a cabeça pra ninguém depois que montavam a guarda. Annie era nova, mas se enfureceu e ficou de pé num estalo, com os olhos em chamas, e por um minuto deu pra ver a sua real natureza, fria como gelo do lado de fora, mas com uma brutalidade firme e insana em algum lugar lá dentro; era aquilo que mexia com os Browns. Eram criaturas estranhas. Gente que vivia ao ar livre. Não pensavam como pessoas normais, mas mais como animais, movidos por ideias de pureza. Acho que é por isso que pensavam que o negro era igual ao homem branco. Aquela era a natureza de seu pai, certamente, ardendo dentro dela.

— Agradeceria se saísse da minha varanda agora — disse ela. — E rápido, antes que eu tenha que ajudar a senhora a fazer isso.

Annie lançou o desafio, e acho que aquilo já estava para acontecer mesmo. A mulher deu o fora com sebo nas canelas.

A gente viu ela ir embora, e, depois que atravessou a estrada enlameada e sumiu de vista, Annie soltou:

— O Pai vai ficar bravo comigo — e desabou em lágrimas.

Tive que me segurar pra não abraçar ela ali, pois o que eu sentia era algo profundo, bem profundo. Ela era forte e valente, uma mulher de verdade, com pensamentos bondosos e decentes, tal como o Velho. Mas eu não podia fazer aquilo. Se tivesse apertado e abraçado aquela menina, ela ia descobrir a minha real natureza. Ia sentir o meu coração batendo forte, ia sentir o amor exalando de mim e ia saber que eu era um homem.

26

As coisas que o Céu mandou

Menos de uma semana depois que Annie deu um pé na bunda da Sra. Huffmaster, o Capitão bateu o martelo e definiu a data.

— A gente vai atacar no dia 23 de outubro — anunciou.

Aquela era uma data que ele já tinha estipulado, mencionado em cartas e comunicado ao língua solta do Cook e a todos que ele achava que precisavam saber, então não era um grande segredo. Mas acho que ele se sentia melhor ao anunciar ela aos homens, para que não esquecessem ou decidissem cair fora às pressas antes de tudo começar.

Vinte e três de outubro. Lembrem dessa data. Na época, estávamos a dois domingos de distância.

Os homens ficaram felizes, pois enquanto as meninas dormiam no andar de baixo e estavam confortáveis, esse que vos escreve incluído, eles estavam amontoados feito ratos no sótão. Tinha quinze sujeitos lá em cima, naquele espaço minúsculo, dormindo em colchões, jogando xadrez, fazendo exercícios, lendo livros e jornais. Estavam apertados como no inferno e tinham que ficar em silêncio o dia inteiro para que os vizinhos ou a Sra. Huffmaster não ouvisse nada. Durante as tempestades, pulavam pra cima e pra baixo e gritavam a plenos pulmões pra liberar a angústia. À noite, alguns até perambulavam pelo quintal, mas não podiam ir muito longe ou se aventurar pela cidade. Chegaram num ponto em que não conseguiam mais suportar. Passaram a brigar, especialmente Stevens, que já era desagradável mesmo e erguiam os punhos por qualquer coisa. O Velho tinha levado eles para lá cedo demais, foi isso o que aconteceu, mas não tinha lugar pra acomodar todo mundo. Não planejava manter eles enfurnados ali por tanto tempo. Chegaram em setembro. Em outubro, completaram um mês. Quando o Velho anunciou que estariam prontos para o ataque em 23 de outubro, faltavam ainda três semanas. Num total de sete. É muito tempo.

Kagi mencionou isso ao Capitão, que disse:

— Aguentaram até agora. Podem suportar mais duas semanas.

Não vinha dando muita atenção a eles. Estava fixado nos negros.

Tudo dependia da vinda deles e, embora tentasse não demonstrasse sua preocupação, ele estava com um pé atrás — e com razão. Tinha escrito a todos seus amigos de cor no Canadá, os que tinham prometido aos céus que iam aparecer. Poucos responderam. Passou o verão inteiro esperando, até setembro chegar. No início de outubro, foi tomado por uma ideia e anunciou que ele e Kagi iriam até Chambersburg a cavalo pra visitar seu velho amigo, o Sr. Douglass. Decidiu me levar junto.

— O Sr. Douglass gosta de você, Cebola. Perguntou como estava em suas cartas, e você vai ser um bom motivo pra ele se juntar a nós.

O Velho não sabia nada do comportamento do Sr. Douglass, da sua bebedeira e ousadia, me perseguindo no escritório como tinha feito. E também não iria descobrir, pois uma coisa que se aprende quando se é menina é que o coração de uma mulher é cheio de segredos. E aquele ia ficar guardado comigo. Mas gostei da ideia de ir a Chambersburg, já que nunca tinha passado por lá. Além disso, qualquer coisa que me afastasse da casa e do meu verdadeiro amor era uma novidade bem-vinda, pois me partia o coração pensar em Annie, e sair de perto dela me deixava feliz.

Partimos pra Chambersburg à noite, no início de outubro, numa carroça aberta puxada a cavalo. Chegamos lá num pulo. Ficava a só vinte e dois quilômetros. Primeiro o Capitão entrou em contato com alguns amigos de cor por lá: Henry Watson e um médico chamado Martin Delany. O Sr. Delany tinha ajudado a transportar armas pra Ferry, aparentemente correndo grandes riscos. E tenho a impressão que o Sr. Watson era o camarada que o Ferroviário mencionou quando disse, "Conheço um sujeito em Chambersburg que vale uns vinte desses fanfarrões", pois era um camarada bacana. Tinha estatura mediana, pele escura, era esbelto e inteligente.

O PÁSSARO DO BOM SENHOR

Estava aparando o cabelo em sua barbearia na parte negra da cidade quando encontramos com ele. Ao ver o Velho, mandou todos os negros pra fora do salão, fechou, levou a gente até sua casa, que ficava nos fundos, e apareceu com comida, bebidas e doze pistolas num saco escrito "roupas" que passou ao Capitão sem dizer nada. Depois, deu ao Velho cinquenta dólares.

— Isso é da parte dos maçons — disse, laconicamente. Sua mulher estava parada atrás dele enquanto fazia isso, fechando a loja e tudo o mais, e acrescentou:

— E das esposas deles.

— Ah, sim. E das esposas.

Ele explicou ao Velho que tinha marcado o encontro com o Sr. Douglass numa pedreira no limite sul da cidade. Frederick Douglass era um figurão naquela época. Não podia entrar na cidade sem que os outros percebessem. Era como o presidente dos negros.

O Sr. Watson indicou ao Velho as direções pra chegar lá. O Capitão escutou, e Watson, então, disse:

— Temo que os negros não apareçam. — Parecia preocupado.

O Velho sorriu e deu um tapinha no ombro do Sr. Watson.

— Certamente eles vão dar as caras, Sr. Watson. Não se aflija. Vou mencionar seu receio ao nosso destemido líder.

Watson esboçou um sorriso.

— Não sei o que ele pensa. Me buzinou os ouvidos sobre achar um lugar seguro. Parece que anda questionando por aí os seus propósitos.

— Vou conversar com ele. Tranquilizar suas dúvidas.

A Sra. Watson que ficou ali parada atrás deles enquanto falavam, avisou ao Velho:

— Temos cinco homens para os seus propósitos. Cinco de confiança. Jovens. Sem mulher ou filhos.

— Obrigado.

— Um deles... — disse ela, com muita dificuldade — um deles é o nosso filho mais velho.

O Capitão deu um tapinha nas costas dela. Ficou dando tapinhas só pra encorajar a mulher, que chorou um pouquinho.

— O Senhor não há de nos abandonar. Ele está por trás do nosso ataque — falou. — Tenha coragem. — Recolheu, então, as armas e o dinheiro que deram a ele, apertou suas mãos e foi embora.

Acabou que aqueles cinco camaradas nem precisaram aparecer, do jeito que as coisas se desenrolaram, pois, quando ficaram prontos pra se juntar ao grupo, o único lugar pra eles irem era rumo ao norte, o mais rápido que as pernas pudessem levá-los. Os brancos foram à loucura depois que o Velho agiu, partiram ao ataque e perseguiram os negros por muitos quilômetros. Ficaram completamente apavorados. Acho que, de certa forma, nunca mais foram os mesmos depois daquilo.

Ouvi dizer que muito foi falado sobre o último encontro entre o Velho e o Sr. Douglass. Fiquei sabendo de umas dez ou vinte variações em diferentes livros escritos sobre o tema, de vários homens letrados usando seus buracos de falar pra tratar do assunto. Verdade seja dita, não tinha mais de quatro adultos ali quando a coisa toda aconteceu, e nenhum deles viveu tempo o bastante pra que pudessem contar suas versões, exceto pelo próprio Sr. Douglass. Ele viveu uma vida longa depois daquilo, e, como era um orador, explicou o ocorrido de todas as maneiras, menos indo direto ao ponto.

Mas eu também estava lá e vi as coisas de uma maneira diferente.

O Velho foi ao encontro disfarçado de pescador, vestindo um casaco de lona impermeável e um chapéu da profissão. Não sei por quê. Nenhum disfarce teria funcionado àquela altura, pois ele era bastante conhecido. Sua barba branca e o olhar duro estavam estampados em todo cartaz de "procura-se" de Pittsburgh ao Alabama. Na verdade, a maior parte dos negros de Chambersburg sabia daquele encontro supostamente secreto, pois devia ter umas duas ou três dúzias deles que apareceram na calada da noite enquanto a gente avançava com a carroça na direção da pedreira. Sussurravam saudações da mata na lateral da estrada, alguns esticando o braço com cobertas, ovos cozidos, pão e velas. Diziam, "Que Deus lhe abençoe, Sr. Brown", ou "Noite, Sr. Brown" e "Estou com o sinhô, Sr. Brown".

Mas ninguém se ofereceu pra combater em Ferry, e o Velho não pediu isso a eles. Viu, porém, como consideravam sua pessoa. E ficou emocionado. Acabou se atrasando meia hora para o encontro com o Sr. Douglass,

O PÁSSARO DO BOM SENHOR

por causa de ter que parar a cada dez minutos pra saudar os negros, aceitando comida, moedas e o que quer que dessem a ele. Amavam o Velho. E o amor que sentiam por ele lhe dava força. Foi uma espécie de último "Viva!", pois acabou que eles não tiveram tempo pra agradecer mais tarde, já que, a partir do momento em que ele começou sua empreitada de matar e trucidar brancos numa velocidade de quebrar o pescoço, a gente branca se voltou contra eles impiedosamente e mandou muitos pra fora da cidade, fossem culpados ou inocentes. Mas eles o louvaram bastante, e o Velho estava a pleno vapor quando entramos na pedreira e descemos chacoalhando pelo caminho que levava aos fundos.

— Nossa mãe, Cebola, a gente vai levar a instituição infernal à ruína! — gritou. — Essa é a vontade de Deus!

Nos fundos da pedreira tinha um fosso enorme, largo e comprido, grande o bastante pra uma carroça cair lá de dentro. Entramos ali com calma, e um velho de cor conduziu a gente até os fundos sem abrir o bico. Parado ali estava o próprio Sr. Douglass.

O Sr. Douglass tinha levado consigo um negro robusto, de pele escura e um belo cabelo crespo. Seu nome era Shields Green, embora o Sr. Douglass chamasse ele de "Imperador". E o Imperador se comportava como tal: ereto, firme e quieto.

O Sr. Douglass não olhou pra mim duas vezes e mal dirigiu a palavra ao Sr. Kagi. Tinha uma expressão séria no rosto e, depois que os dois se abraçaram, ele ficou ali parado e ouviu em silêncio absoluto enquanto o Velho explicava tudo: o plano, o ataque, a congregação da gente de cor pro seu rebanho, o esconderijo nas montanhas, com brancos e negros juntos, resistindo nos desfiladeiros estreitos de modo que os federais e as milícias não conseguisse entrar. Kagi e o Imperador ficaram o tempo todo em silêncio. Nenhum dos dois disse um só ai.

Quando o Velho terminou, o Sr. Douglass falou:

— O que foi que eu lhe disse pra achar que um plano assim poderia funcionar? Tá entrando numa arapuca de aço. É do depósito de armas dos Estados Unidos que tá falando. Vão mandar os federais de Washington, D.C. aqui ao som do primeiro disparo. Em dois minutos vão estar em cima de você.

— Mas você e eu conversamos sobre isso durante anos — disse o Velho. — Planejei tudo ao extremo. Você mesmo afirmou a certa altura que podia ser feito.

— Nunca disse tal coisa — falou o Sr. Douglass. — Disse que *devia* ser feito. Mas *devia* e *podia* são coisas diferentes.

O Velho insistiu pra que o Sr. Douglass viesse: — Vem comigo, Frederick. Preciso reunir o enxame, e com você aqui todos os negros vão aparecer, tenho certeza. Os escravos precisam ter sua liberdade.

— Sim. Mas não se suicidando!

Argumentaram um pouco mais sobre o assunto. Até que finalmente o Velho colocou o braço nos ombros do Sr. Douglass.

— Frederick, eu prometo. Vem comigo e vou proteger sua vida com a minha. Nada há de acontecer a você.

Mas, parado ali de casaca, o Sr. Douglass não se mostrava disposto àquele desafio. Tinha tomado muitos drinques. Comido muitos pombos cozidos, gelatina de carne e tortas de maçã amanteigadas. Era um homem de gabinete, de camisas de seda e chapéus finos, paletós de linho e gravatas. Era um homem de discursos e palavras.

— Não posso, John.

O Velho colocou o chapéu e se dirigiu à carroça.

— É hora de a gente se despedir, então.

— Boa sorte, meu velho amigo — disse o Sr. Douglass, mas o Velho já tinha se virado e subido na carroça. Eu e Kagi fomos atrás. Então, o Sr. Douglass se voltou pro camarada que estava com ele, Shields Green, e perguntou: — Imperador, qual é o seu plano?

O Imperador deu de ombros e simplesmente falou:

— Acho que vou com o Velho.

E, sem mais uma palavra, o Imperador subiu na carroça e sentou do lado de Kagi.

O Velho fustigou os cavalos, se afastou do Sr. Douglass, deu a volta com a carroça e foi embora. Nunca mais falou com Frederick Douglass ou mencionou seu nome outra vez.

Ficou em silêncio durante todo o trajeto até Harpers Ferry. Dava pra sentir a sua frustração. Parecia sair dele em ondas. O jeito de segurar as rédeas, fazendo os cavalos galoparem a meio-trote noite adentro, com a lua

O PÁSSARO DO BOM SENHOR

às suas costas, a silhueta da barba contra a lua, chacoalhando ao passo dos cavalos, seus lábios finos contraídos, tudo isso fazia ele parecer um fantasma. Estava completamente abatido. Acho que todos temos nossa parcela de coisas assim, quando o algodão amarela ou os besouros devoram a plantação e você é tomado pelo dissabor. Sua maior dor foi causada pelo Sr. Douglass, seu amigo. A minha foi causada por sua filha. Não tinha outro jeito daquelas coisas acontecerem senão de acordo com a vontade de Deus, pois tudo o que Deus fazia, todas as Suas coisas, todos os Seus tesouros, todas as coisas que o Céu mandava não eram pra ser desfrutadas nesse mundo. Isso foi algo que *ele* disse, não eu, pois eu não acreditava nessas coisas naqueles tempos. Mas uma sensação brotou em mim aquela noite, vendo como ele digeria a notícia ruim. Uma certa mudança. O Capitão tinha recebido aquele duro golpe e voltou a Harpers Ferry sabendo que estava condenado. Sabia que ia perder a luta a favor dos negros, *por causa* dos negros, e mesmo assim seguiu em frente, pois confiava na palavra do Senhor. E isso é algo bem forte. Senti Deus no meu coração pela primeira vez naquele momento. Não contei a *ele*, pois não fazia sentido perturbar o Velho com a verdade. Se tivesse feito isso, teria também que contar a outra parte, ou seja, que mesmo depois de ter encontrado Deus, Deus falava comigo, assim como fazia com ele, e Deus, nosso Pai, me dizia para dar o fora dali. E, além do mais, eu amava sua filha ainda por cima. Não queria fazer ele se preocupar com isso. Descobri uma ou outra coisa ali. Naquele exato instante. Soube logo de cara, juro, que o Sr. Douglas de jeito maneira ia se envolver numa batalha de verdade. Era um orador de gabinete. Assim como sabia que de jeito maneira eu podia virar um homem de verdade, com uma mulher de verdade, e uma branca, ainda por cima. Tem coisas nesse mundo que simplesmente não foram feitas pra acontecer, não na hora que a gente quer, e o coração precisa encarar elas nesse mundo como uma dádiva, uma promessa pro mundo que tá por vir. Existe um prêmio no final de tudo, mas, ainda assim, é um fardo e tanto pra se carregar.

27

Fuga

As coisas estavam uma tremenda bagunça no instante em que chegamos à porta da fazenda, de volta a Ferry. Assim que entramos, o filho do Capitão, Oliver, e Annie esperavam por ele na porta.

— A Sra. Huffmaster chamou o xerife — disse Annie.

— O quê?

— Disse que viu um dos negros no quintal. Foi até o xerife e denunciou a gente como abolicionistas. Trouxe o xerife até aqui.

— E o que aconteceu?

— Eu disse que você voltava na segunda-feira. Ele tentou entrar, mas não permiti. Depois Oliver desceu e falou para o xerife se mandar. Estava furioso quando foi embora. Me buzinou os ouvidos sobre os abolicionistas que levavam escravos para o norte. Disse: "Se o seu pai tem uma empresa de mineração, onde está escavando? Se tem que transportar o produto dessa mineração, onde estão as vacas e as carroças que servem a esse propósito?" Falou que ia voltar com um monte de agentes para revistar a casa.

— Quando?

— No sábado que vem.

O Velho parou pra refletir por um instante.

— Algum dos nossos homens foi ao quintal? Um dos negros? — perguntou Kagi.

— Não importa. Me dá um minuto — disse o Velho.

O PÁSSARO DO BOM SENHOR

Demorou um pouco antes de começar a falar. Ficou ali parado ali, balançando um pouco de um lado pro outro. Parecia quase insano àquela altura. A barba chegava quase à fivela do cinto. O paletó estava em farrapos. Ainda usava o chapéu de pescador do disfarce, e debaixo dele seu rosto parecia um esfregão enrugado. Estava enfrentando todo tipo de problemas. O pano que cobria tudo tinha sido desvelado. Vários homens escreveram pra casa se despedindo de suas mães, o que levantou todo tipo de suspeitas, ao passo que as mães respondiam ao Velho, pedindo: "Manda meu menino pra casa". Sua nora, Martha, mulher de Oliver, estava grávida e chorava de meia em meia hora; alguns dos brancos que mandaram dinheiro pra luta contra a escravidão agora queriam ele de volta; outros tinham escrito cartas aos congressistas e governantes sobre o que tinham ouvido; o pessoal que mandava dinheiro de Boston ficava importunando ele sobre o tamanho de seu exército. O Velho também enfrentava os mais variados tipos de problemas com as armas. Tinha quarenta mil projéteis sem as espoletas certas. A casa estava cheia de homens amontoados e enfurnados naquele sótão minúsculo, lotado quase a ponto de se tornar insuportável. O peso de tudo aquilo era o bastante pra deixar qualquer um louco. Mas ele não era um homem normal, já que sempre foi meio biruta, por assim dizer. Mesmo assim, parecia abalado.

Continuou ali parado, oscilando, até que disse:

— Não tem problema. Vamos agir no domingo.

— Mas só temos quatro dias! — exclamou Kagi.

— Se não for agora, talvez não seja mais.

— Não podemos agir em quatro dias! Todos vão chegar no dia vinte e três!

— Quem tá vindo, vai estar aqui dentro de quatro dias.

— Dia vinte e três é só uma semana depois de domingo.

— Não temos uma semana — bufou o Velho. — Vamos agir esse domingo, dia dezesseis. Quem quiser escrever pra casa, que faça isso agora. Avise os homens.

Kagi não precisou fazer isso, pois vários deles estavam ali por perto ouvindo e já tinham escrito pra casa, tendo ficado enfurnados no sótão sem nada pra fazer a não ser escrever.

— Como vamos passar a mensagem aos negros? — perguntou Stevens.

— Não precisamos. A maioria dos negros que disseram que vinham vão estar aqui. Temos cinco de Chambersburg e cinco de Boston que Merriman prometeu. Mais os homens daqui das redondezas. E ainda aqueles que vêm do Canadá.

— Eu não contaria com os homens do Canadá — disse Kagi. — Não sem Douglass.

O Velho franziu as sobrancelhas.

— Vão vir de todos os cantos depois que a gente começar. A Bíblia diz, "Aquele que se movimenta sem confiança não é confiável." Creia em Deus, tenente.

— Eu não acredito em Deus.

— Não importa. Ele acredita em você.

— E quanto à General?

— Acabei de receber uma carta dela — disse o Velho. — Tá doente e não pode vir. Ela nos ofereceu o Ferroviário. É o que basta. Ele vai espalhar a mensagem entre a gente dela.

O Velho virou pra mim.

— Cebola, corra até Ferry e espere o trem. Quando o B&O chegar, diga ao Ferroviário que vamos agir no dia dezesseis e não mais no dia vinte e três. Uma semana antes.

— Melhor eu fazer isso — disse Kagi.

— Não — respondeu o Velho. — Estão em cima da gente agora. Vão te parar e interrogar. Não vão se importar com uma menina de cor. Preciso de todos os homens aqui. Temos muito a fazer. Precisamos pegar e preparar o resto das carabinas Sharps. Temos que aprontar a munição e desencaixotar os piques. E temos que mandar Annie e Martha pra casa em um dia, dois no máximo. A Cebola vai preparar as meninas quando voltar. Ela também vai junto. Não quero nenhuma mulher por perto quando a gente for atacar.

Aquilo fez meu coração saltitar de alegria.

— Como elas vão embora? — perguntou Kagi.

— Meu filho Salmon vai levar elas pra Filadélfia. De lá podem pegar o trem pro norte de Nova York. Não temos mais tempo pra conversa, tenente. Mão na massa.

* * *

O PÁSSARO DO BOM SENHOR

Corri até o pátio ferroviário de Ferry cantando como passarinho, feliz como nunca. Aguardei no pé da encosta pelo B&O da uma e vinte e cinco, esperando que não se atrasasse, pois não queria ser deixado pra trás. De jeito maneira eu ia perder minha carona pra fora daquele lugar. Iam me deixar na Filadélfia. Eu tinha esperado um longo tempo pra chegar lá. Podia ir embora sem nenhum sentimento de culpa. O Velho tinha me dado sua bênção.

Graças a Deus, aquele troço chegou na hora. Esperei todos os passageiros descerem. O trem tinha de se arrastar ainda por uns poucos metros pra abastecer de água, e quando parou diante do reservatório, corri até lá pra procurar o Ferroviário. Estava nos fundos do trem, descarregando as malas dos passageiros na estação e colocando em carroças de espera. Ele foi pro outro lado do trem, perto do vagão da tripulação, e conversou com outro carregador de bagagem negro. Abordei ele ali, e, ao me ver chegando perto, o outro camarada se mandou. Sabia das minhas atividades e eu era como arsênico pra ele, mas o Ferroviário tinha me visto e, sem dizer nada, apontou com a cabeça pro lugar ao pé da encosta onde a gente se encontrou da outra vez, entrando de volta no trem.

Desci a encosta correndo e esperei, parado debaixo da sombra das colunas pra não ser visto. Ele veio logo em seguida e estava furibundo. Apoiou as costas na coluna do trilho e falou de costas pra mim. Mas ainda estava zangado.

— Não falei pra não vir aqui? — disse.

— Mudança de planos. O Velho vai entrar em ação em quatro dias.

— Quatro dias? Você tá brincando comigo! — falou.

— Não tô — respondi. — Tô só te avisando.

— Diz pra ele que não posso reunir tanta gente em quatro dias. Acabei de começar.

— Leva o que conseguir então, porque ele tá decidido a agir nessa data — falei.

— Preciso de outra semana. Ele disse dia vinte e três.

— O dia vinte e três caiu. Vai ser nesse domingo agora.

— A General tá doente. Ele num sabe disso?

— Aí já não é problema meu.

— Claro que não é. Você só se preocupa com a própria pele, sua doninha.

— Tá criando confusão com a pessoa errada. Por que não mexe com alguém do seu tamanho?

— Cuidado com essa sua boca ou vou te dar uma coça, sua capeta.

— Pelo menos, não sou uma ladra. Pelo que eu sei, você pegou o dinheiro do Velho pra nada e não vai aparecer, como o resto.

O Ferroviário era um sujeito grande e estava de costas pra mim. Mas ele se virou e me agarrou pelo vestido, erguendo meu corpo do chão.

— Mais uma palavra maldosa que saia desse buraco na sua cara, sua pestinha, e te jogo no rio.

— Só tô dizendo o que o Velho pediu! Falou que ia agir em quatro dias!

— Já ouvi! Controla a sua língua. Vou trazer aqui quem eu puder. Diga ao Velho pra parar o trem antes que chegue na ponte que atravessa o Potomac. Não deixem atravessar. Parem ele ali e me deem uma senha.

— O que é isso?

— Uma palavra. Um sinal. Ninguém usa senhas no seu grupo?

Ele me colocou de volta no chão.

— Merda. Que operação mais atrapalhada.

— Posso dizer pro Capitão que você sabe então?

— Diga que eu sei. E que vou trazer quem eu puder.

— E o que mais?

— Diz que precisamos de uma senha. E pra parar o trem antes de atravessar a ponte. Não na estação. Caso contrário, os passageiros vão desembarcar. Parem ele na ponte, e eu vou descer pra ver qual o problema. Vou carregar um lampião. Depois vou caminhar junto ao trem e dizer a tal senha que for combinada. Vai conseguir lembrar disso? Precisam parar o trem antes da ponte.

— Tá.

— Vamos fazer o seguinte. Já que você é burra, vou te dar uma senha. Tem que ser uma coisa normal. Então vou perguntar, "Quem tá aí?", e quem estiver ali deve responder, "Jesus tá caminhando." Consegue lembrar disso?

— "Quem tá aí? Jesus tá caminhando." Deixa comigo.

— Não esqueça. "Quem tá aí?" e "Jesus tá caminhando". Se não disserem isso, juro por Deus que não vou acenar com o lampião pra aqueles que estiverem atrás de mim. Vou trazer um vagão de carga cheio de negros atrás

O PÁSSARO DO BOM SENHOR

de mim e talvez uma carroça do lado dos trilhos também. Podia conseguir mais, só que ia precisar de mais que quatro dias.

— Entendido.

— Depois que eu acenar com o lampião, os negros vão saber o que fazer. Vão sair do vagão, percorrer o trem, dar um jeito no condutor e no maquinista e fazer eles de prisioneiros para o Capitão. O resto vai pegar umas ferramentas que vou dar pra eles e destruir os trilhos atrás do trem pra ele não poder voltar. Vou segurar o trem pra isso.

— De que maneira?

— Tem outro carregador negro e um foguista negro, também. Estão com a gente. De certa forma.

— O que isso quer dizer?

— Quer dizer que eles sabem de tudo e vão ficar fora do caminho. Nem todos nesse mundo são idiotas como eu. Mas eles são de confiança. Se num fossem, você já estaria morta a essa altura. Do jeito que fica passeando pela estação com essa sua língua frouxa. Todos os negros de Ferry sabem o que está acontecendo. De qualquer jeito, esses dois vão prender o trem com a desculpa de serem crioulos burros, dando tempo suficiente aos negros do vagão de carga e das carroças pra saírem. Entendeu?

— Tá bom, então.

— Assim que os crioulos esvaziarem o trem, estou fora. Dê esse recado ao Velho. Fale assim: No momento em que deixarem o trem, o Ferroviário tá fora. E sem a senha também não vou fazer nada. "Quem tá aí?" e "Jesus tá caminhando". Se não ouvir essas palavras, não vai ter lampião balançando. Se o lampião não balançar, os crioulos não vão se mover. E vai estar tudo acabado, o que quer que seja. De qualquer forma, a minha parte termina ali, não importa o que acontecer. Entendido?

— Entendido.

— Tudo bem. Cai fora, então, sua trapaceira de uma figa. Tu é bem esquisita. A escravidão deixou muitos de nós estranhos, e espero mesmo que você não viva seus últimos dias com essa aparência que tem agora. Se me encontrar alguma outra vez pela estrada ou em qualquer outro lugar na vida, não dirija a palavra a mim ou nem mesmo acene com a cabeça. Preferia não ter te conhecido.

310 JAMES McBRIDE

Dito isso ele deu no pé, caminhando junto à encosta, debaixo das colunas, subindo então até o trem, que já apitava, e embarcando nele. Quando atravessei a ponte coberta de volta pro lado de Maryland e subi a estrada que costeava o Potomac na direção da fazenda Kennedy, aquele troço já avançava na direção da Virgínia e sumia de vista.

Quando voltei pra casa, tudo o que encontrei foi um caos. O lugar parecia um forte militar sob artilharia. Os homens corriam de um lado pro outro, carregando caixas, malas, armas, pólvora, mosquetes, caixotes de munição. Estavam aliviados por fazerem algo depois de ficarem esmagados naquele espacinho por tanto tempo e, assim, se mexiam a toda velocidade, exalando brio e animação. Annie e Martha também estavam agitadas, preparadas pra ir embora. Todos naquela pequena fazenda se agitavam com um propósito, me empurrando e dando encontrões enquanto eu ficava ali parado um pouquinho. Me mexi lentamente nos dois dias que seguiriam, pois queria me despedir do Velho.

Ele não estava muito preocupado comigo. Andava pela casa como um furacão, no auge da sua glória. Estava coberto de fuligem e pólvora, correndo pra cima e pra baixo, dando ordens:

— Sr. Tidd, mergulha essas balas em óleo pra gente disparar nas pontes com elas. Sr. Copeland, joga mais uns cartuchos naquela caixa de espingardas ali. Vamos com rapidez, homens. Andem. A gente tá do lado da razão e vamos resistir ao universo!

Fiquei observando o Velho por boa parte dos dois dias seguintes, enquanto ele andava de um cômodo para o outro, me ignorando completamente. Larguei mão depois do segundo dia e me mandei pra um canto da cozinha pra encher a pança, pois eu estava sempre com fome e era quase hora de partir. Cheguei ali bem a tempo de ver Annie aparecer e sentar, exausta. Ela olhou pela janela por um instante, sem perceber minha presença, e o olhar no seu rosto me fez esquecer completamente de onde eu estava.

Ficou ali sentada perto do fogão, sorumbática, e então recolheu lentamente algumas panelas e frigideiras e outras coisas pra levar, tentando

O PÁSSARO DO BOM SENHOR

manter a coragem no rosto. Nenhum dos Browns duvidava da capacidade do pai, isso eu tenho que dizer. Assim como ele, também acreditavam que os negros deviam ser livres e eram iguais a todos. Claro que estavam fora de si na época, mas isso pode ser perdoado, pois eram adultos fanáticos pela Bíblia e a seguiam ao pé da letra. Mas Annie estava cabisbaixa. Desanimada. Eu não suportava ver ela assim tão melancólica, então cheguei mais perto. Quando me viu, ela disse:

— Estou com uma sensação horrível, Cebola.

— Não precisa se preocupar com nada — falei.

— Eu sei que não devia. Mas é duro manter a coragem diante disso tudo, Cebola. — E, então, ela sorriu. — Fico contente que você venha comigo e com Martha.

Fiquei tão feliz que meu coração podia explodir, mas claro que não disse nada. Apenas mantive a naturalidade.

— Sim, eu também estou. — Foi tudo o que consegui dizer.

— Me ajuda a pegar o resto das coisas aqui?

— Claro.

Enquanto a gente se movia, preparando tudo pra ir embora, comecei a pensar em quais seriam meus planos. Annie e Martha viviam no terreno do Velho ao norte de Nova York, perto do Canadá. Não podia ir pra lá com elas. Seria muito difícil pra mim viver perto de Annie. Decidi seguir com a carroça até a área da Pensilvânia e desembarcar por ali, com o intuito de ir pra Filadélfia — se a gente conseguisse chegar tão longe para os lados do norte. Não era algo certo, pois, não importa de que ângulo você olhasse, eu estava colocando elas em risco. Quanto a aquilo não restava dúvida. A gente ia atravessar terras escravizadas, e como seria uma viagem a alta velocidade, teríamos que nos deslocar durante o dia, o que era perigoso, pois, quanto mais perto você chegava da linha da liberdade de Pensilvânia, mais era provável que os patrulheiros de escravos parassem e questionassem quem passava pra saber se estava transportando algum. Salmon era forte e determinado como o pai. Não seria nenhum idiota ou qualquer patrulheiro de escravos que ia impedir ele de levar sua irmã e cunhada pra um lugar seguro e também não ia me entregar. Além disso, tinha que voltar. Num confronto, ele ia disparar antes dos outros.

— Tenho que pegar um pouco de feno — falei pra Annie. — É melhor eu me esconder debaixo dele nos fundos da carroça até a gente chegar na Pensilvânia.

— São dois dias de viagem — disse ela. — É melhor sentar do nosso lado e fingir que é uma escrava.

Mas ver seu belo rosto me olhando com tanta gentileza e inocência me fazia perder o interesse em fingir. Me mandei pro barracão sem falar nada. Tinha feno guardado ali, e levei um pouco até a carroça Conestoga que a gente preparava pra viagem. Eu ia ter que viajar debaixo do feno, na carroça, em plena luz do dia até o cair da noite por boa parte daqueles dois dias. Melhor me esconder daquele jeito do que me expor. Mas juro por Jesus Cristo que eu estava ficando cansado de me esconder àquela altura. Estava me escondendo sob todos os aspectos e ficando de saco cheio daquilo. Carregamos a carroça um dia antes do grande ataque e fomos embora sem cerimônia. O Capitão deu uma carta a Annie e disse:

— Isso é pra sua mãe e seus irmãos e irmãs. Vejo vocês em breve ou no lado de lá, se Deus quiser.

Para mim, falou:

— Adeus, Cebola. Você lutou a luta justa e logo a gente vai se encontrar, quando seu povo for libertado, se for da vontade de Deus.

Desejei sorte a ele e partimos. Me cobriram com uma tábua colocada na lateral da carroça e botaram Annie pra sentar nela, enquanto Salmon, que guiava, foi na frente com sua cunhada Martha, mulher de Oliver.

Annie estava sentada bem em cima de mim quando a gente partiu e pude ouvir ela deixar escapar uma lágrima ou outra em meio aos ruídos da carroça. Passado um certo tempo, ela parou de chorar e soltou:

— Seu povo vai ser livre quando isso tudo acabar, Cebola.

— Sim, é verdade.

— E você vai poder sair por aí e comprar um violino e cantar e seguir seus sonhos do jeito que quiser. Vai poder cantar pelo resto da vida quando isso tudo acabar.

Queria dizer que eu gostaria de ficar onde ela estava indo e cantar pra ela pelo resto da vida. Eu cantaria sonetos, canções religiosas e todas aquelas canções mocorongas que falavam no Senhor, que ela tanto apreciava; cantaria qualquer canção que quisesse. Queria dizer a ela que eu ia dar uma

O PÁSSARO DO BOM SENHOR

virada, começar uma nova página, ser uma nova pessoa, ser o homem que era de verdade. Mas não podia, pois ser homem não estava dentro de mim. Eu era só um covarde, vivendo uma mentira. Quando você pensa nisso, não era uma mentira assim tão ruim. Ser negro significa mostrar sua melhor cara todo dia pro homem branco. Você conhece suas vontades, seus desejos e observa bem. Mas ele não conhece as suas vontades. Não conhece os seus desejos, seus sentimentos e o que há dentro de você, pois você não é igual a ele em nenhum aspecto. É só um crioulo pra ele. Uma coisa, como um cachorro, uma pá ou um cavalo. Seus desejos e vontades não têm espaço nenhum, seja você menino ou menina, homem ou mulher, tímido, gordo, alguém que não gosta de biscoitos ou não aguenta muito bem as mudanças do tempo. Que diferença faz? Pra ele, nenhuma, pois você vive no fundo do poço.

Mas pra você, lá dentro, faz diferença. E isso me chateava ao extremo. Ninguém pode prosperar como pessoa sem saber quem é. Não saber quem é por dentro te deixa insignificante como uma ervilha. É pior do que ser qualquer coisa por fora nesse mundo. Sibonia me mostrou isso lá em Pikesville. Acho que seu caso me tirou dos eixos pela vida inteira, vendo ela e a irmã, Libby, serem enforcadas no Missouri. "Seja homem", disse ela pro jovem que desabou nos degraus do cadafalso quando estavam prestes a enforcar ele. "Seja homem!". Colocaram o homem pra dormir como os outros, penduraram ele como uma camisa no varal, mas ele se saiu bem. Aceitou. Me lembrou o Velho. Mudou o olhar que tinha no rosto naquele cadafalso pouco antes de acabarem com ele, como se tivesse visto algo que mais ninguém pudesse ver. Aquela era uma expressão que vivia no rosto do Velho. Ele era um lunático, mas um lunático bom e cuidadoso, e não podia mais manter a sanidade em suas relações com os outros homens brancos, pelo menos não mais que eu e você podemos latir como um cão, pois não falava a língua deles. Era um homem da Bíblia. Um homem de Deus. Louco feito um percevejo. Obstinado com a verdade, o que faz qualquer um perder a cabeça. Mas, pelo menos, sabia que era louco. Pelo menos, sabia quem era. E isso é mais do que posso dizer sobre mim mesmo.

Fiquei remoendo aquelas coisas na cabeça enquanto viajava deitado no chão daquela carroça, debaixo do feno como um pateta, sem entender

314   JAMES McBRIDE

patavinas de quem eu era ou saber que canção ia cantar. O pai de Annie era um herói pra mim. Foi ele que carregou o fardo da coisa, ele que levou o peso da minha gente nos ombros. Foi ele que deixou casa e lar pra trás por algo em que acreditava. Eu não tinha nada em que acreditar. Era só um crioulo tentando encher a barriga.

— Acho que vou cantar um pouco depois que a guerra acabar — consegui dizer pra Annie. — Aqui e ali.

Annie desviou seu olhar cansado, como se um pensamento lhe viesse à mente.

— Esqueci de falar para o Pai das azaleias — soltou de repente.

— De quê?

— Das azaleias. Plantei algumas no jardim e elas nasceram roxas. O Pai pediu pra avisar se isso acontecesse. Disse que era um bom sinal.

— Bom, ele provavelmente vai ver elas.

— Não. Ele nunca olha lá. Fica bem nos fundos do quintal, perto do matagal. — E choramingou e soluçou outra vez.

— É só uma flor, Annie — falei.

— Não é, não. O Pai disse que um bom sinal é um aviso dos Céus. Bons augúrios são importantes. Como o Pássaro do Bom Senhor de Frederick. É por isso que sempre usava aquelas penas no exército dele. Não são só penas. Ou senhas. São augúrios. São coisas de que você não esquece facilmente, mesmo quando tem problemas. Você lembra dos bons augúrios em tempos difíceis. Não tem como esquecer deles.

Uma sensação terrível e pavorosa brotou em mim quando ela disse aquilo, pois lembrei de repente que tinha esquecido completamente de contar ao Capitão sobre a senha que o Ferroviário me pediu pra dizer na ponte quando parassem o trem. Tinha mandado eu falar da senha pra eles. Ele ia perguntar, "Quem tá aí?", e eles tinham de responder, "Jesus tá caminhando". E se não ouvisse a senha, não ia fazer seus homens descerem.

— Meu Deus — falei.

— Eu sei — choramingou ela. — É mau agouro.

Não falei nada, apenas fiquei ali deitado enquanto ela chorava, mas só Deus sabe como meu coração estava batendo acelerado. Pro inferno com aquilo, pensei. Nada nesse mundo ia me fazer sair debaixo daquele feno, descer a estrada em plena luz do dia, exposto a todos os irlandeses sequestradores de escravos entre a Virgínia e Pensilvânia pra voltar até Ferry e

O PÁSSARO DO BOM SENHOR

levar chumbo. Já fazia umas três horas que a gente estava viajando. Eu sentia o calor do sol refletir na terra e entrar pelo chão da carroça, onde estava deitado. Já devíamos estar perto de Chambersburg àquela altura, quase na fronteira da Virgínia, bem no meio do território escravo.

Annie chorou mais um pouquinho e depois se acalmou.

— Sei que está pensando em Filadélfia, Cebola. Mas eu queria saber... queria saber se quer vir comigo para North Elba — falou. — Talvez a gente possa começar a estudar juntas. Sei como você é. North Elba é um lugar tranquilo. Um território livre. Podemos começar a estudar juntas. A gente precisa... Eu preciso de uma amiga. — E desabou no choro outra vez.

Pra mim, bastava. Fiquei debaixo daquele feno pensando que não era nem um pouco melhor que aqueles reverendos e médicos patifes e faladores do Canadá, que prometeram aparecer pra guerra do Velho, mas provavelmente não iriam. A coisa toda me envergonhava, me fazia sentir horrível enquanto ela choramingava. Me sentia pior a cada quilômetro que a gente avançava, apertando meu coração como uma pedra. O que eu ia fazer em Filadélfia? Quem ia me amar? Eu ficaria sozinho. Mas no norte de Nova York, quanto tempo a mentira ia durar até que Annie descobrisse quem eu era? Logo ia acabar sabendo. Além disso, como alguém pode te amar se nem você mesmo sabe quem é? Eu tinha vivido tanto tempo na pele de uma menina que acabei gostando da história, me acostumei a ela, me acostumei a não ter que carregar peso, a ver os homens me livrarem dos afazeres por não ser forte o bastante, veloz o bastante ou vigorosa como um menino. Mas essa é a questão. Você pode encenar um papel na vida, mas não pode ser ele. É só um papel. Você não é de verdade. Acima de tudo, eu era negro, e os negros também encenam um papel: eles se escondem. Sorriem. Fingem que não tem problema ser escravos até se libertarem, mas e daí? Livres pra quê? Pra ser como os brancos? Eles são tão bons assim? Segundo o Velho, a resposta é não. Me veio então a ideia de que você é tudo que é nessa vida em todos os momentos. E isso inclui amar alguém. Se não pode ser você mesmo, como pode amar alguém? Como pode ser livre? Aquilo apertava meu coração como um torno. Me deixava em frangalhos. Eu estava completamente apaixonado por aquela garota, amava ela de todo coração, confesso isso aqui, e eu ia carregar a responsabilidade pelo que acontecesse com seu pai pro resto da vida, caso ele morresse porque o Ferroviário não tinha ouvido a senha. Para o inferno com aquele filho da puta do pai dela!

E com o Ferroviário também! Aquele vagabundo hipócrita, ignorante, inconsequente e com cara de elefante! E também todos aqueles imprestáveis que combatiam a escravidão! Aquilo não ia sair da minha cabeça. A ideia de que o Capitão podia morrer por minha causa me deixava dez vezes pior que se Annie não me amasse. Se ela soubesse quem eu era, sentiria nojo de mim, um crioulo bancando a menina sem ser homem o bastante pra ser homem, amando ela e tudo o mais, e não ia retribuir meu amor, nem mesmo gostar de mim, independente do que sentia naquele instante, quando eu ainda era sua amiga de fé. Ela amava uma miragem. E eu teria o sangue do pai dela nas mãos pelo resto da vida se continuasse deitado ali como um covarde debaixo do feno, sem ser um homem de verdade, sem ser homem o bastante pra voltar e dizer a ele as palavras que poderiam fazer que vivesse por mais cinco minutos, pois, embora fosse louco, a vida do Velho era tão importante pra mim quanto a minha própria, e ele tinha arriscado aquela vida muitas vezes por minha causa. Eu queria que fosse tudo pro inferno.

Ter o sangue do Capitão nas minhas mãos por causa de algo que era minha responsabilidade era demais pra mim. Eu não podia suportar.

A tábua onde ela estava sentada ficava apoiada em dois pedaços de madeira. Com as duas mãos, empurrei ela alguns centímetros pra frente e pulei pra fora do feno, sentando em seguida.

— Tenho que ir — falei.

— O quê?

— Diga a Salmon pra parar.

— Não podemos. A gente tá em território escravo. Volta para aquele feno!

— Não volto.

Antes que ela pudesse fazer algo, saí de baixo da tábua, tirei o gorro da cabeça e arranquei o vestido até a cintura. O choque deixou ela de boca aberta.

— Eu te amo, Annie. E nunca mais vou te ver.

Com um movimento rápido, agarrei minha sacola de pano e saltei pelos fundos da carroça, rolando pela estrada enquanto o grito de surpresa de Annie ecoava pela mata e pelas árvores atrás de mim. Salmon parou a carroça e gritou por mim, mas era o mesmo que berrar num buraco vazio. Eu já tinha sumido pela estrada.

28

Ataque

Desci a estrada veloz como o vento e peguei uma carona com um preto velho de Frederick, Maryland, que guiava a carroça de seu amo na direção de Ferry pra buscar um carregamento de lenha. Levamos um dia inteiro pra voltar, pois ele era esperto e tinha que evitar os patrulheiros de escravos ao mesmo tempo que cuidava dos negócios do seu dono. Me deixou a alguns quilômetros de Ferry, do lado de Maryland, e fiz o resto do caminho a pé. Cheguei na fazenda tarde, muitas horas depois de escurecer.

A casa estava escura quando me aproximei e não vi nenhuma luz de vela. Estava chuviscando e não havia lua. Eu não tinha como saber as horas, mas calculo que fosse perto da meia-noite.

Irrompi pela porta e não encontrei ninguém. Virei na direção da porta e uma figura bloqueava ela, com um cano de espingarda apontado bem pra minha cara. Jogaram uma luz em cima de mim, e atrás dela estavam três dos soldados do Velho: Barclay Coppoc, um dos jovens quakers, Owen e Francis Merriam, um sujeito caolho e apatetado, completamente louco, que tinha se juntado ao exército nos últimos tempos. Os três carregavam espingardas e estavam armados até os dentes com armamentos sobressalentes e espadas.

— O que você tá fazendo aqui? — perguntou Owen.

— Esqueci de dizer ao seu pai sobre a senha do Ferroviário.

— O Pai não tinha uma senha pra ele.

— É isso. O Ferroviário me pediu pra falar com ele sobre a senha.

— Tarde demais. Partiram há horas.

— Preciso falar com ele.

— Senta aí.

— Pra quê?

— Eles vão descobrir sozinhos. Você pode ajudar a gente aqui. Estamos vigiando as armas e esperando os negros chegarem — disse Owen.

— Isso é a coisa mais estúpida que já ouvi na vida, Owen. Por que não abre os olhos?

Olhei pra Owen, e juro que ele tentou manter a seriedade.

— Eu tô completamente voltado contra a escravidão e quem não estiver é um belo de um idiota — falou. — Eles vão vir. E vou ficar aqui sentado e esperar que cheguem — disse.

Acho que aquela era a maneira de demonstrar confiança em seu pai e também um modo de ficar de fora da ação. A fazenda ficava a oito quilômetros de Ferry, e acredito que o Velho tenha deixado ele de guarda porque Owen já tinha visto bastante dos feitos de seu pai insano. Tinha atravessado as Guerras do Kansas e visto a pior parte delas. O Velho provavelmente mandou os outros dois ficar ali pra não envolver eles na ação, pois Coppoc tinha só vinte anos e Merriam tinha um raciocínio rápido como o de um caramujo.

— O B&O já chegou? — perguntei.

— Não sei. Não ouvi.

— Que horas são?

— Uma e dez da madrugada.

— Ele só chega à uma e vinte e cinco. Tenho que avisar o Capitão — falei. Parti na direção da porta.

— Espera — disse Owen. — Cansei de tirar você da fogueira, Cebola. Senta aqui. — Mas me mandei porta fora.

Era uma corrida de oito quilômetros pra chegar a Ferry, em meio ao breu e debaixo de garoa. Se tivesse continuado na carroça do velho negro em vez de descer na fazenda Kennedy, poderia ir direto pra cidade e teria mais tempo, acredito. Mas aquele velhote já estava longe. Eu carregava a sacola nas costas com todos os meus pertences, incluindo uma muda de roupas de menino. Minha intenção era cair fora o mais rápido possível depois que tudo estivesse acabado. O Ferroviário podia me dar uma carona. Ele não ia ficar, pelo menos foi o que disse. Se tivesse algum juízo, eu teria

O PÁSSARO DO BOM SENHOR   319

jogado um revólver na sacola. Tinha dúzias deles espalhadas pela fazenda, dois apoiados no peitoril da janela quando entrei lá, provavelmente carregados e prontos. Mas não pensei naquilo.

Desci o morro a toda velocidade e não ouvi um só disparo pelo caminho. Mas quando cheguei lá embaixo e corri ao longo do Potomac, ouvi o apito de um trem e vi uma luz fraca do outro lado, a cerca de um quilômetro e meio a leste, fazendo a curva na montanha. Era o B&O, que não perdia tempo chegando de Baltimore.

Me joguei estrada abaixo o mais rápido que minhas pernas conseguiam, correndo na direção da ponte que cruzava o Rio Potomac.

O trem chegou do outro lado logo antes de mim. Ouvi o assovio dos freios quando parou abruptamente, assim que botei o pé na extremidade da ponte. Via ele ali parado, imóvel, apitando, através dos suportes dos trilhos enquanto eu corria. O trem tinha parado só a alguns metros da estação, como disse o Ferroviário. Normalmente ele parava na estação, descarregava os passageiros e então se encaminhava pra Ponte Shenandoah, de onde partia para Wheeling, Virgínia. Não era normal o trem parar ali, o que significava que o exército do Velho tinha iniciado sua guerra.

A Shenandoah era uma ponte coberta, com uma estrada pra carroças correndo de um lado e a linha do trem do outro. Do alto da Ponte B&O, vi dois camaradas com carabinas se aproximando do trem pelo lado da Ponte Shenandoah onde estava parado, a mais ou menos quatrocentos metros de mim. Eu ainda estava a caminho, correndo pela Ponte B&O com o trem ali parado, imóvel, jogando fumaça, com o farol balançando lá na frente.

Da ponte, ao me aproximar, reconheci as duas figuras como sendo as de Oliver e Stewart Taylor, caminhando junto ao trem, apontando as carabinas para o maquinista e o foguista enquanto desembarcavam. Desceram direto nas mãos de Oliver, ah, se desceram. Ele e Taylor fizeram os dois caminharem para os fundos do trem, mas com os assovios e os ruídos do motor, estando eu onde estava, correndo pra valer, não dava pra ouvir o que diziam. Mas eu estava a toda, correndo o mais rápido que podia, quase lá, e, quando cheguei mais perto, consegui ouvir suas vozes um pouquinho.

Estava quase chegando do outro lado da ponte quando avistei a silhueta alta e larga do Ferroviário emergir da porta lateral de um compartimento de passageiros e descer os degraus. Desembarcou lentamente, com cuidado, chegou, fechou a porta do trem atrás dele e seguiu pelos trilhos a pé. Carregava um lampião ao seu lado quando deu de cara com Oliver. Não balançou ele. Simplesmente segurou o lampião imóvel do lado do corpo, caminhando na direção de Oliver e Taylor, que se afastavam dele indo na direção de Ferry com seus prisioneiros. Oliver olhou pra trás e viu o Ferroviário. Fez um gesto pra Taylor ir em frente com os dois prisioneiros, enquanto ele se separava do grupo e se virava pro Ferroviário, com a carabina na altura dos quadris. Não levantou ela, mas segurou firme enquanto seguia na direção do Ferroviário.

Corri o mais rápido que pude pra chegar lá, dando o máximo de mim. Pulei da ponte pro lado de Ferry, dei meia-volta e segui os trilhos na direção deles, gritando ao me aproximar. Estavam a uns duzentos metros, mais ou menos, mas o trem fazia muito barulho. Eu estava no escuro, correndo trilho abaixo, e, quando vi Oliver chegar perto do Ferroviário, berrei:

— Oliver! Oliver! Não faz nada!

Oliver não me ouviu. Deu uma olhada pra trás por um segundo, depois se voltou novamente pro Ferroviário.

Eu agora estava perto o bastante pra ouvir. O Ferroviário seguia na direção de Oliver, e pude ouvir quando gritou:

— Quem tá aí?

— Fica parado bem aí onde está — respondeu Oliver.

O Ferroviário continuou andando e perguntou outra vez:

— Quem tá aí?

— Fica parado! — rebateu Oliver.

Gritei, "Jesus tá caminhando", mas não estava perto o bastante, e nenhum dos dois me ouviu. Oliver não virou pra trás dessa vez, pois o Ferroviário estava quase em cima dele, a não mais que um metro e meio, ainda carregando o lampião ao seu lado. E ele era um baita homenzarrão. Acho que por causa do seu tamanho e por estar se aproximando de Oliver daquela maneira, sem medo, que Oliver apoiou a carabina no ombro. Ele era jovem, só tinha vinte anos, mas era um Brown. E quando os Browns botavam na cabeça que iam fazer algo, não tinha nada que parasse eles.

— Oliver! — gritei.

Ele se virou novamente. E dessa vez me viu chegando perto.

— Cebola? — disse.

O PÁSSARO DO BOM SENHOR

Estava escuro e não sei se ele conseguia me ver bem ou não. Mas o Ferroviário não me enxergava de maneira alguma. Não estava a mais de um metro e meio de Oliver, ainda segurando seu lampião, e falou mais uma vez, "Quem tá aí!", só que agora impaciente e um bocado nervoso. Estava dando o sinal a Oliver, esperando ouvir a senha.

Oliver se virou na direção dele com a carabina no ombro e chiou:

— Não dê nem mais um passo!

Não sei se o Ferroviário entendeu mal o intuito de Oliver, mas deu as costas pra ele. Simplesmente virou e se afastou dele rapidamente. Oliver ainda estava com a arma apontada pra ele e acho que teria deixado que voltasse para o trem se o Ferroviário tivesse simplesmente feito isso. Mas resolveu fazer algo estranho no lugar. Primeiro, parou e apagou o lampião. Depois, em vez de voltar pro trem, virou pra se dirigir na direção do escritório da ferrovia, que ficava a apenas alguns metros dos trilhos. Não andou na direção do trem. Foi na direção do escritório. E aquilo acabou com a sua vida bem ali.

— Parado! — disse Oliver. Berrou duas vezes, e, na segunda, o Ferroviário largou o lampião e partiu na direção do escritório. Tinha aumentado o passo.

Deus viu que em nenhum momento ele acenou aquele lampião. Talvez estivesse zangado porque a gente não era esperto o bastante pra saber a senha, ou então não sabia ao certo o que estava acontecendo, mas quando largou o lampião e partiu na direção do escritório, Oliver deve ter pensado que ele saiu em busca de ajuda e deixou sua Sharps falar por ele. Apertou o gatilho uma vez.

A carabina Sharps, aquela antiga daqueles tempos, fazia um barulhão. O troço soltava fumaça e fazia um estouro tão grande que dava pra ouvir ele ecoar pelos dois rios; ribombava pelas montanhas como um chamado dos céus, o ruído daquela explosão viajava pro outro lado do rio e deslizava pelo vale dos Apalaches, Potomac acima, como uma bola de boliche. Soava grandioso como os trovões de Deus, é verdade, simplesmente provocava um barulho terrível, e disparou uma bala bem nas costas do Ferroviário.

O Ferroviário era um sujeito grande, tinha quase dois metros de altura. Mas aquele tiro lhe chamou a atenção. Deixou ele em estado de alerta. Ficou parado por alguns segundos, depois foi em frente como se não tivessem atingido ele, seguindo na direção do escritório, cambaleando um pouco, pisando nos trilhos enquanto avançava, até desabar de cara no chão bem na porta da frente da estação ferroviária. Caiu como um monte de trapos, com os pés voando pro alto.

Dois homens brancos abriram a porta e arrastaram ele bem no momento em que cheguei até Oliver. Ele virou para mim e disse:

— Cebola! O que você tá fazendo aqui?

— Ele estava com a gente! — arfei. — Estava arrebanhando os negros!

— Pois devia ter dito isso. Você viu. Falei pra ele parar! O homem não disse uma maldita de uma palavra.

Não fazia mais sentido contar pra ele. Foi um erro meu e eu pretendia guardar ele só pra mim. O Ferroviário estava morto, de qualquer forma. Foi o primeiro homem assassinado em Harpers Ferry. Um negro.

Os brancos depois fizeram a festa com aquela história. Riam dela. Diziam, "O primeiro tiro de John Brown pra libertar os crioulos em Harpers Ferry acabou matando um crioulo." Mas a verdade é que o Ferroviário não morreu de imediato. Viveu por mais vinte e quatro horas. Mais do que Oliver, a propósito. Teve um dia inteiro pra contar o acontecido depois de ser alvejado, pois sangrou até a morte e estava consciente antes de morrer. Sua mulher, os filhos e até seu amigo, o prefeito, ligaram pra ele, que falou com todos, sem jamais contar a ninguém o que fazia ou quem realmente era.

Depois ouvi dizer que seu nome verdadeiro era Heyward Shepherd. Os brancos de Harpers Ferry promoveram um funeral militar pra ele quando a coisa toda acabou. Foi enterrado como herói, pois era um dos negros deles. Morreu com três mil e quinhentos dólares na conta bancária. Nunca descobriram como ele conseguiu tanto dinheiro, trabalhando como carregador de malas, e o que pretendia fazer com aquilo. Mas eu sabia.

Se o Velho não tivesse alterado a data, fazendo o Ferroviário passar sua senha pra pessoa errada, ele teria vivido por mais um dia pra gastar todo o dinheiro que tinha economizado pra libertar sua família. Mas ele tinha falado a palavra pro homem errado e feito o movimento errado.

Foi um erro sincero, ocasionado pelo calor do momento. E não fico martelando minha mente por causa dele. A verdade é que não fui eu que apaguei o lampião do Ferroviário e larguei ele no chão naquela noite. Foi o próprio Ferroviário quem fez isso. Se tivesse ficado mais calmo e esperado alguns segundos, teria me visto e acenado aquela coisa pra cima e pra baixo.

O PÁSSARO DO BOM SENHOR

Mas, no fundo, era difícil acreditar naquilo tudo, verdade seja dita, pois era um grande desperdício.

Eu disse a Oliver, que estava ali parado:

— É culpa minha.

— A gente vai ter bastante tempo pra contar as galinhas perdidas mais tarde — disse ele. — Temos que ir.

— Você não entende.

— A gente vai entender tudo depois, Cebola! Hora de partir!

Mas eu não conseguia me mover, pois o que vi atrás de Oliver me fez congelar. Eu estava diante dele, olhando para os trilhos às suas costas, e o que vi fez as duas castanhazinhas que eu guardava embaixo do vestido murcharem de pânico.

Sob a luz pálida da taverna que iluminava os trilhos, dezenas de negros, talvez uns sessenta ou setenta, desembarcavam de dois vagões de carga. Era madrugada de segunda-feira, e alguns ainda vestiam suas roupas de igreja, pois acho que tinham ido rezar no dia anterior. Os homens de camisa branca, as mulheres de vestido. Homens, mulheres e crianças, alguns com roupa de domingo, outros sem sapatos, alguns com pedaços de pau na mão e até um ou outro com uma carabina. Saltavam daqueles vagões de carga como se estivesse pegando fogo, todo o bando, descendo e fugindo a pé, voltando na direção de Baltimore e Washington, D.C., o mais rápido que seus pés podiam levar eles. Estavam esperando o Ferroviário sinalizar com o lampião. Como não o fez, entraram pela mata e foram pra casa. Naqueles dias, não era preciso muito pra que um negro achasse que tinha sido enganado por alguém, fosse branco ou de cor.

Oliver se virou e olhou naquela direção bem quando o último deles saltou do vagão de carga e saiu correndo pelos trilhos. Em seguida, se voltou pra mim, confuso, e perguntou:

— O que tá acontecendo?

Fiquei vendo os últimos deles desaparecerem, se esquivando das árvores, pulando no matagal, alguns correndo pela linha do trem, e falei:

— A gente tá condenado.

29

Uma bacia de confusão

Segui furtivamente atrás de Oliver e Taylor quando deixaram a ponte às pressas, levando o maquinista e o foguista como prisioneiros. Marcharam com os dois, passaram pela taverna Gault House na Rua Shenandoah e entraram pelos portões do depósito de armas, atravessando o portão da balsa, que não era vigiado. No caminho, Oliver explicou que tudo estava às claras. Cook e Tidd já tinham cortado os cabos de telégrafo, e seu irmão mais velho, Watson, outro dos filhos do Capitão, e um dos Thompsons vigiavam a Ponte Shenandoah. Os outros tinham rendido os dois vigias, entrado no depósito de armas e tomado ele. Dois camaradas foram até o arsenal, onde o armamento ficava guardado. O trem também tinha sido tomado. Kagi e John Copeland, o soldado de cor, ocuparam a fábrica de carabinas — era ali que as armas eram feitas. O restante do exército do Velho, composto de dezessete homens, se espalhou por diversos prédios dentro do complexo.

— Só tinha dois guardas — disse Oliver. — A gente pegou eles de surpresa. Armamos a arapuca perfeita.

Levamos os prisioneiros para o prédio da casa de máquinas, onde dois dos soldados do Velho montavam guarda, e, quando entramos ali, o Capitão estava ocupado dando ordens. Quando virou e me viu chegar, pensei que ficaria decepcionado e zangado por eu ter desobedecido suas ordens. Mas ele estava acostumado a loucas conglomerações e a coisas que saíam dos planos. Em vez de ficar nervoso, a expressão em seu rosto era de alegria.

O PÁSSARO DO BOM SENHOR   325

— Eu sabia. O Senhor dos Hospedeiros tá antevendo a nossa vitória!
— declarou. — Nossa guerra tá ganha, pois nosso sinal de bom agouro, a
Cebola, voltou! Como diz o livro de Isaías, "Ai dos perversos. E diga aos
justos que tudo há de ficar bem com ele!"

Os homens em volta dele aplaudiram e deram risadas, exceto, como
pude perceber, O. P. Anderson e o Imperador. Eram os dois únicos negros
no lugar. Pareciam completamente passados, isolados, bem desanimados.

O Velho me deu um tapinha nas costas.

— Estou vendo que tá vestida pra vitória, Cebola — disse ele, notando
que carregava minha sacola comigo. — Veio bem preparada. A gente vai
partir para as montanhas em breve. Assim que os negros chegarem, vamos
embora. Ainda tem muito trabalho pela frente.

Dito aquilo, ele virou as costas e começou a dar ordens novamente, mandando alguém ir buscar os três homens na fazenda pra preparar uma escola
das redondezas pra reunir os negros. Estava distribuindo ordens a torto e a
direito, mandando um sujeito pro lado de lá e outro pra cá. Não tinha nada
pra eu fazer, na verdade, além de esperar sentado. Já tinha uns oito ou nove
prisioneiros ali, e todos pareciam bem macambúzios. Alguns ainda estavam
com cara de sono, pois eram quase duas da manhã e tinham sido acordados
de uma maneira ou de outra. Pelo que lembro, na sala estavam um marido
e uma mulher que foram capturados quando pegavam um atalho, passando
pelo depósito de armas na volta da taverna Gault, na cidade, dois guardas
do depósito, dois trabalhadores ferroviários e um bêbado que ficou a maior
parte do tempo largado no chão, despertando por tempo o suficiente pra
dizer que era o cozinheiro da taverna Gault House.

O Velho ignorava essas presenças, é claro, marchando entre eles, dando
ordens, todo feliz. Estava animado como nunca vi antes, e, pela primeira vez
em muito tempo, as rugas do rosto estalaram e se retorceram entre si, envolvendo o nariz como espaguete, e toda aquela aglomeração culminava numa
expressão de — como posso definir — plena satisfação. Não era capaz de
dar um sorriso, não um de verdade, um sorriso de orelha a orelha que mostrasse aquela fileira de dentes da frente gigantes, amarelos como milho, que
eu via de tempos em tempos quando ele ruminava carne de urso ou tripa
de porco. Mas o Velho estava cem por cento tranquilo em termos de satisfação geral. Tinha alcançado algo importante. Dava pra ver em seu rosto.

Foi ali que finalmente entendi. Ele tinha mesmo conseguido. Tinha tomado Harpers Ferry.

Quando lembro hoje, vejo que não levou mais de cinco horas pra fazer tudo de cabo a rabo. Do momento em que entraram ali, às nove horas, até o instante em que pararam o trem, pouco depois da uma, dava um total de cinco horas. Tudo correu tranquilo como as águas de um lago até eu chegar ali. Cortaram os cabos do telégrafo, renderam os dois guardas velhos, passaram por dois bares bem iluminados e cheios de escravistas e entraram sem problema nenhum no depósito. O lugar ocupava bastante espaço, pelo menos uns dez acres, com diversos edifícios que se dedicavam às diferentes facetas da fabricação de carabinas: barris, mosquetes, munição, e assim por diante. Arrombaram todos os prédios do complexo que estavam trancados e tomaram eles. O principal era a Fábrica de Carabinas de Hall. O Velho enfiou seus melhores soldados ali, o tenente Kagi e o negro de Oberlin, John Copeland. Já A. D. Stevens, que era desagradável, mas provavelmente o melhor guerreiro entre seus homens, Brown manteve ao seu lado.

Minha chegada parecia ter dado uma sacudida nas coisas, pois, depois de alguns minutos mandando esse sujeito fazer isso e o outro fazer aquilo, além de dar algumas ordens que não faziam sentido, pois estava tudo feito, o Velho parou, olhou ao redor e disse:

— Homens! A gente tem, nesse exato momento, o controle de cem mil armas. É mais que o suficiente pro nosso novo exército, assim que ele chegar.

Os homens comemoraram mais uma vez, e, quando o barulho esmoreceu, o Velho se virou e procurou por Oliver, que tinha entrado na Casa de Máquinas comigo.

— Onde tá Oliver? — perguntou.

— Voltou pra vigiar o trem — disse Taylor.

— Ah, sim! — respondeu o Velho. Virou pra mim. — Você viu o Ferroviário?

Vejam, eu não tive coragem de contar as más notícias pra ele. Não podia ser muito duro. Então, respondi:

— De certa forma.

— Cadê ele?

— Oliver deu um jeito nele.

— O Ferroviário reuniu as abelhas?

O PÁSSARO DO BOM SENHOR

— Sim, Capitão. Certamente.

O. P. Anderson e o Imperador, os dois negros, se aproximaram quando me ouviram responder à pergunta.

— Tem certeza? — disse O.P. — Tá dizendo que os negros vieram?

— Aos montes.

O Velho ficou contente.

— O Senhor teve piedade e entregou o fruto! — falou, se levantando, inclinando a cabeça e esticando os braços pra frente, com as palmas pro alto, se enchendo de religiosidade bem ali. Juntou as mãos pra orar. — Ele não disse, "Não poupa o bem daqueles que o merecem" — quase gritou — "quando está na tua mão o poder de fazê-lo"? — e seguiu em frente, estendendo seus agradecimentos ao livro de Eclesiastes e assim por diante. Ficou ali balbuciando e citando a Bíblia por uns bons cinco minutos, enquanto O.P. e o Imperador me perseguiam pelo lugar, fazendo perguntas enquanto eu tentava escapar. Queria só evitar a coisa toda.

— Quantos eram? — perguntou O.P.

— Um monte.

— Onde estavam? — perguntou o Imperador.

— Na estrada.

— Eles fugiram? — questionou O.P.

— Eu não chamaria de fuga — respondi.

— Do que chamaria, então?

— De um mal-entendido.

O.P. me agarrou pelo pescoço.

— Cebola, é melhor você jogar limpo aqui.

— Bem, teve uma certa confusão — admiti.

O Velho estava ali perto, resmungando e sussurrando numa oração profunda, de olhos fechados, sem parar de balbuciar, mas abriu um deles quando ouviu minhas palavras.

— Que tipo de confusão?

Assim que disse aquilo, ouviu-se uma forte batida na porta.

— Quem tá aí dentro? — gritou uma voz.

O Velho correu pra janela e a gente foi atrás. Lá fora, diante da porta da frente da casa de máquinas, estavam dois brancos que trabalhavam na ferrovia, aparentando uma certa embriaguez, a ponto de soltar água pelo nariz.

Provavelmente tinham acabado de sair da taverna Gault House ali perto, na Rua Shenandoah.

O Velho limpou a garganta e colocou a cabeça pra fora da janela.

— Sou Osawatomie John Brown, do Kansas — anunciou. Gostava de usar seu nome indígena completo quando estava em batalha. — E vim aqui libertar o povo negro.

— Veio fazer o quê?

— Vim libertar o povo negro.

Os sujeitos caíram na gargalhada.

— Você é o mesmo camarada que atirou no negro? — perguntou um deles.

— Que negro?

— Aquele lá no pátio da ferrovia. O médico disse que ele tá morrendo. Disseram que viram uma crioulinha atirar nele. O pessoal tá bem invocado com isso. E cadê Williams? Ele devia estar trabalhando.

O Velho virou pra mim.

— Alguém foi baleado lá?

— Cadê Williams? — perguntou de novo o camarada lá de fora. — Ele devia estar trabalhando. Abre essa porta, seu idiota!

— Pergunta pra sua própria gente sobre o seu homem — gritou o Velho de volta pela janela.

O.P. cutucou o Capitão no ombro e avisou:

— Williams tá aqui, Capitão. É um dos guardas.

O Velho olhou pro vigia Williams, sentado num banco, um tanto sorumbático. Ele se inclinou pra fora da janela.

— Me perdoem — disse. — Estamos com ele aqui.

— Ora, então libera ele.

— Quando vocês libertarem o povo negro, a gente solta ele.

— Deixa de brincadeira, seu maldito idiota. Deixa ele sair.

O Velho botou sua carabina Sharps pra fora da janela.

— Sou obrigado a pedir que saiam — falou —, e digam aos seus superiores que o Velho Osawatomie John Brown tá aqui no depósito de armas federal. Com reféns. E pretendo livrar o povo negro da escravidão.

Subitamente Williams, o vigia que estava sentado no banco junto à parede, levantou e enfiou a cabeça pra fora da janela perto dele, berrando:

O PÁSSARO DO BOM SENHOR

— Fergus, ele não tá de brincadeira. Eles têm uns cem crioulos armados aqui e me fizeram de prisioneiro!

Não sei se foi porque viram um dos seus urrando pela janela, se foi o que ele disse sobre os negros armados ou se foi por causa da carabina do Velho, mas os sujeitos se mandaram bem depressa.

Em dez minutos, quinze homens apareceram lá fora a uma distância segura. Na maior parte eram bêbados da taverna Gault House, do outro lado da rua, brigando e discutindo entre si. Apenas dois estavam armados, e, em cada prédio onde tentaram entrar para pegar armas, deram de frente com uma carabina apontada pra eles da janela, com alguém gritando pra darem o fora dali. Um deles se desvencilhou do grupo reunido lá na frente, caminhou na ponta dos pés até chegar perto o bastante da casa de máquinas pra ser ouvido e gritou:

— Parem de brincadeira e soltem logo Williams, quem quer que vocês sejam, ou então vamos chamar o oficial.

— Podem chamar — disse o Velho.

— A gente vai chamar mesmo, pode acreditar. E se você tocar no nosso homem, seu trapaceiro comedor de biscoitos, a gente vai fazer um buraco tão grande em você que vai dar pra uma mula passar.

Stevens resmungou:

— Já tô de saco cheio disso. — Enfiou a espingarda pela janela e disparou sobre a cabeça deles. — A gente veio pra libertar o povo negro — gritou. — Espalhem esse recado. E, se não voltarem com comida, vamos matar os prisioneiros.

O Velho olhou de cara feia para ele.

— Por que disse isso?

Stevens deu de ombros.

— Tô com fome — falou.

Vimos os homens se atropelarem portão afora, partindo em todas as direções, correndo morro acima até o vilarejo e ao aglomerado de casas embaralhadas atrás dele, gritando pelo caminho.

Tudo começou devagar e pareceu continuar devagar. A manhã chegou, e lá fora, à luz dos primeiros raios de sol, dava pra ver a cidade despertando.

Apesar de toda a gritaria do dia anterior, nem uma só alma ali parecia saber o que fazer. As pessoas andavam pra cima e pra baixo da rua, de um lado pro outro, indo pro trabalho como se nada tivesse acontecido, mas na estação ferroviária a movimentação só aumentava. Vários se reuniram ali, acredito, perguntando a si mesmos onde estavam o maquinista e o foguista, já que o motor da locomotiva B&O estava morto, e o veículo, abandonado, completamente seco, pois tinha acabado a água e o maquinista não estava lá, uma vez que ele e o foguista era nossos prisioneiros. Perto da Gault House havia uma confusão generalizada, e pela Wagner House, bem ao lado — se tratava de um hotel e bar, exatamente como a Gault House — também tinha gente circulando. Muitos ali eram passageiros que desceram do trem e caminharam até a estação sem saber o que tinha acontecido. Vários passageiros carregavam suas bagagens, apontando e gesticulando. Acho que cada um contava uma história, e aparentemente muitos tinham murmurado que tinham visto um bando de negros descendo do vagão de carga. Mas havia uma certa atmosfera festiva na coisa toda, pra ser sincero. Gente parada em círculos, fofocando. Na verdade, vários trabalhadores passaram em meio à multidão e entraram pelo portão do depósito de armas pra mais um dia de serviço, sem saber de nada, e deram de cara com os canos das espingardas dos homens do Capitão, que disse:

— A gente veio libertar os negros. E agora vocês são nossos prisioneiros.

Muitos não acreditaram, mas foram levados pra casa de máquinas do mesmo jeito. Por volta das dez da manhã, a gente já tinha umas cinquenta pessoas ali dentro, circulando. Não estavam tão incrédulos como os da noite anterior, pois o Capitão colocou o Imperador pra vigiar eles, e a visão do Imperador transmitia seriedade. Ele era um negro de pele escura e aparência altiva, com um peito enorme e uma expressão assustadoramente séria, carregando sua carabina Sharps. Não estava ali pra brincadeira.

Às onze da manhã, o Velho começou a cometer um erro atrás do outro. Falo isso agora, relembrando o que aconteceu. Mas na hora não parecia assim tão ruim. Ele estava atrasando tudo à espera da chegada dos negros. Muitos tolos já fizeram isso, esperar que os negros façam algo, incluindo os próprios negros. E aquilo foi adiante por cem anos. Mas o Velho não tinha cem anos. Tinha só algumas horas, e aquilo viria a lhe custar.

O PÁSSARO DO BOM SENHOR

Ele olhava pela janela na direção dos passageiros nervosos que saíam do veículo, cada vez em maior quantidade, bufando e resmungando, enfurecidos com o atraso e sem saber o que se passava. Virou para Taylor e disse:

— Não vejo nenhum motivo pra impedir essas pessoas de cuidarem de suas vidas e de suas viagens, já que eles pagaram pela passagem do trem. Solta o maquinista e o foguista.

Taylor fez o que lhe foi mandado e libertou o maquinista e o foguista, seguindo atrás deles até o trem pra avisar Oliver, que mantinha o trem na ponte, pra deixar que passasse.

Ao fazer isso, ao deixar o trem partir, o Velho libertou cerca de duzentos reféns.

O maquinista e o foguista não pararam no portão, não com Taylor seguindo atrás deles. Ele conduziu os dois pro outro lado da ponte, pela porta dos fundos do depósito, direto pra locomotiva. Fizeram o vapor subir em trinta minutos, com os passageiros tagarelando a bordo, e botaram o trem a caminho de Wheeling, Virginia, em tempo recorde.

— Vão parar na primeira cidade e telegrafar a notícia — disse Stevens.

— Não vejo por que segurar os Correios Americanos — falou o Velho. — Além disso, a gente quer que o mundo inteiro saiba o que estamos fazendo aqui.

O mundo já sabia de tudo ao meio-dia, e o que começou como um evento festivo aquela manhã, com gente tomando drinques e batendo papo, agora tinha se transformado em descrença, passando pra irritação e então pra xingamentos e uma aglomeração próxima aos muros do depósito. Dava pra ouvir os gritos envolvendo boatos e especulações sobre os motivos do Velho tomar a casa de máquinas. Um homem falou que um bando de ladrões loucos estava tentando invadir o cofre do depósito. Outro berrou que um médico tinha assassinado a mulher e estava se escondendo ali. Outro apostava que uma crioula tinha perdido a cabeça e matado seu amo, fugindo pra casa de máquinas pra se proteger. Outro disse ainda que o trem B&O tinha sido sabotado por um carregador de bagagem por causa de uma questão amorosa. Falava-se de tudo, menos do que tinha declarado o Velho. Acho que a ideia de que um grupo de brancos tivesse ocupado o maior depósito de armas do país pra ajudar a libertar a raça negra era demais pra eles.

Finalmente mandaram um emissário pra falar com o Velho, um camarada de aparência importante num terno de linho e chapéu-coco, como uma espécie de político. Ele deu alguns passos pra dentro do portão e gritou pro Velho deixar de brincadeira e parar com a bebedeira, sendo recebido com um tiro de espingarda bem acima da cabeça. O sujeito saiu correndo portão afora com tanta pressa que o chapéu lhe escapou da cabeça. Quando caiu ao chão, ele já estava do outro lado da rua.

Finalmente, por volta de uma da tarde, um homem bem velho, vestido como um trabalhador normal, se separou do bando de resmungões e espectadores transtornados parados no portão a uma distância segura, do outro lado da rua, em frente à Gault House, atravessou lentamente a Rua Shenandoah, entrou sem cerimônia no depósito, andou a passos largos até a porta da casa de máquinas e bateu. O Velho espiou ele pela janela, com a Sharps em riste. O dia estava completamente claro agora e ninguém tinha dormido. O rosto do Capitão estava enrugado e tenso.

— A gente sabe que você é o Velho John Brown de Osawatomie, Kansas — disse o velhote educadamente. — Correto?

— É eu mesmo.

— Bem, vendo de perto você é velho mesmo — falou o sujeito.

— Estou com cinquenta e nove anos — respondeu o Velho. — Quantos anos você tem?

— Já superei o senhor em oito anos. Estou com sessenta e sete. Olha, você tá com o meu irmão aí. Ele tem sessenta e dois. Agradeceria se deixasse ele sair, pois tá doente.

— Como se chama?

— Odgin Hayes.

O Velho se virou pro grupo.

— Quem aqui é Odgin Hayes?

Três velhotes ergueram a mão e se levantaram.

O Capitão fez uma careta.

— Isso não vai funcionar — disse. Então, começou a fazer um sermão para os três falando da Bíblia e do livro dos Reis, sobre como Salomão tinha duas mulheres e as duas reivindicavam o mesmo filho, até que o rei disse, "Vou cortar o bebê em dois e dar metade pra cada uma de vocês", e uma das mulheres respondeu, "Dê então pra outra mãe, pois não vou suportar ver meu bebê cortado ao meio", então o rei deu a criança para *ela*, pois sabia que aquela era a mãe verdadeira.

O PÁSSARO DO BOM SENHOR

Aquilo deixou eles envergonhados, ou talvez tenha sido a parte de cortar ao meio, ou ainda o Velho usando a espada pra explicar os pontos do seu sermão. O que quer que fosse, dois deles confessaram de imediato que estavam mentindo e sentaram de novo. O verdadeiro Odgin continuou de pé, e o Velho deixou ele ir.

O velhote lá fora apreciou aquele gesto e disse isso ao Capitão. Enquanto atravessava o depósito de armas e voltava à Rua Shenandoah, a multidão tinha aumentado, e vários camaradas com uniformes da milícia circulavam pelo lugar, brandindo espadas e armas de fogo. A Gault House e a Wager House, duas tavernas, funcionavam a pleno vapor, e a turba estava completamente bêbada, violenta e incontrolável, xingando e fazendo estripulias.

Enquanto isso, os prisioneiros lá dentro, pra não falar de Stevens, estavam ficando com fome, começando a berrar por comida. O Velho viu e falou:

— Esperem aí! — E gritou pela janela na direção do portão. — Cavalheiros. Esse pessoal aqui tá com fome. Estou com cinquenta prisioneiros aqui que não comem desde ontem, assim como os meus homens. Vou libertar um dos prisioneiros em troca de café da manhã.

— Quem você vai soltar? — perguntou alguém.

O Velho disse o nome de alguém, o camarada que tinha cambaleado pelo depósito na noite anterior e, depois de capturado, dito que era o cozinheiro da Gault House.

— Não manda esse pé de porco — gritou alguém. — Ele não sabe cozinhar por nada nesse mundo. Fica com ele aí.

As pessoas caíram na gargalhada, mas depois voltaram a resmungar e a xingar, até que finalmente concordaram em deixar o camarada sair. O cozinheiro se arrastou pra Gault House e, em duas horas, voltou com três homens carregando pratos de comida, que deu aos prisioneiros, e uma garrafa de uísque. Depois tomou um gole e caiu no sono outra vez. Esqueceu completamente que estava livre.

Agora já era perto das quatro da tarde. O sol estava bem alto no céu, e a turba do lado de fora, agitada. Aparentemente, o médico que cuidava do Ferroviário tinha espalhado pela cidade que o paciente estava morrendo. Diversos homens foram vistos a cavalo galopando por Bolivar Heights — dava pra ver eles subindo pelas ruas até as casas enfurnadas lá no alto, bem em cima do depósito de armas, e ouvir os rumores berrados ecoando morro abaixo: gritos dizendo que o depósito de armas tinha sido tomado por uma insurreição negra. Aquilo deixou as coisas elétricas. Àquela altura, toda a diversão tinha ido embora. Os xingamentos bêbados se transformavam em discursos inflamados e num festival de xingamentos pesados e palavrões, em gente falando sobre a mãe dos outros e em estupro de mulheres brancas. Dava pra ver as pessoas lá fora brandindo suas pistolas e carabinas, mas ninguém tinha atirado ainda.

Então, bem nos fundos do arsenal, do outro lado da fábrica de carabinas, vários cidadãos saíram correndo de um edifício desprotegido, carregando as armas que tinham roubado. Kagi, Leary e Copeland, que montavam guarda na fábrica nos fundos do pátio, viram tudo pela janela e abriram fogo contra eles.

A multidão do lado de fora do portão se dispersou num instante e passaram então a disparar. Os homens do Velho revidaram, arrebentando as janelas e acertando as paredes de tijolos perto dos cidadãos. Eles rapidamente se reagruparam em pequenas unidades. Duas companhias de milícia vestidos de formas diferentes — uns completamente uniformizados, outros só de chapéu e casaco — apareceram subitamente do meio do nada e se reuniram de qualquer forma no pátio do arsenal. Os idiotas tinham todo tipo de arma que conseguiram surrupiar: espingardas de baixo calibre, mosquetes, armas de caça, seis-cartuchos, mosquetes velhos e até algumas espadas enferrujadas. Meia dúzia deles atravessou o Potomac sobre Ferry, desceram pela passagem perto do Canal de Chesapeake e Ohio e atacaram Oliver e Taylor na ponte, entrando em combate com eles. Outro grupo veio pelo Shenandoah, do lado oposto à fábrica de carabinas. Um terceiro saiu com o intuito de tomar a ponte Shenandoah, disparando em dois dos homens do Velho que faziam a guarda. Kagi e Copeland subitamente se viram ocupados nos fundos do arsenal com outro grupo lá embaixo que tinha roubado as armas. E assim, repentinamente, tudo estava acontecendo. Tinha começado.

A milícia e os civis do lado de fora se acotovelaram por um minuto, depois se juntaram num grupo e marcharam, repito, marcharam, uns bons trinta deles, marcharam bem pra dentro do portão do depósito de armas, disparando contra a casa de máquinas enquanto avançavam, atirando em todas as janelas.

Na casa de máquinas, o Velho entrou em ação.

O PÁSSARO DO BOM SENHOR

— Homens! Se acalmem! Não gastem pólvora e munição. Mirem pra baixo. Façam valer cada tiro. Eles vão esperar que a gente recue a qualquer momento. Mirem bem.

Os homens fizeram como ele mandou e, das janelas, atiraram o bastante pra fazer a milícia recuar dez metros, rapidamente empurrando eles portão afora pra Rua Shenandoah.

Os disparos foram demais para aqueles virginianos, e eles permaneceram do lado de fora do portão, mas não tão longe dessa vez, sem atravessar a rua. O contingente deles também aumentava a cada minuto. Dava pra ver mais vindo do alto dos morros; alguns correndo a pé, outros a cavalo. Olhando pela janela, vi Kagi sair da fábrica e atravessar o pátio atirando, passando pelo portão de entrada com Copeland a lhe dar cobertura, tentando avançar. Era um trabalho arriscado chegar até a casa de máquinas, mas ele conseguiu usando toda sua velocidade. O Imperador abriu a porta pra ele e bateu de volta logo assim que estava pra dentro.

Kagi permanecia calmo, mas o rosto estava vermelho e alarmado.

— A gente tem chance de sair agora — falou. — Eles estão movimentando um grupo pra ocupar as duas pontes. Vão tomar a B&O em poucos minutos se a gente não se apressar. E, se tomarem a Ponte Shenandoah, vamos ficar encurralados.

O Velho não pestanejou. Mandou Taylor pra cobrir a B&O, falou pra Kagi voltar à sua posição com Dangerfield Newby, um homem de cor, depois disse a Stevens e O. P. Anderson:

— Levem a Cebola de volta pra fazenda e tragam os negros. Sem dúvida, eles se reuniram lá e estão loucos pra lutar pela liberdade. Tá na hora de dar início a uma nova etapa dessa guerra.

O.P. e Stevens se aprontaram às pressas. O olhar no rosto de O.P. dizia que ele não lamentava sair dali, assim como eu também não. Eu tinha um pressentimento ruim quanto àquilo tudo, pois sabia que o Velho estava perdendo a cabeça. Eu não estava no humor certo pra me despedir dele naquela hora, por mais que não tivesse confessado plenamente sobre o Ferroviário ter sido morto a bala. Aquilo já não parecia importar mais, pois a coisa toda estava saindo completamente de controle. Meu traseiro estava na reta e, por mais que fosse um traseiro pequeno e tivesse sido coberto por um vestido e uma anágua pela maior parte dos últimos três anos, ele cobria minhas costas e por isso eu nutria uma certa estima por ele. Eu estava acostumado a ver o Velho perder a noção das coisas e ficar todo religioso quando começava um tiroteio. Aquele não era o problema. O problema era: cerca de cem brancos armados gritando do lado de fora do portão, embriagados, caindo pelas tabelas, e uma multidão que só crescia. Também aqui devo mencionar que, pela primeira vez na vida, uma sensação de hipocrisia religiosa começou a adentrar o meu espírito. Senti que estava apelando um pouco ao Senhor. Podia ser porque eu estava com vontade de mijar e não tinha nenhum lugar pra fazer sem que me revelasse, já que aquilo era sempre um problema naquela época — aquilo e ter que me vestir toda noite como se estivesse indo caçar quando ia pra cama. Mas acho que era um pouco mais. O Velho tinha tentado me empurrar a santificação inúmeras vezes, mas eu ignorei ele nos anos anteriores. Pra mim, não eram mais que palavras. Mas, ao ver aquela multidão se juntar, fui me acovardando com a coisa toda, arrepiando até meu passarinho oscilante e seus ovinhos gêmeos. Me peguei dizendo:

— Senhor, me dá licença um minuto. É verdade que não tive muita paciência pra Palavra antes, mas...

Kagi me ouviu e franziu as sobrancelhas por um instante, durão que ele era, um homem de coragem, mas mesmo um sujeito durão pode ter sua coragem questionada e testada muitas vezes. Dessa vez, pude ver uma preocupação de verdade em seu rosto normalmente tranquilo e ouvi sua voz ceder quando abriu a boca. Ele foi direto ao ponto com o Velho:

— Vai embora agora, Capitão, antes que seja tarde demais.

Mas o Velho ignorou ele, pois tinha me ouvido mencionar o nome de Deus e aquilo atraiu sua atenção.

— Meu precioso Jesus! — disse ele. — A Cebola O descobriu! O sucesso foi alcançado! — Ele virou para Kagi, tranquilo como uma tigela de sopa de tartaruga, e falou: — Volta pro arsenal. O reforço está a caminho.

Kagi obedeceu, enquanto O.P. e Stevens pegaram mais algumas balas e cartuchos pra suas carabinas, jogaram no bolso e voltaram pra janela. Fui atrás. A janela dava pro muro dos fundos do depósito. Dispararam alguns tiros pela janela, o que fez alguns virginianos que estavam lá atrás recuarem, e conseguimos sair. Corremos pro muro dos fundos, que levava ao rio junto da Ponte B&O. Chegamos no muro em segundos. Corremos em campo aberto e voamos até o outro lado da ˙ponte Só conseguimos atravessar

O PÁSSARO DO BOM SENHOR

porque Oliver e Taylor estavam dando trabalho a um pequeno grupo de inimigos que tentavam tirar eles de lá. Mas conseguimos chegar, mesmo com balas ricocheteando por todas as partes, e num instante já estávamos do lado de Maryland. De lá a gente passou batido por outros dois dos homens do Velho, atravessamos a estrada e, em segundos, estávamos nos embrenhando pela mata densa montanha acima na direção da fazenda Kennedy — em campo aberto.

Paramos numa clareira depois de percorrermos uns oitocentos metros. Do ponto onde a gente estava dava pra ver as turbas e milícias aumentando do lado de fora do depósito de armas, grupos de homens agora, invadindo o lugar em quartetos e quintetos, disparando contra a casa de máquinas e depois recuando diante do contra-ataque do Velho e de seus homens — acertando um ou dois virginianos por vez. Os feridos que tombavam ficavam expostos no pátio do depósito, gemendo, a poucos metros de seus companheiros de combate, alguns dos quais já tinham dado seus últimos suspiros, e do restante de seus irmãos que estavam amontoados na entrada que dava pra Rua Shenandoah, xingando furiosos, com medo de entrar pra tentar um resgate. Ah, era uma confusão e tanto.

Ficamos olhando, espantados. Eu sabia que a gente não ia mais voltar pra Ferry. A multidão do lado de fora do depósito agora já contava com umas duzentas pessoas e tinha mais gente chegando, a maioria carregando garrafas de bebida numa mão e uma carabina na outra. Atrás deles, na cidade em si e em Bolivar Heights, lá no alto, dava para ver dezenas de pessoas escapando pelos morros pra fora de Harpers Ferry, a maioria formada de negros, mas com um bocado de brancos também.

Stevens continuou subindo pelo morro enquanto O.P. e eu paramos ali por um momento pra observar.

— Vai voltar lá? — perguntei a O.P.

— Só volto lá — resmungou ele — caminhando sobre as mãos.

— O que a gente vai fazer?

— Não sei — respondeu. — Mas eu não voltaria lá nem se o próprio Jesus Cristo aparecesse aqui.

Concordei em silêncio. Viramos e subimos a montanha atrás de Stevens, indo na direção da fazenda o mais rápido possível.

30

Dispersando as abelhas

Encontramos Cook numa estrada de terra vazia perto da fazenda Kennedy, num estado de extrema animação. Antes de abrirmos a boca, ele já foi falando:

— Conseguimos recrutar umas abelhas!

Ele nos levou até uma escola, onde Tidd e Owen estavam juntos a dois homens brancos e cerca de dez escravos. Os negros estavam sentados na varanda da escola, parecendo desnorteados, como se tivessem acabado de levantar da cama. Cook apontou pra um dos brancos sentado entre eles, sob a mira da carabina de Owen.

— Esse é o Coronel Lewis Washington — falou.

— Quem é ele? — perguntou O.P.

— É sobrinho-neto de George Washington.

— *O* George Washington?

— Correto. — E pegou uma espada imponente e cintilante que estava jogada no chão da varanda. — A gente pegou isso de cima da verga da lareira. — Virou pra O.P. e disse: — Concedo ao senhor a espada do tio-avô dele. Foi um presente de Frederico, o Grande, a George Washington.

O.P. olhou pra espada como se fosse venenosa.

— Por que tenho que levar isso? — perguntou.

— O Velho ia gostar. É algo simbólico.

— Eu... eu não tenho nenhuma serventia pra isso — disse O.P.

Cook olhou de cara feia. Stevens pegou a espada e acomodou no cinto.

O PÁSSARO DO BOM SENHOR

Me aproximei do Coronel Washington pra dar uma olhada. Era um branco alto e esguio, usando pijama e ainda vestindo seu gorro de dormir na cabeça, com a barba por fazer. Tremia feito vara verde. Parecia tão sorumbático e assustado que dava pena.

— Quando a gente entrou na casa dele, achou que nós éramos ladrões — bufou Tidd. — Ele falou: "Levem meu uísque! Levem meus escravos. Mas me deixem em paz." Chorava que nem bebê. — Tidd se curvou sobre o Coronel Washington. — Seja homem! — rosnou. — Seja homem!

Stevens continuou com aquilo. Era um dos sujeitos mais insuportáveis que já conheci. Era também o melhor soldado que a gente tinha, mas um verdadeiro demônio quando se tratava de erguer os punhos e puxar briga. Caminhou de peito estufado até o Coronel Washington e olhou pra ele de cima pra baixo, se impondo. Já o Coronel encolhia debaixo dele, sentado aos pés daquele grandalhão.

— Que belo coronel você é — disse Stevens. — Disposto a trocar os escravos por sua vida miserável. Não vale nem um debulhador de ervilhas, quanto mais uma garrafa de uísque.

Ah, como aquilo irritava o coronel. Stevens continuou cutucando ele daquele jeito, mas o coronel ficou de bico fechado, pois via que o homem estava zangado.

Tidd e Owen trouxeram piques e carabinas e começaram a distribuir para os negros, que, verdade seja dita, pareciam completamente desnorteados. Dois se levantaram e pegaram as armas com cautela. Depois, mais um pegou outra.

— Qual o problema? — perguntou Tidd. — Não estão prontos pra lutar pela liberdade de vocês?

Mas eles não responderam, estupefatos que estavam com tudo aquilo. Dois pareciam que tinham acabado de levantar da cama. Outro deu as costas e recusou as armas oferecidas a ele. O restante, depois de gaguejar um pouco e mostrar que estavam com medo da coisa toda, aceitaram participar mais ou menos, pegando qualquer arma que oferecessem pra eles e segurando como se fossem batatas quentes. Mas um deles me chamou a atenção, na ponta da fila de negros. Estava sentado no chão, esse camarada de camisolão de dormir e pantalonas, com os suspensórios soltos. Parecia

340 JAMES McBRIDE

familiar, e, com toda minha agitação e medo, demorei pra reconhecer que se tratava do Cocheiro.

Agora não estava mais vestido de maneira tão formidável. Não usava o uniforme com luvas brancas, como eu tinha visto antes, mas era ele mesmo.

Parti na direção dele, mas dei meia-volta, pois, quando me viu, fiquei com a impressão de que ele não queria ser reconhecido. Eu sabia que o homem tinha seus segredos e achei melhor fingir que a gente não se conhecia, já que seu amo estava ali. Não queria encrencar ele. Se alguém acreditasse que as coisas sofreriam uma reviravolta, essa pessoa agiria bem diferente se soubesse que a certa altura os brancos iam retomar Ferry e escorraçar os negros pra todas as partes. Eu tinha visto o que estava acontecendo em Ferry, ele não. E nem Tidd, Cook ou o restante dos soldados do Velho que tinham ficado na fazenda. Mas vi O.P. puxar Tidd de lado e falar no ouvido dele. Tidd não respondeu. Mas o Cocheiro ficou observando os dois, e, embora não ouvisse o que diziam, acho que decidiu naquele momento que não ia se fazer de burro e ia entrar no jogo.

Ele se levantou e disse:

— Tô pronto pra lutar — e pegou o pique quando foi oferecido a ele. — Também vou precisar duma pistola. — Deram uma pra ele, junto com um pouco de munição.

Seu amo, o Coronel Washington, estava sentado na varanda da escola, observando tudo, e, quando viu o Cocheiro aceitar as armas, não se segurou. Ficou furibundo.

— Ora essa, Jim! Senta aí! — falou.

O Cocheiro foi até o Coronel Washington e parou do lado dele com uma expressão assustadora no rosto.

— Não vou levar mais nenhuma ordem do sinhô — disse. — Venho levando ordens do sinhô há vinte e dois anos.

Aquilo deixou o Coronel Washington embasbacado. Fez seu queixo cair. E ele perdeu a cabeça no mesmo instante.

— Ora, seu preto cretino e ingrato! — gaguejou. — Fui bom com você. Fui bom com a sua família!

— Seu canalha! — gritou o Cocheiro. Ergueu o pique pra matar ele ali mesmo, e só a interferência de Stevens e O.P. fez que parasse.

O PÁSSARO DO BOM SENHOR

Os três se atracaram feio. Stevens era um sujeito pesado, forte como uma mula, durão, mas até ele teve dificuldade pra conter o Cocheiro.

— Agora basta! — gritou Stevens. — Basta. Já tem confusão o bastante lá em Ferry. — Arrastaram ele pra longe do coronel, mas o Cocheiro não estava se aguentando.

— Ele é o maior canalha que já andou por essas matas! — gritou. — Vendeu a minha mãe! — Partiu de novo pra cima do Coronel Washington, ainda com mais raiva, e dessa vez nem Stevens, por maior que fosse, conseguiu segurar ele. Foi preciso que os quatro se mobilizassem — Tidd, Stevens, Cook e O.P. — pra impedir que matasse seu antigo amo. Ficaram se engalfinhando por vários minutos. O Cocheiro deu um trabalhão aos quatro, e quando finalmente afastaram ele, Stevens estava tão nervoso que sacou sua arma e colocou na cara do Cocheiro.

— Se fizer isso de novo, eu mesmo vou acabar com a tua raça — falou. — Eu *não* vou permitir que você derrame sangue aqui. Essa é uma guerra pela libertação, não por vingança.

— Não me interessa o nome que vocês vão dar — disse o Cocheiro. — Mas deixem ele longe de mim.

Meu Deus, aquilo tudo estava tão fora de controle que não dava pra acreditar. Stevens virou pra O.P. e disse:

— A gente precisa tirar essa gente daqui agora. Vamos levar eles até Ferry. O Capitão precisa de reforços. Vou cuidar dos outros. Você mantém ele distante do coronel. — E apontou com a cabeça pro Cocheiro.

O.P. não foi a favor.

— Você sabe o que espera a gente em Ferry.

— Nós temos ordens — disse Stevens. Eu pretendo seguir elas.

— Como vamos chegar a Ferry? A gente vai precisar combater pra entrar lá. A essa altura, já fecharam todos os acessos.

Stevens deu uma olhada de canto pra Washington.

— A gente não precisa combater pra entrar lá. Podemos simplesmente passar. Tenho um plano.

A estrada que leva da escola a Ferry descendo pelo lado de Maryland é perigosa. Passa por um morro íngreme e acentuado. No alto, a estrada forma um arco como a curvatura de um ovo. Subindo lá dá pra ver bem Harpers Ferry e o Potomac, depois você parte morro abaixo e desce à toda até chegar lá embaixo. Bem ali fica o rio Potomac. Então você faz uma curva fechada pra seguir a estrada até a ponte que leva de volta a Ferry. Não dá pra descer aquele morro muito rápido na saída da montanha, porque ele é íngreme demais pra carroça conseguir parar a tempo. Acho que muitas já quebraram um eixo ou outro ao tentar fazer aquela curva rápido demais. Você tem que passar por ali segurando firme a rédea dos cavalos e com o freio bem puxado, caso contrário acaba no Potomac.

O Cocheiro desceu aquela estrada na carroça de quatro cavalos do Coronel Washington como se estivesse sendo fustigado pelo diabo. Atravessou o morro tão rápido que achei que o vento fosse me levar. Stevens, o Coronel Washington e o outro senhor de escravos estavam lá dentro, enquanto os escravos, eu e O.P. viajávamos apoiados nos estribos, agarrados pra não perder nossa preciosa vida.

A cerca de uns oitocentos metros do sopé, antes daquela curva perigosa, Stevens — graças a Deus ele estava ali — gritou pela janela pro Cocheiro puxar as rédeas dos cavalos e parar a carroça, o que ele fez.

Eu estava agarrado no estribo, observando com a cabeça na janela. Stevens, sentado ao lado de Washington, tirou o revólver do coldre, preparou, puxou o cão e apontou do lado de Washington. Em seguida, cobriu com o casaco pra que não ficasse à mostra.

— A gente vai atravessar a Ponte B&O — falou. — Se a milícia nos parar ali, você vai levar a gente pro outro lado — continuou.

— Eles não vão deixar! — disse o Coronel Washington. Oooooo, ele se acovardou bem ali. Um homenzarrão daquele, cacarejando que nem galinha.

— Mas é claro que vão — retrucou Stevens. — Você é um coronel da milícia. Só tem que dizer, "Fiz os devidos arranjos pra que eu e meus negros sejamos trocados pelos prisioneiros brancos da casa de máquinas". Só precisa falar isso.

— Não posso.

— Pode, sim. Se abrir a boca pra dizer outra coisa naquela ponte, vou enfiar uma bala em você. Nada vai acontecer se seguir minhas ordens.

Ele enfiou a cabeça pra fora da janela e disse ao Cocheiro:

O PÁSSARO DO BOM SENHOR   343

— Vamos lá.

O Cocheiro não hesitou. Puxou a rédea e botou a carroça pra andar de novo. Fiquei pendurado ali às unhas, de cara fechada. Teria pulado daquela joça quando ela parou, mas não dava pra sair correndo por aí com Stevens por perto. E agora, com o troço a toda velocidade novamente, se eu pulasse, ia acabar num milhão de pedaços debaixo das rodas daquela carroça, grossas como quatro dedos meus. Isso se Stevens não atirasse em mim antes. Ele estava furioso.

Eu não estava muito obcecado por aquele modo em particular de morrer, todo aquele método, ser jogado pra debaixo de uma carroça ou levar um tiro por tentar correr, mas me veio à cabeça que eu podia acabar indo pro beleléu assim que a gente chegasse lá embaixo, de qualquer forma, já que eu estava do lado pra onde a gente ia capotar se o Cocheiro tentasse fazer a curva muito rápido. Bendito Deus, como aquilo tudo me incomodava. E nem sei por quê. Me concentrei, então, em saltar. Aquela curva lá embaixo era fechada o bastante pra arrancar as rodas da carroça. Eu sabia que o Cocheiro teria que diminuir a velocidade pra fazer a curva à esquerda e seguir na direção de Ferry. Ele *tinha* que desacelerar de alguma forma. Pensei em agir naquele instante. Saltar da carroça.

O.P. teve a mesma ideia.

— Vou pular fora quando a gente chegar lá embaixo — falou.

Havia uma curva leve antes de chegar no sopé, e, quando contornamos ela e partimos com tudo na direção do rio, eu e O.P. vimos que a decepção nos aguardava. Havia uma formação de milícia na estrada, marchando pelo cruzamento bem quando o Cocheiro se aproximava dali.

Ele viu a milícia e não diminuiu muito a velocidade, graças a Deus. Chegou à interseção em forma de T logo à frente, tão rápido quanto aguentavam os cavalos, passando bem em meio à milícia, sem se importar com ela e fazendo se dispersarem como moscas. Em seguida recuou, virou à esquerda e fustigou os cavalos com o chicote, dando neles com tudo. Aquele crioulo podia fazer uma mula passar pelo cu de um pernilongo. Num minuto, já estávamos bem longe deles, o que nos deu uma vantagem, pois assim que se recuperaram e viram aqueles crioulos esfarrapados pendurados na carroça toda extravagante do Coronel Washington sem uma explicação, sacaram suas armas e largaram o dedo. As balas passaram assobiando. Mas o Cocheiro foi mais rápido, e deixamos eles pra trás na curva da estrada da montanha.

Dava pra ver Ferry de onde a gente estava. Nós ainda tínhamos que atravessar o rio pra chegar lá. Mas vimos a fumaça e ouvimos os tiros. O negócio parecia estar pegando fogo. A estrada à nossa frente estava cheia de milicianos correndo de um lado pro outro, mas eram de companhias diferentes e condados diferentes, vestindo uniformes diferentes, e um não sabia quem era o outro, então deixaram a gente passar sem perguntas. Não tinham a menor ideia que aqueles lá atrás estavam atirando em nós, pois o som dos disparos se misturava com o do tiroteio do outro lado do Potomac. Ninguém sabia quem estava fazendo o quê. O Cocheiro foi esperto. Passou bem no meio deles, gritando:

— Tô levando o coronel aqui. Tô levando o Coronel Washington. Ele tá se oferecendo em troca pelos reféns!

Abriram espaço pra deixar a gente passar. Não tinha como parar ele, o que foi ruim pra mim, pois não dava pra saltar daquela joça com tantos milicianos por perto. Tive que ir em frente.

Como não podia deixar de ser, quando chegamos à ponte B&O — aquela coisa estava cheia de milícias, rangendo com o peso delas —, o Coronel Washington fez como lhe disseram, obedecendo às ordens à risca, e a gente passou a receber acenos. Alguns até aplaudiam, berrando:

— O Coronel tá aqui! Viva!

Não davam a mínima, pois vários deles estavam bêbados. Tinha, pelo menos, uns cem homens ali naquela ponte, a mesma onde Oliver e Taylor montaram guarda um dia antes, sozinhos em meio à escuridão absoluta com mais ninguém por perto. O Velho tinha jogado no lixo a chance de escapar.

Ao atravessarmos a ponte, consegui enxergar bem o depósito do alto. Deus do Céu, tinha uns trezentos milicianos lá embaixo, circulando junto aos portões e aos muros, com outros mais chegando da cidade e de Bolivar Heights, congestionando a entrada, perfilando junto à margem do rio, ao longo das laterais da murada do depósito. Todos brancos. Não tinha um só negro à vista. O depósito estava cercado. Estávamos nos dirigindo pra morte.

Foi então que entrei num transe divino. O diabo saiu de mim e o Senhor capturou meu coração.

O PÁSSARO DO BOM SENHOR   345

— Jesus! O sangue — falei.

Disse aquelas palavras e senti Seu espírito me atravessar. Meu coração parecia ter sido libertado da penitenciária, minha alma se dilatou e tudo em relação a mim, às árvores, à ponte e à cidade se tornou claro. Naquele instante, decidi que, se um dia eu esclarecesse as coisas, contaria ao Velho como era a sensação, esclareceria tudo com ele em relação às baboseiras religiosas que ele dizia, que não tinham sido em vão, e também esclareceria as coisas por não ter falado nada sobre o Ferroviário, além das outras mentiras que contei. Eu não achava que teria essa oportunidade, pra ser sincero, o que provavelmente significava que eu não estava totalmente entregue ao espírito. Mas, pelo menos, tinha pensado na ideia.

Depois que a carroça saiu da ponte e se virou na direção do depósito de armas, me voltei pra O.P., que se agarrava ao estribo com as unhas.

— Adeus, O.P. — falei.

— Adeus — respondeu, fazendo algo que me deixou estupefato. Ele saltou da carroça pra morte certa, rolando pela encosta até cair no Potomac. Rolou como uma batata até cair na água, e aquela foi a última vez que vi ele. Devia ter uns bons seis metros de altura ali. Caiu na água. Não queria voltar ao depósito pra levar tiro. Escolheu sua própria morte. Mais um negro morto por conta dos planos do Capitão. Como vi com meus próprios olhos, os dois primeiros mortos no exército do Capitão por causa da sua luta pra liberar a gente de cor foram homens de cor.

Chegamos ao portão do depósito com o Cocheiro gritando por todo o percurso que a gente estava com o Coronel Washington, passando pelo meio da multidão e adentrando no pátio sem qualquer problema. A turba não ia parar a gente. Não com o coronel ali dentro. Conheciam a carroça e sabiam quem ele era. Pensei que tivessem se afastado por causa do grande homem que estava na carroça, mas, ao atravessarmos o portão e entrarmos no pátio, entendi o verdadeiro motivo.

O pátio estava deserto como um milharal. Silencioso como um ratinho mijando em cima de algodão.

O que eu não consegui enxergar da ponte pude ver ali do chão, em frente à casa de máquinas. O Velho vinha trabalhando sério. Tinha diversos mortos espalhados em campo aberto, brancos e também alguns negros, todos na linha de tiro da casa de máquinas e dos prédios vizinhos. Ele não estava de brincadeira. Era por isso que os milicianos estavam congregados do lado de fora do muro do depósito. Ainda estavam com medo de entrar. O Velho vinha acabando com eles.

O Cocheiro guiou a carroça em meio a alguns daqueles corpos massacrados, até se cansar de desviar e partir com tudo pra casa de máquinas, passando por cima da cabeça de um ou outro morto — não importava pra eles, não sentiam nada. Parou bem na frente da casa de máquinas, que abriram pra nós e na qual entramos correndo, batendo a porta às nossas costas.

O lugar tinha um fedor atroz. Havia uns trinta reféns ali, mais ou menos. Os brancos estavam reunidos de um lado do ambiente e os negros de outro, separados por uma parede, mas não uma parede contínua até o teto, então dava pra passar de um lado pro outro. Não tinha banheiro em nenhum dos dois lados, e, se você pensa que brancos e negros são diferentes, se depara com a verdade quando se vê cafungando suas produções naturais, chegando então à conclusão que uma ervilha não cresce com mais qualidade que outra. O lugar me lembrava as tavernas do Kansas, só que pior. Era um odor infernal.

O Capitão estava parado diante de uma janela, segurando uma carabina e seu sete-cartuchos, parecendo tranquilo como um broto de milho, mas um pouco extenuado, verdade seja dita. O rosto, que normalmente já era velho e enrugado, estava coberto de cascalho e pólvora. A barba branca parecia ter sido enfiada num saco de terra, e o casaco estava salpicado de buracos e queimaduras de pólvora. Estava há trinta horas sem dormir e comer. Ainda assim, comparado ao resto de seus homens, parecia em plena forma. Os outros, todos homens jovens, Oliver, Watson — que tinham sido expulsos da Shenandoah —, Taylor, pareciam acabados, com o rosto branco e pálidos como fantasmas. Sabiam o que vinha pela frente. Só o Imperador aparentava tranquilidade. Aquele era mesmo um negro admirável. E, a não ser por O.P., nunca vi homem mais corajoso.

Stevens deu ao Velho a espada do Coronel Washington, que o Capitão levantou bem no alto.

— Nada mais justo — disse ele. Virou para os escravos do Coronel Washington, que tinham acabado de descer da carroça e entrado na fábrica de armas, e disse: — Em nome do Governo Provisório dos Estados Unidos, eu, Presidente John Brown, emérito eleito, *E pluribus unum*, com todos os

O PÁSSARO DO BOM SENHOR

direitos e privilégios a mim consentidos, agora declaro todos vocês *livres*. Vão em paz, meus irmãos negros!

É claro que os negros todos ficaram confusos. Só tinha oito deles. E mais alguns alinhados junto à parede como reféns, que não iam a lugar nenhum, deixando as coisas ainda mais tumultuadas. Aqueles negros não se moveram; nem abriram a boca pra falar um com o outro.

Como ninguém disse nada, O Velho acrescentou:

— É claro que isso se vocês quiserem, já que estamos todos aqui numa guerra contra a escravidão. Se quiserem se juntar a nós pra lutar pela liberdade de vocês, ora, nós também somos tudo a favor. E por essa causa e pela causa da sua liberdade em dias vindouros, pra que ninguém prive ela de ninguém, a gente vai dar armas pra vocês.

— A gente fez isso — disse Stevens. — Mas os piques caíram pelo caminho.

— Ah. Tudo bem, nós temos mais. Cadê O.P. e os outros?

— Não sei — respondeu Stevens. — Pensei que estavam na carroça. Acho que devem estar recrutando mais abelhas.

O Velho acenou com a cabeça.

— Mas é claro! — disse ele, olhando pro bando que a gente tinha acabado de trazer. Foi até a fila de negros, cumprimentando um ou outro, dando as boas-vindas. Os negros pareciam macambúzios, o que ele ignorou, é claro, conversando com Stevens enquanto apertava a mão deles. — Foi o que imaginei, Stevens. As orações funcionam. Espiritualista como você é, devia se tornar crente. Me lembra de compartilhar algumas palavras do nosso Criador com você quando tiver tempo; sei que você tem dentro de si o que é preciso pra seguir as orientações do nosso Grande Príncipe da Humildade.

Tinha perdido completamente a cabeça, é claro. O.P. não estava convocando ninguém, mas sim no fundo do Potomac. Cook, Tidd, Merriam e Owen haviam corrido de volta pra fazenda Kennedy. Tinham dado no pé, tenho certeza. Nunca fiquei chateado com eles por isso, a propósito. Davam valor à própria pele. Todos os homens tinham seus pontos fracos e eu sabia bem disso, pois também tinha os meus — por toda a parte. Não estava contra eles.

O Velho então se deu conta que eu estava ali parado e perguntou:

— Stevens, por que a Cebola tá aqui?

— Ela voltou pra Ferry sozinha — respondeu Stevens.

O Velho não gostou nada daquilo.

— Ela não devia estar aqui — falou. — A batalha ficou um pouco suja. Ela devia estar em segurança convocando mais abelhas.

— Ela quis vir — disse Stevens.

Aquilo era uma bela de uma mentira. Nunca disse nada sobre voltar a Ferry. Stevens simplesmente deu ordens na escola e, como sempre, fiz o que ele mandou.

O Velho colocou a mão no meu ombro e disse:

— Meu coração fica feliz de te ver aqui, Cebola, pois precisamos de crianças pra testemunhar a libertação do seu povo e contar essas histórias às próximas gerações de negros e brancos. O dia de hoje vai ser lembrado. Além do mais, você é sempre um bom sinal. Nunca perdi uma batalha com você por perto.

Tinha esquecido completamente de Osawatomie, quando mataram Frederick e escorraçaram ele, mas aquela era a natureza do Velho. Só lembrava daquilo que queria e não dizia nada a si mesmo além do que queria acreditar.

Ficou todo melancólico parado ali.

— Deus nos abençoou, Cebola. Você é uma menina boa e corajosa. Ter você ao meu lado no momento do meu maior triunfo é como ter aqui meu Frederick, que deu a vida pelos negros, por mais que não fosse lá muito rápido das ideias. Você sempre encheu ele de alegria. Isso me dá motivo pra agradecer ao nosso Redentor por quanto Ele deu a todos nós.

E ali ele fechou os olhos, juntou as mãos na altura do peito e irrompeu numa oração, entoando seus agradecimentos ao nosso Grande Redentor Que pegou a estrada de Jericó e assim por diante, pregando sobre como Frederick tinha sorte por viajar com os anjos. Enquanto rezava, não quis deixar de mencionar alguns de seus vinte e dois filhos, aqueles que morreram de doença e os que já tinham partido no caminho da glória: os que morreram primeiro, o pequeno Fred, Marcy, aos dois anos, William, que morreu de febre, Ruth, que acabou queimada; depois deu início à lista dos vivos, passando para os filhos do seu primo, seu pai e sua mãe, agradecendo a Deus por aceitar todos eles no céu e por ensinar a ele o caminho do Senhor. Tudo isso com seus homens parados ao redor e os reféns às suas costas, olhando, além de uns trezentos camaradas lá fora, circulando mamados e inebriados, passando munição e preparando um novo ataque.

O PÁSSARO DO BOM SENHOR 349

Dessa vez não tinha Owen pra arrancar ele do transe — que eu saiba, Owen era o único com coragem pra fazer aquilo —, pois as orações do Velho eram coisa séria, e vi até ele sacar o berro pra alguns tolos valentes o bastante para interromper suas conversas com o Criador. Até seus principais homens, Kagi e Stevens, tinham medo de fazer isso. Quando se arriscavam, tentavam métodos que não resultavam em nada, quebrando copos aos seus pés, tossindo, fazendo barulhos com a garganta, puxando catarro, cortando lenha. Vendo que nada daquilo funcionava, passaram a treinar tiro ao alvo e disparavam do lado do ouvido dele, ainda assim sem conseguir tirar ele do encanto da oração. Mas meu traseiro, ou o que tinha sobrado dele, estava na reta e eu tinha muita estima por ele, então falei:

— Capitão, tô com sede. E tem algo acontecendo. Estou sentindo Jesus.

Aquilo arrancou ele do transe. Ele se levantou num instante, soltou uns dois ou três améns rápidos, abriu bem os braços e disse:

— Agradece a Ele, Cebola! Você tá no caminho certo. Deem água pra Cebola, homens!

Então, ele foi se levantando e retomando toda sua altura. Tirou do cinto e levantou a espada de Frederico, o Grande, admirando, pra depois encostar ela ao longo do peito.

— Que essa nova aceitação do Filho do Homem no coração da Cebola nos sirva como um símbolo de inspiração em nossa luta pela justiça para os negros. Que nos dê força ainda maior. Deixe que nos inspire a nos dedicarmos ainda mais à causa e a dar a nossos inimigos motivos pra que chorem. Vamos, homens. Em frente. A gente ainda não terminou!

Não falou nada sobre dar o fora dali. Eram aquelas as palavras que eu queria ouvir. E ele não disse nem uma só delas.

Ordenou aos homens e escravos que se afastassem da parede, e eles obedeceram. Um sujeito chamado Phil, um escravo, reuniu alguns dos outros escravos — tinha cerca de uns vinte e cinco negros ali, alguns que tinham vindo ou sido convocados nas redondezas junto àqueles que a gente tinha trazido, além de cinco amos brancos que continuaram sentados, imóveis — e os negros começaram a se mexer. Fizeram buracos com os piques e carregaram as carabinas. Alinharam uma a uma pra que os homens do Velho pudessem pegar elas sem ter que recarregar, e estávamos prontos pro sono perfeito.

31

Resistência final

A multidão do lado de fora do portão esperou uma boa hora mais ou menos pra que o Coronel Washington usasse qualquer que fosse a mágica que supostamente tinha e se rendesse junto a seus escravos em troca dos reféns brancos. Depois de duas horas sem que nada acontecesse, alguém gritou:

— Cadê o nosso coronel? Quantos reféns vocês vão soltar pelo coronel e os crioulos dele?

O Velho botou a cabeça pra fora da janela e berrou:

— Nenhum. Se querem o coronel de vocês, venham aqui buscar.

Ah, eles deram um chilique mais uma vez. Houve gritaria, rebuliço e confusão, e depois de alguns minutos duzentos milicianos atravessaram o portão, uniformizados, marchando em formação. Viraram pra casa de máquinas e gritaram, "Fogo!" Deus do céu, quando largaram o dedo, parecia que um monstro gigantesco tinha chutado o prédio. A casa de máquinas inteira balançou. Um tremendo estrondo. Tijolos e argamassa caíram por todos os lados, das colunas que sustentavam o teto pra baixo. Os disparos lançaram enormes pedaços de tijolo e argamassa através das paredes da fábrica de armas, e chegaram a arrancar uma grande viga de madeira que sustentava o teto, fazendo ele desabar.

Mas não atingiram a gente. Os homens do Velho eram bem-treinados e resistiram firme, atirando pelos buracos na parede provocados pelo fogo miliciano, enquanto ele gritava:

— Calma. Mirem pra baixo. Façam com que paguem caro.

O PÁSSARO DO BOM SENHOR

E eles encheram a milícia de balas, fazendo ela recuar pra fora do portão.

Os milicianos se reuniram outra vez do lado de fora dos muros, bêbados e injuriados de dar dó. Todas as gargalhadas e brincadeiras do dia anterior tinham ficado pra trás, substituídas por uma fúria imensa e frustração em cada semblante. Alguns se acovardaram depois do primeiro ataque, pois muitos de seus irmãos tinham sido feridos ou mortos pelos homens do Capitão, e debandaram, levando o traseiro pra longe do grupo. Mas outros chegavam aos portões, e, depois de alguns minutos, eles se reagruparam e entraram mais uma vez, em contingente ainda maior, uma vez que mais homens tinham chegado ao depósito de armas pra substituir aqueles que morreram. Mesmo assim, os soldados do Velho mantiveram eles à distância. E aquela companhia também recuou. Ficaram circulando do lado de fora, protegidos pelos muros, urrando e gritando, prometendo pendurar o Velho pelas partes baixas. Pouco depois, trouxeram outra companhia das redondezas. Vestiam uniformes diferentes. Outros duzentos marcharam portão adentro, ainda mais furiosos que os primeiros, xingando e berrando, e viraram na direção do prédio. Quando finalmente conseguiram disparar, os soldados do Velho já tinham cortado, fatiado e estripado uma boa quantidade deles, que fugiram a toda na direção do portão, ainda mais rápido que os primeiros, deixando mais alguns mortos e feridos pelo chão do pátio. E, toda vez que os virginianos se moviam pra resgatar um dos feridos, um dos homens do Velho enfiava sua Sharps num buraco da parede de tijolo e fazia ele pagar caro pela ideia. Aquilo só enfureceu o pessoal ainda mais. Eles ficaram com a cabeça quente.

Já os reféns brancos, por outro lado, estavam completamente em silêncio e apavorados. O Velho deu ao Cocheiro e ao Imperador a incumbência de ficar de olho neles, enquanto uns bons vinte e cinco escravos corriam de um lado pro outro ali dentro, atarefados. Não estavam mais desnorteados; os negros agora tinham entrado de cabeça. E nem um pio foi ouvido de seus amos brancos.

Os salvadores deles não estavam muito longe de nós. Dava pra ouvir os milicianos falando e berrando lá fora, gritando e xingando. A multidão só fazia aumentar, e aquilo causava ainda mais confusão. Falavam pra ir pra aquele lado, tentar isso, então alguém gritava que o plano tinha caído e um outro alguém berrava, "Meu primo Rufus tá ferido lá no pátio! Temos que tirar ele de lá", no que alguém respondia, "Tira você!", e aquilo dava início a uma briga entre eles, até que então um capitão gritava novas ordens e assim tinham que apartar as brigas que eles mesmos começavam. Estavam simplesmente desconcertados. E enquanto faziam isso, o Capitão dava ordens a seus homens e aos ajudantes negros, com toda a tranquilidade:

— Recarreguem as armas. Mirem pra baixo. Façam uma fileira de armas carregadas na parede pra pegarem outra quando a munição acabar. A gente está subjugando o inimigo.

Os homens e os escravos disparavam e recarregavam tão rápido e de maneira tão eficiente que pareciam uma máquina. O Velho John Brown sabia o que fazer num combate. Ele podia ser útil na grande guerra que estava por vir, vou dizer pra vocês.

Mas aquela sorte não podia durar pra sempre. E ela acabou, como sempre acontecia com ele. Dolorosamente. Sem rodeios, como sempre acontecia com ele.

Tudo começou quando um homem branco e robusto apareceu pra falar com o Velho e tentar acalmar as coisas. Parecia ser uma espécie de chefão. Entrou no depósito de armas algumas vezes, dizendo que vinha em paz e queria entrar num acordo. Mas toda vez que entrava não se aventurava muito lá dentro. Mal botava a cabeça pra dentro e já saía às pressas. Não entrava armado, e, depois dele enfiar a cabeça e pedir pra entrar algumas vezes, o Velho disse a seus homens:

— Não atirem. — Depois, gritou para o camarada: — Fica longe. Não se aproxima. A gente veio libertar os negros.

Mas o sujeito continuava fazendo aquele jogo de entrar e sair, botando a cabeça pra dentro e depois indo embora. Nunca entrava pra valer. Num certo ponto, ouvi ele tentando acalmar os homens do lado de lá do portão, pois havia se formado uma turba. Ninguém tinha controle sobre ela. Tentou aquilo umas duas vezes e acabou desistindo, só espiando dentro do depósito e voltando, sempre às pressas, pra um lugar seguro, igual a um ratinho. Até que finalmente criou coragem e chegou mais perto. Correu por trás de uma cisterna no pátio. Quando chegou lá, levantou a cabeça atrás da caixa d'água, e um dos homens do Velho, num outro prédio do depósito — acho que foi Ed Coppoc o responsável —, conseguiu mirar nele e disparar duas vezes. Acabou com a brincadeira. O homem desabou e parou de pagar impostos bem ali. Estava acabado.

O PÁSSARO DO BOM SENHOR

A morte do homem deixou a multidão lá fora frenética. Já estavam completamente embriagados àquela altura — os dois bares diante do portão estavam lucrando horrores —, mas a morte daquele camarada mexeu com os ânimos de todos. A turba foi à loucura. Acontece que aquele era o prefeito de Harpers Ferry. Fontaine Beckham. Amigo do Ferroviário e querido por todos, brancos e negros. Coppoc não tinha como saber. Tudo era uma só grande confusão.

O corpo do prefeito ficou ali jogado com o resto dos mortos por umas duas horas, enquanto os virginianos do lado de fora vaiavam, berravam e tocavam seus tambores e seus pífanos, jurando ao Velho que iam entrar ali, cortar ele em pedaços e fazer ele comer suas ceroulas. Cercaram o depósito e prometeram fazer marshmallows de seus olhos. Mas nada aconteceu. A noite caiu. Não estava muito escuro, mas tudo ficou em silêncio lá fora, silencioso como a meia-noite. Alguma coisa estava acontecendo ali em meio ao breu. Pararam de gritar e se aquietaram. Não dava mais para enxergar eles, pois escurecia, mas alguém devia ter chegado, um capitão ou algo do tipo, dividindo e organizando melhor todos eles. Ficaram ali parados daquele jeito por cerca de dez minutos, murmurando sobre isso, aquilo e aquilo mais, como garotinhos sussurrando sem fazer muito barulho.

O Velho, que olhava pela janela, se afastou. Acendeu um lampião e balançou a cabeça.

— É isso — falou. — A gente conseguiu neutralizar eles. A graça de Jesus é mais poderosa que o que qualquer homem possa fazer. Podem ter certeza disso, homens.

Logo em seguida, eles irromperam pelo portão numa horda. Quatrocentos homens, diria depois o jornal — tantos que não dava pra ver entre eles, como uma manada a debandar, disparando enquanto se aproximavam, num ataque agressivo, furioso, desnorteador e aberto.

Não dava pra resistir. A gente não tinha contingente pra isso, e estávamos muito espalhados pelo depósito. Kagi e os outros dois negros de Oberlin, Leary e Copeland, estavam numa das extremidades da fábrica de carabinas e foram os primeiros a cair. Fizeram com que saíssem pelas janelas dos fundos do prédio e fugissem para as encostas do Shenandoah, onde os dois foram alvejados. Kagi tomou um tiro na cabeça e já caiu no chão morto. Leary levou uma bala nas costas e seguiu seu destino. Copeland chegou mais longe no rio, conseguiu subir num rochedo no meio da corrente e ficou preso ali.

Um virginiano vadeou até lá e subiu no rochedo com ele. Os dois sacaram seus revólveres e atiraram. As duas armas falharam, pois estavam molhadas demais pra disparar. Copeland se rendeu. Acabaria enforcado em um mês.

Enquanto isso, passaram por um sujeito chamado Leeman no depósito. Ele escapuliu pela porta lateral, pulou no Potomac e tentou atravessar a nado. Os milicianos avistaram ele da ponte e abriram fogo. Feriram, mas não mataram. Ele boiou com a corrente por alguns metros e conseguiu subir num rochedo. Outro virginiano subiu atrás dele, com a pistola fora da água pra que continuasse seca. Escalou a rocha onde Leeman se encontrava jogado de costas. Leeman berrou:

— Não atira! Eu me rendo!

O sujeito abriu um sorriso, puxou o cão e disparou na cara de Leeman. Seu corpo ficou largado naquele rochedo por horas. Passou a ser usado como alvo para os homens praticarem. Tinham enchido a cara de bebida e meteram bala nele animadamente, como se fosse um travesseiro.

Um dos garotos Thompson, Will, o mais novo, conseguiu de algum jeito sair do depósito de armas e ficou encurralado no segundo andar do hotel Gault House, do outro lado da rua. Invadiram o quarto onde estava, levaram ele pra baixo, mantiveram como prisioneiro por alguns minutos e logo depois o levaram para a Ponte B&O pra atirar nele. Mas um capitão correu até lá e disse:

— Levem esse prisioneiro pra dentro do hotel.

— A dona não quer ele lá — responderam.

— Por que não?

— Falou que não quer sujar o carpete — responderam.

— Digam pra ela que fui eu que mandei. Não vai sujar carpete nenhum.

Os homens não deram ouvido ao capitão. Empurraram ele, levaram Thompson pra ponte, afastaram ele e o encheram de buracos bem ali.

— Agora ele vai sujar o carpete — falaram.

Thompson caiu na água. Aquela parte do rio era rasa, e de onde a gente estava deu pra ver ele boiando na manhã seguinte, com o rosto pra fora da água olhando pro alto, de olhos arregalados, num sono eterno, enquanto seu corpo flutuava pra cima e pra baixo, com as botas a tocar a encosta de leve.

Agora a gente estava mantendo eles fora da casa de máquinas, mas o tiroteio corria solto. De um canto do pátio, no prédio da fábrica de carabinas, o

O PÁSSARO DO BOM SENHOR

último homem que ainda estava vivo ali, o negro Dangerfield Newby, viu a gente resistindo e resolveu tentar chegar até nós.

Newby tinha mulher e nove filhos escravos a pouco menos de cinquenta quilômetros dali. Foi encurralado na fábrica de armas com Kagi e os outros. Quando Kagi e seus homens partiram na direção do rio Shenandoah, Newby foi esperto e esperou ali, deixando que perseguissem os outros. Enquanto faziam aquilo, ele pulou de uma janela que dava pro lado do rio Potomac e atravessou o depósito correndo na direção da casa de máquinas nos fundos do pátio. Aquele crioulo esperto também estava ganhando tempo. Sua intenção era chegar até a gente.

Um branco que estava atrás da torre de água avistou o camarada e atirou. Newby viu onde ele estava, sacou a carabina e disparou de volta, acertando. Continuou avançando.

Tinha quase chegado na casa de máquinas quando um sujeito apareceu numa janela do alto de uma casa do outro lado da rua e respondeu a Newby, atirando nele com uma espingarda de caçar esquilo carregada com um prego de quinze centímetros. O prego atingiu bem o pescoço de Newby, como uma lança. O sangue começou a jorrar e o chão segurou sua queda. Estava morto antes de desabar.

A gente estava batalhando tiro a tiro com eles naquele ponto, então ninguém pôde fazer nada além de olhar, mas a multidão prestou atenção na sua morte. Era o primeiro negro em quem conseguiam colocar as mãos, e estavam sedentos por aquilo. Pegaram ele e levaram o corpo pra fora na direção da rua. Chutaram e socaram. Depois um homem correu até o corpo e cortou fora suas orelhas. Outro tirou suas calças e cortou fora as partes privadas. Já um outro enfiou um graveto no buraco da bala. Depois arrastaram ele estrada acima até um chiqueiro e jogaram lá. Os suínos fizeram a festa, um dos bichos puxando algo longo e elástico da região do estômago. Uma ponta estava na boca do porco e a outra ainda no corpo de Newby.

A visão de Newby sendo devorado pelos porcos pareceu incitar os homens do Velho a xingar e a disparar. Abriram fogo num ataque letal, pois os milicianos tinham se aproximado em grande número de nós, e agora os homens do Capitão, que estavam furiosos, faziam eles recuarem. Conseguiram ter sucesso por alguns minutos, mas não tinha jeito. Pegaram a gente ali. Fecharam a porta. A gente estava cercado. Sem Kagi e os outros pra nos cobrir do outro lado do pátio, não tinha mais como mandar eles pra fora do portão. Atacavam a gente de todos os lados, mas num certo ponto diminuíram o ritmo, pararam de atirar e ficaram esperando onde estavam, fora da linha de tiro. Não se aproximaram mais. O exército do Velho conseguiu fazer eles pararem, só que outros tomaram os dois lados do pátio e não dava mais pra fazer eles saírem. Estavam bem ali, a uns duzentos metros. Nós tínhamos sido derrotados.

Foi então que descobri o Senhor integralmente. É verdade que eu tinha descoberto Ele mais cedo naquele mesmo dia, mas nunca tinha aceitado Ele em sua plenitude até então, já que o Pai era completamente escandaloso quando rezava e o Velho enchia a minha paciência com a Palavra, mas Deus também age como quer. Ele se instalou em mim por inteiro naquele momento, pois tinha me dado um aviso antes de que ocuparia meu coração em sua totalidade, pra só então me tomar de jeito. Se vocês acham que encarar trezentos virginianos morrendo de raiva, embriagados, carregando todo tipo de arma que existe nesse mundo e encarando você com um desejo de matar no olhar é um caminho pra redenção, vocês estão certos. Vi o que fizeram com Newby, e todos os negros na casa de máquinas sabiam que as coisas demoníacas que ele tinha sofrido não estavam muito longe de acontecer com a gente, pois Newby teve sorte. Levou a pior quando já estava morto, enquanto o resto de nós ia sofrer ainda consciente e vivo, se conseguisse sobreviver tanto tempo assim pra isso. É claro que eu ia encontrar o Senhor naquele momento. Invoquei Jesus sem perder tempo. Uma sensação tomou conta de mim. Sentei num canto, protegi a cabeça, saquei do gorro a minha pena do Pássaro do Bom Senhor e segurei firme aquela coisa, simplesmente orando e dizendo:

— Senhor, deixa eu ser o Seu anjo!

O Velho não me ouviu, porém. Estava ocupado pensando em seus planos, pois os homens que ali estavam saíram de perto das paredes e janelas e cercaram ele, que se afastou da janela e passou a mão na barba, pensativo.

— Eles estão bem onde a gente queria — anunciou, animado. Virou para Stevens e disse: — Leva Watson lá fora com um prisioneiro e diz que vamos começar a trocar nossos homens por negros. A essa altura, Cook e os outros já reuniram mais abelhas na escola e na fazenda. Ao nosso sinal, vão começar um ataque por trás com os negros, permitindo a nossa fuga. Tá na hora de ir para as montanhas.

O PÁSSARO DO BOM SENHOR

Stevens não queria fazer aquilo.

— A hora de ir para as montanhas foi por volta de meio-dia — falou. — De ontem.

— Tenha fé, tenente. O jogo ainda não acabou.

Stevens resmungou, agarrou com truculência um refém e acenou com a cabeça pro jovem Watson, que foi atrás obedientemente. A porta da casa de máquinas, na verdade, era formada por três portas duplas, que tinham sido amarradas com cordas. Eles desamarraram a corda da porta central, abriram ela lentamente e saíram.

O Velho colocou a cara na janela.

— A gente quer negociar a libertação dos prisioneiros em troca de passagem em segurança pro meu exército de negros — gritou, e então acrescentou: — Em boa fé.

A resposta foi uma saraivada de balas, que afastou ele da janela e jogou no chão. A espada de Frederico, o Grande, que estava presa no cinto, aquela que pegamos do Coronel Washington, caiu longe.

O Velho não ficou gravemente ferido e nem morreu, mas no tempo que levou pra bater a poeira da roupa, colocar a espada de volta no cinto e voltar pra olhar da janela, Stevens já estava caído no chão lá do lado de fora, bastante ferido, e Watson tinha sido alvejado, batendo desesperadamente na porta da casa de máquinas com uma ferida mortal.

Os homens abriram a porta pra Watson, que entrou cambaleando, derramando sangue e entranhas. Deitou no chão, e o Velho foi até ele. Olhou pro filho, ferido a bala e gemendo, e ficou do seu lado. Aquilo entristecia ele. Dava pra ver. Balançou a cabeça.

— Eles simplesmente não conseguem entender — falou.

Ajoelhou sobre o filho e sentiu sua testa, depois a pulsação do pescoço. Os olhos de Watson estavam fechados, mas ele ainda respirava.

— Você cumpriu bem o seu dever, filho.

— Obrigado, pai — respondeu Watson.

— Morra como homem — falou.

— Sim, pai.

Watson ainda levaria dez horas pra isso, mas fez exatamente como seu pai lhe pediu

32

Caindo fora

Caiu a noite. Os milicianos tinham retrocedido outra vez, agora com seus feridos e com Stevens, que ainda estava vivo. Acenderam lampiões lá fora e tudo ficou em silêncio absoluto. Todos os gritos e urros foram avançando pro outro lado da rua, até desaparecerem. A multidão se afastou dos portões do depósito de armas. Uma espécie de nova ordem tinha se instalado lá fora. Algo diferente estava acontecendo. O Velho mandou o Imperador subir pra dar uma olhada pelo buraco no teto que tinha sido aberto depois que a viga de madeira cedeu, o que ele fez.

Quando desceu de volta, falou:

— Os federais estão lá fora, de Washington, D.C. Vi a bandeira e os uniformes. — O Velho deu de ombros.

Enviaram um homem, que caminhou até uma daquelas portas de madeira que tinham sido trancadas. Botou o olho num buraco na porta e bateu.

— Quero falar com o Sr. Smith — gritou. Aquele era o nome que o Velho usava na fazenda Kennedy quando saía disfarçado por Ferry.

O Velho foi até a porta, mas não abriu.

— Quem tá aí?

O grande olho espiou lá dentro.

— Sou o Tenente Jeb Stuart, da Cavalaria dos Estados Unidos. Tenho aqui ordens do meu comandante, Coronel Robert E. Lee. Ele está do lado de fora do portão e exige que o senhor se renda.

O PÁSSARO DO BOM SENHOR

— E eu exijo a libertação pra raça de pessoas negras que vivem em escravidão nessa terra.

Era como se Stuart estivesse falando com a parede.

— E o que é que o senhor quer no presente momento além dessa solicitação? — perguntou.

— Mais nada. Se puder nos conceder isso imediatamente, vamos nos render. Mas não acho que esteja dentro das possibilidades de vocês.

— Com quem estou falando? Pode mostrar o rosto?

A porta de madeira tinha um pequeno painel. O Velho abriu ele. Stuart piscou por um instante, surpreso, depois se afastou e coçou a cabeça.

— Ora essa, o senhor não é o Velho Osawatomie Brown? Aquele que nos deu tanto trabalho no território do Kansas?

— Sou eu.

— O senhor está cercado por mil e duzentos agentes federais. Precisa se render.

— Mas não vou. Quero trocar os prisioneiros que tenho por passagem livre pra mim e meus homens até a Ponte B&O. Essa é uma possibilidade.

— Não dá — respondeu Stuart.

— Então a nossa negociação tá encerrada.

Stuart ficou ali parado um momento, sem acreditar.

— Vai embora, então — falou o Velho. — Nossa negociação tá encerrada, a não ser que você possa libertar os negros da escravidão. — E bateu a portinhola.

Stuart voltou ao portão e desapareceu. Mas dentro da casa de máquinas os reféns começaram a sentir que as coisas mudavam de rumo. Os desfavorecidos tinham passado a noite toda amontoados lá em cima, mas no minuto em que tiveram a impressão de que o Velho estava condenado, os proprietários de escravos começaram a chilrear suas opiniões. Tinha cinco deles sentados juntos da parede, incluindo o Coronel Washington, e ele começou a gorjear para o Capitão, o que encorajou os outros a fazerem o mesmo.

— Isso que está fazendo é traição — falou.

— Vai acabar na forca, velho — disse outro.

— Devia se entregar. Vai receber um julgamento justo — acrescentou ainda outro.

O Imperador se dirigiu a passos largos na direção deles.

–– Calem a boca — rosnou.

Eles se encolheram na hora, exceto o Coronel Washington. Esse era insolente até o último fio de cabelo.

— Você vai ficar bem amarrado no laço do carrasco, seu crioulo sem vergonha.

— Se é assim, vou te dar uma surra — disse o Imperador — e também um tiro aqui mesmo a título de redenção.

— Não vai fazer nada disso — falou o Velho. O Capitão ficou parado na janela, sozinho, fitando pensativo lá fora. Chamou sem olhar: — Imperador, venha aqui.

O Imperador foi até o canto e o Velho colocou os braços nos ombros do negro, sussurrando em seu ouvido. Ficou cochichando por um bom tempo. Estava de costas pra mim e pude ver seus ombros se levantarem, enquanto ele fazia sinal de "não" várias vezes com a cabeça. O Velho sussurrou mais um pouco, determinado, então se afastou pra voltar a olhar pela janela, deixando o Imperador sozinho.

O negro subitamente pareceu desanimado. Ele se afastou do Velho e parou no canto mais distante da casa de máquinas, longe dos prisioneiros. Parecia, pela primeira vez, completamente sorumbático. Sua energia tinha acabado naquele momento, e ele ficou contemplando a noite do lado de fora da janela.

Tudo estava em silêncio.

Até aquele momento, as coisas tinham acontecido tão rápido na casa de máquinas que não havia tempo pra pensar no que aquilo tudo significava. Mas agora que o breu tinha caído e tudo estava quieto do lado de fora do depósito de armas, e lá dentro também, havia tempo pra pensar nas consequências. Tinha uns vinte e cinco negros ali no local. Dentre eles, acho que, pelo menos, uns nove ou dez, talvez mais, acabariam enforcados e sabiam disso: Phil, o Cocheiro, três mulheres negras e quatro homens, todos animados em ajudar o exército do Velho, carregando armas, fazendo buracos, organizando a munição. Os reféns brancos que ali estavam certamente iam denunciar eles. Só Deus sabia como se chamavam, mas seus donos conheciam todos. Estavam encrencados, pois entraram de cabeça na luta pela liberdade quando entenderam qual era o jogo. Estavam condenados. Não tinha possibilidade de barganha pra eles. Já quanto ao restante, eu diria que metade daquele número, uns cinco ou seis, vinham ajudando,

O PÁSSARO DO BOM SENHOR

mas demonstravam menos empolgação com a batalha. Estavam agindo, mas só porque recebiam ordens. Sabiam que seus amos estavam olhando e nunca se animaram. Já os outros, os cinco que restaram, aqueles não seriam enforcados, pois adulavam seus amos até o fim. Não faziam nada além do que eram obrigados a fazer. Uns dois até dormiram durante o combate.

Agora que a balança estava pendendo para o outro lado, aqueles últimos cinco estavam se saindo bem. Mas os que estavam no meio, aqueles em cima do muro que tinham cinquenta por cento de chance de sobreviver, voltaram pro lado dos amos de maneira escancarada. Começaram a bajular eles ostensivamente, tentando cair de volta nas suas graças. Um deles, um camarada chamado Otis, disse, "Mestre, isso é um pesadelo." Seu amo o ignorou. Não falou uma só palavra. Não culpo o negro por puxar o saco como fez. Sabia que ia acabar na vala caso seu amo falasse mal dele, e o mestre não ia baixar as cartas. Não ainda. Ainda estavam encrencados.

O resto dos negros que estava condenado ficou olhando pro Imperador. Ele tinha se tornado uma espécie de líder depois que os outros viram sua coragem durante a noite inteira, e todos os olhos se voltaram na sua direção depois que o Velho falou com ele. Ficou parado na janela, com o olhar perdido lá fora, pensando. Lá dentro estava completamente escuro; não dava pra ver nada além do que iluminava o pouco de luz da lua que entrava pelas janelas, já que o Velho não deixava ninguém acender um lampião. O Imperador continuou olhando lá pra fora, depois andou um pouco e voltou a fitar pela janela. O Cocheiro, Phil e os outros negros que certamente seriam enforcados seguiam ele com o olhar. Todos seguiam, pois acreditavam na sua coragem.

Passado certo tempo, o Imperador chamou aqueles negros num canto e eles se amontoaram ao seu redor. Também me aproximei, pois sabia que o castigo que levassem, fosse ele qual fosse, também seria o meu. Dava pra sentir o desespero quando fizeram um círculo em torno dele e ouviram o que o Imperador sussurrava.

— Logo antes do amanhecer, o Velho vai começar a atirar lá na frente e deixar os negros saírem pela janela dos fundos. Se quiserem ir embora, podem pular pela janela dos fundos quando o tiroteio começar. Corram para o rio e desapareçam.

— E a minha mulher? — perguntou o Cocheiro. — Ainda tá escravizada na fazenda do Coronel.

— Não posso te dizer o que fazer quanto a isso — respondeu o Imperador. — Mas, se for capturado, conte alguma mentira. Diga que te fizeram de refém. Caso contrário, vai acabar enforcado.

Ele ficou em silêncio, absorvendo aquilo tudo.

— O Velho tá dando à gente uma licença pra ir embora — falou. — Aceitem ou não. Ele e aqueles que ficarem têm balas de grosso calibre encharcadas de óleo. Vão atirar elas no pátio pra criar bastante fumaça e depois disparar. Vocês podem dar seu máximo pra escapar por aquela janela dos fundos e correr junto ao muro quando isso acontecer. Quem quiser, tá livre pra tentar.

— Você vai? — perguntou o Cocheiro.

O Imperador não respondeu.

— É melhor vocês todos dormirem um pouco — falou.

Todos concordaram e se retiraram pra dormir por algumas horas, já que ninguém tinha pegado no sono fazia quarenta horas. Aquela incursão tinha começado num domingo. Agora já era segunda-feira, quase terça.

Quase todos no ambiente dormiam, mas não consegui pregar olho. Sabia o que estava por vir. O Imperador também não dormiu. Ficou parado na janela, olhando lá pra fora, ouvindo Watson gemer seus últimos suspiros. De todos os negros no exército do Velho, o Imperador não era o meu favorito. Eu não conhecia ele assim tão bem, mas sabia que não carecia de coragem. Me aproximei dele.

— Vai tentar ficar livre, Imperador?

— Eu sou livre — respondeu.

— Você quer dizer um negro livre?

Ele sorriu sob a luz escura. Dava pra ver seus dentes brancos, mas não falou mais nada.

— Eu me pergunto — falei — se tem algum jeito de eu não morrer.

Ele olhou pra mim e deu um sorriso de escárnio. Dava pra ver seu rosto debaixo da luz que entrava pela janelinha. Era um homem escuro, com uma pele cor de chocolate, lábios grossos, cabelo crespo e rosto liso. Dava pra ver sua silhueta. A cabeça estava imóvel junto à janela, e a brisa que soprava em seu rosto parecia agradável e refrescante. Era como se o vento se dividisse ao tocar seu rosto. Ele se curvou perto de mim e disse em voz baixa:

— Você não entende, não é?

— Entendo.

O PÁSSARO DO BOM SENHOR

— Então, por que faz perguntas se já sabe a resposta? Vão enforcar todos os negros aqui. Diabo, você vai acabar na forca, mesmo se só olhar torto pra esses reféns brancos. E você fez mais que isso, com certeza.

— Eles não me conhecem — falei.

— Claro que conhecem. Isso é certo, assim como Deus vê tudo do alto do mundo. Conhecem você tão bem quanto me conhecem. Deve enfrentar isso tudo de cabeça erguida.

Engoli em seco. Era preciso. Não suportava, mas era preciso.

— E se um de nós for diferente do que eles conhecem? — sussurrei.

— Não tem diferença entre nós pro homem branco.

— Tem, sim — respondi. Peguei a mão dele e levei às minhas partes íntimas ali no escuro. Só pra que sentisse os meus segredos. Senti ele prender a respiração e, então, recolher a mão.

— Eles não me conhecem — falei.

Seguiu-se uma longa pausa. Até que o Imperador soltou uma risadinha.

— Meu bom Deus. Não dá pra dizer que isso é uma conflageração — falou.

— Uma o quê? — O imperador não sabia ler, e por isso inventava palavras que não tinham nenhum sentido.

— Uma conflageração. Uma parada militar. Mal dá pra apertar essa frutinha que você tem aí — zombou. — Ia levar a noite toda pra alguém encontrar esses amendoinzinhos. — Continuou rindo à socapa no breu. Não conseguia parar de rir.

Eu não estava achando graça daquilo. Mas já tinha pensado em tudo. Ia precisar de roupas de menino. Só tinha dois ali na casa de máquinas de quem eu podia pegar as roupas sem que ninguém se importasse. Um escravo de cor que tinha sido baleado e morrido na tarde anterior, e Watson, o filho do Velho, que ainda não estava morto, mas quase. O escravo era muito maior que eu, e além disso tinha sido atingido por um tiro bem no meio do peito, então suas roupas estavam encharcadas de sangue. Mas eram roupas boas — obviamente se tratava de um escravo privilegiado — e iam ter que servir. Com sangue ou sem sangue.

— Queria saber se você podia me fazer um favor — falei. — Se eu pudesse tirar a pantalona e a camisa daquele sujeito ali — sussurrei, apontando com a cabeça pro escravo, cuja silhueta era iluminada pelo luar. — Talvez com a sua ajuda eu possa vestir elas e ir embora com o resto dos negros. Quando o Velho deixar a gente sair.

O Imperador refletiu por um bom tempo.

— Não quer morrer como homem?

— É exatamente isso — falei. — Só tenho quatorze anos. Como posso morrer que nem homem se ainda nem vivi como um? Eu ainda não conheci os caminhos da natureza com uma menina nenhuma vez. Ainda nem beijei uma. Eu acredito que as pessoas precisam ter a chance de serem elas mesmas pelo menos uma vez nesse mundo antes de partirem pro próximo. Nem que seja pra louvar o nome Dele na sua verdadeira forma, não como alguém que você não é. Pois eu encontrei o Senhor.

Um longo silêncio se seguiu. O Imperador coçou a mandíbula por um instante.

— Senta aqui — falou.

Ele foi pro outro lado e acordou o Cocheiro e Phil, levando eles para um canto. Os três ficaram sussurrando por um tempo, e juro por Deus que ouvi eles dando risadinhas e gargalhando. Não dava pra ver eles no escuro, mas dava pra ouvir e eu não suportava aquilo. Os três riam de mim, então perguntei:

— O que tem de tão engraçado?

Ouvi os passos das botas do Imperador vindo na minha direção. Senti alguém esfregar umas pantalonas no meu rosto no escuro. E uma camisa.

— Se os federais te descobrirem, vão te jogar no meio do rio. Mas a gente aqui ia rir muito se você conseguisse escapar sem problemas.

A camisa era enorme, e a calça, quando vesti, era ainda maior.

— De quem é essa calça? — perguntei.

— Do Cocheiro.

— E o que o Cocheiro vai vestir? Vai pular pela janela só de roupa de baixo?

— Que importância isso tem pra você? — perguntou. Pela primeira vez, percebi que ele estava sem camisa. — Ele não vai pra lugar nenhum. E nem Phil. E aqui — e encheu a minha mão com uma pena velha e desbotada — está o último Pássaro do Bom Senhor. O Velho que me deu. Sua última pena. Só deu pra mim, acho.

— Eu já tenho a minha pena. Não preciso da sua, Imperador.

— Fica com ela.

O PÁSSARO DO BOM SENHOR

— E essa calça? É muito grande.

— Ficou bem em você. O branco não se importa com o que você veste. É só um crioulo maltrapilho pra ele. Seja esperto. De manhãzinha, quando o Velho der a ordem, vamos disparar aquelas balas com óleo, algumas na frente e outras nos fundos, e depois atirar um pouco da janela. É nessa hora que você sai correndo pela janela. Aqueles brancos não vão dar mais importância a você que a um buraco no chão se conseguir escapar de Ferry. Diga a eles que pertence ao Sr. Harold Gourhand. Sr. H. Gourhand, entendeu? É um branco que mora perto da fazenda Kennedy. O Cocheiro conhece ele. Disse que esse Gourhand tem um garoto escravo mais ou menos da sua idade e tamanho, e os dois estão fora da cidade.

— Alguém vai conhecer ele!

— Não vai, não. Os federais lá fora não são dessa área. São de Washington, D.C. Não vão saber a diferença. De qualquer forma, eles não veem diferença nenhuma entre a gente mesmo.

Quando o dia nasceu, o Velho deu a ordem. Dispararam as balas com óleo, lançaram elas e começaram a atirar pela janela, deixando os negros escapulirem pelos fundos da casa de máquinas. Fui junto deles. No total a gente era em quatro, e meio que caímos bem nos braços da cavalaria americana. Já estavam em cima de nós no momento em que tocamos o chão e levaram todos pra longe da casa de máquinas, enquanto seus irmãos atiravam com tudo na direção dela. No portão dos fundos, debaixo dos trilhos do trem, eles se juntaram ao nosso redor e começaram a perguntar dos brancos lá dentro, de onde a gente vinha, a quem a gente pertencia e se os brancos estavam feridos. Isso era o que mais importava pra eles, se os brancos estavam feridos. Quando dissemos que não, perguntaram se a gente era parte do exército do Velho. Juramos de todas as formas pra um homem que não. Você nunca vai ver negros mais burros na vida. Deus do Céu, a gente se comportou como se eles fossem nossos salvadores. Nós nos ajoelhamos, rezamos, gritamos e agradecemos a Deus por trazerem eles pra nos salvar.

Eles ficaram com pena da gente, e o Imperador tinha razão. Tiraram todos os milicianos da área em torno do depósito de armas. Os soldados que faziam a interrogação não eram locais de Ferry. Eram federais vindos de Washington, D.C. e compraram a nossa história, por mais que tivessem desconfiado. Mas entendam, a batalha ainda estava em pleno curso enquanto a gente era interrogado e eles queriam voltar logo atrás do grande prêmio, que era o próprio Velho, então deixaram a gente ir. Mas um dos soldados sentiu algo de podre no ar. Ele me perguntou:

— A quem você pertence?

Falei o nome do Sr. Gourhand e disse a ele onde o Mestre Gourhand morava, lá no alto, perto de Bolivar Heights e da fazenda Kennedy.

— Deixa que eu te levo lá — disse ele.

Subi na sua montaria e ganhei uma carona até a fazenda Kennedy. Mostrei o caminho pra ele, esperando que nenhum dos inimigos soubesse ainda que o Velho estava usando a casa como quartel-general. Por sorte ninguém sabia, pois, quando a gente chegou, estava tudo calmo por ali.

Entramos no quintal ainda montados, e eu viajava atrás do federal. Quando chegamos ali, quem encontramos se não O. P. Anderson bem na frente, tirando água do poço com um outro escravo negro que conheceu em algum lugar? O canalha ainda estava vivo. Não carregava uma carabina e estava vestido como escravo. Não dava pra diferenciar ele do outro. Com o cabelo despenteado, parecia tão malvestido quanto o outro camarada, amarrotado como uma casca de laranja. Os dois podiam ser irmãos.

Me ver sem o gorro e vestindo roupas de homem deixou O.P. de queixo caído.

— De quem é esse crioulo? — perguntou o soldado.

O.P. piscou pra tirar a surpresa do rosto. Por um instante, teve dificuldade pra usar a língua.

— Hein?

— Ele disse que mora por essas bandas com um tal Sr. Gourhand — explicou o soldado. — Essa pobre criatura foi sequestrada e mantida como refém em Ferry.

O.P. parecia ter dificuldade pra falar, mas então seguiu o programa.

— Ouvi as notícias, patrão — disse ele —, e fico feliz que o senhor tenha trazido essa criança de volta. Vou acordar o amo e contar pra ele.

— Não tem necessidade — disse Owen, saindo da cabana e entrando na varanda. — Eu sou o amo e estou acordado.

O PÁSSARO DO BOM SENHOR   367

Acho que ele estava escondido lá dentro com Tidd, um camarada chamado Hazlett e Cook. Fiquei nervoso com aquilo, pois tenho certeza que aqueles três mantinham aquele soldado na mira de dentro da casa desde o minuto que apareceu ali. A vida do soldado provavelmente foi poupada no segundo em que Owen saiu da casa, já que os homens tinham dormido por poucas horas e estavam dispostos a partirem com bastante pressa.

Owen desceu da varanda, deu um passo na minha direção e subitamente me reconheceu — estava me vendo vestido de menino pela primeira vez. Não precisou fingir. Sua surpresa era genuína. Ele gostava de brigar.

— Cebola! — falou. — Deus do Céu, é você?

O soldado viu, então, que não era um estratagema. Ele era um cara bacana.

— Esse crioulo teve uma noite e tanto. Falou que pertencia ao Sr. Gourhand, que vive ali subindo a estrada, mas fiquei sabendo que tá fora da cidade.

— Exatamente — disse Owen, entrando na mentira. — Mas se quiser deixar o negro dele comigo, vai ficar em segurança pro Sr. Gourhand. Esses são dias perigosos pra ficar circulando por aí, ainda mais com o que vem acontecendo nas redondezas. Agradeço por trazer ela de volta pra mim — disse Owen.

O soldado deu uma risadinha.

— Ela? — disse ele. — É um *menino*, senhor — ralhou ele. — Não sabe diferenciar os seus crioulos um do outro? Não é de se admirar que tenham essas insurreições por aqui. Tratam seus negros tão mal que nem sabem diferenciar um do outro. A gente nunca trataria nossos negros assim no Alabama.

Dito isso, deu meia-volta com a montaria e foi embora.

Eu não tinha tempo pra contar tudo a eles sobre a situação do Velho, mas também não precisava. Eles não tinham que perguntar. Sabiam o que tinha acontecido. Também não perguntaram sobre o meu novo visual de menino. Estavam com pressa, preparando-se pra correr na tentativa de sobrevivência. Caíram no sono por algumas horas por pura exaustão, mas agora o dia estava claro e era hora de partir. Arrumaram tudo rapidamente e demos no pé juntos — eu, O.P., Owen, Tidd, Cook, Hazlett e Merriam. Subimos direto pela montanha nos fundos da fazenda Kennedy, com o sol nascendo atrás da gente. Houve uma certa disputa e discussão quando chegamos no topo, pois todos, menos O.P., queriam pegar a estrada da montanha que levava ao norte, e O.P. insistia que conhecia outro caminho. Um caminho mais seguro e periférico. Seguindo a sudoeste, passando por Charles Town e depois avançando a oeste pela rota de fuga até Martinsburg e em seguida a Chambersburg. Mas os outros não eram a favor. Diziam que Charles Town era muito fora de mão e que todo mundo estaria procurando a gente. O.P. continuou buzinando no ouvido deles, e aquilo provocou mais uma onda de palavras duras, pois não havia muito tempo, não com as patrulhas prova- velmente a passar por ali sem demora. Então, os cinco decidiram seguir seu próprio caminho, direto na direção de Chambersburg, enquanto O.P. ia pra Charles Town pegando o oeste. Decidi seguir a estrada com ele.

Foi uma boa ideia, pois Cook e Hazlett foram capturados na Pensilvânia um ou dois dias depois. Owen, Merriam e Tidd conseguiram escapar de alguma forma. Nunca voltei a ver nenhum deles. Ouvi dizer que Merriam se matou na Europa. Mas nunca mais vi Owen, ainda que tenha sabido que viveu uma longa vida.

Eu e O.P. conseguimos nos libertar por meio do Sr. George Caldwell e de sua mulher, Connie, que ajudaram a gente a sair de Charles Town. Já estão mortos, então não tem problema entregar eles. Tinha bastante gente envolvida naquele trem gospel subterrâneo que ninguém conhecia. Um fazendeiro de cor levou a gente de carroça até a barbearia do Sr. Caldwell. Quando ficou sabendo quem a gente era, ele e a mulher decidiram separar a gente. Mandaram O.P. com um carregamento de caixões pra Filadélfia guiado por dois abolicionistas metodistas e não sei que fim ele levou, se morreu ou não, pois nunca mais fiquei sabendo dele. Já eu acabei ficando com os Caldwells. Tive que permanecer com eles, esperando debaixo da casa ou nos fundos da barbearia do Sr. Caldwell por quatro meses antes de seguir em frente. Foi por estar nos fundos da barbearia que descobri o que aconteceu ao Velho.

Parece que Jeb Stuart e a cavalaria americana invadiram a casa de máquinas doidos pra saírem matando poucos minutos depois que fugimos, o que conseguiram. Tomaram o prédio de assalto e mataram Dauphin, Thompson, irmão de Will, o Cocheiro, Phil e Taylor. Os filhos do Velho,

O PÁSSARO DO BOM SENHOR

Watson e Oliver, também foram mortos. Acabaram com todos ali, bons ou maus, todos menos o Imperador. O Imperador conseguiu sobreviver de alguma forma. Tempo o bastante pra terminar enforcado, de qualquer jeito.

E quanto ao Velho?

Bem, o Velho John Brown também sobreviveu. Tentaram matar ele, segundo o Sr. Caldwell. Quando arrombaram a porta, um tenente golpeou com a espada bem na cabeça do Velho enquanto o Capitão tentava recarregar a arma. O Sr. Caldwell disse que o Senhor salvou ele. O tenente tinha recebido um chamado de emergência por causa da insurreição e estava com pressa quando saiu de casa. Estava tão afobado pra partir que pegou a espada errada da cornija da lareira antes de sair correndo porta afora. Tinha levado a espada da parada militar em vez da espada normal. Se tivesse usado a espada normal, facilmente teria matado o Velho.

— Mas o Senhor não queria que ele fosse morto — disse o Sr. Caldwell com altivez. — Ainda tinha mais trabalho pro homem.

Talvez seja verdade, mas a Providência pesou a mão sobre os negros nos dias que se seguiram à derrota do Velho, que foi levado pra prisão e seria julgado. Eu estava morando no quarto dos fundos da barbearia do Sr. Caldwell naquelas semanas e ouvi tudo. Charles Town não ficava muito longe de Harpers Ferry, e os brancos lá estavam num estado de pânico que beirava a insanidade. Estavam completamente apavorados. Todo dia um oficial invadia o salão do Sr. Caldwell e assediava os clientes negros. Levava embora dois ou três de uma vez, carregava eles até a prisão pra serem interrogados sobre a insurreição e depois prendia alguns e soltava outros. Até mesmo os negros mais confiáveis nas casas dos donos de escravos foram colocados nos campos pra trabalhar, pois seus amos não confiavam mais neles pra trabalharem dentro de casa, achando que os escravos se voltariam contra eles e os matariam. Dezenas de negros escravizados foram vendidos no sul e outras dezenas fugiram, achando que *seriam* vendidos. Um homem de cor entrou no salão do Sr. Caldwell, reclamando que, se um rato tocara com o rabo o muro da casa de seu amo no meio da noite, todos eram acordados, se armavam, e esse camarada tinha que descer primeiro para ver o que estava acontecendo. O jornal branco disse que os negociantes de armas de Baltimore venderam dez mil armas para os virginianos durante o julgamento do Velho John Brown. Um negro na barbearia brincou:

— A Colt devia fazer algo bonito para a família do Capitão Brown.

Atearam fogo a vários plantios em Charles Town e ninguém descobriu quem foi. Uma matéria no jornal da cidade dizia que os proprietários de escravos estavam se queixando de que seus cavalos e ovelhas vinham morrendo subitamente, como se envenenados. Essa história eu também ouvi sussurrada nos fundos da barbearia do Sr. Caldwell. Quando fiquei sabendo, falei pro Sr. Caldwell:

— Se ao menos todos esses camaradas fazendo essas diabruras tivessem aparecido em Ferry, o jogo teria sido outro.

— Não — ele respondeu. — Tinha que terminar do jeito que foi. O Velho Brown sabe o que tá fazendo. Deviam ter matado ele. Hoje, tá provocando mais confusão escrevendo cartas e falando do que jamais fez com uma arma.

E era verdade. Botaram o Velho e seus homens na prisão em Charles Town, aqueles do grupo que sobreviveram à batalha: Hazlett, Cook, Stevens, os dois negros, John Copeman e o Imperador, e, na hora em que o Capitão acabou de escrever suas cartas e de receber visitas de seus amigos na Nova Inglaterra, vejam só, ele era uma estrela outra vez. O país inteiro falava dele. Ouvi dizer que, em suas últimas seis semanas de vida, o Velho conseguiu mobilizar mais gente em torno da questão da escravidão do que no tempo que passou derramando sangue no Kansas ou em todos os discursos que fez em Nova Inglaterra. As pessoas davam ouvidos agora, depois que o sangue dos brancos foi derramado no chão. E não era qualquer branco. John Brown era um homem cristão. Um pouco fora de si, claro, mas você não conseguiria encontrar um cristão melhor. E ele tinha muitos amigos, brancos e negros. Eu acredito de verdade que ele tenha feito mais contra a escravidão naquelas últimas seis semanas escrevendo cartas e falando do que jamais fez apontando uma arma ou erguendo uma espada.

Fizeram um julgamento rápido pra ele, o condenaram de imediato e estabeleceram uma data pra que fosse enforcado. Naquele tempo todo, o Velho continuou escrevendo cartas, grasnindo e urrando contra a escravidão, soando como o diabo pra todos os jornais da América que quisessem ouvir. E eles estavam ouvindo, pois aquelas insurreições deixaram os brancos bem assustados. Aquilo armou o tabuleiro pra guerra que estava por vir, foi isso que fez, pois nada apavorava mais o sul do que a ideia de crioulos circulando por aí com armas na mão e vontade de serem livres.

O PÁSSARO DO BOM SENHOR   371

Mas não pensei esses pensamentos naquela época. Aquelas noites de outono se tornaram longas pra mim. E solitárias. Eu era um menino pela primeira vez em anos, e, sendo um menino, com o fim de novembro se aproximando, aquilo queria dizer que em cinco semanas já seria janeiro e eu faria quinze anos. Nunca soube a minha verdadeira data de nascimento, mas, como a maioria dos negros, eu comemorava no primeiro dia do ano. Queria seguir em frente. Cinco semanas depois da insurreição, no final de novembro, chamei o Sr. Caldwell uma noite quando ele veio aos fundos da barbearia pra me dar um pouco de bacon, biscoitos e molho de carne, e perguntei se podia ir pra Filadélfia.

— Não pode ir agora — falou. — As coisas ainda estão muito frescas. Ainda não enforcaram o Capitão.

— Como ele tá? Ainda tá vivo e bem?

— Isso ele tá. Na prisão, como sempre. Marcaram o enforcamento pro dia dois de dezembro. É em uma semana.

Pensei naquilo por um momento. E fiquei com o coração inconsolável. Então falei:

— Acho que me faria bem se eu pudesse ver ele.

O Sr. Caldwell balançou a cabeça.

— Não tô escondendo você aqui pela minha segurança e satisfação — respondeu. — Já tô me arriscando muito tomando conta de você.

— Mas o Velho sempre acreditou que eu trazia sorte — falei. — Andei com ele por quatro anos. Eu era amigo dos seus filhos, da família e até de uma das filhas. Sou um rosto amigo. Talvez ver um rosto amigo ajude ele, já que nunca mais vai ver mulher e filhos do lado de cá.

— Lamento — disse o Sr. Caldwell.

Mas ficou pensando naquela ideia por alguns dias. Não perguntei mais. Foi *ele* quem disse. Voltou a mim uns dias depois e falou:

— Pensei no assunto e mudei de ideia. Ver você ia ajudar ele. Saber que ainda tá vivo ia ajudar a passar esses últimos dias. Estou fazendo isso por ele. Não por você. Vou cuidar de tudo.

O Sr. Caldwell entrou em contato com algumas pessoas e, uns dias depois, voltou com um homem negro chamado Clarence aos fundos do salão onde eu estava escondido. Clarence era um camarada velho, de cabelos brancos, devagar nos gestos, mas pensativo e esperto. Ele limpava a prisão onde o Velho e os outros estavam detidos. Sentou com o Sr. Caldwell, e este explicou a coisa toda. O velhote ouviu com atenção.

— Tenho certa familiaridade com o comandante da cadeia, o Capitão John Avis — disse Clarence. — Conheço o Capitão Avis desde que ele era criança. É um homem bom. Um homem justo. E também criou carinho por John Brown. Mesmo assim, não vai deixar o menino entrar lá — falou.

— Não posso entrar como seu ajudante? — perguntei.

— Não preciso de ajudante. E também não preciso de encrenca.

— Clarence, pensa no que o Capitão fez pelos negros — disse o Sr. Caldwell. — Pensa nos seus filhos. Pensa nos filhos do Capitão Brown. Pois ele tem muitos, e não vai mais ver eles ou a mulher no lado de cá do mundo.

O velhote ficou pensando por um bom tempo. Não disse uma só palavra. Só matutou, esfregando os dedos. As palavras do Sr. Caldwell mexeram um pouco com ele. Até que finalmente falou:

— Tem muito movimento lá. O Velho é bem popular. Tem um monte de gente indo e vindo durante o dia. Tenho muito mais pra eu fazer, com as pessoas deixando lembranças, presentes, cartas e todo tipo de coisas. O Velho tem um monte de amigos do norte. O Capitão Avis não parece se incomodar com nenhum.

— Posso ir então? — perguntei.

— Deixa eu pensar um pouco. Talvez eu mencione a visita pro Capitão Avis.

Três dias depois, nas primeiras horas de dois de dezembro de 1859, Clarence e o Sr. Caldwell entraram no porão da barbearia e me despertaram do sono.

— A gente vai essa noite — avisou Clarence. — O Velho vai ser enforcado amanhã. A mulher dele veio de Nova York e acabou de ir embora. Avis vai fingir que não viu nada. Ficou comovido com a coisa toda.

O Sr. Caldwell disse:

— Está tudo muito bom, mas você vai ter que se mandar daqui, filho. Vou ficar encrencado se você for descoberto e voltar aqui.

Ele me deu alguns dólares pra começar a vida em Filadélfia, uma passagem de trem pra lá, partindo de Ferry, alguns trapos e um pouco de comida. Agradeci a ele e fui embora.

O PÁSSARO DO BOM SENHOR

373

O dia estava pra nascer, só que não ainda. Eu e o Sr. Clarence fizemos o caminho da prisão numa velha carroça puxada a mula. Ele me deu um balde, um esfregão e alguns escovões. A gente cumprimentou os milicianos à nossa frente e passou direto, entrando na prisão sem nenhum problema. Os outros prisioneiros estavam no sétimo sono. O Capitão Avis estava lá, sentado numa mesa na frente, escrevinhando suas anotações. Olhou pra mim, mas não disse nada. Somente acenou com a cabeça pra Clarence e voltou a olhar pra baixo na direção dos seus documentos. Caminhamos até a parte dos fundos do prédio onde os prisioneiros ficavam, bem no fim do corredor, e à direita, na última cela, sentado na cama escrevendo notas sob a luz da pequena lareira de pedra, estava o Velho.

Ele parou de escrever e espreitou no breu enquanto eu esperava no corredor do lado de fora da cela, segurando o balde. Ele não conseguia me ver direito. Até que finalmente abriu a boca.

— Quem tá aí?

— Sou eu. Cebola.

Saí das sombras vestindo pantalona e camisa, segurando um balde.

O Velho ficou olhando pra mim por um bom tempo. Não disse uma só palavra sobre o que viu. Só me fitou. Depois, disse:

— Entra aqui, Cebola. O capitão não tranca a porta.

Entrei e sentei na cama. Ele parecia exausto. O pescoço e o rosto estavam chamuscados de algum tipo de ferida, e ele mancava ao caminhar pra botar um pedaço de lenha no fogo. Voltou com determinação pra sentar na cama.

— Como você tá, Cebola?

— Estou bem, Capitão.

— Meu coração fica contente de te ver — falou.

— Tudo bem com você, Capitão?

— Tudo bem, Cebola.

Eu não sabia bem o que dizer pra ele naquele momento, então acenei com a cabeça na direção da porta.

— Você poderia escapar fácil, não é, Capitão? Estão falando bastante sobre convocarem novos homens de todas as partes para tirarem você daqui. Não pode fugir e a gente montar outro exército pra fazer como nos velhos tempos do Kansas?

O Velho, firme como sempre, balançou a cabeça.

— Por que eu faria isso? Sou o homem mais sortudo do mundo.

— Não parece.

— Tem uma eternidade depois e uma eternidade antes, Cebola. Aquele grãozinho no meio, por mais que dure, é a vida. E, comparativamente, ela leva só um minuto — falou. — Fiz o que o Senhor me ordenou no pouco tempo que tive. Esse foi o meu propósito. Reunir os negros.

Eu não podia suportar. Ele era um fracasso. Não tinha reunido ninguém. Não libertou ninguém, e me revirava as entranhas ver ele daquele jeito, pois eu amava o Velho, mas ele ia morrer sem enxergar as coisas direito, e eu não queria aquilo.

— Os negros não se reuniram, Capitão. Foi culpa minha.

Comecei a contar sobre o Ferroviário, mas ele levantou a mão.

— Formar o enxame leva tempo. Às vezes, as abelhas levam anos pra se reunir.

— Tá dizendo que elas vão fazer isso?

— Estou dizendo que a misericórdia de Deus vai espalhar sua luz pelo mundo. Assim como Ele concedeu Sua misericórdia a você. Meu coração ficou feliz de ver você aceitar Deus naquela casa de máquinas, Cebola. Só isso, só essa vida libertada pro nosso Rei da Paz, vale mais que mil tiros e toda a dor do mundo. Não vou viver pra ver a mudança que Deus quer. Mas espero que você viva. Parte dela, pelo menos. Deus do Céu, estou sentindo eclodir uma oração, Cebola.

E ele, então, levantou, pegou a minha mão e rezou por uma boa meia hora, segurando minhas mãos em suas patas enrugadas, com a cabeça baixa, se aconselhando com seu Criador sobre isso e aquilo, agradecendo a Ele por fazer com que eu me tornasse uma pessoa verdadeira pra comigo mesmo e falando de todo tipo de coisa, orando pelo carcereiro e esperando que ele fosse pago, que não fosse roubado e que ninguém fugisse da prisão enquanto ele trabalhava, além de falar bem daqueles que o prenderam e mataram seus meninos. Deixei ele ir em frente.

Depois de uma hora, o Velho terminou e sentou outra vez na cama, cansado. Estava clareando lá fora. Vi um pouquinho de luz entrar pela janela. Estava na hora de ir.

— Mas Capitão, você nunca me perguntou por que eu... segui do jeito que fiz.

O velho rosto, amassado e enrugado com canais que corriam pra todas as direções, se contraiu e retesou por um tempo, até que um grande sorriso

O PÁSSARO DO BOM SENHOR

surgiu no meio dele e seus olhos cinzentos brilharam intensamente. Foi a primeira vez que vi ele sorrir abertamente. Um sorriso de verdade. Era como olhar pro rosto de Deus. E descobri, então, que ele liderar os negros no caminho da liberdade não tinha sido nenhuma loucura. Era algo que tinha dentro de si. Vi isso claramente pela primeira vez. Foi então que descobri também que ele sabia o que eu era — desde o princípio.

— O que quer que seja, Cebola — falou —, seja em sua plenitude. Deus não discrimina ninguém. Eu te amo, Cebola. Vai visitar minha família de vez em quando.

Ele colocou a mão no bolso da camisa e puxou uma pena de Pássaro do Bom Senhor.

— Os Pássaros do Bom Senhor não vivem em bandos. Eles voam sozinhos. E sabe por quê? Porque ele tá procurando. Tá em busca da árvore certa. E, quando encontra essa árvore, a árvore morta que fica tirando todos os nutrientes e coisas boas do solo da floresta, ele parte pra cima e fica bicando ela, bica até a árvore cansar e desabar. E a terra ao seu redor faz crescer outras árvores. Dá a elas bons alimentos pra comer. Deixa elas fortes. Enche elas de vida. E o círculo se completa.

Ele me deu a pena e sentou na cama, voltando pra suas escrevinhações; escrevendo mais uma carta, penso.

Abri a porta da cela, fechei com cuidado e fui embora da prisão. Nunca mais vi o Velho.

O sol estava nascendo quando saí da prisão e subi na carroça do velho Clarence. O ar estava limpo. Uma brisa refrescante soprava. Era dezembro, mas fazia calor pra um dia de enforcamento. Charles Town acabava de acordar. No caminho até Ferry pra pegar o trem pra Filadélfia, militares montados numa longa fileira se aproximaram de nós, cavalgando em duplas, carregando bandeiras e vestindo uniformes coloridos, numa fila que ia até onde os olhos alcançavam. Passaram por nós na direção contrária, a caminho do campo atrás da prisão, onde já tinham construído o cadafalso, à espera do Velho. Eu estava feliz por não estar voltando pra casa do Sr. Caldwell. Ele me deu a minha licença. Me deu dinheiro, comida e uma passagem de trem pra Filadélfia. A partir daquele momento, eu estava por conta própria. Não fiquei esperando pelo enforcamento. Tinha militares o bastante pra encher mais de um campo. Ouvi dizer que não deixaram nenhum negro chegar a um raio de cinco quilômetros dali. Disseram que o Velho foi levado numa carroça, fizeram ele sentar no próprio caixão e foi transportado da prisão pelo Capitão Avis, seu carcereiro. Ele disse ao capitão: "Que lugar lindo é esse aqui, Capitão Avis. Nunca percebi o quanto era belo até hoje." E quando chegou ao cadafalso, disse ao carrasco pra ser rápido quando fosse enforcar ele. Mas, como sempre, deu azar e fizeram que esperasse quinze minutos com a cabeça encapuzada e as mãos amarradas, enquanto a formação militar de soldados brancos se alinhava aos milhares, com milicianos de todas as partes dos Estados Unidos e a Cavalaria Americana de Washington, D.C., além de gente importante do país inteiro que tinha vindo pra assistir ao enforcamento: Robert E. Lee, Jeb Stuart, Stonewall Jackson. Esses últimos dois acabariam mortos pelos ianques nos anos que viriam, na mesma guerra que o Velho ajudou a começar, e Lee seria derrotado. E uma boa parte dos outros que foram lá ver ele ser enforcado também seriam mortos. Acho que, ao chegarem ao Céu, devem ter ficado surpresos de encontrarem o Velho esperando por eles, com a Bíblia na mão, fazendo um sermão sobre a crueldade da escravidão. Na hora que terminasse, provavelmente estariam desejando ter ido pra outro lugar.

Mas era curioso. Não acho que teriam que esperar muito. Passamos por uma igreja negra na saída de Charles Town, e dava pra ouvir os negros cantando lá dentro. Cantavam sobre a trombeta de Gabriel. Aquela era a canção preferida do Velho. "Blow Ye Trumpet". Aqueles negros estavam bem longe do que acontecia na praça onde o Velho seria enforcado, longe daquilo tudo. Mas cantavam em alto e bom som...

Toque sua trombeta, toque
Toque sua trombeta, toque...

Deu pra ouvir aquelas vozes por um bom tempo. Pareciam que se erguiam e subiam aos céus, permanecendo no ar por um bom tempo. E no alto da igreja, bem lá no alto, um estranho pássaro preto e branco voava em círculos, procurando uma árvore onde se empoleirar, uma árvore ruim, acredito, até que pudesse parar ali e fazer seu trabalho pra que um dia ela caísse e alimentasse as outras.

Fim

Agradecimentos

Minha mais profunda gratidão àqueles que, ao longo dos anos, mantiveram viva a memória de John Brown.

James McBride
Solebury Township, Pensilvânia

Impresso no Brasil pelo
Sistema Cameron da Divisão Gráfica da
DISTRIBUIDORA RECORD DE SERVIÇOS DE IMPRENSA S.A.
Rua Argentina, 171 – Rio de Janeiro, RJ – 20921-380 – Tel.: (21)2585-2000